Friedrich Schiller

# Don Carlos

# Wilhelm Tell

Dramen

Fischer Taschenbuch Verlag

Veröffentlicht im Fischer Taschenbuch Verlag,
einem Unternehmen der S. Fischer Verlag GmbH,
Frankfurt am Main, April 2009


Satz: Dörlemann Satz, Lemförde
Druck und Bindung: Clausen & Bosse, Leck
Printed in Germany
ISBN 978-3-596-90159-3

*Unsere Adressen im Internet:*
*www.fischerverlage.de*
*www.fischer-klassik.de*

# Inhalt

# Don Carlos
# Infant von Spanien

*Ein dramatisches Gedicht*

# Personen

PHILIPP DER ZWEITE, König von Spanien
ELISABETH VON VALOIS, seine Gemahlin
DON CARLOS, der Kronprinz
ALEXANDER FARNESE, Prinz von Parma, Neffe des Königs
INFANTIN KLARA EUGENIA, ein Kind von drei Jahren
HERZOGIN VON OLIVAREZ, Oberhofmeisterin

| | |
|---|---|
| MARQUISIN VON MONDEKAR<br>PRINZESSIN VON EBOLI<br>GRÄFIN FUENTES | Damen der Königin |
| MARQUIS VON POSA, ein Malteserritter<br>HERZOG VON ALBA<br>GRAF VON LERMA, Oberster der Leibwache<br>HERZOG VON FERIA, Ritter des Vlieses<br>HERZOG VON MEDINA SIDONIA, Admiral<br>DON RAIMOND VON TAXIS, Oberpostmeister | Granden von Spanien |

DOMINGO, Beichtvater des Königs
DER GROSSINQUISITOR DES KÖNIGREICHS
DER PRIOR EINES KARTÄUSERKLOSTERS
EIN PAGE DER KÖNIGIN
DON LUDWIG MERKADO, Leibarzt der Königin
MEHRERE DAMEN und GRANDEN, PAGEN, OFFIZIERE, die LEIBWACHE und verschiedene STUMME PERSONEN

# ERSTER AKT

*Der königliche Garten in Aranjuez*

## Erster Auftritt

*Carlos, Domingo*

DOMINGO. Die schönen Tage in Aranjuez
Sind nun zu Ende. Eure königliche Hoheit
Verlassen es nicht heiterer. Wir sind
Vergebens hier gewesen. Brechen Sie
Dies rätselhafte Schweigen. Öffnen Sie
Ihr Herz dem Vaterherzen, Prinz. Zu teuer
Kann der Monarch die Ruhe seines Sohns –
Des einzgen Sohns – zu teuer nie erkaufen.
*(Carlos sieht zur Erde und schweigt)*
Wär noch ein Wunsch zurücke, den der Himmel
Dem liebsten seiner Söhne weigerte?
Ich stand dabei, als in Toledos Mauern
Der stolze Karl die Huldigung empfing,
Als Fürsten sich zu seinem Handkuss drängten,
Und jetzt in *einem – einem Niederfall*
Sechs Königreiche ihm zu Füßen lagen –
Ich stand und sah das junge stolze Blut
In seine Wangen steigen, seinen Busen
Von fürstlichen Entschlüssen wallen, sah
Sein trunknes Aug durch die Versammlung fliegen,
In Wonne brechen – Prinz, und dieses Auge
Gestand: Ich bin gesättigt.
*(Carlos wendet sich weg)* Dieser stille
Und feierliche Kummer, Prinz, den wir
Acht Monde schon in Ihren Blicken lesen,
Das Rätsel dieses ganzen Hofs, die Angst
Des Königreichs, hat Seiner Majestät
Schon manche sorgenvolle Nacht gekostet,
Schon manche Träne Ihrer Mutter.

CARLOS *(dreht sich rasch um).* Mutter?
– O Himmel, gib, dass ich es dem vergesse,
Der sie zu meiner Mutter machte!
DOMINGO. Prinz?
CARLOS *(besinnt sich und fährt mit der Hand über die Stirne).*
Hochwürdger Herr – ich habe sehr viel Unglück
Mit meinen Müttern. Meine erste Handlung,
Als ich das Licht der Welt erblickte, war
Ein Muttermord.
DOMINGO. Ists möglich, gnädger Prinz?
Kann dieser Vorwurf Ihr Gewissen drücken?
CARLOS. Und meine neue Mutter – hat sie mir
Nicht meines Vaters Liebe schon gekostet?
Mein Vater hat mich kaum geliebt. Mein ganzes
Verdienst war noch, sein Einziger zu sein.
Sie gab ihm eine Tochter – O wer weiß,
Was in der Zeiten Hintergrunde schlummert?
DOMINGO. Sie spotten meiner, Prinz. Ganz Spanien
Vergöttert seine Königin. Sie sollten
Nur mit des Hasses Augen sie betrachten?
Bei ihrem Anblick nur die Klugheit hören?
Wie, Prinz? Die schönste Frau auf dieser Welt,
Und Königin – und ehmals Ihre Braut?
Unmöglich, Prinz! Unglaublich! Nimmermehr!
Wo alles liebt, kann Karl allein nicht hassen;
So seltsam widerspricht sich Carlos nicht.
Verwahren Sie sich, Prinz, dass sie es nie,
Wie sehr sie ihrem Sohn missfällt, erfahre;
Die Nachricht würde schmerzen.
CARLOS. Glauben Sie?
DOMINGO. Wenn Eure Hoheit sich des letzteren
Turniers zu Saragossa noch entsinnen,
Wo unsern Herrn ein Lanzensplitter streifte –
Die Königin mit ihren Damen saß
Auf des Palastes mittlerer Tribüne

Und sah dem Kampfe zu. Auf einmal riefs:
»Der König blutet!« – Man rennt durcheinander,
Ein dumpfes Murmeln dringt bis zu dem Ohr
Der Königin. »Der Prinz?« ruft sie und will,
Und will sich von dem obersten Geländer
Herunterwerfen. – »Nein! Der König selbst!«
Gibt man zur Antwort – »So lasst Ärzte holen!«
Erwidert sie, indem sie Atem schöpfte.
*(Nach einigem Stillschweigen)*
Sie stehen in Gedanken?

CARLOS. Ich bewundre
Des Königs lustgen Beichtiger, der so
Bewandert ist in witzigen Geschichten.
*(Ernsthaft und finster)*
Doch hab ich immer sagen hören, dass
Gebärdenspäher und Geschichtenträger
Des Übels mehr auf dieser Welt getan,
Als Gift und Dolch in Mörders Hand nicht konnten.
Die Mühe, Herr, war zu ersparen. Wenn
Sie Dank erwarten, gehen Sie zum König.

DOMINGO. Sie tun sehr wohl, mein Prinz, sich vorzusehn
Mit Menschen – nur mit Unterscheidung. Stoßen Sie
Nicht mit dem Heuchler auch den Freund zurück.
Ich mein es gut mit Ihnen.

CARLOS. Lassen Sie
Das meinen Vater ja nicht merken. Sonst
Sind Sie um Ihren Purpur.

DOMINGO *(stutzt)*. Wie?

CARLOS. Nun ja.
Versprach er Ihnen nicht den ersten Purpur,
Den Spanien vergeben würde?

DOMINGO. Prinz,
Sie spotten meiner.

CARLOS. Das verhüte Gott,
Dass ich des fürchterlichen Mannes spotte,

Der meinen Vater seligsprechen und
Verdammen kann!

DOMINGO. Ich will mich nicht
Vermessen, Prinz, in das ehrwürdige
Geheimnis Ihres Kummers einzudringen.
Nur bitt ich Eure Hoheit, eingedenk
Zu sein, dass dem beängstigten Gewissen
Die Kirche eine Zuflucht aufgetan,
Wozu Monarchen keinen Schlüssel haben,
Wo selber Missetaten unterm Siegel
Des Sakramentes aufgehoben liegen –
Sie wissen, was ich meine, Prinz, ich habe
Genug gesagt.

CARLOS. Nein! Das sei fern von mir,
Dass ich den Siegelführer so versuchte!

DOMINGO. Prinz, dieses Mißtraun – Sie verkennen Ihren
Getreusten Diener.

CARLOS *(fasst ihn bei der Hand).* Also geben Sie
Mich lieber auf. Sie sind ein heilger Mann,
Das weiß die Welt – doch, frei heraus – für mich
Sind Sie bereits zu überhäuft. Ihr Weg,
Hochwürdger Vater, ist der weiteste,
Bis Sie auf Peters Stuhle niedersitzen.
Viel Wissen möchte Sie beschweren. Melden
Sie das dem König, der Sie hergesandt.

DOMINGO. Mich hergesandt –

CARLOS. So sagt ich. O, zu gut,
Zu gut weiß ich, dass ich an diesem Hof
Verraten bin – ich weiß, dass hundert Augen
Gedungen sind, mich zu bewachen, weiß,
Dass König Philipp seinen einzgen Sohn
An seiner Knechte schlechtesten verkaufte,
Und jede von mir aufgefangne Silbe
Dem Hinterbringer fürstlicher bezahlt,
Als er noch keine gute Tat bezahlte.

Ich weiß – O still! Nichts mehr davon! Mein Herz
Will überströmen, und ich habe schon
Zu viel gesagt.

DOMINGO. Der König ist gesonnen,
Vor Abend in Madrid noch einzutreffen.
Bereits versammelt sich der Hof. Hab ich
Die Gnade, Prinz –

CARLOS. Schon gut. Ich werde folgen.
*(Domingo geht ab. Nach einem Stillschweigen)*
Beweinenswerter Philipp, wie dein Sohn
Beweinenswert! – Schon seh ich deine Seele
Vom giftgen Schlangenbiss des Argwohns bluten,
Dein unglückselger Vorwitz übereilt
Die fürchterlichste der Entdeckungen,
Und rasen wirst du, wenn du sie gemacht.

## Zweiter Auftritt

*Carlos. Marquis von Posa*

CARLOS. Wer kommt? – Was seh ich? O ihr guten Geister!
Mein Roderich!

MARQUIS. Mein Carlos!

CARLOS. Ist es möglich?
Ists wahr? Ists wirklich? Bist dus? – O, du bists!
Ich drück an meine Seele dich, ich fühle
Die deinige allmächtig an mir schlagen.
O, jetzt ist alles wieder gut. In dieser
Umarmung heilt mein krankes Herz. Ich liege
Am Halse meines Roderich.

MARQUIS. Ihr krankes,
Ihr krankes Herz? Und was ist wieder gut?
Was ists, das wieder gut zu werden brauchte?
Sie hören, was mich stutzen macht.

CARLOS. Und was

Bringt dich so unverhofft aus Brüssel wieder?
Wem dank ich diese Überraschung? Wem?
Ich frage noch? Verzeih dem Freudetrunknen,
Erhabne Vorsicht, diese Lästerung!
Wem sonst als dir, Allgütigste; Du wusstest,
Dass Carlos ohne Engel war, du sandtest
Mir diesen, und ich frage noch?

MARQUIS. Vergebung,
Mein teurer Prinz, wenn ich dies stürmische
Entzücken mit Bestürzung nur erwidre.
So war es nicht, wie ich Don Philipps Sohn
Erwartete. Ein unnatürlich Rot
Entzündet sich auf Ihren blassen Wangen,
Und Ihre Lippen zittern fieberhaft.
Was muss ich glauben, teurer Prinz? – Das ist
Der löwenkühne Jüngling nicht, zu dem
Ein unterdrücktes Heldenvolk mich sendet –
Denn jetzt steh ich als Roderich nicht hier,
Nicht als des Knaben Carlos Spielgeselle –
Ein Abgeordneter der ganzen Menschheit
Umarm ich Sie – es sind die flandrischen
Provinzen, die an Ihrem Halse weinen,
Und feierlich um Rettung Sie bestürmen.
Getan ists um Ihr teures Land, wenn Alba,
Des Fanatismus rauher Henkersknecht,
Vor Brüssel rückt mit spanischen Gesetzen.
Auf Kaiser Karls glorwürdgem Enkel ruht
Die letzte Hoffnung dieser edeln Lande.
Sie stürzt dahin, wenn sein erhabnes Herz
Vergessen hat, für Menschlichkeit zu schlagen.

CARLOS. Sie stürzt dahin.

MARQUIS. Weh mir! Was muss ich hören!

CARLOS. Du sprichst von Zeiten, die vergangen sind.
Auch mir hat einst von einem Karl geträumt,
Dems feurig durch die Wangen lief, wenn man

Von Freiheit sprach – doch der ist lang begraben.
Den du hier siehst, das ist der Karl nicht mehr,
Der in Alkala von dir Abschied nahm,
Der sich vermaß in süßer Trunkenheit,
Der Schöpfer eines neuen goldnen Alters
In Spanien zu werden – O, der Einfall
War kindisch, aber göttlich schön! Vorbei
Sind diese Träume. –
MARQUIS. Träume, Prinz? – So wären
Es Träume nur gewesen?
CARLOS. Lass mich weinen,
An deinem Herzen heiße Tränen weinen,
Du einzger Freund. Ich habe niemand – niemand –
Auf dieser großen, weiten Erde niemand.
So weit das Zepter meines Vaters reicht,
So weit die Schifffahrt unsre Flaggen sendet,
Ist keine Stelle – keine – keine, wo
Ich meiner Tränen mich entlasten darf,
Als diese. O, bei allem, Roderich,
Was du und ich dereinst im Himmel hoffen,
Verjage mich von dieser Stelle nicht.
MARQUIS *(neigt sich über ihn in sprachloser Rührung).*
CARLOS. Berede dich, ich wär ein Waisenkind,
Das du am Thron mitleidig aufgelesen.
Ich weiß ja nicht, was Vater heißt – ich bin
Ein Königssohn – O, wenn es eintrifft, was
Mein Herz mir sagt, wenn du aus Millionen
Herausgefunden bist, mich zu verstehn,
Wenns wahr ist, dass die schaffende Natur
Den Roderich im Carlos wiederholte,
Und unsrer Seelen zartes Saitenspiel
Am Morgen unsres Lebens gleich bezog,
Wenn eine Träne, die mir Lindrung gibt,
Dir teurer ist als meines Vaters Gnade –
MARQUIS. O teurer als die ganze Welt.

CARLOS. So tief
Bin ich gefallen – bin so arm geworden,
Dass ich an unsre frühen Kinderjahre
Dich mahnen muss – dass ich dich bitten muss,
Die lang vergessnen Schulden abzutragen,
Die du noch im Matrosenkleide machtest –
Als du und ich, zween Knaben wilder Art,
So brüderlich zusammen aufgewachsen,
Kein Schmerz mich drückte, als von deinem Geiste
So sehr verdunkelt mich zu sehn – ich endlich
Mich kühn entschloss, dich grenzenlos zu lieben,
Weil mich der Mut verließ, dir gleich zu sein.
Da fing ich an, mit tausend Zärtlichkeiten
Und treuer Bruderliebe dich zu quälen;
Du stolzes Herz gabst sie mir kalt zurück.
Oft stand ich da, und – doch das sahst du nie!
und heiße, schwere Tränentropfen hingen
In meinem Aug, wenn du, mich überhüpfend,
Geringre Kinder in die Arme drücktest.
Warum nur diese? rief ich trauernd aus:
Bin *ich* dir nicht auch herzlich gut? – Du aber,
Du knietest kalt und ernsthaft vor mir nieder.
Das, sagtest du, gebührt dem Königssohn.
MARQUIS. O stille, Prinz, von diesen kindischen
Geschichten, die mich jetzt noch schamrot machen.
CARLOS. Ich hatt es nicht um dich verdient. Verschmähen,
Zerreißen konntest du mein Herz, doch nie
Von dir entfernen. Dreimal wiesest du
Den Fürsten von dir, dreimal kam er wieder
Als Bittender, um Liebe dich zu flehn
Und dir gewaltsam Liebe aufzudringen.
Ein Zufall tat, was Carlos nie gekonnt.
Einmal geschahs bei unsern Spielen, dass
Der Königin von Böhmen, meiner Tante,
Dein Federball ins Auge flog. Sie glaubte,

Dass es mit Vorbedacht geschehn, und klagt' es
Dem Könige mit tränendem Gesicht.
Die ganze Jugend des Palastes muss
Erscheinen, ihm den Schuldigen zu nennen.
Der König schwört, die hinterlistge Tat,
Und wär es auch an seinem eignen Kinde,
Aufs schrecklichste zu ahnden. – Damals sah ich
Dich zitternd in der Ferne stehn, und jetzt,
Jetzt trat ich vor und warf mich zu den Füßen
Des Königs. Ich, ich tat es, rief ich aus:
An deinem Sohn erfülle deine Rache.

MARQUIS. Ach, woran mahnen Sie mich, Prinz!

CARLOS. Sie wards:
Im Angesicht des ganzen Hofgesindes,
Das mitleidsvoll im Kreise stand, ward sie
Auf Sklavenart an deinem Karl vollzogen.
Ich sah auf dich und weinte nicht. Der Schmerz
Schlug meine Zähne knirschend aneinander;
Ich weinte nicht. Mein königliches Blut
Floss schändlich unter unbarmherzgen Streichen;
Ich sah auf dich und weinte nicht – Du kamst;
Laut weinend sankst du mir zu Füßen. Ja,
Ja, riefst du aus, mein Stolz ist überwunden.
Ich will bezahlen, wenn du König bist.

MARQUIS *(reicht ihm die Hand).*
Ich will es, Karl. Das kindische Gelübde
Erneur ich jetzt als Mann. Ich will bezahlen.
Auch meine Stunde schlägt vielleicht.

CARLOS. Jetzt, jetzt.
O, zögre nicht – jetzt hat sie ja geschlagen.
Die Zeit ist da, wo du es lösen kannst.
Ich brauche Liebe. – Ein entsetzliches
Geheimnis brennt auf meiner Brust. Es soll,
Es soll heraus. In deinen blassen Mienen
Will ich das Urteil meines Todes lesen.

Hör an – erstarre – doch erwidre nichts –
Ich liebe meine Mutter.
MARQUIS. O mein Gott!
CARLOS. Nein! Diese Schonung will ich nicht. Sprichs aus,
Sprich, dass auf diesem großen Rund der Erde
Kein Elend an das meine grenze – sprich –
Was du mir sagen kannst, errat ich schon.
Der Sohn liebt seine Mutter. Weltgebräuche,
Die Ordnung der Natur und Roms Gesetze
Verdammen diese Leidenschaft. Mein Anspruch
Stößt fürchterlich auf meines Vaters Rechte.
Ich fühls, und dennoch lieb ich. Dieser Weg
Führt nur zum Wahnsinn oder Blutgerüste.
Ich liebe ohne Hoffnung – lasterhaft –
Mit Todesangst und mit Gefahr des Lebens –
Das seh ich ja, und dennoch lieb ich.
MARQUIS. Weiß
Die Königin um diese Neigung?
CARLOS. Konnt ich
Mich ihr entdecken? Sie ist Philipps Frau
Und Königin, und das ist span'scher Boden.
Von meines Vaters Eifersucht bewacht,
Von Etikette ringsum eingeschlossen,
Wie konnt ich ohne Zeugen mich ihr nahn?
Acht höllenbange Monde sind es schon,
Dass von der hohen Schule mich der König
Zurückberief, dass ich sie täglich anzuschauen
Verurteilt bin und, wie das Grab, zu schweigen.
Acht höllenbange Monde, Roderich,
Dass dieses Feur in meinem Busen wütet,
Dass tausendmal sich das entsetzliche
Geständnis schon auf meinen Lippen meldet,
Doch scheu und feig zurück zum Herzen kriecht.
O Roderich – nur wen'ge Augenblicke
*Allein* mit ihr –
MARQUIS. Ach! Und Ihr Vater, Prinz –

CARLOS. Unglücklicher! Warum an den mich mahnen?
Sprich mir von allen Schrecken des Gewissens,
Von meinem Vater sprich mir nicht.
MARQUIS. Sie hassen Ihren Vater?
CARLOS. Nein! Ach, nein!
Ich hasse meinen Vater nicht – doch Schauer
Und Missetäters Bangigkeit ergreifen
Bei diesem fürchterlichen Namen mich.
Kann ich dafür, wenn eine knechtische
Erziehung schon in meinem jungen Herzen
Der Liebe zarten Keim zertrat? Sechs Jahre
Hatt ich gelebt, als mir zum erstenmal
Der Fürchterliche, der, wie sie mir sagten,
Mein Vater war, vor Augen kam. Es war
An einem Morgen, wo er stehnden Fußes
Vier Bluturteile unterschrieb. Nach diesem
Sah ich ihn nur, wenn mir für ein Vergehn
Bestrafung angekündigt ward. – O Gott!
Hier fühl ich, dass ich bitter werde – Weg –
Weg, weg von dieser Stelle!
MARQUIS. Nein, Sie sollen,
Jetzt sollen Sie sich öffnen, Prinz. In Worten
Erleichtert sich der schwer beladne Busen.
CARLOS. Oft hab ich mit mir selbst gerungen, oft
Um Mitternacht, wenn meine Wachen schliefen,
Mit heißen Tränengüssen vor das Bild
Der Hochgebenedeiten mich geworfen,
Sie um ein kindlich Herz gefleht – doch ohne
Erhörung stand ich auf. Ach, Roderich!
Enthülle du dies wunderbare Rätsel
Der Vorsicht mir – Warum von tausend Vätern
Just eben diesen Vater *mir*? Und *ihm*
Just diesen Sohn von tausend bessern Söhnen?
Zwei unverträglichere Gegenteile
Fand die Natur in ihrem Umkreis nicht.

Wie mochte sie die beiden letzten Enden
Des menschlichen Geschlechtes – *mich* und *ihn* –
Durch ein so heilig Band zusammenzwingen?
Furchtbares Los! Warum musst es geschehn?
Warum zwei Menschen, die sich ewig meiden,
In *einem* Wunsche schrecklich sich begegnen?
Hier, Roderich, siehst du zwei feindliche
Gestirne, die im ganzen Lauf der Zeiten
Ein einzig Mal in scheitelrechter Bahn
Zerschmetternd sich berühren, dann auf immer
Und ewig auseinanderfliehn.

MARQUIS. Mir ahndet
Ein unglücksvoller Augenblick.

CARLOS. Mir selbst.
Wie Furien des Abgrunds folgen mir
Die schauerlichsten Träume. Zweifelnd ringt
Mein guter Geist mit grässlichen Entwürfen;
Durch labyrinthische Sophismen kriecht
Mein unglückselger Scharfsinn, bis er endlich
Vor eines Abgrunds gähem Rande stutzt –
O Roderich, wenn ich den Vater je
In ihm verlernte – Roderich – ich sehe,
Dein totenblasser Blick hat mich verstanden –
Wenn ich den Vater je in ihm verlernte,
Was würde mir der König sein?

MARQUIS *(nach einigem Stillschweigen).* Darf ich
An meinen Carlos eine Bitte wagen?
Was Sie auch willens sind zu tun, versprechen Sie,
Nichts ohne Ihren Freund zu unternehmen.
Versprechen Sie mir dieses?

CARLOS. Alles, alles,
Was deine Liebe mir gebeut. Ich werfe
Mich ganz in deine Arme.

MARQUIS. Wie man sagt,
Will der Monarch zur Stadt zurückekehren.

Die Zeit ist kurz. Wenn Sie die Königin
Geheim zu sprechen wünschen, kann es nirgends
Als in Aranjuez geschehn. Die Stille
Des Orts – des Landes ungezwungne Sitte
Begünstigen –

CARLOS. Das war auch meine Hoffnung.
Doch, ach, sie war vergebens!

MARQUIS. Nicht so ganz.
Ich gehe, mich sogleich ihr vorzustellen.
Ist sie in Spanien dieselbe noch,
Die sie vordem an Heinrichs Hof gewesen,
So find ich Offenherzigkeit. Kann ich
In ihren Blicken Carlos' Hoffnung lesen,
Find ich zu dieser Unterredung sie
Gestimmt – sind ihre Damen zu entfernen –

CARLOS. Die meisten sind mir zugetan. – Besonders
Die Mondekar hab ich durch ihren Sohn,
Der mir als Page dient, gewonnen. –

MARQUIS. Desto besser.
So sind Sie in der Nähe, Prinz, sogleich
Auf mein gegebnes Zeichen zu erscheinen.

CARLOS. Das will ich – will ich – also eile nur.

MARQUIS. Ich will nun keinen Augenblick verlieren.
Dort also, Prinz, auf Wiedersehn!

*(Beide gehen ab zu verschiedenen Seiten)*

*Die Hofhaltung der Königin in Aranjuez*
*Eine einfache ländliche Gegend, von einer Allee durchschnitten, vom Landhause der Königin begrenzt*

## Dritter Auftritt

*Die Königin. Die Herzogin von Olivarez. Die Prinzessin von Eboli und die Marquisin von Mondekar, welche die Allee heraufkommen*

KÖNIGIN *(zur Marquisin). Sie* will ich um mich haben, Mondekar.
Die muntern Augen der Prinzessin quälen
Mich schon den ganzen Morgen. Sehen Sie,
Kaum weiß sie ihre Freude zu verbergen,
Weil sie vom Lande Abschied nimmt.

EBOLI. Ich will es
Nicht leugnen, meine Königin, dass ich
Madrid mit großen Freuden wiedersehe.

MONDEKAR. Und Ihre Majestät nicht auch? Sie sollten
So ungern von Aranjuez sich trennen?

KÖNIGIN. Von – dieser schönen Gegend wenigstens.
Hier bin ich wie in meiner Welt. Dies Plätzchen
Hab ich mir längst zum Liebling auserlesen.
Hier grüßt mich meine ländliche Natur,
Die Busenfreundin meiner jungen Jahre.
Hier find ich meine Kinderspiele wieder,
Und meines Frankreichs Lüfte wehen hier.
Verargen Sie mirs nicht. Uns alle zieht
Das Herz zum Vaterland.

EBOLI. Wie einsam aber,
Wie tot und traurig ist es hier! Man glaubt
Sich in la Trappe.

KÖNIGIN. Das Gegenteil vielmehr.
Tot find ich es nur in Madrid. – Doch was
Spricht unsre Herzogin dazu?

OLIVAREZ. Ich bin

Der Meinung, Ihre Majestät, dass es
So Sitte war, den einen Monat hier,
Den andern in dem Pardo auszuhalten,
Den Winter in der Residenz, solange
Es Könige in Spanien gegeben.

KÖNIGIN. Ja, Herzogin, das wissen Sie, mit Ihnen
Hab ich auf immer mich des Streits begeben.

MONDEKAR. Und wie lebendig es mit nächstem in
Madrid sein wird! Zu einem Stiergefechte
Wird schon die Plaza Mayor zugerichtet,
Und ein Autodafé hat man uns auch
Versprochen –

KÖNIGIN. Uns versprochen! Hör ich das
Von meiner sanften Mondekar?

MONDEKAR. Warum nicht?
Es sind ja Ketzer, die man brennen sieht.

KÖNIGIN. Ich hoffe, meine Eboli denkt anders.

EBOLI. Ich? – Ihre Majestät, ich bitte sehr,
Für keine schlechtre Christin mich zu halten
Als die Marquisin Mondekar.

KÖNIGIN. Ach! Ich
Vergesse, wo ich bin. – Zu etwas anderm. –
Vom Lande, glaub ich, sprachen wir. Der Monat
Ist, deucht mir, auch erstaunlich schnell vorüber.
Ich habe mir der Freude viel, sehr viel
Von diesem Aufenthalt versprochen, und
Ich habe nicht gefunden, was ich hoffte.
Geht es mit jeder Hoffnung so? Ich kann
Den Wunsch nicht finden, der mir fehlgeschlagen.

OLIVAREZ. Prinzessin Eboli, Sie haben uns
Noch nicht gesagt, ob Gomez hoffen darf?
Ob wir Sie bald als seine Braut begrüßen?

KÖNIGIN. Ja! Gut, dass Sie mich mahnen, Herzogin.
*(Zur Prinzessin)*
Man bittet mich, bei Ihnen fürzusprechen.

Wie aber kann ich das? Der Mann, den ich
Mit meiner Eboli belohne, muss
Ein würdger Mann sein.

OLIVAREZ. Ihre Majestät,
Das ist er, ein sehr würdger Mann, ein Mann,
Den unser gnädigster Monarch bekanntlich
Mit ihrer königlichen Gunst beehren.

KÖNIGIN. Das wird den Mann sehr glücklich machen – Doch
Wir wollen wissen, ob er lieben kann
Und Liebe kann verdienen. – Eboli,
Das frag ich Sie.

EBOLI *(steht stumm und verwirrt, die Augen zur Erde geschlagen, endlich fällt sie der Königin zu Füßen).*
Großmütge Königin,
Erbarmen *Sie* sich meiner. Lassen Sie –
Um Gottes willen, lassen Sie mich nicht –
Nicht aufgeopfert werden.

KÖNIGIN. Aufgeopfert?
Ich brauche nichts mehr. Stehn Sie auf. Es ist
Ein hartes Schicksal, aufgeopfert werden.
Ich glaube Ihnen. Stehn Sie auf. – Ist es
Schon lang, dass Sie den Grafen ausgeschlagen?

EBOLI *(aufstehend).* O viele Monate. Prinz Carlos war
Noch auf der hohen Schule.

KÖNIGIN *(stutzt und sieht sie mit forschenden Augen an).*
Haben Sie
Sich auch geprüft, aus welchen Gründen?

EBOLI *(mit einiger Heftigkeit).* Niemals
Kann es geschehen, meine Königin,
Aus tausend Gründen niemals.

KÖNIGIN *(sehr ernsthaft).* Mehr als einer ist
Zu viel. Sie können ihn nicht schätzen – Das
Ist mir genug. Nichts mehr davon.
*(Zu den andern Damen)* Ich habe

Ja die Infantin heut noch nicht gesehen.
Marquisin, bringen Sie sie mir.

OLIVAREZ *(sieht auf die Uhr).* Es ist
Noch nicht die Stunde, Ihre Majestät.

KÖNIGIN. Noch nicht die Stunde, wo ich Mutter sein darf?
Das ist doch schlimm. Vergessen Sie es ja nicht,
Mich zu erinnern, wenn sie kommt.
*(Ein Page tritt auf und spricht leise mit der Oberhofmeisterin, welche sich darauf zur Königin wendet)*

OLIVAREZ. Der Marquis
Von Posa, Ihre Majestät –

KÖNIGIN. Von Posa?

OLIVAREZ. Er kommt aus Frankreich und den Niederlanden
Und wünscht die Gnade zu erhalten, Briefe
Von der Regentin Mutter übergeben
Zu dürfen.

KÖNIGIN. Und das ist erlaubt?

OLIVAREZ *(bedenklich).* In meiner Vorschrift
Ist des besondern Falles nicht gedacht,
Wenn ein kastilianscher Grande Briefe
Von einem fremden Hof der Königin
Von Spanien in ihrem Gartenwäldchen
Zu überreichen kommt.

KÖNIGIN. So will ich denn
Auf meine eigene Gefahr es wagen!

OLIVAREZ. Doch mir vergönne Ihre Majestät,
Mich solang zu entfernen. –

KÖNIGIN. Halten Sie
Das, wie Sie wollen, Herzogin.

*(Die Oberhofmeisterin geht ab, und die Königin gibt dem Pagen einen Wink, welcher sogleich hinausgeht)*

## Vierter Auftritt

*Königin. Prinzessin von Eboli. Marquisin von Mondekar und Marquis von Posa*

KÖNIGIN. Ich heiße Sie
Willkommen, Chevalier, auf span'schem Boden.
MARQUIS. Den ich noch nie mit so gerechtem Stolze
Mein Vaterland genannt als jetzt. –
KÖNIGIN *(zu den beiden Damen).* Der Marquis
Von Posa, der im Ritterspiel zu Reims
Mit meinem Vater eine Lanze brach
Und meine Farbe dreimal siegen machte –
Der erste seiner Nation, der mich
Den Ruhm empfinden lehrte, Königin
Der Spanier zu sein.
*(Zum Marquis sich wendend)* Als wir im Louvre
Zum letztenmal uns sahen, Chevalier,
Da träumt' es Ihnen wohl noch nicht, dass Sie
Mein Gast sein würden in Kastilien.
MARQUIS. Nein, große Königin – denn damals träumte
Mir nicht, dass Frankreich noch das einzige
An uns verlieren würde, was wir ihm
Beneidet hatten.
KÖNIGIN. Stolzer Spanier!
Das einzige? – Und das zu einer Tochter
Vom Hause Valois?
MARQUIS. Jetzt darf ich es
Ja sagen, Ihre Majestät – denn jetzt
Sind Sie ja unser.
KÖNIGIN. Ihre Reise, hör ich,
Hat auch durch Frankreich Sie geführt. – Was bringen
Sie mir von meiner hochverehrten Mutter
Und meinen vielgeliebten Brüdern?
MARQUIS *(überreicht ihr die Briefe).*
Die Konigin Mutter fand ich krank, geschieden

Von jeder andern Freude dieser Welt,
Als ihre königliche Tochter glücklich
Zu wissen auf dem span'schen Thron.

KÖNIGIN. Muss sie
Es nicht sein bei dem teuern Angedenken
So zärtlicher Verwandten? bei der süßen
Erinnrung an – Sie haben viele Höfe
Besucht auf Ihren Reisen, Chevalier,
Und viele Länder, vieler Menschen Sitte
Gesehn – und jetzt, sagt man, sind Sie gesonnen,
In Ihrem Vaterland sich selbst zu leben?
Ein größrer Fürst in Ihren stillen Mauern,
Als König Philipp auf dem Thron – ein Freier!
Ein Philosoph! – Ich zweifle sehr, ob Sie
Sich werden können in Madrid gefallen.
Man ist sehr – ruhig in Madrid.

MARQUIS. Und das
Ist mehr, als sich das ganze übrige
Europa zu erfreuen hat.

KÖNIGIN. So hör ich.
Ich habe alle Händel dieser Erde
Bis fast auf die Erinnerung verlernt.
*(Zur Prinzessin von Eboli)*
Mir deucht, Prinzessin Eboli, ich sehe
Dort eine Hyazinthe blühen – Wollen
Sie mir sie bringen?
*(Die Prinzessin geht nach dem Platze. Die Königin etwas leiser zum Marquis)* Chevalier, ich müsste
Mich sehr betrügen, oder Ihre Ankunft
Hat einen frohen Menschen mehr gemacht
An diesem Hofe.

MARQUIS. Einen Traurigen
Hab ich gefunden – den auf dieser Welt
Nur etwas fröhlich –
*(Die Prinzessin kommt mit der Blume zurück)*

EBOLI. Da der Chevalier
So viele Länder hat gesehen, wird
Er ohne Zweifel viel Merkwürdiges
Uns zu erzählen wissen.
MARQUIS. Allerdings.
Und Abenteuer suchen, ist bekanntlich
Der Ritter Pflicht – die heiligste von allen,
Die Damen zu beschützen.
MONDEKAR. Gegen Riesen.
Jetzt gibt es keine Riesen mehr.
MARQUIS. Gewalt
Ist für den Schwachen jederzeit ein Riese.
KÖNIGIN. Der Chevalier hat recht. Es gibt noch Riesen,
Doch keine Ritter gibt es mehr.
MARQUIS. Noch jüngst,
Auf meinem Rückweg von Neapel, war
Ich Zeuge einer rührenden Geschichte,
Die mir der Freundschaft heiliges Legat
Zu meiner eigenen gemacht. – Wenn ich
Nicht fürchten müsste, Ihre Majestät
Durch die Erzählung zu ermüden –
KÖNIGIN. Bleibt
Mir eine Wahl? Die Neugier der Prinzessin
Lässt sich nichts unterschlagen. Nur zur Sache.
Auch ich bin eine Freundin von Geschichten.
MARQUIS. Zwei edle Häuser in Mirandola,
Der Eifersucht, der langen Feindschaft müde,
Die von den Ghibellinen und den Guelfen
Jahrhunderte schon fortgeerbt, beschlossen,
Durch der Verwandtschaft zarte Bande sich
In einem ewgen Frieden zu vereinen.
Des mächtigen Pietro Schwestersohn,
Fernando, und die göttliche Mathilde,
Colonnas Tochter, waren ausersehn,
Dies schöne Band der Einigkeit zu knüpfen.

Nie hat zwei schönre Herzen die Natur
Gebildet für einander – nie die Welt,
Nie eine Wahl so glücklich noch gepriesen.
Noch hatte seine liebenswürdge Braut
Fernando nur im Bildnis angebetet –
Wie zitterte Fernando, wahr zu finden,
Was seine feurigsten Erwartungen
Dem Bilde nicht zu glauben sich getrauten!
In Padua, wo seine Studien
Ihn fesselten, erwartete Fernando
Des frohen Augenblickes nur, der ihm
Vergönnen sollte, zu Mathildens Füßen
Der Liebe erste Huldigung zu stammeln.
*(Die Königin wird aufmerksamer. Der Marquis fährt nach einem kurzen Stillschweigen fort, die Erzählung, soweit es die Gegenwart der Königin erlaubt, mehr an die Prinzessin von Eboli gerichtet)*
Indessen macht der Gattin Tod die Hand
Pietros frei. – Mit jugendlicher Glut
Verschlingt der Greis die Stimmen des Gerüchtes,
Das in dem Ruhm Mathildens sich ergoss.
Er kommt! Er sieht! – Er liebt! Die neue Regung
Erstickt die leisre Stimme der Natur,
Der Oheim wirbt um seines Neffen Braut
Und heiligt seinen Raub vor dem Altare.
KÖNIGIN. Und was beschließt Fernando?
MARQUIS. Auf der Liebe Flügeln,
Des fürchterlichen Wechsels unbewusst,
Eilt nach Mirandola der Trunkene.
Mit Sternenschein erreicht sein schnelles Ross
Die Tore – ein bacchantisches Getön
Von Reigen und von Pauken donnert ihm
Aus dem erleuchteten Palast entgegen.
Er bebt die Stufen scheu hinauf und sieht
Sich unerkannt im lauten Hochzeitsaale,
Wo in der Gäste taumelndem Gelag

Pietro saß – ein Engel ihm zur Seite,
Ein Engel, den Fernando kennt, der ihm
In Träumen selbst so glänzend nie erschienen.
Ein einzger Blick zeigt ihm, was er besessen,
Zeigt ihm, was er auf immerdar verloren.
EBOLI. Unglücklicher Fernando!
KÖNIGIN. Die Geschichte
Ist doch zu Ende, Chevalier? – Sie muss
Zu Ende sein.
MARQUIS. Noch nicht ganz.
KÖNIGIN. Sagten Sie
Uns nicht, Fernando sei Ihr Freund gewesen?
MARQUIS. Ich habe keinen teurern.
EBOLI. Fahren Sie
Doch fort in der Geschichte, Chevalier.
MARQUIS. Sie wird sehr traurig – und das Angedenken
Erneuert meinen Schmerz. Erlassen Sie
Mir den Beschluss –
*(Ein allgemeines Stillschweigen)*
KÖNIGIN *(wendet sich zur Prinzessin von Eboli).*
Nun wird mir endlich doch
Vergönnt sein, meine Tochter zu umarmen. –
Prinzessin, bringen Sie sie mir.
*(Diese entfernt sich. Der Marquis winkt einem Pagen, der sich im Hintergrunde zeigt und sogleich verschwindet. Die Königin erbricht die Briefe, die der Marquis ihr gegeben, und scheint überrascht zu werden. In dieser Zeit spricht der Marquis geheim und sehr angelegentlich mit der Marquisin von Mondekar. – Die Königin hat die Briefe gelesen und wendet sich mit einem ausforschenden Blicke zum Marquis)*
Sie haben
Uns von Mathilden nichts gesagt? Vielleicht
Weiß sie es nicht, wieviel Fernando leidet?
MARQUIS. Mathildens Herz hat niemand noch ergründet –
Doch große Seelen dulden still.

KÖNIGIN. Sie sehn sich um? Wen suchen Ihre Augen?
MARQUIS. Ich denke nach, wie glücklich ein Gewisser,
Den ich nicht nennen darf, an meinem Platze
Sein müsste.
KÖNIGIN. Wessen Schuld ist es, dass er
Es nicht ist?
MARQUIS *(lebhaft einfallend).* Wie? Darf ich mich unterstehen,
Dies zu erklären, wie ich will? – Er würde
Vergebung finden, wenn er jetzt erschiene?
KÖNIGIN *(erschrocken).* Jetzt, Marquis? Jetzt? Was meinen Sie damit?
MARQUIS. Er dürfte hoffen – dürft er?
KÖNIGIN *(mit wachsender Verwirrung).*
Sie erschrecken mich,
Marquis – er wird doch nicht –
MARQUIS. Hier ist er schon.

## Fünfter Auftritt

*Die Königin. Carlos*
*(Marquis von Posa und die Marquisin von Mondekar treten nach dem Hintergrunde zurück)*

CARLOS *(vor der Königin niedergeworfen).*
So ist er endlich da, der Augenblick,
Und Karl darf diese teure Hand berühren! –
KÖNIGIN. Was für ein Schritt – welch eine strafbare,
Tollkühne Überraschung! Stehn Sie auf!
Wir sind entdeckt. Mein Hof ist in der Nähe.
CARLOS. Ich steh nicht auf – hier will ich ewig knien.
Auf diesem Platz will ich verzaubert liegen,
In dieser Stellung angewurzelt –
KÖNIGIN. Rasender!
Zu welcher Kühnheit führt Sie meine Gnade?
Wie? Wissen Sie, dass es die Königin,

Dass es die Mutter ist, an die sich diese
Verwegne Sprache richtet? Wissen Sie,
Dass ich – ich selbst von diesem Überfalle
Dem Könige –

CARLOS. Und dass ich sterben muss!
Man reiße mich von hier aufs Blutgerüste!
*Ein* Augenblick, gelebt im Paradiese,
Wird nicht zu teuer mit dem Tod gebüßt.

KÖNIGIN. Und Ihre Königin?

CARLOS *(steht auf).* Gott! Gott! ich gehe –
Ich will Sie ja verlassen. – Muss ich nicht,
Wenn Sie es *also* fordern? Mutter! Mutter!
Wie schrecklich spielen Sie mit mir! Ein Wink,
Ein halber Blick, ein Laut aus Ihrem Munde
Gebietet mir, zu sein und zu vergehen.
Was wollen Sie, das noch geschehen soll?
Was unter dieser Sonne kann es geben,
Das ich nicht hinzuopfern eilen will,
Wenn Sie es wünschen?

KÖNIGIN. Fliehen Sie.

CARLOS. O Gott!

KÖNIGIN. Das Einzge, Karl, warum ich Sie mit Tränen
Beschwöre – Fliehen Sie! – eh meine Damen –
Eh meine Kerkermeister Sie und mich
Beisammen finden und die große Zeitung
Vor Ihres Vaters Ohren bringen –

CARLOS. Ich erwarte
Mein Schicksal – es sei Leben oder Tod.
Wie? Hab ich darum meine Hoffnungen
Auf diesen einzgen Augenblick verwiesen,
Der Sie mir endlich ohne Zeugen schenkt,
Dass falsche Schrecken mich am Ziele täuschten?
Nein, Königin! Die Welt kann hundertmal,
Kann tausendmal um ihre Pole treiben,
Eh diese Gunst der Zufall wiederholt.

KÖNIGIN. Auch soll er das in Ewigkeit nicht wieder.
Unglücklicher! Was wollen Sie von mir?
CARLOS. O Königin, dass ich gerungen habe,
Gerungen, wie kein Sterblicher noch rang,
Ist Gott mein Zeuge – Königin! Umsonst!
Hin ist mein Heldenmut. Ich unterliege.
KÖNIGIN. Nichts mehr davon – um meiner Ruhe willen –
CARLOS. Sie waren mein – im Angesicht der Welt
Mir zugesprochen von zwei großen Thronen,
Mir zuerkannt von Himmel und Natur,
Und Philipp, Philipp hat mir Sie geraubt –
KÖNIGIN. Er ist Ihr Vater.
CARLOS. Ihr Gemahl.
KONIGIN. Der Ihnen
Das größte Reich der Welt zum Erbe gibt.
CARLOS. Und *Sie* zur Mutter –
KÖNIGIN. Großer Gott! Sie rasen –
CARLOS. Und weiß er auch, wie reich er ist? Hat er
Ein fühlend Herz, das Ihrige zu schätzen?
Ich will nicht klagen, nein, ich will vergessen,
Wie unaussprechlich glücklich *ich* an Ihrer Hand
Geworden wäre – wenn nur *er* es ist.
Er ist es nicht – Das, das ist Höllenqual!
Er ist es nicht und wird es niemals werden.
Du nahmst mir meinen Himmel nur, um ihn
In König Philipps Armen zu vertilgen.
KÖNIGIN. Abscheulicher Gedanke!
CARLOS. O, ich weiß,
Wer dieser Ehe Stifter war – ich weiß,
Wie Philipp lieben kann und wie er freite.
Wer sind Sie denn in diesem Reich? Lass hören.
Regentin etwa? Nimmermehr! Wie könnten,
Wo *Sie* Regentin sind, die Alba würgen?
Wie könnte Flandern für den Glauben bluten?
Wie, oder sind Sie Philipps Frau? Unmöglich!

Ich kanns nicht glauben. Eine Frau besitzt
Des Mannes Herz – und wem gehört das seine?
Und bittet er nicht jede Zärtlichkeit,
Die ihm vielleicht in Fieberglut entwischte,
Dem Zepter ab und seinen grauen Haaren?
KÖNIGIN. Wer sagte Ihnen, dass an Philipps Seite
Mein Los beweinenswürdig sei?
CARLOS. Mein Herz,
Das feurig fühlt, wie es an meiner Seite
Beneidenswürdig wäre.
KÖNIGIN. Eitler Mann!
Wenn *mein* Herz nun das Gegenteil mir sagte?
Wenn Philipps ehrerbietge Zärtlichkeit
Weit inniger als seines stolzen Sohns
Verwegene Beredsamkeit mich rührte?
Wenn eines Greisen überlegte Achtung –
CARLOS. Das ist was andres – Dann – ja, dann – Vergebung.
Das wusst ich nicht, dass Sie den König lieben.
KÖNIGIN. Ihn ehren ist mein Wunsch und mein Vergnügen.
CARLOS. Sie haben nie geliebt?
KÖNIGIN. Seltsame Frage!
CARLOS. Sie haben nie geliebt?
KÖNIGIN. – Ich liebe nicht mehr.
CARLOS. Weil es Ihr Herz? weil es Ihr Eid verbietet?
KÖNIGIN. Verlassen Sie mich, Prinz, und kommen Sie
Zu keiner solchen Unterredung wieder.
CARLOS. Weil es Ihr Eid? weil es Ihr Herz verbietet?
KÖNIGIN. Weil meine Pflicht – – Unglücklicher, wozu
Die traurige Zergliederung des Schicksals,
Dem Sie und ich gehorchen müssen?
CARLOS. Müssen?
Gehorchen müssen?
KÖNIGIN. Wie? Was wollen Sie
Mit diesem feierlichen Ton?
CARLOS. So viel,

Dass Carlos nicht gesonnen ist, zu müssen,
Wo er zu wollen hat; dass Carlos nicht
Gesonnen ist, der Unglückseligste
In diesem Reich zu bleiben, wenn es ihn
Nichts als den Umsturz der Gesetze kostet,
Der Glücklichste zu sein.

KÖNIGIN. Versteh ich Sie?
Sie hoffen noch? Sie wagen es, zu hoffen,
Wo alles, alles schon verloren ist?

CARLOS. Ich gebe nichts verloren als die Toten.

KÖNIGIN. Auf mich, auf Ihre Mutter hoffen Sie? –
*(Sie sieht ihn lange und durchdringend an – dann mit Würde und Ernst)*
Warum nicht? O, der neu erwählte König
Kann mehr als das – kann die Verordnungen
Des Abgeschiednen durch das Feur vertilgen,
Kann seine Bilder stürzen, kann sogar –
Wer hindert ihn? – die Mumie des Toten
Aus ihrer Ruhe zu Eskurial
Hervor ans Licht der Sonne reißen, seinen
Entweihten Staub in die vier Winde streun
Und dann zuletzt, um würdig zu vollenden –

CARLOS. Um Gottes willen, reden Sie nicht aus.

KÖNIGIN. Zuletzt noch mit der Mutter sich vermählen.

CARLOS. Verfluchter Sohn!
*(Er steht einen Augenblick starr und sprachlos)*
Ja, es ist aus. Jetzt ist
Es aus. – Ich fühle klar und helle, was
Mir ewig, ewig dunkel bleiben sollte.
Sie sind für mich dahin – dahin – dahin –
Auf immerdar! – Jetzt ist der Wurf gefallen.
Sie sind für mich verloren – O, in diesem
Gefühl liegt Hölle – Hölle liegt im andern,
Sie zu besitzen. – Weh! ich fass es nicht,
Und meine Nerven fangen an zu reißen.

KÖNIGIN. Beklagenswerter, teurer Karl! Ich fühle –
Ganz fühl ich sie, die namenlose Pein,
Die jetzt in Ihrem Busen tobt. Unendlich,
Wie Ihre Liebe, ist Ihr Schmerz. Unendlich,
Wie er, ist auch der Ruhm, ihn zu besiegen.
Erringen Sie ihn, junger Held. Der Preis
Ist dieses hohen, starken Kämpfers wert,
Des Jünglings wert, durch dessen Herz die Tugend
So vieler königlichen Ahnen rollt.
Ermannen Sie sich, edler Prinz. – Der Enkel
Des großen Karls fängt frisch zu ringen an,
Wo andrer Menschen Kinder mutlos enden.
CARLOS. Zu spät! O Gott! es ist zu spät!
KÖNIGIN. Ein Mann
Zu sein? O Karl! wie groß wird unsre Tugend,
Wenn unser Herz bei ihrer Übung bricht!
Hoch stellte Sie die Vorsicht – hoher, Prinz,
Als Millionen Ihrer andern Brüder.
Parteilich gab sie ihrem Liebling, was
Sie andern nahm, und Millionen fragen:
Verdiente der im Mutterleibe schon
Mehr als wir andern Sterblichen zu gelten?
Auf, retten Sie des Himmels Billigkeit!
*Verdienen* Sie, der Welt voranzugehn,
Und opfern Sie, was keiner opferte!
CARLOS. Das kann ich auch. – Sie zu erkämpfen, hab
Ich Riesenkraft, Sie zu verlieren, keine.
KÖNIGIN. Gestehen Sie es, Carlos – Trotz ist es
Und Bitterkeit und Stolz, was Ihre Wünsche
So heftig nach der Mutter zieht. Die Liebe,
Das Herz, das Sie verschwenderisch mir opfern,
Gehört den Reichen an, die Sie dereinst
Regieren sollen. Sehen Sie, Sie prassen
Von Ihres Mündels anvertrautem Gut.
Die Liebe ist Ihr großes Amt. Bis jetzt

Verirrte sie zur Mutter. – Bringen Sie,
O, bringen Sie sie Ihren künftgen Reichen
Und fühlen Sie, statt Dolchen des Gewissens,
Die Wollust, Gott zu sein. Elisabeth
War Ihre erste Liebe. Ihre zweite
Sei Spanien! Wie gerne, guter Karl,
Will ich der besseren Geliebten weichen!

CARLOS *(wirft sich, von Empfindung überwältigt, zu ihren Füßen).*
Wie groß sind Sie, o Himmlische! – Ja, alles,
Was Sie verlangen, will ich tun! – Es sei!
*(Er steht auf)*
Hier steh ich in der Allmacht Hand und schwöre,
Und schwöre Ihnen, schwöre ewiges –
O Himmel! Nein! Nur ewiges Verstummen,
Doch ewiges Vergessen nicht.

KÖNIGIN. Wie könnt ich
Von Carlos fordern, was ich selbst zu leisten
Nicht willens bin?

MARQUIS *(eilt aus der Allee).* Der König!

KÖNIGIN. Gott!

MARQUIS. Hinweg,
Hinweg aus dieser Gegend, Prinz!

KÖNIGIN. Sein Argwohn
Ist fürchterlich, erblickt er Sie –

CARLOS. Ich bleibe!

KÖNIGIN. Und wer wird dann das Opfer sein?

CARLOS *(zieht den Marquis am Arme).* Fort, fort!
Komm, Roderich!
*(Er geht und kommt noch einmal zurück)*
Was darf ich mit mir nehmen?

KÖNIGIN. Die Freundschaft Ihrer Mutter.

CARLOS. Freundschaft! Mutter!

KÖNIGIN.
Und diese Tränen aus den Niederlanden.

*(Sie gibt ihm einige Briefe. Karl und der Marquis gehen ab. Die Königin sieht sich unruhig nach ihren Damen um, welche sich nirgends erblicken lassen. Wie sie nach dem Hintergrunde zurückgehen will, erscheint der König)*

## Sechster Auftritt

*König. Königin. Herzog Alba. Graf Lerma. Domingo. Einige Damen und Granden, welche in der Entfernung zurückbleiben*

KÖNIG *(sieht mit Befremdung umher und schweigt eine Zeitlang).*
Was seh ich! Sie hier! So allein, Madame?
Und auch nicht *eine* Dame zur Begleitung?
Das wundert mich – wo blieben Ihre Frauen?

KÖNIGIN. Mein gnädigster Gemahl –

KÖNIG. Warum allein?
*(Zum Gefolge)* Von diesem unverzeihlichen Versehn
Soll man die strengste Rechenschaft mir geben.
Wer hat das Hofamt bei der Königin?
Wen traf der Rang, sie heute zu bedienen?

KÖNIGIN. O, zürnen Sie nicht, mein Gemahl – ich selbst,
Ich bin die Schuldige – auf mein Geheiß
Entfernte sich die Fürstin Eboli.

KÖNIG. Auf Ihr Geheiß?

KÖNIGIN. Die Kammerfrau zu rufen,
Weil ich nach der Infantin mich gesehnt.

KÖNIG. Und darum die Begleitung weggeschickt?
Doch dies entschuldigt nur die erste Dame:
Wo war die zwote?

MONDEKAR *(welche indessen zurückgekommen ist und sich unter die übrigen Damen gemischt hat, tritt hervor).*
Ihre Majestät,
Ich fühle, dass ich strafbar bin –

KÖNIG. Deswegen

Vergönn ich Ihnen zehen Jahre Zeit,
Fern von Madrid darüber nachzudenken.
*(Die Marquisin tritt mit weinenden Augen zurück. Allgemeines Stillschweigen. Alle Umstehenden sehen bestürzt auf die Königin)*

KÖNIGIN. Marquisin, *wen* beweinen Sie? *(Zum König)*
Hab ich
Gefehlt, mein gnädigster Gemahl, so sollte
Die Königskrone dieses Reichs, wornach
Ich selber nie gegriffen habe, mich
Zum mindesten vor dem Erröten schützen.
Gibts ein Gesetz in diesem Königreich,
Das vor Gericht Monarchentöchter fordert?
Bloß Zwang bewacht die Frauen Spaniens?
Schützt sie ein Zeuge mehr als ihre Tugend?
Und jetzt Vergebung, mein Gemahl – ich bin
Es nicht gewohnt, die mir mit Freude dienten,
In Tränen zu entlassen. – Mondekar!
*(Sie nimmt ihren Gürtel ab und überreicht ihn der Marquisin)*
Den König haben Sie erzürnt – nicht mich –
Drum nehmen Sie dies Denkmal meiner Gnade
Und dieser Stunde. – Meiden Sie das Reich –
Sie haben nur in Spanien gesündigt;
In meinem Frankreich wischt man solche Tränen
Mit Freuden ab. – O, muss michs ewig mahnen?
*(Sie lehnt sich an die Oberhofmeisterin und bedeckt das Gesicht)*
In meinem Frankreich wars doch anders.

KÖNIG *(in einiger Bewegung).* Konnte
Ein Vorwurf meiner Liebe Sie betrüben?
Ein Wort betrüben, das die zärtlichste
Bekümmernis auf meine Lippen legte?
*(Er wendet sich gegen die Grandezza)*
Hier stehen die Vasallen meines Throns.
Sank je ein Schlaf auf meine Augenlider,

Ich hätte denn am Abend jedes Tags
Berechnet, wie die Herzen meiner Völker
In meinen fernsten Himmelsstrichen schlagen? –
Und sollt ich ängstlicher für meinen Thron
Als für die Gattin meines Herzens beben? –
Für meine Völker haftet mir mein Schwert,
Dies Auge nur für meines Weibes Liebe.

KÖNIGIN. Verdien ich diesen Argwohn, Sire?

KÖNIG. Ich heiße
Der reichste Mann in der getauften Welt;
Die Sonne geht in meinem Staat nicht unter –
Doch alles das besaß ein andrer schon,
Wird nach mir mancher andre noch besitzen.
*Das* ist mein eigen. Was der König hat,
Gehört dem Glück – Elisabeth dem Philipp.
Hier ist die Stelle, wo ich sterblich bin.

KÖNIGIN. Sie fürchten, Sire?

KÖNIG. Dies graue Haar doch nicht?
Wenn ich einmal zu fürchten angefangen,
Hab ich zu fürchten aufgehört –
*(Zu den Granden)* Ich zähle
Die Großen meines Hofs – der erste fehlt.
Wo ist Don Carlos, mein Infant?
*(Niemand antwortet)* Der Knabe
Don Karl fängt an, mir fürchterlich zu werden.
Er meidet meine Gegenwart, seitdem
Er von Alkalas hoher Schule kam.
Sein Blut ist heiß, warum sein Blick so kalt?
So abgemessen festlich sein Betragen?
Seid wachsam. Ich empfehl es euch.

ALBA. Ich bins.
Solang ein Herz an diesen Panzer schlägt,
Mag sich Don Philipp ruhig schlafen legen.
Wie Gottes Cherub vor dem Paradies
Steht Herzog Alba vor dem Thron.

LERMA. Darf ich
Dem weisesten der Könige in Demut
Zu widersprechen wagen? – Allzu tief
Verehr ich meines Königs Majestät,
Als seinen Sohn so rasch und streng zu richten.
Ich fürchte viel von Carlos' heißem Blut,
Doch nichts von seinem Herzen.
KÖNIG. Graf von Lerma,
Ihr redet gut, den Vater zu bestechen:
Des Königs Stütze wird der Herzog sein –
Nichts mehr davon – *(Er wendet sich gegen sein Gefolge)*
Jetzt eil ich nach Madrid.
Mich ruft mein königliches Amt. Die Pest
Der Ketzerei steckt meine Völker an,
Der Aufruhr wachst in meinen Niederlanden.
Es ist die höchste Zeit. Ein schauerndes
Exempel soll die Irrenden bekehren.
Den großen Eid, den alle Könige
Der Christenheit geloben, lös ich morgen.
Dies Blutgericht soll ohne Beispiel sein;
Mein ganzer Hof ist feierlich geladen.
*(Er führt die Königin hinweg, die übrigen folgen)*

## Siebenter Auftritt

*Don Carlos mit Briefen in der Hand, Marquis von Posa kommen von der entgegengesetzten Seite*

CARLOS. Ich bin entschlossen. Flandern sei gerettet.
Sie will es – das ist mir genug.
MARQUIS. Auch ist
Kein Augenblick mehr zu verlieren. Herzog
Von Alba, sagt man, ist im Kabinett
Bereits zum Gouverneur ernannt.
CARLOS. Gleich morgen

Verlang ich Audienz bei meinem Vater.
Ich fordre dieses Amt für mich. Es ist
Die erste Bitte, die ich an ihn wage.
Er kann sie mir nicht weigern. Lange schon
Sieht er mich ungern in Madrid. Welch ein
Willkommner Vorwand, mich entfernt zu halten!
Und – soll ich dirs gestehen, Roderich?
Ich hoffe mehr – Vielleicht gelingt es mir,
Von Angesicht zu Angesicht mit ihm
In seiner Gunst mich wiederherzustellen.
Er hat noch nie die Stimme der Natur
Gehört – lass mich versuchen, Roderich,
Was sie auf meinen Lippen wird vermögen.
MARQUIS. Jetzt endlich hör ich meinen Carlos wieder!
Jetzt sind Sie wieder ganz Sie selbst.

## Achter Auftritt

*Vorige. Graf Lerma*

LERMA. Soeben
Hat der Monarch Aranjuez verlassen.
Ich habe den Befehl –
CARLOS. Schon gut, Graf Lerma.
Ich treffe mit dem König ein.
MARQUIS *(macht Miene, sich zu entfernen. Mit einigem Zeremoniell).*
Sonst haben
Mir Eure Hoheit nichts mehr aufzutragen?
CARLOS. Nichts, Chevalier. Ich wünsche Ihnen Glück
Zu Ihrer Ankunft in Madrid. Sie werden
Noch mehreres von Flandern mir erzählen.
*(Zu Lerma, welcher noch wartet)*
Ich folge gleich. *(Graf Lerma geht ab)*

## Neunter Auftritt

*Don Carlos. Der Marquis*

CARLOS. Ich habe dich verstanden.
Ich danke dir. Doch diesen Zwang entschuldigt
Nur eines Dritten Gegenwart. Sind wir
Nicht Bruder? – Dieses Possenspiel des Ranges
Sei künftighin aus unserm Bund verwiesen!
Berede dich, wir beide hatten uns
Auf einem Ball mit Masken eingefunden,
In Sklavenkleider du, und ich aus Laune
In einen Purpur eingemummt. Solange
Der Fasching währt, verehren wir die Lüge,
Der Rolle treu mit lächerlichem Ernst,
Den süßen Rausch des Haufens nicht zu stören.
Doch durch die Larve winkt dein Karl dir zu,
Du drückst mir im Vorrübergehn die Hände,
Und wir verstehen uns.

MARQUIS. Der Traum ist göttlich.
Doch wird er nie verfliegen? Ist mein Karl
Auch seiner so gewiss, den Reizungen
Der unumschränkten Majestät zu trotzen?
Noch ist ein großer Tag zurück – ein Tag –
Wo dieser Heldensinn – ich will Sie mahnen –
In einer schweren Probe sinken wird.
Don Philipp stirbt. Karl erbt das größte Reich
Der Christenheit. – Ein ungeheurer Spalt
Reißt vom Geschlecht der Sterblichen ihn los,
Und Gott ist heut, wer gestern Mensch noch war.
Jetzt hat er keine Schwächen mehr. Die Pflichten
Der Ewigkeit verstummen ihm. Die Menschheit
– Noch heut ein großes Wort in seinem Ohr –
Verkauft sich selbst und kriecht um ihren Götzen.
Sein Mitgefühl löscht mit dem Leiden aus,
In Wollüsten ermattet seine Tugend,

Für seine Torheit schickt ihm Peru Gold,
Für seine Laster zieht sein Hof ihm Teufel.
Er schläft berauscht in diesem Himmel ein,
Den seine Sklaven listig um ihn schufen.
Lang, wie sein Traum, wahrt seine Gottheit. – Wehe
Dem Rasenden, der ihn mitleidig weckte.
Was aber würde Roderich? – Die Freundschaft
Ist wahr und kühn – die kranke Majestät
Hält ihren fürchterlichen Strahl nicht aus.
Den Trotz des Bürgers würden Sie nicht dulden,
Ich nicht den Stolz des Fürsten.

CARLOS. Wahr und schrecklich
Ist dein Gemälde von Monarchen. Ja,
Ich glaube dir. – Doch nur die Wollust schloss
Dem Laster ihre Herzen auf. – Ich bin
Noch rein, ein dreiundzwanzigjährger Jüngling.
Was vor mir Tausende gewissenlos
In schwelgenden Umarmungen verprassten,
Des Geistes beste Hälfte, Männerkraft,
Hab ich dem künftgen Herrscher aufgehoben.
Was könnte dich aus meinem Herzen drängen,
Wenn es nicht Weiber tun?

MARQUIS. Ich selbst. Könnt ich
So innig Sie noch lieben, Karl, wenn ich
Sie fürchten müsste?

CARLOS. Das wird nie geschehen.
Bedarfst du meiner? Hast du Leidenschaften,
Die von dem Throne betteln? Reizt dich Gold?
Du bist ein reichrer Untertan, als ich
Ein König je sein werde. – Geizest du
Nach Ehre? Schon als Jüngling hattest du
Ihr Maß erschöpft – du hast sie ausgeschlagen.
Wer von uns wird der Gläubiger des andern,
Und wer der Schuldner sein? – Du schweigst? Du zitterst

Vor der Versuchung? Nicht gewisser bist
Du deiner selbst?

MARQUIS. Wohlan. Ich weiche.
Hier meine Hand.

CARLOS. Der Meinige?

MARQUIS. Auf ewig
Und in des Worts verwegenster Bedeutung.

CARLOS. So treu und warm, wie heute dem Infanten,
Auch dermaleinst dem König zugetan?

MARQUIS. Das schwör ich Ihnen.

CARLOS. Dann auch, wenn der Wurm
Der Schmeichelei mein unbewachtes Herz
Umklammerte – wenn dieses Auge Tränen
Verlernte, die es sonst geweint – dies Ohr
Dem Flehen sich verriegelte, willst du,
Ein schreckenloser Hüter meiner Tugend,
Mich kräftig fassen, meinen Genius
Bei seinem großen Namen rufen?

MARQUIS. Ja.

CARLOS. Und jetzt noch eine Bitte! Nenn mich *du*!
Ich habe deinesgleichen stets beneidet
Um dieses Vorrecht der Vertraulichkeit.
Dies brüderliche *Du* betrügt mein Ohr,
Mein Herz mit süßen Ahndungen von Gleichheit.
– Keinen Einwurf – Was du sagen willst, errat ich.
Dir ist es Kleinigkeit, ich weiß – doch mir,
Dem Königssohne, ist es viel. Willst du
Mein Bruder sein?

MARQUIS. Dein Bruder!

CARLOS. Jetzt zum König.
Ich fürchte nichts mehr – Arm in Arm mit dir,
So fordr ich mein Jahrhundert in die Schranken.

*(Sie gehen ab)*

# ZWEITER AKT

*Im königlichen Palast zu Madrid*

## Erster Auftritt

*König Philipp unter einem Thronhimmel. Herzog von Alba in einiger Entfernung von dem König, mit bedecktem Haupt. Carlos*

CARLOS. Den Vortritt hat das Königreich. Sehr gerne
Steht Carlos dem Minister nach. Er spricht
Für Spanien – ich bin der Sohn des Hauses.
*(Er tritt mit einer Verbeugung zurück)*

PHILIPP. Der Herzog bleibt, und der Infant mag reden.

CARLOS *(sich gegen Alba wendend).*
So muss ich denn von *Ihrer* Großmut, Herzog,
Den König mir als ein Geschenk erbitten.
Ein Kind – Sie wissen ja – kann mancherlei
An seinen Vater auf dem Herzen tragen,
Das nicht für einen Dritten taugt. Der König
Soll Ihnen unbenommen sein – ich will
Den Vater nur für diese kurze Stunde.

PHILIPP. Hier steht sein Freund.

CARLOS. Hab ich es auch verdient,
Den meinigen im Herzog zu vermuten?

PHILIPP. Auch je verdienen mögen? – Mir gefallen
Die Söhne nicht, die bessre Wahlen treffen
Als ihre Väter.

CARLOS. Kann der Ritterstolz
Des Herzogs Alba diesen Auftritt hören?
So wahr ich lebe, den Zudringlichen,
Der zwischen Sohn und Vater, unberufen
Sich einzudrängen nicht errötet, der
In seines Nichts durchbohrendem Gefühle
So dazustehen sich verdammt, möcht ich
Bei Gott – und gälts ein Diadem – nicht spielen.

PHILIPP *(verlässt seinen Sitz mit einem zornigen Blick auf den Prinzen).*
Entfernt Euch, Herzog!
*(Dieser geht nach der Haupttüre, durch welche Carlos gekommen war; der König winkt ihm nach einer andern)* Nein, ins Kabinett,
Bis ich Euch rufe.

## Zweiter Auftritt

*König Philipp. Don Carlos*

CARLOS *(geht, sobald der Herzog des Zimmer verlassen hat, auf den König zu und fällt vor ihm nieder, im Ausdruck der höchsten Empfindung).*
Jetzt mein Vater wieder,
Jetzt wieder mein, und meinen besten Dank
Für diese Gnade. – Ihre Hand, mein Vater. –
O süßer Tag! – Die Wonne dieses Kusses
War Ihrem Kinde lange nicht gegönnt.
Warum von Ihrem Herzen mich so lange
Verstoßen, Vater? Was hab ich getan?
PHILIPP. Infant, dein Herz weiß nichts von diesen Künsten.
Erspare sie, ich mag sie nicht.
CARLOS *(aufstehend).* Das war es!
Da hör ich Ihre Höflinge – Mein Vater!
Es ist nicht gut, bei Gott! nicht alles gut,
Nicht alles, was ein Priester sagt, nicht alles,
Was eines Priesters Kreaturen sagen.
Ich bin nicht schlimm, mein Vater – heißes Blut
Ist meine Bosheit, mein Verbrechen Jugend.
Schlimm bin ich nicht, schlimm wahrlich nicht – wenn auch
Oft wilde Wallungen mein Herz verklagen,
Mein Herz ist gut –

PHILIPP. Dein Herz ist rein, ich weiß es,
Wie dein Gebet.
CARLOS. Jetzt oder nie! – Wir sind allein.
Der Etikette bange Scheidewand
Ist zwischen Sohn und Vater eingesunken.
Jetzt oder nie. Ein Sonnenstrahl der Hoffnung
Glänzt in mir auf, und eine süße Ahndung
Fliegt durch mein Herz – der ganze Himmel beugt
Mit Scharen froher Engel sich herunter,
Voll Rührung sieht der Dreimalheilige
Dem großen, schönen Auftritt zu! – Mein Vater!
Versöhnung! *(Er fällt ihm zu Füßen)*
PHILIPP. Lass mich und steh auf!
CARLOS. Versöhnung!
PHILIPP *(will sich von ihm losreißen).*
Zu kühn wird mir dies Gaukelspiel –
CARLOS. Zu kühn
Die Liebe deines Kindes?
PHILIPP. Vollends Tränen?
Unwürdger Anblick! – Geh aus meinen Augen.
CARLOS. Jetzt oder nie – Versöhnung, Vater!
PHILIPP. Weg
Aus meinen Augen! Komm mit Schmach bedeckt
Aus meinen Schlachten, meine Arme sollen
Geöffnet sein, dich zu empfangen – So
Verwerf ich dich! – Die feige Schuld allein
Wird sich in solchen Quellen schimpflich waschen.
Wer zu bereuen nicht errötet, wird
Sich Reue nie ersparen.
CARLOS. Wer ist das?
Durch welchen Missverstand hat dieser Fremdling
Zu Menschen sich verirrt? – Die ewige
Beglaubigung der Menschheit sind ja Tränen,
Sein Aug ist trocken, ihn gebar kein Weib –
O, zwingen Sie die nie benetzten Augen,

Noch zeitig Tränen einzulernen, sonst,
Sonst möchten Sies in einer harten Stunde
Noch nachzuholen haben.

PHILIPP. Denkst du den schweren Zweifel deines Vaters
Mit schönen Worten zu erschüttern?

CARLOS. Zweifel?
Ich will ihn tilgen, diesen Zweifel – will
Mich hängen an das Vaterherz, will reißen,
Will mächtig reißen an dem Vaterherzen,
Bis dieses Zweifels felsenfeste Rinde
Von diesem Herzen niederfällt. – Wer sind sie,
Die mich aus meines Königs Gunst vertrieben?
Was bot der Mönch dem Vater für den Sohn?
Was wird ihm Alba für ein kinderlos
Verscherztes Leben zur Vergütung geben?
Sie wollen Liebe? – Hier in diesem Busen
Springt eine Quelle, frischer, feuriger
Als in den trüben, sumpfigen Behältern,
Die Philipps Gold erst öffnen muss.

PHILIPP. Vermeßner,
Halt ein! – Die Männer, die du wagst zu schmähn,
Sind die geprüften Diener meiner Wahl,
Und du wirst sie verehren.

CARLOS. Nimmermehr.
Ich fühle mich. Was Ihre Alba leisten,
Das kann auch Karl, und Karl kann mehr. Was fragt
Ein Mietling nach dem Königreich, das nie
Sein eigen sein wird? Was bekümmern *den*,
Wenn Philipps graue Haare weiß sich färben?
Ihr Carlos hätte Sie geliebt. – Mir graut
Vor dem Gedanken, einsam und allein,
Auf einem *Thron* allein zu sein. –

PHILIPP *(von diesen Worten ergriffen, steht nachdenkend und in sich gekehrt. Nach einer Pause).* Ich *bin* allein.

CARLOS *(mit Lebhaftigkeit und Wärme auf ihn zugehend).*

Sie sinds gewesen. Hassen Sie mich nicht mehr,
Ich will Sie kindlich, will Sie feurig lieben,
Nur hassen Sie mich nicht mehr. – Wie entzückend
Und süß ist es, in einer schönen Seele
Verherrlicht uns zu fühlen, es zu wissen,
Dass unsre Freude fremde Wangen rötet,
Dass unsre Angst in fremden Busen zittert,
Dass unsre Leiden fremde Augen wässern! –
Wie schön ist es und herrlich, Hand in Hand
Mit einem teuern, vielgeliebten Sohn
Der Jugend Rosenbahn zurückzueilen,
Des Lebens Traum noch einmal durchzuträumen!
Wie groß und süß, in seines Kindes Tugend
Unsterblich, unvergänglich fortzudauern,
Wohltätig für Jahrhunderte! – Wie schön,
Zu pflanzen, was ein lieber Sohn einst erntet,
Zu sammeln, was ihm wuchern wird, zu ahnden,
Wie hoch sein Dank einst flammen wird! – Mein Vater,
Von diesem Erdenparadiese schwiegen
Sehr weislich Ihre Mönche.
PHILIPP *(nicht ohne Rührung).* O, mein Sohn,
Mein Sohn! du brichst dir selbst den Stab. Sehr reizend
Malst du ein Glück, das – du mir nie gewährtest.
CARLOS. Das richte der Allwissende! – Sie selbst,
*Sie* schlossen mich, wie aus dem Vaterherzen,
Von Ihres Zepters Anteil aus. Bis jetzt,
Bis diesen Tag – o, war das gut, wars billig? –
Bis jetzt musst ich, der Erbprinz Spaniens,
In Spanien ein Fremdling sein, Gefangner
Auf diesem Grund, wo ich einst Herr sein werde.
War das gerecht, wars gütig? – O, wie oft,
Wie oft, mein Vater, sah ich schamrot nieder,
Wenn die Gesandten fremder Potentaten,
Wenn Zeitungsblätter mir das Neueste
Vom Hofe zu Aranjuez erzählten!

PHILIPP. Zu heftig braust das Blut in deinen Adern.
Du würdest nur zerstören.
CARLOS. Geben Sie
Mir zu zerstören, Vater. – Heftig brausts
In meinen Adern – Dreiundzwanzig Jahre,
Und nichts für die Unsterblichkeit getan!
Ich bin erwacht, ich fühle mich. – Mein Ruf
Zum Königsthron pocht, wie ein Gläubiger,
Aus meinem Schlummer mich empor, und alle
Verlorne Stunden meiner Jugend mahnen
Mich laut wie Ehrenschulden. Er ist da,
Der große schöne Augenblick, der endlich
Des hohen Pfundes Zinsen von mir fordert:
Mich ruft die Weltgeschichte, Ahnenruhm
Und des Gerüchtes donnernde Posaune.
Nun ist die Zeit gekommen, mir des Ruhmes
Glorreiche Schranken aufzutun. – Mein König,
Darf ich die Bitte auszusprechen wagen,
Die mich hierher geführt?
PHILIPP. Noch eine Bitte?
Entdecke sie.
CARLOS. Der Aufruhr in Brabant
Wächst drohend an. Der Starrsinn der Rebellen
Heischt starke, kluge Gegenwehr. Die Wut
Der Schwärmer zu bezähmen, soll der Herzog
Ein Heer nach Flandern führen, von dem König
Mit souveräner Vollmacht ausgestattet.
Wie ehrenvoll ist dieses Amt, wie ganz
Dazu geeignet, Ihren Sohn im Tempel
Des Ruhmes einzuführen! – Mir, mein König,
Mir übergeben Sie das Heer. Mich lieben
Die Niederländer; ich erkühne mich,
Mein Blut für ihre Treue zu verbürgen.
PHILIPP. Du redest wie ein Träumender. Dies Amt
Will einen Mann und keinen Jüngling –

CARLOS. Will
Nur einen Menschen, Vater, und das ist
Das einzige, was Alba nie gewesen.
PHILIPP. Und Schrecken bändigt die Empörung nur.
Erbarmung hieße Wahnsinn. – Deine Seele
Ist weich, mein Sohn, der Herzog wird gefürchtet –
Steh ab von deiner Bitte.
CARLOS. Schicken Sie
Mich mit dem Heer nach Flandern, wagen Sies
Auf meine weiche Seele. Schon der Name
Des königlichen Sohnes, der voraus
Vor meinen Fahnen fliegen wird, erobert,
Wo Herzog Albas Henker nur verheeren.
Auf meinen Knien bitt ich drum. Es ist
Die erste Bitte meines Lebens – Vater,
Vertrauen Sie mir Flandern –
PHILIPP *(den Infanten mit einem durchdringenden Blick betrachtend).*
Und zugleich
Mein bestes Kriegsheer deiner Herrschbegierde?
Das Messer meinem Mörder?
CARLOS. O mein Gott!
Bin ich nicht weiter, und ist das die Frucht
Von dieser längst erbetnen großen Stunde?
*(Nach einigem Nachdenken, mit gemildertem Ernst)*
Antworten Sie mir sanfter. Schicken Sie
Mich *so* nicht weg. Mit dieser übeln Antwort
Möcht ich nicht gern entlassen sein, nicht gern
Entlassen sein mit diesem schweren Herzen.
Behandeln Sie mich gnädiger. Es ist
Mein dringendes Bedürfnis, ist mein letzter,
Verzweifelter Versuch – ich kanns nicht fassen,
Nicht standhaft tragen wie ein Mann, dass Sie
Mir alles, alles, alles so verweigern. –
Jetzt lassen Sie mich von sich. Unerhört,
Von tausend süßen Ahndungen betrogen,

Geh ich aus Ihrem Angesicht. – Ihr Alba
Und Ihr Domingo werden siegreich thronen,
Wo jetzt Ihr Kind im Staub geweint. Die Schar
Der Höflinge, die bebende Grandezza,
Der Mönche sünderbleiche Zunft war Zeuge,
Als Sie mir feierlich Gehör geschenkt.
Beschämen Sie mich nicht! So tödlich, Vater,
Verwunden Sie mich nicht, dem frechen Hohn
Des Hofgesindes schimpflich mich zu opfern,
Dass Fremdlinge von Ihrer Gnade schwelgen,
Ihr Carlos nichts erbitten kann. Zum Pfande,
Dass Sie mich ehren wollen, schicken Sie
Mich mit dem Heer nach Flandern.

PHILIPP. Wiederhole
Dies Wort nicht mehr, bei deines Königs Zorn.

CARLOS. Ich wage meines Königs Zorn und bitte
Zum letztenmal – vertrauen Sie mir Flandern.
Ich soll und muss aus Spanien. Mein Hiersein
Ist Atemholen unter Henkershand –
Schwer liegt der Himmel zu Madrid auf mir,
Wie das Bewusstsein eines Mords. Nur schnelle
Veränderung des Himmels kann mich heilen.
Wenn Sie mich retten wollen – schicken Sie
Mich ungesäumt nach Flandern.

PHILIPP *(mit erzwungener Gelassenheit). Solche* Kranke
Wie du, mein Sohn, verlangen gute Pflege
Und wohnen unterm Aug des Arzts. Du bleibst
In Spanien; der Herzog geht nach Flandern.

CARLOS *(außer sich).* O, jetzt umringt mich, gute Geister –

PHILIPP *(der einen Schritt zurücktritt).* Halt!
Was wollen diese Mienen sagen?

CARLOS *(mit schwankender Stimme).* Vater,
Unwiderruflich bleibts bei *der* Entscheidung?

PHILIPP. Sie kam vom König.

CARLOS. Mein Geschäft ist aus.

*(Geht ab in heftiger Bewegung)*

## Dritter Auftritt

*Philipp bleibt eine Zeitlang in düstres Nachdenken versunken stehen – endlich geht er einige Schritte im Saale auf und nieder. Alba nähert sich verlegen*

PHILIPP. Seid jede Stunde des Befehls gewärtig,
Nach Brüssel abzugehen.
ALBA. Alles steht
Bereit, mein König.
PHILIPP. Eure Vollmacht liegt
Versiegelt schon im Kabinett. Indessen
Nehmt Euren Urlaub von der Königin
Und zeiget Euch zum Abschied dem Infanten.
ALBA. Mit den Gebärden eines Wütenden
Sah ich ihn eben diesen Saal verlassen.
Auch Eure Königliche Majestät
Sind außer sich und scheinen tief bewegt –
Vielleicht der Inhalt des Gesprächs?
PHILIPP *(nach einigem Auf- und Niedergehen).* Der Inhalt
War Herzog Alba.
*(Der König bleibt mit dem Aug auf ihm haften, finster)*
– Gerne mag ich hören,
Dass Carlos meine Räte *hasst*, doch mit
Verdruss entdeck ich, dass er sie *verachtet.*
ALBA *(entfärbt sich und will auffahren).*
PHILIPP. Jetzt keine Antwort. Ich erlaube Euch,
Den Prinzen zu versöhnen.
ALBA. Sire!
PHILIPP. Sagt an,
Wer war es doch, der mich zum erstenmal
Vor meines Sohnes schwarzem Anschlag warnte?
Da hört ich *Euch* und nicht auch *ihn.* Ich will
Die Probe wagen, Herzog. Künftighin
Steht Carlos meinem Throne näher. Geht.
*(Der König begibt sich in das Kabinett. Der Herzog entfernt sich durch eine andere Türe)*

*Ein Vorsaal vor dem Zimmer der Königin*

## Vierter Auftritt

*Don Carlos kommt im Gespräche mit einem Pagen durch die Mitteltüre. Die Hofleute, welche sich im Vorsaal befinden, zerstreuen sich bei seiner Ankunft in den angrenzenden Zimmern*

CARLOS. Ein Brief an mich? – Wozu denn dieser Schlüssel?
Und beides mir so heimlich überliefert?
Komm näher. – Wo empfingst du das?
PAGE *(geheimnisvoll).* Wie mich
Die Dame merken lassen, will sie lieber
Erraten als beschrieben sein –
CARLOS *(zurückfahrend).* Die Dame?
*(Indem er den Pagen genauer betrachtet)*
Was? – Wie? – Wer bist du denn?
PAGE. Ein Edelknabe
Von Ihrer Majestät der Königin –
CARLOS *(erschrocken auf ihn zugehend und ihm die Hand auf den Mund drückend).* Du bist des Todes. Halt! Ich weiß genug.
*(Er reißt hastig das Siegel auf und tritt an das äußerste Ende des Saals, den Brief zu lesen. Unterdessen kommt der Herzog von Alba und geht, ohne von dem Prinzen bemerkt zu werden, an ihm vorbei in der Königin Zimmer. Carlos fängt an, heftig zu zittern und wechselsweise zu erblassen und zu erröten. Nachdem er gelesen hat, steht er lange sprachlos, die Augen starr auf den Brief geheftet. – Endlich wendet er sich zu dem Pagen)*
Sie gab dir selbst den Brief?
PAGE. Mit eignen Händen.
CARLOS. Sie gab dir selbst den Briefs – O, spotte nicht!
Noch hab ich nichts von ihrer Hand gelesen,
Ich muss dir glauben, wenn du schwören kannst.
Wenns Lüge war, gesteh mirs offenherzig,
Und treibe keinen Spott mit mir.

PAGE. Mit *wem*?

CARLOS *(sieht wieder in den Brief und betrachtet den Pagen mit zweifelhafter, forschender Miene. Nachdem er einen Gang durch den Saal gemacht hat).*

Du hast noch Eltern? Ja? Dein Vater dient
Dem Könige und ist ein Kind des Landes?

PAGE. Er fiel bei Saint Quentin, ein Oberster
Der Reiterei des Herzogs von Savoyen,
Und hieß Alonzo Graf von Henarez.

CARLOS *(indem er ihn bei der Hand nimmt und die Augen bedeutend auf ihn heftet).* Den Brief gab dir der König?

PAGE *(empfindlich).* Gnädger Prinz,
Verdien ich diesen Argwohn?

CARLOS *(liest den Brief).* »Dieser Schlüssel öffnet
Die hintern Zimmer im Pavillon
Der Königin. Das äußerste von allen
Stößt seitwärts an ein Kabinett, wohin
Noch keines Horchers Fußtritt sich verloren.
Hier darf die Liebe frei und laut gestehn,
Was sie so lange Winken nur vertraute.
Erhörung wartet auf den Furchtsamen
Und schöner Lohn auf den bescheidnen Dulder.«
*(Wie aus einer Betäubung erwachend)*
Ich träume nicht – ich rase nicht – das ist
Mein rechter Arm – das ist mein Schwert – das sind
Geschriebne Silben. Es ist wahr und wirklich.
Ich bin geliebt – ich bin es – ja, ich bin,
Ich bin geliebt!
*(Außer Fassung durchs Zimmer stürzend und die Arme zum Himmel emporgeworfen)*

PAGE. So kommen Sie, mein Prinz, ich führe Sie.

CARLOS. Erst lass mich zu mir selber kommen. – Zittern
Nicht alle Schrecken dieses Glücks noch in mir?
Hab ich so stolz gehofft? Hab ich das je
Zu träumen mir getraut? Wo ist der Mensch,

Der sich so schnell gewöhnte, Gott zu sein? –
Wer war ich, und wer bin ich nun? Das ist
Ein andrer Himmel, eine andre Sonne,
Als vorhin dagewesen war – Sie liebt mich!

PAGE *(will ihn fortführen).*
Prinz, Prinz, hier ist der Ort nicht – Sie vergessen –

CARLOS *(von einer plötzlichen Erstarrung ergriffen).*
Den König, meinen Vater!
*(Er lässt die Arme sinken, blickt scheu umher und fängt an, sich zu sammeln)* Das ist schrecklich –
Ja, ganz recht, Freund. Ich danke dir, ich war
Soeben nicht ganz bei mir. – Dass ich *das*
Verschweigen soll, der Seligkeit soviel
In diese Brust vermauern soll, ist schrecklich.
*(Den Pagen bei der Hand fassend und beiseite führend)*
Was du gesehn – hörst du? – und nicht gesehen,
Sei wie ein Sarg in deiner Brust versunken.
Jetzt geh. Ich will mich finden. Geh. Man darf
Uns hier nicht treffen. Geh –

PAGE *(will fort).*

CARLOS. Doch halt! doch höre! –
*(Der Page kommt zurück. Carlos legt ihm eine Hand auf die Schulter und sieht ihm ernst und feierlich ins Gesicht)*
Du nimmst ein schreckliches Geheimnis mit,
Das, jenen starken Giften gleich, die Schale,
Worin es aufgefangen wird, zersprengt. –
Beherrsche deine Mienen gut. Dein Kopf
Erfahre niemals, was dein Busen hütet.
Sei wie das tote Sprachrohr, das den Schall
Empfängt und wiedergibt und selbst nicht höret.
Du bist ein Knabe – sei es immerhin
Und fahre fort, den Fröhlichen zu spielen –
Wie gut verstands die kluge Schreiberin,
Der Liebe einen Boten auszulesen!
*Hier* sucht der König seine Nattern nicht.

PAGE. Und ich, mein Prinz, ich werde stolz drauf sein,
Um ein Geheimnis reicher mich zu wissen
Als selbst der König –

CARLOS. Eitler junger Tor,
*Das* ists, wovor du zittern musst. – Geschiehts,
Dass wir uns öffentlich begegnen, schüchtern,
Mit Unterwerfung nahst du mir. Lass nie
Die Eitelkeit zu Winken dich verführen,
Wie gnädig der Infant dir sei! Du kannst
Nicht schwerer sündigen, mein Sohn, als wenn
Du *mir* gefällst. – Was du mir künftig magst
Zu hinterbringen haben, sprich es nie
Mit Silben aus, vertrau es nie den Lippen;
Den allgemeinen Fahrweg der Gedanken
Betrete deine Zeitung nicht. Du sprichst
Mit deinen Wimpern, deinem Zeigefinger;
Ich höre dir mit Blicken zu. Die Luft,
Das Licht um uns ist Philipps Kreatur,
Die tauben Wände stehn in seinem Solde –
Man kommt – *(Das Zimmer der Königin öffnet sich, und der Herzog von Alba tritt heraus)* Hinweg! auf Wiedersehen!

PAGE. Prinz,
Dass Sie das rechte Zimmer nur nicht fehlen! *(Ab)*

CARLOS. Es ist der Herzog. – Nein doch, nein, schon gut,
Ich finde mich.

## Fünfter Auftritt

*Don Carlos. Herzog von Alba*

ALBA *(ihm in den Weg tretend).*
Zwei Worte, gnädger Prinz.

CARLOS. Ganz recht – schon gut – ein andermal.
*(Er will gehen)*

ALBA. Der Ort

Scheint freilich nicht der schicklichste. Vielleicht
Gefällt es Eurer Königlichen Hoheit,
Auf Ihrem Zimmer mir Gehör zu geben?
CARLOS. Wozu? Das kann hier auch geschehn. – Nur schnell,
Nur kurz –
ALBA. Was eigentlich hierher mich führt,
Ist, Eurer Hoheit untertängen Dank
Für das Bewusste abzutragen –
CARLOS. Dank?
Mir Dank? Wofür? – Und Dank von Herzog Alba?
ALBA. Denn kaum, dass Sie das Zimmer des Monarchen
Verlassen hatten, ward mir angekündigt,
Nach Brüssel abzugehen.
CARLOS. Brüssel! So!
ALBA. Wem sonst, mein Prinz, als Ihrer gnädigen
Verwendung bei des Königs Majestät
Kann ich es zuzuschreiben haben? –
CARLOS. Mir?
Mir ganz und gar nicht – mir wahrhaftig nicht.
Sie reisen – reisen Sie mit Gott!
ALBA. Sonst nichts?
Das nimmt mich wunder. – Eure Hoheit hätten
Mir weiter nichts nach Flandern aufzutragen?
CARLOS. Was sonst? was dort?
ALBA. Doch schien es noch vor kurzem,
Als forderte das Schicksal dieser Länder
Don Carlos' eigne Gegenwart.
CARLOS. Wieso?
Doch ja – ja recht – das war vorhin – das ist
Auch so ganz gut, recht gut, um so viel besser –
ALBA. Ich höre mit Verwunderung –
CARLOS *(nicht mit Ironie)*. Sie sind
Ein großer General – wer weiß das nicht?
Der Neid muss es beschwören. Ich – ich bin
Ein junger Mensch. So hat es auch der König

Gemeint. Der König hat ganz recht, ganz recht.
Ich sehs jetzt ein, ich bin vergnügt, und also
Genug davon. Glück auf den Weg. Ich kann
Jetzt, wie Sie sehen, schlechterdings – ich bin
Soeben etwas überhäuft – das Weitere
Auf morgen, oder wenn Sie wollen, oder
Wenn Sie von Brüssel wiederkommen –

ALBA. Wie?

CARLOS *(nach einigem Stillschweigen, wie er sieht, dass der Herzog noch immer bleibt).* Sie nehmen gute Jahrszeit mit. – Die Reise
Geht über Mailand, Lothringen, Burgund
Und Deutschland – Deutschland? – Recht, in Deutschland war es!
Da kennt man Sie! – Wir haben jetzt April;
Mai – Junius – im Julius, ganz recht,
Und spätestens zu Anfang des Augusts
Sind Sie in Brüssel. O, ich zweifle nicht,
Man wird sehr bald von Ihren Siegen hören.
Sie werden unsers gnädigsten Vertrauens
Sich wert zu machen wissen.

ALBA *(mit Bedeutung).* Werd ich das,
In meines Nichts durchbohrendem Gefühle?

CARLOS *(nach einigem Stillschweigen, mit Würde und Stolz).*
Sie sind empfindlich, Herzog – und mit Recht.
Es war, ich muss bekennen, wenig Schonung
Von meiner Seite, Waffen gegen Sie
Zu führen, die Sie nicht imstande sind
Mir zu erwidern.

ALBA. Nicht imstande? –

CARLOS *(ihm lächelnd die Hand reichend).* Schade,
Dass mirs gerade jetzt an Zeit gebricht,
Den würdgen Kampf mit Alba auszufechten.
Ein andermal –

ALBA. Prinz, wir verrechnen uns

Auf ganz verschiedne Weise. Sie zum Beispiel,
Sie sehen sich um zwanzig Jahre später,
Ich Sie um ebensoviel früher.

CARLOS. Nun?

ALBA. Und dabei fällt mir ein, wie viele Nächte
Bei seiner schönen portugiesischen
Gemahlin, Ihrer Mutter, der Monarch
Wohl drum gegeben hätte, einen Arm
Wie *diesen* seiner Krone zu erkaufen?
Ihm mocht es wohl bekannt sein, wieviel leichter
Die Sache sei, Monarchen fortzupflanzen
Als Monarchien – wieviel schneller man
Die Welt mit einem Könige versorge,
Als Könige mit einer Welt.

CARLOS. Sehr wahr –
Doch, Herzog Alba? doch –

ALBA. Und wieviel Blut,
Blut *Ihres* Volkes fließen musste, bis
Zwei Tropfen *Sie* zum König machen konnten.

CARLOS. Sehr wahr, bei Gott – und in zwei Worte alles
Gepresst, was des Verdienstes Stolz dem Stolze
Des Glücks entgegensetzen kann. – Doch nun
Die Anwendung? doch, Herzog Alba?

ALBA. Wehe
Dem zarten Wiegenkinde Majestät,
Das seiner Amme spotten kann! Wie sanft
Mags auf dem weichen Kissen unsrer Siege
Sich schlafen lassen! An der Krone funkeln
Die Perlen nur, und freilich nicht die Wunden,
Mit denen sie errungen ward. – Dies Schwert
Schrieb fremden Völkern spanische Gesetze,
Es blitzte dem Gekreuzigten voran
Und zeichnete dem Samenkorn des Glaubens
Auf diesem Weltteil blutge Furchen vor:
Gott richtete im Himmel, ich auf Erden –

CARLOS. Gott oder Teufel, gilt gleichviel! Sie waren
Sein rechter Arm. Ich weiß das wohl – und jetzt
Nichts mehr davon. Ich bitte. Vor gewissen
Erinnerungen möcht ich gern mich hüten. –
Ich ehre meines Vaters Wahl. Mein Vater
Braucht einen Alba; *dass* er diesen braucht,
Das ist es nicht, warum ich ihn beneide.
Sie sind ein großer Mann. – Auch das mag sein;
Ich glaub es fast. Nur, fürcht ich, kamen Sie,
Um wenige Jahrtausende zu zeitig.
Ein Alba, sollt ich meinen, war der Mann,
Am Ende aller Tage zu erscheinen!
Dann, wann des Lasters Riesentrotz die Langmut
Des Himmels aufgezehrt, die reiche Ernte
Der Missetat in vollen Halmen steht
Und einen Schnitter sonder Beispiel fordert,
Dann stehen *Sie* an Ihrem Platz. – O Gott,
Mein Paradies! mein Flandern! – Doch ich soll
Es jetzt nicht denken. Still davon. Man spricht,
Sie führten einen Vorrat Blutsentenzen,
Im voraus unterzeichnet, mit? Die Vorsicht
Ist lobenswert. So braucht man sich vor keiner
Schikane mehr zu fürchten. – O mein Vater,
Wie schlecht verstand ich deine Meinung! Härte
Gab ich dir schuld, weil du mir ein Geschäft
Verweigertest, wo deine Alba glänzen? –
Es war der Anfang deiner Achtung.
ALBA. Prinz,
Dies Wort verdiente –
CARLOS *(auffahrend)*. Was?
ALBA. Doch *davor* schützt Sie
Der Königssohn.
CARLOS *(nach dem Schwert greifend)*.
Das fodert Blut! – Das Schwert
Gezogen, Herzog!

ALBA *(kalt).* Gegen wen?
CARLOS *(heftig auf ihn eindringend).* Das Schwert
Gezogen, ich durchstoße Sie.
ALBA *(zieht).* Wenn es
Denn sein muss –
*(Sie fechten)*

## Sechster Auftritt

*Die Königin. Don Carlos. Herzog von Alba*

KÖNIGIN *(welche erschrocken aus ihrem Zimmer tritt).*
Bloße Schwerter!
*(Zum Prinzen, unwillig und mit gebietender Stimme)*
Carlos!
CARLOS *(vom Anblick der Königin außer sich gesetzt, lässt den Arm sinken, steht ohne Bewegung und sinnlos, dann eilt er auf den Herzog zu und küsst ihn).*
Versöhnung, Herzog! Alles sei vergeben!
*(Er wirft sich stumm zu der Königin Füßen, steht dann rasch auf und eilt außer Fassung fort)*
ALBA *(der voll Erstaunen dasteht und kein Auge von ihnen verwendet).*
Bei Gott, das ist doch seltsam! –
KÖNIGIN *(steht einige Augenblicke beunruhigt und zweifelhaft, dann geht sie langsam nach ihrem Zimmer, an der Türe dreht sie sich um).*
Herzog Alba!
*(Der Herzog folgt ihr in das Zimmer)*

*Ein Kabinett der Prinzessin von Eboli*

## Siebenter Auftritt

*Die Prinzessin, in einem idealischen Geschmack, schön, aber einfach gekleidet, spielt die Laute und singt. Darauf der Page der Königin*

PRINZESSIN *(springt schnell auf).* Er kommt!
PAGE *(eilfertig).* Sind Sie allein? Mich wundert sehr,
Ihn noch nicht hier zu finden; doch er muss
Im Augenblick erscheinen.
PRINZESSIN. Muss er? Nun,
So *will* er auch – so ist es ja entschieden –
PAGE. Er folgt mir auf den Fersen. – Gnädge Fürstin,
Sie sind geliebt – geliebt, geliebt wie Sie
Kanns niemand sein und niemand sein gewesen.
Welch eine Szene sah ich an!
PRINZESSIN *(zieht ihn voll Ungeduld an sich).*
Geschwinde!
Du sprachst mit ihm? Heraus damit! Was sprach er?
Wie nahm er sich? Was waren seine Worte?
Er schien verlegen, schien bestürzt? Erriet
Er die Person, die ihm den Schlüssel schickte?
Geschwinde – Oder riet er nicht? Er riet
Wohl gar nicht? riet auf eine falsche? – Nun?
Antwortest du mir denn kein Wort? O pfui,
Pfui, schäme dich: so hölzern bist du nie,
So unerträglich langsam nie gewesen.
PAGE. Kann ich zu Worte kommen, Gnädigste?
Ich übergab ihm Schlüssel und Billett
Im Vorsaal bei der Königin. Er stutzte
Und sah mich an, da mir das Wort entwischte,
Ein Frauenzimmer sende mich.
PRINZESSIN. Er stutzte?
Sehr gut! sehr brav! Nur fort, erzähle weiter.
PAGE. Ich wollte mehr noch sagen, da erblasst' er
Und riss den Brief mir aus der Hand und sah

Mich drohend an und sagt', er wisse alles.
Den Brief durchlas er mit Bestürzung, fing
Auf einmal an zu zittern.

PRINZESSIN. Wisse alles?
Er wisse alles? Sagt' er das?

PAGE. Und fragte
Mich dreimal, viermal, ob Sie selber, wirklich
Sie selber mir den Brief gegeben?

PRINZESSIN. Ob
Ich selbst? Und also nannt er meinen Namen?

PAGE. Den Namen – nein, den nannt er nicht. – Es möchten
Kundschafter, sagt' er, in der Gegend horchen
Und es dem König plaudern.

PRINZESSIN *(befremdet).* Sagt' er das?

PAGE. Dem König, sagt' er, liege ganz erstaunlich,
Gar mächtig viel daran, besonders viel,
Von diesem Briefe Kundschaft zu erhalten.

PRINZESSIN. Dem König? Hast du recht gehört? Dem König?
War das der Ausdruck, den er brauchte?

PAGE. Ja!
Er nannt es ein gefährliches Geheimnis,
Und warnte mich, mit Worten und mit Winken
Gar sehr auf meiner Hut zu sein, dass ja
Der König keinen Argwohn schöpfe.

PRINZESSIN *(nach einigem Nachsinnen, voll Verwunderung).*
Alles
Trifft zu. – Es kann nicht anders sein – er muss
Um die Geschichte wissen. – Unbegreiflich!
Wer mag ihm wohl verraten haben? – Wer?
Ich frage noch – Wer sieht so scharf, so tief,
Wer anders als der Falkenblick der Liebe?
Doch weiter, fahre weiter fort: er las
Das Billett –

PAGE. Das Billett enthalte
Ein Glück, sagt' er, vor dem er zittern müsse;

Das hab er nie zu träumen sich getraut.
Zum Unglück trat der Herzog in den Saal,
Dies zwang uns –
PRINZESSIN *(ärgerlich).* Aber was in aller Welt
Hat jetzt der Herzog dort zu tun? Wo aber,
Wo bleibt er denn? Was zögert er? Warum
Erscheint er nicht? – Siehst du, wie falsch man dich
Berichtet hat? Wie glücklich war er schon
In so viel Zeit gewesen, als du brauchtest,
Mir zu erzählen, dass ers werden wollte!
PAGE. Der Herzog, fürcht ich –
PRINZESSIN. Wiederum der Herzog?
Was will der *hier?* Was hat der tapfre Mann
Mit meiner stillen Seligkeit zu schaffen?
Den könnt er stehenlassen, weiterschicken,
Wen auf der Welt kann man das nicht? – O wahrlich!
Dein Prinz versteht sich auf die Liebe selbst
So schlecht als, wie es schien, auf Damenherzen.
Er weiß nicht, was Minuten sind – Still, still!
Ich höre kommen. Fort. Es ist der Prinz.
*(Page eilt hinaus)*
Hinweg, hinweg! – Wo hab ich meine Laute?
Er soll mich überraschen. – Mein Gesang
Soll ihm das Zeichen geben –

## Achter Auftritt

*Die Prinzessin und bald nachher Don Carlos*

PRINZESSIN *(hat sich in eine Ottomane geworfen und spielt).*
CARLOS *(stürzt herein. Er erkennt die Prinzessin und steht da, wie vom Donner gerührt).* Gott!
Wo bin ich?
PRINZESSIN *(lässt die Laute fallen. Ihm entgegen).*
Ah, Prinz Carlos? Ja wahrhaftig!

CARLOS. Wo bin ich? Rasender Betrug – ich habe
Das rechte Kabinett verfehlt.

PRINZESSIN. Wie gut
Versteht es Karl, die Zimmer sich zu merken,
Wo Damen ohne Zeugen sind.

CARLOS. Prinzessin –
Verzeihen Sie, Prinzessin – ich – ich fand
Den Vorsaal offen.

PRINZESSIN. Kann das möglich sein?
Mich deucht ja doch, dass ich ihn selbst verschloss.

CARLOS. Das deucht Sie nur, das deucht Sie – doch versichert!
Sie irren sich. Verschließen wollen, ja,
Das geb ich zu, das glaub ich – doch verschlossen?
Verschlossen nicht, wahrhaftig nicht. Ich höre
Auf einer – Laute jemand spielen – wars
Nicht eine Laute? *(Indem er sich zweifelhaft umsieht)*
Recht! dort liegt sie noch –
Und Laute – das weiß Gott im Himmel! – Laute,
Die lieb ich bis zur Raserei. Ich bin
Ganz Ohr, ich weiß nichts von mir selber, stürze
Ins Kabinett, der süßen Künstlerin,
Die mich so himmlisch rührte, mich so mächtig
Bezauberte, ins schöne Aug zu sehen.

PRINZESSIN. Ein liebenswürdger Vorwitz, den Sie doch
Sehr bald gestillt, wie ich beweisen könnte.
*(Nach einigem Stillschweigen mit Bedeutung)*
O, schätzen muss ich den bescheidnen Mann,
Der, einem Weib Beschämung zu ersparen,
In solchen Lügen sich verstrickt.

CARLOS *(treuherzig)*. Prinzessin,
Ich fühle selber, dass ich nur verschlimmre,
Wo ich verbessern will. Erlassen Sie
Mir eine Rolle, die ich durchzuführen
So ganz und gar verdorben bin. Sie suchten
Auf diesem Zimmer Zuflucht vor der Welt.

Hier wollten Sie, von Menschen unbehorcht,
Den stillen Wünschen Ihres Herzens leben.
Ich, Sohn des Unglücks, zeige mich; sogleich
Ist dieser schöne Traum gestört. – Dafür
Soll mich die schleunigste Entfernung –
*(Er will gehen.)*

PRINZESSIN *(überrascht und betroffen, doch sogleich wieder gefasst).*
Prinz –
O, das war boshaft.

CARLOS. Fürstin – ich verstehe,
Was *dieser* Blick in diesem Kabinett
Bedeuten soll, und diese tugendhafte
Verlegenheit verehr ich. Weh dem Manne,
Den weibliches Erröten mutig macht!
Ich bin verzagt, wenn Weiber vor mir zittern.

PRINZESSIN. Ists möglich? – Ein Gewissen ohne Beispiel
Für einen jungen Mann und Königssohn!
Ja, Prinz – jetzt vollends müssen Sie mir bleiben,
Jetzt bitt ich selbst darum: bei so viel Tugend
Erholt sich jedes Mädchens Angst. Doch wissen Sie,
Dass Ihre plötzliche Erscheinung mich
Bei meiner liebsten Arie erschreckte?
*(Sie führt ihn zum Sofa und nimmt ihre Laute wieder)*
Die Arie, Prinz Carlos, werd ich wohl
Noch einmal spielen müssen; Ihre Strafe
Soll sein, mir zuzuhören.

CARLOS *(Er setzt sich, nicht ganz ohne Zwang, neben die Fürstin).*
Eine Strafe,
So wünschenswert als mein Vergehn – und wahrlich,
Der Inhalt war mir so willkommen, war
So göttlich schön, dass ich zum – drittenmal
Sie hören könnte.

PRINZESSIN. Was? Sie haben alles
Gehört? Das ist abscheulich, Prinz. – Es war,
Ich glaube gar, die Rede von der Liebe?

CARLOS. Und, irr ich nicht, von einer glücklichen –
Der schönste Text in diesem schönen Munde;
Doch freilich nicht so wahr gesagt als schön.
PRINZESSIN. Nicht? nicht so wahr? – Und also zweifeln Sie? –
CARLOS *(ernsthaft).* Ich zweifle fast, ob Carlos und die Fürstin
Von Eboli sich je verstehen können,
Wenn Liebe abgehandelt wird.
*(Die Prinzessin stutzt; er bemerkt es und fährt mit einer leichten Galanterie fort)* Denn wer,
Wer wird es diesen Rosenwangen glauben,
Dass Leidenschaft in dieser Brust gewühlt?
Läuft eine Fürstin Eboli Gefahr,
Umsonst und unerhört zu seufzen? Liebe
Kennt der allein, der ohne Hoffnung liebt.
PRINZESSIN *(mit ihrer ganzen vorigen Munterkeit).*
O, still! Das klingt ja fürchterlich. – Und freilich
Scheint dieses Schicksal *Sie* vor allen andern,
Und vollends heute – heute zu verfolgen.
*(Ihn bei der Hand fassend, mit einschmeichelndem Interesse)*
Sie sind nicht fröhlich, guter Prinz. – Sie leiden –
Bei Gott, Sie leiden ja wohl gar. Ists möglich?
Und warum leiden, Prinz? bei diesem lauten
Berufe zum Genuss der Welt, bei allen
Geschenken der verschwendrischen Natur
Und allem Anspruch auf des Lebens Freuden?
*Sie* – eines großen Königs Sohn, und *mehr*,
Weit mehr als das, schon in der Fürstenwiege
Mit Gaben ausgestattet, die sogar
Auch Ihres Ranges Sonnenglanz verdunkeln?
*Sie* – der im ganzen strengen Rat der Weiber
Bestochne Richter sitzen hat, der Weiber,
Die über Männerwelt und Männerruhm
Ausschließend ohne Widerspruch entscheiden?
*Der*, wo er nur *bemerkte*, schon erobert,
Entzündet, wo er kalt geblieben, wo

Er glühen will, mit Paradiesen spielen
Und Götterglück verschenken muss – der Mann,
Den die Natur zum Glück von Tausenden
Und *wenigen* mit gleichen Gaben schmückte,
Er selber sollte elend sein? – O Himmel,
Der du ihm alles, alles gabst, warum,
Warum denn nur die Augen ihm versagen,
Womit er seine Siege sieht?

CARLOS *(der die ganze Zeit über in die tiefste Zerstreuung versunken war, wird durch das Stillschweigen der Prinzessin plötzlich zu sich selbst gebracht und fährt in die Höhe).*
Vortrefflich!
Ganz unvergleichlich, Fürstin! Singen Sie
Mir diese Stelle doch noch einmal.

PRINZESSIN *(sieht ihn erstaunt an).* Carlos,
Wo waren Sie indessen?

CARLOS *(springt auf).* Ja, bei Gott!
Sie mahnen mich zur rechten Zeit. – Ich muss,
Muss fort – muss eilends fort.

PRINZESSIN *(hält ihn zurück).* Wohin?

CARLOS *(in schrecklicher Beängstigung).* Hinunter
Ins Freie. – Lassen Sie mich los – Prinzessin,
Mir wird, als rauchte hinter mir die Welt
In Flammen auf –

PRINZESSIN *(hält ihn mit Gewalt zurück).*
Was haben Sie? Woher
Dies fremde, unnatürliche Betragen?
*(Carlos bleibt stehen und wird nachdenkend. Sie ergreift diesen Augenblick, ihn zu sich auf den Soja zu ziehen)*
Sie brauchen Ruhe, lieber Karl – Ihr Blut
Ist jetzt in Aufruhr – setzen Sie sich zu mir –
Weg mit den schwarzen Fieberphantasien!
Wenn Sie sich selber offenherzig fragen,
Weiß dieser Kopf, was dieses Herz beschwert?
Und wenn ers nun auch wüsste – sollte denn

Von allen Rittern dieses Hofs nicht *einer*,
Von allen Damen keine – Sie zu heilen,
Sie zu verstehen, wollt ich sagen – keine
Von allen würdig sein?

CARLOS *(flüchtig, gedankenlos)*.
Vielleicht die Fürstin
Von Eboli –

PRINZESSIN *(freudig rasch)*.
Wahrhaftig?

CARLOS. Geben Sie
Mir eine Bittschrift – ein Empfehlungsschreiben
An meinen Vater. Geben Sie! Man spricht,
Sie gelten viel.

PRINZESSIN. Wer spricht das? (Ha, so war es
*Der* Argwohn, der dich stumm gemacht!)

CARLOS. Wahrscheinlich
Ist die Geschichte schon herum. Ich habe
Den schnellen Einfall, nach Brabant zu gehn,
Um – bloß um meine Sporen zu verdienen.
Das will mein Vater nicht. – Der gute Vater
Besorgt, wenn ich Armeen kommandierte –
Mein Singen könnte drunter leiden.

PRINZESSIN. Carlos!
Sie spielen falsch. Gestehen Sie, Sie wollen
In dieser Schlangenwendung mir entgehn.
Hieher gesehen, Heuchler! Aug in Auge!
Wer nur von Rittertaten träumt – wird *der*,
Gestehen Sie – wird *der* auch wohl so tief
Herab sich lassen, Bänder, die den Damen
Entfallen sind, begierig wegzustehlen
Und – Sie verzeihn –
*(indem sie mit einer leichten Fingerbewegung seine Hemdkrause wegschnellt und eine Bandschleife, die da verborgen war, wegnimmt)*
so kostbar zu verwahren?

CARLOS *(mit Befremdung zurücktretend).*
Prinzessin – Nein, das geht zu weit. – Ich bin
Verraten. Sie betrügt man nicht. – Sie sind
Mit Geistern, mit Dämonen einverstanden.
PRINZESSIN. Darüber scheinen Sie erstaunt? Darüber?
Was soll die Wette gelten, Prinz, ich rufe
Geschichten in Ihr Herz zurück, Geschichten –
Versuchen Sie es, fragen Sie mich aus.
Wenn selbst der Laune Gaukelein, ein Laut,
Verstümmelt in die Luft gehaucht, ein Lächeln,
Von schnellem Ernste wieder ausgelöscht,
Wenn selber schon Erscheinungen, Gebärden,
Wo Ihre Seele ferne war, mir nicht
Entgangen sind, urteilen Sie, ob ich
Verstand, wo *Sie* verstanden werden wollten?
CARLOS. Nun, das ist wahrlich viel gewagt. – Die Wette
Soll gelten, Fürstin. Sie versprechen mir
Entdeckungen in meinem eignen Herzen,
Um die ich selber nie gewusst.
PRINZESSIN *(etwas empfindlich und ernsthaft).* Nie, Prinz?
Besinnen Sie sich besser. Sehn Sie um sich. –
Dies Kabinett ist keines von den Zimmern
Der Königin, wo man das bisschen Maske
Noch allenfalls zu loben fand. – Sie stutzen?
Sie werden plötzlich lauter Glut? – O freilich,
Wer sollte wohl so scharfklug, so vermessen,
So müßig sein, den Carlos zu belauschen,
Wenn Carlos unbelauscht sich glaubt? – Wer sahs,
Wie er beim letzten Hofball seine Dame,
Die Königin, im Tanze stehenließ
Und mit Gewalt ins nächste Paar sich drängte,
Statt seiner königlichen Tänzerin
Der Fürstin Eboli die Hand zu reichen?
Ein Irrtum, Prinz, den der Monarch sogar,
Der eben jetzt erschienen war, bemerkte!

CARLOS *(mit ironischem Lächeln).*
Auch sogar *der?* Ja freilich, gute Fürstin,
Für *den* besonders war das nicht.

PRINZESSIN. So wenig
Als jener Auftritt in der Schlosskapelle,
Worauf sich wohl Prinz Carlos selbst nicht mehr
Besinnen wird. Sie lagen zu den Füßen
Der heilgen Jungfrau in Gebet ergossen,
Als plötzlich – konnten Sie dafür? – die Kleider
Gewisser Damen hinter Ihnen rauschten.
Da fing Don Philipps heldenmütger Sohn,
Gleich einem Ketzer vor dem heilgen Amte,
Zu zittern an; auf seinen bleichen Lippen
Starb das vergiftete Gebet – im Taumel
Der Leidenschaft – es war ein Possenspiel
Zum Rühren, Prinz – ergreifen Sie die Hand,
Der Mutter Gottes heilge, kalte Hand,
Und Feuerküsse regnen auf den Marmor.

CARLOS. Sie tun mir unrecht, Fürstin. Das war Andacht.

PRINZESSIN. Ja, dann ists etwas andres, Prinz – dann freilich
Wars damals auch nur Furcht vor dem Verluste,
Als Carlos mit der Königin und mir
Beim Spielen saß und mit bewunderswerter
Geschicklichkeit mir diesen Handschuh stahl –
*(Carlos springt bestürzt auf)*
Den er zwar gleich nachher so artig war
Statt einer Karte wieder auszuspielen.

CARLOS. O Gott – Gott – Gott! Was hab ich da gemacht?

PRINZESSIN. Nichts, was Sie widerrufen werden, hoff ich.
Wie froh erschrak ich, als mir unvermutet
Ein Briefchen in die Finger kam, das Sie
In diesen Handschuh zu verstecken wussten.
Es war die rührendste Romanze, Prinz,
Die –

CARLOS *(ihr rasch ins Wort fallend).*

Poesie! – Nichts weiter. – Mein Gehirn
Treibt öfters wunderbare Blasen auf,
Die schnell, wie sie entstanden sind, zerspringen.
Das war es alles. Schweigen wir davon.

PRINZESSIN *(vor Erstaunen von ihm weggehend und ihn eine Zeitlang aus der Entfernung beobachtend).*
Ich bin erschöpft – all meine Proben gleiten
Von diesem schlangenglatten Sonderling.
*(Sie schweigt einige Augenblicke)*
Doch wie? – Wärs ungeheurer Männerstolz,
Der nur, sich desto süßer zu ergetzen,
Die Blödigkeit als Larve brauchte? – Ja?
*(Sie nähert sich dem Prinzen wieder und betrachtet ihn zweifelhaft)*
Belehren *Sie* mich endlich, Prinz – Ich stehe
Vor einem zauberisch verschloßnen Schrank,
Wo alle meine Schlüssel mich betrügen.

CARLOS. Wie ich vor Ihnen.

PRINZESSIN *(Sie verlässt ihn schnell, geht einigemal stillschweigend im Kabinett auf und nieder und scheint über etwas Wichtiges nachzudenken. Endlich nach einer großen Pause ernsthaft und feierlich).*
Endlich sei es denn –
Ich muss einmal zu reden mich entschließen.
Zu meinem Richter wähl ich Sie. Sie sind
Ein edler Mensch – ein Mann, sind Fürst und Ritter.
An Ihren Busen werf ich mich. Sie werden
Mich retten, Prinz, und, wo ich ohne Rettung
Verloren bin, teilnehmend um mich weinen.
*(Der Prinz rückt näher mit erwartungsvollem, teilnehmendem Erstaunen)*
Ein frecher Günstling des Monarchen buhlt
Um meine Hand – Ruy Gomez, Graf von Silva –
Der König will, schon ist man handelseinig,
Ich bin der Kreatur verkauft.

CARLOS *(heftig ergriffen).* Verkauft?
Und wiederum verkauft? und wiederum
Von dem berühmten Handelsmann in Süden?
PRINZESSIN. Nein, hören Sie erst alles. Nicht genug,
Dass man der Politik mich hingeopfert,
Auch meiner Unschuld stellt man nach – Da, hier!
Dies Blatt kann diesen Heiligen entlarven.
*(Carlos nimmt das Papier und hängt voll Ungeduld an ihrer Erzählung, ohne sich Zeit zu nehmen, es zu lesen)*
Wo soll ich Rettung finden, Prinz? Bis jetzt
War es mein Stolz, der meine Tugend schützte;
Doch endlich –
CARLOS. Endlich fielen Sie? Sie fielen?
Nein, nein, um Gottes willen, nein!
PRINZESSIN *(stolz und edel).* Durch *wen?*
Armselige Vernünftelei! Wie schwach
Von diesen starken Geistern! Weibergunst,
Der Liebe Glück der Ware gleich zu achten,
Worauf geboten werden kann! Sie ist
Das einzige auf diesem Rund der Erde,
Was keinen Käufer leidet als sich selbst.
Die Liebe ist der Liebe Preis. Sie ist
Der unschätzbare Diamant, den ich
*Verschenken* oder, ewig ungenossen,
*Verscharren* muss – dem großen Kaufmann gleich,
Der, ungerührt von des Rialto Gold,
Und Königen zum Schimpfe, seine Perle
Dem reichen Meere wiedergab, zu stolz,
Sie *unter* ihrem Werte loszuschlagen.
CARLOS. (Beim wunderbaren Gott! – Das Weib ist schön!)
PRINZESSIN. Man nenn es Grille – Eitelkeit: gleichviel.
Ich *teile* meine Freuden nicht. Dem Mann,
Dem einzigen, den ich mir auserlesen,
Geb ich für alles alles hin. Ich schenke

Nur einmal, aber ewig. Einen nur
Wird meine Liebe glücklich machen – einen –
Doch diesen einzigen zum Gott. Der Seelen
Entzückender Zusammenklang – ein Kuss –
Der Schäferstunde schwelgerische Freuden –
Der Schönheit hohe, himmlische Magie
Sind *eines* Strahles schwesterliche Farben,
Sind *einer* Blume Blätter nur. Ich sollte,
Ich Rasende! ein abgerissnes Blatt
Aus dieser Blume schönem Kelch verschenken?
Ich selbst des Weibes hohe Majestät,
Der Gottheit großes Meisterstück, vestümmeln,
Den Abend eines Prassers zu versüßen?

CARLOS. (Unglaublich! Wie?Ein solches Mädchen hatte
Madrid, und ich – und ich erfahr es heute
Zum erstenmal?)

PRINZESSIN. Längst hätt ich diesen Hof
Verlassen, diese Welt verlassen, hätte
In heilgen Mauern mich begraben; doch
Ein einzig Band ist noch zurück, ein Band,
Das mich an diese Welt allmächtig bindet.
Ach, ein Phantom vielleicht! doch mir so wert!
Ich liebe und bin – nicht geliebt.

CARLOS *(voll Feuer auf sie zugehend).* Sie sinds!
So wahr ein Gott im Himmel wohnt. Ich schwör es.
Sie sinds, und unaussprechlich.

PRINZESSIN. Sie? Sie schwörens?
O, das war meines Engels Stimme! Ja,
Wenn freilich Sie es schwören, Karl, dann glaub ichs,
Dann bin ichs.

CARLOS *(der sie voll Zärtlichkeit in die Arme schließt).*
Süßes, seelenvolles Mädchen!
Anbetungswürdiges Geschöpf! – Ich stehe
Ganz Ohr – ganz Auge – ganz Entzücken – ganz
Bewunderung. – Wer hatte dich gesehn,

Wer unter diesem Himmel dich gesehn
Und rühmte sich ~ er habe nie geliebt? –
Doch hier an König Philipps Hof? Was hier?
Was, schöner Engel, willst du hier; bei Pfaffen
Und Pfaffenzucht? Das ist kein Himmelsstrich
Für solche Blumen. – Möchten sie sie brechen?
Sie möchten – o, ich glaub es gern. – Doch nein!
So wahr ich Leben atme, nein! – Ich schlinge
Den Arm um dich, auf meinen Armen trag ich
Durch eine teufelvolle Holle dich!
Ja – lass mich deinen Engel sein. –

PRINZESSIN *(mit dem vollen Blicke der Liebe).*
O Carlos!
Wie wenig hab ich Sie gekannt! Wie reich
Und grenzenlos belohnt Ihr schönes Herz
Die schwere Müh, es zu begreifen!
*(Sie nimmt seine Hand und will sie küssen)*

CARLOS *(der sie zurückzieht).* Fürstin,
Wo sind Sie jetzt?

PRINZESSIN *(mit Feinheit und Grazie, indem sie starr in seine Hand sieht).*
Wie schön ist diese Hand!
Wie reich ist sie! – Prinz, diese Hand hat noch
Zwei kostbare Geschenke zu vergeben –
Ein Diadem und Carlos' Herz – und beides
Vielleicht an *eine* Sterbliche? – An *eine*?
Ein großes, göttliches Geschenk! – Beinahe
Für *eine* Sterbliche zu groß! – Wie, Prinz?
Wenn Sie zu einer Teilung sich entschlössen?
Die Königinnen lieben schlecht – ein Weib,
Das lieben kann, versteht sich schlecht auf Kronen:
Drum besser, Prinz, Sie teilen, und gleich jetzt,
Gleich jetzt – Wie? Oder hätten Sie wohl schon?
Sie hätten wirklich? O, dann um so besser!
Und kenn ich diese Glückliche?

CARLOS. Du sollst.
Dir, Mädchen, dir entdeck ich mich – der Unschuld,
Der lautern, unentheiligten Natur
Entdeck ich mich. An diesem Hof bist du
Die Würdigste, die Einzige, *die* Erste,
Die meine Seele ganz versteht. – Ja denn!
Ich leugn es nicht – ich liebe!

PRINZESSIN. Böser Mensch!
So schwer ist das Geständnis dir geworden?
Beweinenswürdig musst ich sein, wenn du
Mich liebenswürdig finden solltest?

CARLOS *(stutzt).* Was?
Was ist das?

PRINZESSIN. Solches Spiel mit mir zu treiben!
O wahrlich, Prinz, es war nicht schön. Sogar
Den Schlüssel zu verleugnen!

CARLOS. Schlüssel! Schlüssel!
*(Nach einem dumpfen Besinnen)*
Ja so – so wars. – Nun merk ich – – O mein Gott!
*(Seine Knie wanken, er hält sich an einen Stuhl und verhüllt das Gesicht)*

PRINZESSIN *(Eine lange Stille von beiden Seiten. Die Fürstin schreit laut und fällt).*
Abscheulich! Was hab ich getan?

CARLOS *(sich aufrichtend, im Ausbruch des heftigsten Schmerzes).*
So tief
Herabgestürzt von allen meinen Himmeln! –
O das ist schrecklich!

PRINZESSIN *(das Gesicht in das Küssen verbergend).*
Was entdeck ich? Gott!

CARLOS *(vor ihr niedergeworfen).*
Ich bin nicht schuldig, Fürstin – Leidenschaft –
Ein unglückselger Missverstand – Bei Gott!
Ich bin nicht schuldig.

PRINZESSIN *(stößt ihn von sich).*
Weg aus meinen Augen,
Um Gottes willen –
CARLOS. Nimmermehr! In dieser
Entsetzlichen Erschüttrung Sie verlassen?
PRINZESSIN *(ihn mit Gewalt wegdrängend).*
Aus Großmut, aus Barmherzigkeit, hinaus
Von meinen Augen! – Wollen Sie mich morden?
Ich hasse Ihren Anblick!
*(Carlos will gehen)*
Meinen Brief
Und meinen Schlüssel geben Sie mir wieder.
Wo haben Sie den andern Brief?
CARLOS. Den andern?
Was denn für einen andern?
PRINZESSIN. Den vom König.
CARLOS *(zusammenschreckend).*
Von *wem?*
PRINZESSIN. Den Sie vorhin von mir bekamen.
CARLOS. Vom König? und an wen? an Sie?
PRINZESSIN. O Himmel!
Wie schrecklich hab ich mich verstrickt! Den Brief!
Heraus damit! ich muss ihn wiederhaben.
CARLOS. Vom König Briefe, und an Sie?
PRINZESSIN. Den Brief!
Im Namen aller Heiligen!
CARLOS. Der einen
Gewissen mir entlarven sollte – diesen?
PRINZESSIN. Ich bin des Todes! – Geben Sie!
CARLOS. Der Brief –
PRINZESSIN *(in Verzweiflung die Hände ringend).*
Was hab ich Unbesonnene gewagt?
CARLOS. Der Brief – der kam vom König? – Ja, Prinzessin,
Das ändert freilich alles schnell. – *Das* ist
*(den Brief frohlockend emporhaltend)*

Ein unschätzbarer – schwerer – teurer Brief,
Den alle Kronen Philipps einzulösen
Zu leicht, zu nichtsbedeutend sind. – *Den* Brief
Behalt ich. *(Er geht)*

PRINZESSIN *(wirft sich ihm in den Weg).*
Großer Gott! Ich bin verloren!

## Neunter Auftritt

*Die Prinzessin allein*
*(Sie steht noch betäubt, außer Fassung; nachdem er hinaus ist, eilt sie ihm nach und will ihn zurückrufen)*

PRINZESSIN. Prinz, noch ein Wort! Prinz, hören Sie – Er geht!
Auch das noch! Er verachtet mich. – Da steh ich
In fürchterlicher Einsamkeit – verstoßen,
Verworfen –
*(Sie sinkt auf einen Sessel. Nach einer Pause)*
Nein! Verdrungen nur, verdrungen
Von einer Nebenbuhlerin. Er liebt.
Kein Zweifel mehr. Er hat es selbst bekannt.
Doch *wer* ist diese Glückliche? – Soviel
Ist offenbar – er liebt, was er nicht sollte.
Er fürchtet die Entdeckung. Vor dem König
Verkriecht sich seine Leidenschaft – Warum
Vor diesem, der sie wünschte? – Oder ists
Der Vater nicht, was er im Vater fürchtet?
Als ihm des Königs buhlerische Absicht
Verraten war – da jauchzten seine Mienen,
Frohlockt' er wie ein Glücklicher … Wie kam es,
Dass seine strenge Tugend hier verstummte?
Hier? Eben hier? – Was kann denn er dabei,
Er zu gewinnen haben, wenn der König
Der Königin die –
*(Sie hält plötzlich ein, von einem Gedanken überrascht – Zu gleicher Zeit reißt sie die Schleife, die ihr Carlos gegeben hat, von dem Busen, betrachtet sie schnell und erkennt sie)*

O, ich Rasende!
Jetzt endlich, jetzt – Wo waren meine Sinne?
Jetzt gehen mir die Augen auf – Sie hatten
Sich lang geliebt, eh der Monarch sie wählte.
Nie ohne *sie* sah mich der Prinz. – Sie also,
*Sie* war gemeint, wo ich so grenzenlos,
So warm, so wahr mich angebetet glaubte?
O, ein Betrug, der ohne Beispiel ist!
Und meine Schwäche hab ich ihr verraten –
*(Stillschweigen)*
Dass er ganz ohne Hoffnung lieben sollte!
Ich kanns nicht glauben. – Hoffnungslose Liebe
Besteht in diesem Kampfe nicht. Zu schwelgen,
Wo unerhört der glänzendste Monarch
Der Erde schmachtet – Wahrlich! solche Opfer
Bringt hoffnungslose Liebe nicht. Wie feurig
War nicht sein Kuss! Wie zärtlich drückt er mich,
Wie zärtlich an sein schlagend Herz! – Die Probe
War fast zu kühn für die romantsche Treue,
Die nicht erwidert werden soll – Er nimmt
Den Schlüssel an, den, wie er sich beredet,
Die Königin ihm zugeschickt – er glaubt
An diesen Riesenschritt der Liebe – kommt,
Kommt wahrlich, kommt! – So traut er Philipps Frau
Die rasende Entschließung zu. – Wie kann er,
Wenn hier nicht große Proben ihn ermuntern?
Es ist am Tag. Er wird erhört. Sie liebt!
Beim Himmel, diese Heilige empfindet!
Wie fein ist sie! … Ich zitterte, ich selbst,
Vor dem erhabnen Schreckbild dieser Tugend.
Ein höhres Wesen ragt sie neben mir,
In ihrem Glanz erlösch ich. Ihrer Schönheit
Missgönnt ich diese hohe Ruhe, frei
Von jeder Wallung sterblicher Naturen.
Und diese Ruhe war nur Schein? Sie hätte

An beiden Tafeln schwelgen wollen? Hätte
Den Götterschein der Tugend schaugetragen
Und doch zugleich des Lasters heimliche
Entzückungen zu naschen sich erdreistet?
Das durfte sie? Das sollte ungerochen
Der Gauklerin gelungen sein? Gelungen,
Weil sich kein Rächer meldet? – Nein, bei Gott!
Ich betete sie an – Das fordert Rache!
Der König wisse den Betrug – Der König?
*(Nach einigem Besinnen)*
Ja, recht – das ist ein Weg zu seinem Ohre. *(Sie geht ab)*

*Ein Zimmer im königlichen Palaste*

## Zehnter Auftritt

*Herzog von Alba. Pater Domingo*

DOMINGO. Was wollten Sie mir sagen?
ALBA. Eine wichtge
Entdeckung, die ich heut gemacht, worüber
Ich einen Aufschluss haben möchte.
DOMINGO. Welche
Entdeckung? Wovon reden Sie?
ALBA. Prinz Carlos
Und ich begegnen diesen Mittag uns
Im Vorgemach der Königin. Ich werde
Beleidigt. Wir erhitzen uns. Der Streit
Wird etwas laut. Wir greifen zu den Schwertern.
Die Königin auf das Getöse öffnet
Das Zimmer, wirft sich zwischen uns und sieht
Mit einem Blick despotischer Vertrautheit
Den Prinzen an. – Es war ein einzger Blick. –
Sein Arm erstarrt – er fliegt an meinen Hals –
Ich fühle einen heißen Kuss – er ist
Verschwunden.

DOMINGO *(nach einigem Stillschweigen)*,
Das ist sehr verdächtig. – Herzog,
Sie mahnen mich an etwas. – – Ähnliche
Gedanken, ich gesteh es, keimten längst
In meiner Brust. – Ich flohe diese Träume –
Noch hab ich niemand sie vertraut. Es gibt
Zweischneidge Klingen, ungewisse Freunde –
Ich fürchte diese. Schwer zu unterscheiden,
Noch schwerer zu ergründen sind die Menschen.
Entwischte Worte sind beleidigte
Vertraute – drum begrub ich mein Geheimnis,
Bis es die Zeit ans Licht hervorgewälzt.
Gewisse Dienste Königen zu leisten,
Ist misslich, Herzog – ein gewagter Wurf,
Der, fehlt er seine Beute, auf den Schützen
Zurücke prallt. – Ich wollte, was ich sage,
Auf eine Hostie beschwören – doch
Ein Augenzeugnis, ein erhaschtes Wort,
Ein Blatt Papier fällt schwerer in die Waage
Als mein lebendigstes Gefühl. – Verwünscht,
Dass wir auf span'schem Boden stehn!

ALBA. Warum
Auf diesem nicht?

DOMINGO. An jedem andern Hofe
Kann sich die Leidenschaft vergessen. Hier
Wird sie gewarnt von ängstlichen Gesetzen.
Die span'schen Königinnen haben Müh
Zu sündigen – ich glaub es – doch zum Unglück
*Nur* da – gerade *da* nur, wo es uns
Am besten glückte, sie zu überraschen.

ALBA. Hören Sie weiter – Carlos hatte heut
Gehör beim König. Eine Stunde währte
Die Audienz. Er bat um die Verwaltung
Der Niederlande. Laut und heftig bat er;
Ich hört es in dem Kabinett. Sein Auge

War rot geweint, als ich ihm an der Türe
Begegnete. Den Mittag drauf erscheint er
Mit einer Miene des Triumphs. Er ist
Entzückt, dass mich der König vorgezogen.
Er dankt es ihm. Die Sachen stehen anders,
Sagt er, und besser. Heucheln konnt er nie.
Wie soll ich diese Widersprüche reimen?
Der Prinz frohlockt, hintangesetzt zu sein,
Und mir erteilt der König eine Gnade
Mit allen Zeichen seines Zorns! – Was muss
Ich glauben? Wahrlich, diese neue Würde
Sieht einer Landsverweisung ähnlicher
Als einer Gnade.

DOMINGO. Dahin also wär es
Gekommen? Dahin? Und ein Augenblick
Zertrümmerte, was wir in Jahren bauten? –
Und Sie so ruhig? so gelassen? – Kennen
Sie diesen Jüngling? Ahnden Sie, was uns
Erwartet, wenn er mächtig wird? – Der Prinz –
– Ich bin sein Feind nicht. Andre Sorgen nagen
An meiner Ruhe, Sorgen für den Thron,
Für Gott und seine Kirche. – Der Infant
(Ich kenn ihn – ich durchdringe seine Seele)
Hegt einen schrecklichen Entwurf – Toledo –
Den rasenden Entwurf, Regent zu sein
Und unsern heilgen Glauben zu entbehren. –
Sein Herz entglüht für eine neue Tugend,
Die, stolz und sicher und sich selbst genug,
Von keinem Glauben betteln will. – Er *denkt!*
Sein Kopf entbrennt von einer seltsamen
Chimäre – er verehrt den Menschen – Herzog,
Ob er zu unserm König taugt?

ALBA. Phantomen!
Was sonst? Vielleicht auch jugendlicher Stolz,
Der eine Rolle spielen möchte. – Bleibt

Ihm eine andre Wahl? Das geht vorbei,
Trifft ihn einmal die Reihe zu befehlen.

DOMINGO. Ich zweifle. – Er ist stolz auf seine Freiheit,
Des Zwanges ungewohnt, womit man Zwang
Zu kaufen sich bequemen muss. – Taugt er
Auf unsern Thron? Der kühne Riesengeist
Wird unsrer Staatskunst Linien durchreißen.
Umsonst versucht ichs, diesen trotzgen Mut
In dieser Zeiten Wollust abzumatten;
Er überstand die Probe – Schrecklich ist
In diesem Körper dieser Geist – und Philipp
Wird sechzig Jahr alt.

ALBA. Ihre Blicke reichen
Sehr weit.

DOMINGO. Er und die Königin sind eins.
Schon schleicht, verborgen zwar, in beider Brust
Das Gift der Neuerer; doch bald genug,
Gewinnt es Raum, wird es den Thron ergreifen.
Ich kenne diese Valois. – Fürchten wir
Die ganze Rache dieser stillen Feindin,
Wenn Philipp Schwächen sich erlaubt. Noch ist
Das Glück uns günstig. Kommen wir zuvor.
In *eine* Schlinge stürzen beide. – Jetzt
Ein solcher Wink dem Könige gegeben,
Bewiesen oder nicht bewiesen – viel
Ist schon gewonnen, wenn er wankt. Wir selbst,
Wir zweifeln beide nicht. Zu überzeugen
Fällt keinem Überzeugten schwer. Es kann
Nicht fehlen, wir entdecken mehr, sind wir
Vorher gewiss, dass wir entdecken müssen.

ALBA. Doch nun die wichtigste von allen Fragen!
Wer nimmts auf sich, den König zu belehren?

DOMINGO. Noch Sie, noch ich. Erfahren Sie also,
Was lange schon, des großen Planes voll,
Mein stiller Fleiß dem Ziele zugetrieben.

Noch mangelt, unser Bündnis zu vollenden,
Die dritte, wichtigste Person – Der König
Liebt die Prinzessin Eboli. Ich nähre
Die Leidenschaft, die meinen Wünschen wuchert.
Ich bin sein Abgesandter – unserm Plane
Erzieh ich sie. – In dieser jungen Dame,
Gelingt mein Werk, soll eine Bundsverwandtin,
Soll eine Königin uns blühn. Sie selbst
Hat jetzt in dieses Zimmer mich berufen.
Ich hoffe alles. – Jene Lilien
Von Valois zerknickt ein span'sches Mädchen
Vielleicht in *einer* Mitternacht.

ALBA. Was hör ich?
Ists Wahrheit, was ich jetzt gehört? – Beim Himmel!
Das überrascht mich! Ja, *der* Streich vollendet!
Dominikaner, ich bewundre dich.
Jetzt haben wir gewonnen –

DOMINGO. Still! Wer kommt? –
Sie ists – sie selbst.

ALBA. Ich bin im nächsten Zimmer,
Wenn man –

DOMINGO. Schon recht. Ich rufe Sie.

*(Der Herzog von Alba geht ab)*

## Eilfter Auftritt

*Die Prinzessin. Domingo*

DOMINGO. Zu Ihren
Befehlen, gnädge Fürstin.

PRINZESSIN *(dem Herzog neugierig nachsehend).*
Sind wir etwa
Nicht ganz allein? Sie haben, wie ich sehe,
Noch einen Zeugen bei sich?

DOMINGO. Wie?

PRINZESSIN. Wer war es,
Der eben jetzt von Ihnen ging?
DOMINGO. Der Herzog
Von Alba, gnädge Fürstin, der nach mir
Um die Erlaubnis bittet, vorgelassen
Zu werden.
PRINZESSIN. Herzog Alba? Was will der?
Was kann er wollen? Wissen Sie vielleicht
Es mir zu sagen?
DOMINGO. Ich? und eh ich weiß,
Was für ein Vorfall von Bedeutung mir
Das lang entbehrte Glück verschafft, der Fürstin
Von Eboli mich wiederum zu nähern?
*(Pause, worin er ihre Antwort erwartet)*
Ob sich ein Umstand endlich vorgefunden,
Der für des Königs Wünsche spricht? ob ich
Mit Grund gehofft, dass bessre Überlegung
Mit einem Anerbieten Sie versöhnt,
Das Eigensinn, das Laune bloß verworfen?
Ich komme voll Erwartung –
PRINZESSIN. Brachten Sie
Dem König meine letzte Antwort?
DOMINGO. Noch
Verschob ichs, ihn so tödlich zu verwunden.
Noch, gnädge Fürstin, ist es Zeit. Es steht
Bei Ihnen, sie zu mildern.
PRINZESSIN. Melden Sie
Dem König, dass ich ihn erwarte.
DOMINGO. Darf
Ich das für Wahrheit nehmen, schöne Fürstin?
PRINZESSIN. Für Scherz doch nicht? Bei Gott! Sie machen mir
Ganz bange. – Wie? Was hab ich denn getan,
Wenn sogar Sie – Sie selber sich entfärben?
DOMINGO. Prinzessin, diese Überraschung – kaum
Kann ich es fassen –

PRINZESSIN. Ja, hochwürdger Herr,
Das sollen Sie auch nicht. Um alle Güter
Der Welt möcht ich nicht haben, dass Sies fassten.
Genug für Sie, dass es so ist. Ersparen
Sie sich die Mühe, zu ergrübeln, wessen
Beredsamkeit Sie diese Wendung danken.
Zu Ihrem Trost setz ich hinzu: *Sie* haben
Nicht teil an dieser Sünde. Auch wahrhaftig
Die Kirche nicht; obschon Sie mir bewiesen,
Dass Fälle möglich wären, wo die Kirche
Sogar die *Körper* ihrer jungen Töchter
Für höhre Zwecke zu gebrauchen wüsste.
Auch diese nicht. – Dergleichen fromme Gründe,
Ehrwürdger Herr, sind mir zu hoch –

DOMINGO. Sehr gerne,
Prinzessin, nehm ich sie zurück, sobald
Sie überflüssig waren.

PRINZESSIN. Bitten Sie
Von meinetwegen den Monarchen, ja
In dieser Handlung *mich* nicht zu verkennen.
Was ich gewesen, bin ich noch. Die Lage
Der Dinge nur hat seitdem sich verwandelt.
Als ich sein Anerbieten mit Entrüstung
Zurücke stieß, da glaubt ich im Besitze
Der schönsten Königin ihn *glücklich* – glaubte
Die treue Gattin meines Opfers wert.
Das glaubt ich damals – damals. Freilich jetzt,
Jetzt weiß ichs besser.

DOMINGO. Fürstin, weiter, weiter.
Ich hör es, wir verstehen uns.

PRINZESSIN. Genug,
Sie ist erhascht. Ich schone sie nicht länger.
Die schlaue Diebin ist erhascht. Den König,
Ganz Spanien und mich hat sie betrogen.
Sie liebt. Ich weiß es, dass sie liebt. Ich bringe

Beweise, die sie zittern machen sollen.
Der König ist betrogen – doch, bei Gott!
Er sei es ungerochen nicht! Die Larve
Erhabner, übermenschlicher Entsagung
Reiß ich ihr ab, dass alle Welt die Stirne
Der Sünderin erkennen soll. Es kostet
Mir einen ungeheuren Preis, doch – das
Entzückt mich, das ist mein Triumph – doch *ihr*
Noch einen größern.

DOMINGO. Nun ist alles reif.
Erlauben Sie, dass ich den Herzog rufe.
*(Er geht hinaus)*

PRINZESSIN *(erstaunt)*. Was wird das?

## Zwölfter Auftritt

*Die Prinzessin. Herzog Alba. Domingo*

DOMINGO *(der den Herzog hereinführt)*.
Unsre Nachricht, Herzog Alba,
Kommt hier zu spät. Die Fürstin Eboli
Entdeckt uns ein Geheimnis, das sie eben
Von uns erfahren sollte.

ALBA. Mein Besuch
Wird dann um so viel minder sie befremden.
Ich traue *meinen* Augen nicht. Dergleichen
Entdeckungen verlangen Weiberblicke.

PRINZESSIN. Sie sprechen von Entdeckungen? –

DOMINGO. Wir wünschten
Zu wissen, gnädge Fürstin, welchen Ort
Und welche bessre Stunde Sie –

PRINZESSIN. Auch das!
So will ich morgen mittag Sie erwarten.
Ich habe Gründe, dieses strafbare

Geheimnis länger nicht zu bergen – es
Nicht länger mehr dem König zu entziehn.
ALBA. Das war es, was mich hergeführt. Sogleich
Muss der Monarch es wissen. Und durch Sie,
Durch *Sie*, Prinzessin, muss er das. Wem sonst,
Wem sollt er lieber glauben als der strengen,
Der wachsamen Gespielin seines Weibes?
DOMINGO. Wem mehr als Ihnen, die, sobald sie will,
Ihn unumschränkt beherrschen kann?
ALBA. Ich bin
Erklärter Feind des Prinzen.
DOMINGO. Eben das
Ist man gewohnt, von mir vorauszusetzen.
Die Fürstin Eboli ist frei. Wo *wir*
Verstummen müssen, zwingen Pflichten Sie
Zu reden, Pflichten Ihres Amts. Der König
Entflieht uns nicht, wenn Ihre Winke wirken,
Und dann vollenden wir das Werk.
ALBA. Doch bald,
Gleich jetzt muss das geschehn. Die Augenblicke
Sind kostbar. Jede nächste Stunde kann
Mir den Befehl zum Abmarsch bringen. –
DOMINGO *(sich nach einigem Überlegen zur Fürstin kehrend).* Ob
Sich Briefe finden ließen? Briefe freilich
Von dem Infanten, aufgefangen, müssten
Hier Wirkung tun. – Lass sehen. – Nicht wahr? – Ja.
Sie schlafen doch – so deucht mir – in demselben
Gemache mit der Königin?
PRINZESSIN. Zunächst
An diesem. – Doch was soll mir das?
DOMINGO. Wer sich
Auf Schlösser gut verstände! – – Haben Sie
Bemerkt, wo sie den Schlüssel zur Schatulle
Gewöhnlich zu bewahren pflegt?

PRINZESSIN *(nachdenkend).* Das könnte
Zu etwas führen. – Ja – der Schlüssel wäre
Zu finden, denk ich. –
DOMINGO. Briefe wollen Boten – –
Der Königin Gefolg ist groß. – – Wer hier
Auf eine Spur geraten könnte! – – Gold
Vermag zwar viel –
ALBA. Hat niemand wahrgenommen,
Ob der Infant Vertraute hat?
DOMINGO. Nicht *einen*,
In ganz Madrid nicht *einen.*
ALBA. Das ist seltsam.
DOMINGO. Das dürfen Sie mir glauben; er verachtet
Den ganzen Hof; ich habe meine Proben.
ALBA. Doch wie? Hier eben fällt mir ein, als ich
Von dem Gemach der Königin herauskam,
Stand der Infant bei einem ihrer Pagen;
Sie sprachen heimlich –
PRINZESSIN *(rasch einfallend).*
Nicht doch! Nein! Das war –
Das war von etwas anderm.
DOMINGO. Können *wir*
Das wissen? – Nein, der Umstand ist verdächtig. –
*(Zum Herzog)*
Und kannten Sie den Pagen?
PRINZESSIN. Kinderpossen!
Was wirds auch sonst gewesen sein? Genug,
Ich kenne das. – Wir sehn uns also wieder,
Eh ich den König spreche. – Unterdessen
Entdeckt sich viel.
DOMINGO *(sie auf die Seite führend).*
Und der Monarch darf hoffen?
Ich darf es ihm verkündigen? Gewiss?
Und welche schöne Stunde seinen Wünschen
Erfüllung endlich bringen wird? Auch dies?

PRINZESSIN. In eingen Tagen werd ich krank; man trennt mich
Von der Person der Königin – das ist
An unserm Hofe Sitte, wie Sie wissen.
Ich bleibe dann auf meinem Zimmer.

DOMINGO. Glücklich!
Gewonnen ist das große Spiel. Trotz sei
Geboten allen Königinnen –

PRINZESSIN. Horch!
Man fragt nach mir – die Königin verlangt mich.
Auf Wiedersehen! *(Sie eilt ab)*

## Dreizehnter Auftritt

*Alba. Domingo*

DOMINGO *(nach einer Pause, worin er die Prinzessin mit den Augen* beg*leitet hat).* Herzog, diese Rosen
Und Ihre Schlachten –

ALBA. Und dein Gott – so will ich
Den Blitz erwarten, der uns stürzen soll! *(Sie gehen ab)*

*In einem Kartäuserkloster*

## Vierzehnter Auftritt

*Don Carlos. Der Prior*

CARLOS *(zum Prior, indem er hereintritt).*
Schon dagewesen also? – Das beklag ich.

PRIOR. Seit heute morgen schon das dritte Mal.
Vor einer Stunde ging er weg –

CARLOS. Er will
Doch wiederkommen? Hinterließ er nicht?

PRIOR. Vor Mittag noch, versprach er.

CARLOS *(an ein Fenster und sich in der Gegend umsehend).*
Euer Kloster

Liegt weit ab von der Straße. – Dorthin zu
Sieht man noch Türme von Madrid. – Ganz recht,
Und hier fließt der Mansanares – Die Landschaft
Ist, wie ich sie mir wünsche. – Alles ist
Hier still, wie ein Geheimnis.

PRIOR. Wie der Eintritt
Ins andre Leben.

CARLOS. Eurer Redlichkeit,
Hochwürdger Herr, hab ich mein Kostbarstes,
Mein Heiligstes vertraut. Kein Sterblicher
Darf wissen oder nur vermuten, *wen*
Ich hier gesprochen und *geheim.* Ich habe
Sehr wichtge Gründe, vor der ganzen Welt
Den Mann, den ich erwarte, zu verleugnen:
Drum wählt ich dieses Kloster. Vor Verrätern,
Vor Überfall sind wir doch sicher? Ihr
Besinnt Euch doch, was Ihr mir zugeschworen?

PRIOR. Vertrauen Sie uns, gnädger Herr. Der Argwohn
Der Könige wird *Gräber* nicht durchsuchen.
Das Ohr der Neugier liegt nur an den Türen
Des Glückes und der Leidenschaft. Die Welt
Hört auf in diesen Mauern.

CARLOS. Denkt Ihr etwa,
Dass hinter diese Vorsicht, diese Furcht
Ein schuldiges Gewissen sich verkrieche?

PRIOR. Ich denke nichts.

CARLOS. Ihr irrt Euch, frommer Vater,
Ihr irrt Euch wahrlich. Mein Geheimnis zittert
Vor Menschen, aber nicht vor Gott.

PRIOR. Mein Sohn,
Das kümmert *uns* sehr wenig. Diese Freistatt
Steht dem Verbrechen offen wie der Unschuld.
Ob, was du vorhast, gut ist oder übel,
Rechtschaffen oder lasterhaft – das mache
Mit deinem eignen Herzen aus.

CARLOS *(mit Wärme).* Was wir
Verheimlichen, kann euern Gott nicht schänden.
Es ist sein eignes, schönstes Werk. – Zwar Euch,
Euch kann ichs wohl entdecken.

PRIOR. Zu was Ende?
Erlassen Sie mirs, lieber Prinz. Die Welt
Und ihr Geräte liegt schon lange Zeit
Versiegelt da auf jene große Reise.
Wozu die kurze Frist vor meinem Abschied
Noch einmal es erbrechen? – Es ist wenig,
Was man zur Seligkeit bedarf. – Die Glocke
Zur Hora läutet. Ich muss beten gehn.
*(Der Prior geht ab)*

## Funfzehnter Auftritt

*Don Carlos. Der Marquis von Posa tritt herein*

CARLOS. Ach, endlich einmal, endlich –

MARQUIS. Welche Prüfung
Für eines Freundes Ungeduld! Die Sonne
Ging zweimal auf und zweimal unter, seit
Das Schicksal meines Carlos sich entschieden;
Und jetzt, erst jetzt werd ich es hören. – Sprich,
Ihr seid versöhnt?

CARLOS. Wer?

MARQUIS. Du und König Philipp;
Und auch mit Flandern ists entschieden?

CARLOS. Dass
Der Herzog morgen dahin reist? – Das ist
Entschieden, ja.

MARQUIS. Das kann nicht sein. Das ist nicht.
Soll ganz Madrid belogen sein? Du hattest
Geheime Audienz, sagt man. Der König –

CARLOS. Blieb unbewegt. Wir sind getrennt auf immer,
Und mehr, als wirs schon waren –

MARQUIS. Du gehst *nicht*
Nach Flandern?
CARLOS. Nein! Nein! Nein!
MARQUIS. O meine Hoffnung!
CARLOS. Das nebenbei. O Roderich, seitdem
Wir uns verließen, was hab ich erlebt!
Doch jetzt vor allem deinen Rat! Ich muss
Sie sprechen –
MARQUIS. Deine Mutter? – Nein! – Wozu?
CARLOS. Ich habe Hoffnung. – Du wirst blass? Sei ruhig.
Ich soll und werde glücklich sein. – Doch davon
Ein andermal. Jetzt schaffe Rat, wie ich
Sie sprechen kann. –
MARQUIS. Was soll das? Worauf gründet
Sich dieser neue Fiebertraum?
CARLOS. Nicht Traum!
Beim wundervollen Gott nicht! – Wahrheit, Wahrheit!
*(Den Brief des Königs an die Fürstin Eboli hervorziehend)*
In diesem wichtigen Papier enthalten!
Die Königin ist *frei*, vor Menschenaugen,
Wie vor des Himmels Augen frei. Da lies
Und höre auf, dich zu verwundern.
MARQUIS *(den Brief eröffnend)*. Was?
Was seh ich? Eigenhändig vom Monarchen?
*(Nachdem er ihn gelesen)*
An wen ist dieser Brief?
CARLOS. An die Prinzessin
Von Eboli. – Vorgestern bringt ein Page
Der Königin von unbekannten Händen
Mir einen Brief und einen Schlüssel. Man
Bezeichnet mir im linken Flügel des
Palastes, den die Königin bewohnt,
Ein Kabinett, wo eine Dame mich
Erwarte, die ich längst geliebt. Ich folge
Sogleich dem Winke –

MARQUIS. Rasender, du folgst?
CARLOS. Ich kenne ja die Handschrift nicht – Ich kenne
Nur *eine* solche Dame. Wer als *sie*
Wird sich von Carlos angebetet wähnen?
Voll süßen Schwindels flieg ich nach dem Platze;
Ein göttlicher Gesang, der aus dem Innern
Des Zimmers mir entgegenschallt, dient mir
Zum Führer – ich eröffne das Gemach –
Und wen entdeck ich? – Fühle mein Entsetzen!
MARQUIS. O, ich errate alles.
CARLOS. Ohne Rettung
War ich verloren, Roderich, wär ich
In eines Engels Hände nicht gefallen.
Welch unglückselger Zufall! Hintergangen
Von meiner Blicke unvorsichtger Sprache,
Gab sie der süßen Täuschung sich dahin,
Sie selber sei der Abgott dieser Blicke.
Gerührt von meiner Seele stillen Leiden,
Beredet sich großmütig unbesonnen
Ihr weiches Herz, mir Liebe zu erwidern.
Die Ehrfurcht schien mir Schweigen zu gebieten;
Sie hat die Kühnheit, es zu brechen – offen
Liegt ihre schöne Seele mir –
MARQUIS. So ruhig
Erzählst du das? – Die Fürstin Eboli
Durchschaute dich. Kein Zweifel mehr, sie drang
In deiner Liebe innerstes Geheimnis.
Du hast sie schwer beleidigt. Sie beherrscht
Den König.
CARLOS *(zuversichtlich).*
Sie ist tugendhaft.
MARQUIS. Sie ists
Aus Eigennutz der Liebe. – Diese Tugend,
Ich fürchte sehr, ich kenne sie – wie wenig
Reicht sie empor zu jenem Ideale,

Das aus der Seele mütterlichem Boden,
In stolzer, schöner Grazie empfangen,
Freiwillig sprosst und ohne Gärtners Hülfe
Verschwenderische Blüten treibt! Es ist
Ein fremder Zweig, mit nachgeahmtem Süd
In einem rauhern Himmelsstrich getrieben;
Erziehung, Grundsatz, nenn es, wie du willst,
*Erworbne Unschuld*, dem erhitzten Blut
Durch List und schwere Kämpfe abgerungen,
Dem Himmel, der sie fordert und bezahlt,
Gewissenhaft sorgfältig angeschrieben.
Erwäge selbst! Wird sie der Königin
Es je vergeben können, dass ein Mann
An ihrer eignen, schwer erkämpften Tugend
Vorüberging, sich für Don Philipps Frau
In hoffnungslosen Flammen zu verzehren?
CARLOS. Kennst du die Fürstin so genau?
MARQUIS. Gewiss nicht.
Kaum dass ich zweimal sie gesehn. Doch nur
Ein Wort lass mich noch sagen: Mir kam vor,
Dass sie geschickt des Lasters Blößen mied,
Dass sie sehr gut um ihre Tugend *wusste.*
Dann sah ich auch die Königin. – O Karl,
Wie anders alles, was ich hier bemerkte!
In angeborner stiller Glorie,
Mit sorgenlosem Leichtsinn, mit des Anstands
Schulmäßiger Berechnung unbekannt,
Gleich ferne von Verwegenheit und Furcht,
Mit festem Heldenschritte wandelt sie
Die schmale Mittelbahn des *Schicklichen*,
Unwissend, dass sie Anbetung erzwungen,
Wo sie von eignem Beifall nie geträumt.
Erkennt mein Karl auch hier in diesem Spiegel,
Auch jetzt noch seine Eboli? – Die Fürstin
Blieb standhaft, weil sie liebte; Liebe war

In ihre Tugend wörtlich einbedungen.
Du hast sie nicht belohnt – sie fällt.
CARLOS *(mit einiger Heftigkeit).* Nein! Nein!
*(Nachdem er heftig auf und nieder gegangen)*
Nein, sag ich dir. – O wüsste Roderich,
Wie trefflich es ihn kleidet, seinem Karl
Der Seligkeiten göttlichste, den Glauben
An menschliche Vortrefflichkeit, zu stehlen!
MARQUIS. Verdien ich das? – Nein, Liebling meiner Seele,
Das wollt ich nicht, bei Gott im Himmel nicht! –
O, diese Eboli – sie wär ein Engel,
Und ehrerbietig wie du selbst stürzt ich
Vor ihrer Glorie mich nieder, hätte
Sie – dein Geheimnis nicht erfahren.
CARLOS. Sieh,
Wie eitel deine Furcht ist! Hat sie andre
Beweise wohl, als die sie selbst beschämen?
Wird sie der Rache trauriges Vergnügen
Mit ihrer Ehre kaufen?
MARQUIS. Ein Erröten
Zurückzunehmen, haben manche schon
Der Schande sich geopfert.
CARLOS *(mit Heftigkeit aufstehend).*
Nein, das ist
Zu hart, zu grausam. Sie ist stolz und edel;
Ich kenne sie und fürchte nichts. Umsonst
Versuchst du, meine Hoffnungen zu schrecken.
Ich spreche meine Mutter.
MARQUIS. Jetzt? Wozu?
CARLOS. Ich habe nun nichts mehr zu schonen – ich muss
Mein Schicksal wissen. Sorge nur, wie ich
Sie sprechen kann.
MARQUIS. Und diesen Brief willst du
Ihr zeigen? Wirklich, willst du das?
CARLOS. Befrage

Mich darum nicht. Das Mittel jetzt, das Mittel,
Dass ich sie spreche!

MARQUIS *(mit Bedeutung).*
Sagtest du mir nicht,
Du *liebtest* deine Mutter? – Du bist willens,
Ihr diesen Brief zu zeigen?
*(Carlos sieht zur Erde und schweigt)*
Karl, ich lese
In deinen Mienen etwas – mir ganz neu –
Ganz fremd bis diesen Augenblick. – Du wendest
Die Augen von mir? *Warum* wendest du
Die Augen von mir? So ists wahr? – Ob ich
Denn wirklich recht gelesen? Lass doch sehn –
*(Carlos gibt ihm den Brief. Der Marquis zerreißt ihn)*

CARLOS. Was? Bist du rasend?
*(Mit gemäßigter Empfindlichkeit)*
Wirklich – ich gesteh es –
An diesem Briefe lag mir viel.

MARQUIS. So schien es.
Darum zerriss ich ihn.
*(Der Marquis ruht mit einem durchdringenden Blick auf dem Prinzen, der ihn zweifelhaft ansieht. Langes Stillschweigen)*
Sprich doch – was haben
Entweihungen des königlichen Bettes
Mit deiner – deiner Liebe denn zu schaffen?
War Philipp dir gefährlich? Welches Band
Kann die verletzten Pflichten des Gemahls
Mit deinen kühnern Hoffnungen verknüpfen?
Hat er gesündigt, wo du liebst? Nun freilich
Lern ich dich fassen. O, wie schlecht hab ich
Bis jetzt auf deine Liebe mich verstanden!

CARLOS. Wie, Roderich? Was glaubst du?

MARQUIS. O, ich fühle,
Wovon ich mich entwöhnen muss. Ja, einst,
Einst wars ganz anders. Da warst du so reich,
So warm, so reich! Ein ganzer Weltkreis hatte

In deinem weiten Busen Raum. Das alles
Ist nun dahin, von *einer* Leidenschaft,
Von einem kleinen Eigennutz verschlungen.
Dein Herz ist ausgestorben. Keine Träne,
Dem ungeheuern Schicksal der Provinzen
Nicht einmal eine Träne mehr! – O Karl,
Wie arm bist du, wie bettelarm geworden,
Seitdem du niemand liebst als *dich*!

CARLOS *(wirft sich in einen Sessel. – Nach einer Pause mit kaum unterdrücktem Weinen).* Ich weiß,
Dass du mich nicht mehr achtest.

MARQUIS. Nicht so, Karl!
Ich kenne diese Aufwallung. Sie war
Verirrung lobenswürdiger Gefühle.
Die Königin gehörte dir, war dir
Geraubt von dem Monarchen – doch bis jetzt
Misstrautest du bescheiden deinen Rechten.
Vielleicht war Philipp ihrer wert. Du wagtest
Nur leise noch, das Urteil ganz zu sprechen.
*Der* Brief entschied. Der Würdigste warst *du.*
Mit stolzer Freude sahst du nun das Schicksal
Der Tyrannei, des Raubes überwiesen.
Du jauchztest, der Beleidigte zu sein;
Denn Unrecht leiden schmeichelt großen Seelen.
Doch hier verirrte deine Phantasie,
Dein Stolz empfand *Genugtuung* – dein Herz
Versprach sich *Hoffnung.* Sieh, ich wusst es wohl,
Du hattest diesmal selbst dich missverstanden.

CARLOS *(gerührt).* Nein, Roderich, du irrest sehr. Ich dachte
So edel nicht, bei weitem nicht, als du
Mich gerne glauben machen möchtest.

MARQUIS. Bin
Ich denn so wenig hier bekannt? Sieh, Karl,
Wenn du verirrest, such ich allemal
Die Tugend unter Hunderten zu raten,
Die ich des Fehlers zeihen kann. Doch nun

Wir besser uns verstehen, seis! Du sollst
Die Königin jetzt sprechen, musst sie sprechen. –

CARLOS *(ihm um den Hals fallend).* O, wie erröt ich neben dir!

MARQUIS. Du hast
Mein Wort. Nun überlass mir alles andre.
Ein wilder, kühner, glücklicher Gedanke
Steigt auf in meiner Phantasie. – Du sollst
Ihn hören, Karl, aus einem schönern Munde.
Ich dränge mich zur Königin. Vielleicht,
Dass morgen schon der Ausgang sich erwiesen.
Bis dahin, Karl, vergiss nicht, dass »ein Anschlag,
Den höhere Vernunft gebar, das Leiden
Der Menschheit drängt, zehntausendmal vereitelt,
Nie aufgegeben werden darf«. – Hörst du?
Erinnre dich an Flandern!

CARLOS. Alles, alles,
Was *du* und hohe Tugend mir gebieten.

MARQUIS *(geht an ein Fenster).* Die Zeit ist um. Ich höre dein
Gefolge.
*(Sie umarmen sich)* Jetzt wieder Kronprinz und Vasall.

CARLOS. Du fährst
Sogleich zur Stadt?

MARQUIS. Sogleich.

CARLOS. Halt! noch ein Wort!
Wie leicht war das vergessen! – Eine Nachricht,
Dir äußerst wichtig: – »Briefe nach Brabant
Erbricht der König.« Sei auf deiner Hut!
Die Post des Reichs, ich weiß es, hat geheime
Befehle –

MARQUIS. Wie erfuhrst du das?

CARLOS. Don Raimond
Von Taxis ist mein guter Freund.

MARQUIS *(nach einigem Stillschweigen).* Auch das!
So nehmen sie den Umweg über Deutschland!

*(Sie gehen ab zu verschiedenen Türen)*

# DRITTER AKT

*Das Schlafzimmer des Königs*

## Erster Auftritt

*(Auf dem Nachttische zwei brennende Lichter. Im Hintergrunde des Zimmers einige Pagen auf den Knien, eingeschlafen. Der König, von oben herab halb ausgekleidet, steht vor dem Tische, einen Arm über den Sessel gebeugt, in einer nachdenkenden Stellung. Vor ihm liegt ein Medaillon und Papiere)*

KÖNIG. Dass sie sonst Schwärmerin gewesen – wer
Kanns leugnen? Nie konnt *ich* ihr Liebe geben,
Und dennoch – schien sie Mangel je zu fühlen?
So ists erwiesen, sie ist falsch. *(Hier macht er eine Bewegung, die ihn zu sich selbst bringt. Er sieht mit Befremdung auf)*
Wo war ich?
Wacht denn hier niemand als der König? Was?
Die Lichter schon herabgebrannt? doch nicht
Schon Tag? – Ich bin um meinen Schlummer. Nimm
Ihn für empfangen an, Natur. Ein König hat
Nicht Zeit, verlorne Nächte nachzuholen;
Jetzt bin ich wach, und Tag soll sein.
*(Er löscht die Lichter aus und öffnet eine Fenstergardine. – Indem er auf und nieder geht, bemerkt er die schlafenden Knaben und bleibt eine Zeitlang schweigend vor ihnen stehen; darauf zieht er die Glocke)*
Schläfts irgend
Vielleicht in meinem Vorsaal auch?

## Zweiter Auftritt

*Der König. Graf Lerma*

LERMA *(mit Bestürzung, da er den König gewahr wird).* Befinden
Sich Ihre Majestät nicht wohl?
KÖNIG. Im linken
Pavillon war Feuer. Hörtet Ihr
Den Lärmen nicht?
LERMA. Nein, Ihre Majestät.
KÖNIG. Nein? Wie? Und also hätt ich nur geträumt?
Das kann von ungefähr nicht kommen. Schläft
Auf jenem Flügel nicht die Königin?
LERMA. Ja, Ihre Majestät.
KÖNIG. Der Traum erschreckt mich.
Man soll die Wachen künftig dort verdoppeln,
Hört Ihr? sobald es Abend wird – doch ganz,
Ganz insgeheim. – Ich will nicht haben, dass –
Ihr prüft mich mit den Augen?
LERMA. Ich entdecke
Ein brennend Auge, das um Schlummer bittet.
Darf ich es wagen, Ihre Majestät
An ein kostbares Leben zu erinnern,
An Völker zu erinnern, die die Spur
Durchwachter Nacht mit fürchtender Befremdung
In solchen Mienen lesen würden – Nur
Zwei kurze Morgenstunden Schlafes –
KÖNIG *(mit zerstörten Blicken).* Schlaf?
Schlaf find ich in Eskurial. – Solange
Der König schläft, ist er um seine Krone,
Der Mann um seines Weibes Herz – Nein, nein!
Es ist Verleumdung. – War es nicht ein Weib,
Ein Weib, das mir es flüsterte? Der Name
Des Weibes heißt Verleumdung. Das Verbrechen
Ist nicht gewiss, bis mirs ein Mann bekräftigt.
*(Zu den Pagen, welche sich unterdessen ermuntert haben)*

Ruft Herzog Alba!
*(Pagen gehen)* Tretet näher, Graf!
Ists wahr? *(Er bleibt forschend vor dem Grafen stehen)*
O eines Pulses Dauer nur
Allwissenheit. – Schwört mir, ists wahr? Ich bin
Betrogen? Bin ichs? Ist es wahr?

LERMA. Mein großer,
Mein bester König –

KÖNIG *(zurückfahrend).* König! König nur
Und wieder König! – Keine bessre Antwort
Als leeren, hohlen Widerhall? Ich schlage
An diesen Felsen und will Wasser, Wasser
Für meinen heißen Fieberdurst – Er gibt
Mir glühend Gold.

LERMA. Was wäre wahr, mein König?

KÖNIG. Nichts. Nichts. Verlasst mich. Geht.
*(Der Graf will sich entfernen, er ruft ihn noch einmal zurück)*
Ihr seid vermählt?
Seid Vater? Ja?

LERMA. Ja, Ihre Majestät.

KÖNIG. Vermählt, und könnt es wagen, eine Nacht
Bei Eurem Herrn zu wachen? Euer Haar
Ist silbergrau, und Ihr errötet nicht,
An Eures Weibes Redlichkeit zu glauben?
O, geht nach Hause. Eben trefft Ihr sie
In Eures Sohns blutschändrischer Umarmung.
Glaubt Eurem König, geht – Ihr steht bestürzt?
Ihr seht mich mit Bedeutung an? – weil ich,
Ich selber etwa graue Haare trage?
Unglücklicher, besinnt Euch. Königinnen
Beflecken ihre Tugend nicht. Ihr seid
Des Todes, wenn Ihr zweifelt –

LERMA *(mit Hitze).* Wer kann das?
In allen Staaten meines Königs, wer
Ist frech genug, mit giftigem Verdacht

Die engelreine Tugend anzuhauchen?
Die beste Königin so tief-

KÖNIG. Die beste?
Und Eure beste also auch? Sie hat
Sehr warme Freunde um mich her, find ich.
Das muss ihr viel gekostet haben – mehr,
Als mir bekannt ist, dass sie geben kann.
Ihr seid entlassen. Lasst den Herzog kommen.

LERMA. Schon hör ich ihn im Vorsaal – *(Im Begriff zu gehen)*

KÖNIG *(mit gemildertem Tone).* Graf! – Was Ihr
Vorhin bemerkt, ist doch wohl wahr gewesen.
Mein Kopf glüht von durchwachter Nacht. – Vergesst,
Was ich im wachen Traum gesprochen. Hört Ihr?
Vergesst es. Ich bin Euer gnädger König.
*(Er reicht ihm die Hand zum Kusse. Lerma geht und öffnet dem Herzog von Alba die Türe)*

## Dritter Auftritt

*Der König und Herzog von Alba*

ALBA *(nähert sich dem König mit ungewisser Miene).*
Ein mir so überraschender Befehl –
Zu dieser außerordentlichen Stunde?
*(Er stutzt, wie er den König genauer betrachtet)*
Und dieser Anblick –

KÖNIG *(hat sich niedergesetzt und das Medaillon auf dem Tische ergriffen. Er sieht den Herzog eine lange Zeit stillschweigend an).* Also wirklich wahr?
Ich habe keinen treuen Diener?

ALBA *(steht betreten still).* Wie?

KÖNIG. Ich bin aufs tödlichste gekränkt – man weiß es,
Und niemand, der mich warnte!

ALBA *(mit einem Blick des Erstaunens).*
Eine Kränkung,

Die meinem König gilt und meinem Aug
Entging?
KÖNIG *(zeigt ihm die Briefe).* Erkennt Ihr diese Hand?
ALBA. Es ist
Don Carlos' Hand. –
KÖNIG *(Pause, worin er den Herzog scharf beobachtet).*
Vermutet Ihr noch nichts?
Ihr habt vor seinem Ehrgeiz mich gewarnt?
Wars nur sein Ehrgeiz, dieser nur, wovor
Ich zittern sollte?
ALBA. Ehrgeiz ist ein großes –
Ein weites Wort, worin unendlich viel
Noch liegen kann.
KÖNIG. Und wisst Ihr nichts Besonders
Mir zu entdecken?
ALBA *(nach einigem Stillschweigen mit verschlossener Miene).*
Ihre Majestät
Vertrauten meiner Wachsamkeit das Reich.
Dem Reiche bin ich mein geheimstes Wissen
Und meine Einsicht schuldig. Was ich sonst
Vermute, denke oder weiß, gehört
Mir eigen zu. Es sind geheiligte
Besitzungen, die der verkaufte Sklave
Wie der Vasall den Königen der Erde
Zurückzuhalten Vorrecht hat – Nicht alles,
Was klar vor *meiner* Seele steht, ist reif
Genug für meinen König. Will er doch
Befriedigt sein, so muss ich bitten, nicht
Als Herr zu fragen.
KÖNIG *(gibt ihm die Briefe).* Lest.
ALBA *(liest und wendet sich erschrocken gegen den König).*
Wer war
Der Rasende, dies unglückselge Blatt
In meines Königs Hand zu geben?
KÖNIG. Was?

So wisst Ihr, wen der Inhalt meint? – Der Name
Ist, wie ich weiß, auf dem Papier vermieden.

ALBA *(betroffen zurücktretend).* Ich war zu schnell.

KÖNIG. Ihr wisst?

ALBA *(nach einigem Bedenken).* Es ist heraus.
Mein Herr befiehlt – ich darf nicht mehr zurücke –
Ich leugn es nicht – ich kenne die Person.

KÖNIG *(aufstehend in einer schrecklichen Bewegung).*
O einen neuen Tod hilf mir erdenken,
Der Rache fürchterlicher Gott! – So klar,
So weltbekannt, so laut ist das Verständnis,
Dass man, des Forschens Mühe überhoben,
Schon auf den ersten Blick es rät – Das ist
Zuviel! Das hab ich nicht gewusst! Das nicht!
Ich also bin der letzte, der es findet!
Der letzte durch mein ganzes Reich –

ALBA *(wirft sich dem König zu Füßen).* Ja, ich bekenne
Mich schuldig, gnädigster Monarch. Ich schäme
Mich einer feigen Klugheit, die mir da
Zu schweigen riet, wo meines Königs Ehre,
Gerechtigkeit und Wahrheit laut genug
Zu reden mich bestürmten – Weil doch alles
Verstummen will – weil die Bezauberung
Der Schönheit aller Männer Zungen bindet,
So seis gewagt, ich rede; weiß ich gleich,
Dass eines Sohns einschmeichelnde Beteurung,
Dass die verführerischen Reizungen,
Die Tränen der Gemahlin –

KÖNIG *(rasch und heftig).* Stehet auf.
Ihr habt mein königliches Wort – Steht auf.
Sprecht unerschrocken.

ALBA *(aufstehend).* Ihre Majestät
Besinnen sich vielleicht noch jenes Vorfalls
Im Garten zu Aranjuez. Sie fanden
Die Königin von allen ihren Damen

Verlassen – mit zerstörtem Blick – allein
In einer abgelegnen Laube.

KÖNIG. Ha!
Was werd ich hören? Weiter!

ALBA. Die Marquisin
Von Mondekar ward aus dem Reich verbannt,
Weil sie Großmut genug besaß, sich schnell
Für ihre Königin zu opfern – Jetzt
Sind wir berichtet – Die Marquisin hatte
Nicht mehr getan, als ihr befohlen worden.
Der Prinz war dort gewesen.

KÖNIG *(schrecklich auffahrend).* Dort gewesen?
Doch also –

ALBA. Eines Mannes Spur im Sande,
Die von dem linken Eingang dieser Laube
Nach einer Grotte sich verlor, wo noch
Ein Schnupftuch lag, das der Infant vermisste,
Erweckte gleich Verdacht. Ein Gärtner hatte
Dem Prinzen dort begegnet, und das war,
Beinah auf die Minute ausgerechnet,
Dieselbe Zeit, wo Eure Majestät
Sich in der Laube zeigten.

KÖNIG *(aus einem finstern Nachsinnen zurückkommend).*
Und sie weinte,
Als ich Befremdung blicken ließ! Sie machte
Vor meinem ganzen Hofe mich erröten!
Erröten vor mir selbst – Bei Gott! Ich stand
Wie ein Gerichteter vor ihrer Tugend –
*(Eine lange und tiefe Stille. Er setzt sich nieder und verhüllt das Gesicht)*
Ja, Herzog Alba – Ihr habt recht – Das könnte
Zu etwas Schrecklichem mich führen – Lasst
Mich einen Augenblick allein.

ALBA. Mein König,
Selbst das entscheidet noch nicht ganz –

KÖNIG *(nach den Papieren greifend).* Auch das nicht?
Und das? Und wieder das? Und dieser laute
Zusammenklang verdammender Beweise?
O, es ist klärer als das Licht – Was ich
Schon lange Zeit vorausgewusst – Der Frevel
Begann schon da, als ich von Euern Händen
Sie in Madrid zuerst empfing – Noch seh ich
Mit diesem Blick des Schreckens, geisterbleich,
Auf meinen grauen Haaren sie verweilen.
Da fing es an, das falsche Spiel!

ALBA. Dem Prinzen
Starb eine Braut in seiner jungen Mutter.
Schon hatten sie mit Wünschen sich gewiegt,
In feurigen Empfindungen verstanden,
Die ihr der neue Stand verbot. Die Furcht
War schon besiegt, die Furcht, die sonst das erste
Geständnis zu begleiten pflegt, und kühner
Sprach die Verführung in vertrauten Bildern
Erlaubter Rückerinnerung. Verschwistert
Durch Harmonie der Meinung und der Jahre,
Durch gleichen Zwang erzürnt, gehorchten sie
Den Wallungen der Leidenschaft so dreister.
Die Politik griff ihrer Neigung vor;
Ist es zu glauben, mein Monarch, dass sie
Dem Staatsrat diese Vollmacht zuerkannte?
Dass sie die Lüsternheit bezwang, die Wahl
Des Kabinetts aufmerksamer zu prüfen?
Sie war gefasst auf Liebe, und empfing –
Ein Diadem.

KÖNIG *(beleidigt und mit Bitterkeit).* Ihr unterscheidet sehr –
Sehr weise, Herzog – Ich bewundre Eure
Beredsamkeit. Ich dank Euch.
*(Aufstehend, kalt und stolz)* Ihr habt recht;
Die Königin hat sehr gefehlt, mir Briefe
Von diesem Inhalt zu verbergen – mir

Die strafbare Erscheinung des Infanten
Im Garten zu verheimlichen. Sie hat
Aus falscher Großmut sehr gefehlt. Ich werde
Sie zu bestrafen wissen.
*(Er zieht die Glocke)* Wer ist sonst
Im Vorsaal? – Euer, Herzog Alba,
Bedarf ich nicht mehr. Tretet ab.

ALBA. Sollt ich
Durch meinen Eifer Eurer Majestät
Zum zweitenmal missfallen haben?

KÖNIG (zu einem Pagen, der hereintritt). Lasst
Domingo kommen. *(Der Page geht ab)*
Ich vergeb es Euch,
Dass Ihr beinahe zwei Minuten lang
*Mich* ein Verbrechen hättet fürchten lassen,
Das gegen *Euch* begangen werden kann. *(Alba entfernt sich)*

## Vierter Auftritt

*Der König. Domingo*

KÖNIG *(geht einigemal auf und ab, sich zu sammeln).*

DOMINGO *(tritt einige Minuten nach dem Herzog herein, nähert sich dem König, den er eine Zeitlang mit feierlicher Stille betrachtet).*
Wie froh erstaun ich, Eure Majestät
So ruhig, so gefasst zu sehn.

KÖNIG. Erstaunt Ihr –

DOMINGO. Der Vorsicht seis gedankt, dass meine Furcht
Doch also nicht gegründet war! Nun darf
Ich um so eher hoffen.

KÖNIG. Eure Furcht?
Was war zu fürchten?

DOMINGO. Ihre Majestät,
Ich darf nicht bergen, dass ich allbereits
Um ein Geheimnis weiß –

KÖNIG *(finster).* Hab ich denn schon
Den Wunsch geäußert, es mit Euch zu teilen?
Wer kam so unberufen mir zuvor?
Sehr kühn, bei meiner Ehre!
DOMINGO. Mein Monarch,
Der Ort, der Anlass, wo ich es erfahren,
Das Siegel, unter dem ich es erfahren,
Spricht wenigstens von dieser Schuld mich frei.
Am Beichtstuhl ward es mir vertraut – vertraut
Als Missetat, die das empfindliche
Gewissen der Entdeckerin belastet,
Und Gnade bei dem Himmel sucht. Zu spät
Beweint die Fürstin eine Tat, von der
Sie Ursach hat, die fürchterlichsten Folgen
Für ihre Königin zu ahnden.
KÖNIG. Wirklich?
Das gute Herz – Ihr habt ganz recht vermutet,
Weswegen ich Euch rufen ließ. Ihr sollt
Aus diesem dunkeln Labyrinth mich führen,
Worein ein blinder Eifer mich geworfen.
Von Euch erwart ich Wahrheit. Redet offen
Mit mir. Was soll ich glauben, was beschließen?
Von Eurem Amte fodr ich Wahrheit.
DOMINGO. Sire,
Wenn meines Standes Müdigkeit mir auch
Der Schonung süße Pflicht nicht auferlegte,
Doch würd ich Eure Majestät beschwören,
Um Ihrer Ruhe willen Sie beschwören,
Bei dem Entdeckten stillzustehn – das Forschen
In ein Geheimnis ewig aufzugeben,
Das niemals freudig sich entwickeln kann.
Was jetzt bekannt ist, kann vergeben werden.
Ein Wort des Königs – und die Königin
Hat nie gefehlt. Der Wille des Monarchen
Verleiht die Tugend wie das Glück – und nur

Die immer gleiche Ruhe meines Königs
Kann die Gerüchte mächtig niederschlagen,
Die sich die Lästerung erlaubt.

KÖNIG. Gerüchte?
Von *mir*, und unter meinem Volke?

DOMINGO. Lügen!
Verdammenswerte Lügen! Ich beschwör es.
Doch freilich gibt es Fälle, wo der Glaube
Des Volks, und wär er noch so unerwiesen,
Bedeutend wie die Wahrheit wird.

KÖNIG. Bei Gott!
Und hier gerade wär es –

DOMINGO. Guter Name
Ist das kostbare, einzge Gut, um welches
Die Königin mit einem Bürgerweibe
Wetteifern muss –

KÖNIG. Für den doch, will ich hoffen,
Hier nicht gezittert werden soll?
*(Er ruht mit ungewissem Blick auf Domingo. Nach einigem Stillschweigen)*
Kaplan,
Ich soll noch etwas Schlimmes von Euch hören.
Verschiebt es nicht. Schon lange les ich es
In diesem unglückbringenden Gesichte.
Heraus damit! Seis, was es wolle! Lasst
Nicht länger mich auf dieser Folter beben.
Was glaubt das Volk?

DOMINGO. Noch einmal, Sire, das Volk
Kann irren – und es irrt gewiss. Was es
Behauptet, darf den König nicht erschüttern –
Nur – *dass* es so weit schon sich wagen durfte,
Dergleichen zu behaupten –

KÖNIG. Was? Muss ich
So lang um einen Tropfen Gift Euch bitten?

DOMINGO. Das Volk denkt an den Monat noch zurücke,

Der Eure Königliche Majestät
Dem Tode nahe brachte – Dreißig Wochen
Nach diesem liest es von der glücklichen
Entbindung –
*(Der König steht auf und zieht die Glocke. Herzog von Alba tritt herein. Domingo betroffen)* Ich erstaune, Sire!

KÖNIG *(dem Herzog Alba entgegengehend).* Toledo!
Ihr seid ein Mann. Schützt mich vor diesem Priester.

DOMINGO *(Er und Herzog Alba geben sich verlegene Blicke. Nach einer Pause).*
Wenn wir voraus es hätten wissen können,
Dass diese Nachricht an dem Überbringer
Geahndet werden sollte –

KÖNIG. Bastard sagt Ihr?
Ich war, sagt Ihr, vom Tode kaum erstanden,
Als sie sich Mutter fühlte? – Wie? Das war
Ja damals, wenn ich anders mich nicht irre,
Als Ihr den heiligen Dominikus
In allen Kirchen für das hohe Wunder lobtet,
Das er an mir gewirkt? – Was damals Wunder
Gewesen, ist es jetzt nicht mehr? So habt
Ihr damals oder heute mir gelogen.
An was verlangt Ihr, dass ich glauben soll?
O, ich durchschau Euch. Wäre das Komplott
Schon damals reif gewesen – ja, dann war
Der Heilige um seinen Ruhm.

ALBA. Komplott!

KÖNIG. Ihr solltet
Mit dieser beispiellosen Harmonie
Jetzt in derselben Meinung Euch begegnen
Und doch nicht einverstanden sein? Mich wollt
Ihr das bereden? Mich? Ich soll vielleicht
Nicht wahrgenommen haben, wie erpicht
Und gierig Ihr auf Euren Raub euch stürztet?
Mit welcher Wollust Ihr an meinem Schmerz,

An meines Zornes Wallung Euch geweidet?
Nicht merken soll ich, wie voll Eifer dort
Der Herzog brennt, der Gunst zuvorzueilen,
Die meinem Sohn beschieden war? Wie gerne
Der fromme Mann hier seinen kleinen Groll
Mit meines Zornes Riesenarm bewehrte?
Ich bin der Bogen, bildet Ihr Euch ein,
Den man nur spannen dürfe nach Gefallen? –
Noch hab ich meinen Willen auch – und wenn
Ich zweifeln soll, so lasst mich wenigstens
Bei Euch den Anfang machen.

ALBA. Diese Deutung
Hat unsre Treue nicht erwartet.

KÖNIG. Treue!
Die Treue warnt vor drohenden Verbrechen,
Die Rachgier spricht von den begangenen.
Lasst hören! Was gewann ich denn durch Eure
Dienstfertigkeit? – Ist, was Ihr vorgebt, wahr,
Was bleibt mir übrig als der Trennung Wunde?
Der Rache trauriger Triumph? – Doch nein,
Ihr fürchtet nur, Ihr gebt mir schwankende
Vermutungen – am Absturz einer Hölle
Lasst Ihr mich stehen und entflieht.

DOMINGO. Sind andre
Beweise möglich, wo das Auge selbst
Nicht überwiesen werden kann?

KÖNIG *(nach einer großen Pause, ernst und feierlich zu Domingo sich wendend).* Ich will
Die Großen meines Königreichs versammeln
Und selber zu Gerichte sitzen. Tretet
Heraus vor allen – habt Ihr Mut – und klaget
Als eine Buhlerin sie an! – Sie soll
Des Todes sterben – ohne Rettung – sie
Und der Infant soll sterben – aber – merkt Euch!
Kann sie sich reinigen – Ihr selbst! Wollt Ihr

Die Wahrheit durch ein solches Opfer ehren?
Entschließet Euch. Ihr wollt nicht? Ihr verstummt?
Ihr wollt nicht? – Das ist eines Lügners Eifer.

ALBA *(der stillschweigend in der Ferne gestanden, kalt und ruhig).*
Ich will es.

KÖNIG *(dreht sich erstaunt um und sieht den Herzog eine Zeitlang starr an).*
Das ist kühn! Doch mir fällt ein,
Dass Ihr in scharfen Schlachten Euer Leben
An etwas weit Geringeres gewagt –
Mit eines Würfelspielers Leichtsinn für
Des Ruhmes Unding es gewagt – Und was
Ist Euch das Leben? – Königliches Blut
Geb ich dem Rasenden nicht preis, der nichts
Zu hoffen hat, als ein geringes Dasein
Erhaben aufzugeben – Euer Opfer
Verwerf ich. Geht – Geht, und im Audienzsaal
Erwartet meine weiteren Befehle. *(Beide gehen ab)*

## Fünfter Auftritt

*Der König allein*

KÖNIG. Jetzt gib mir einen Menschen, gute Vorsicht –
Du hast mir viel gegeben. Schenke mir
Jetzt einen Menschen. Du – du bist allein,
Denn deine Augen prüfen das Verborgne,
Ich bitte dich um einen Freund, denn ich
Bin nicht wie du allwissend. Die Gehülfen,
Die du mir zugeordnet hast, was sie
Mir sind, weißt du. Was sie verdienen, haben
Sie mir gegolten. Ihre zahmen Laster,
Beherrscht vom Zaume, dienen meinen Zwecken,
Wie deine Wetter reinigen die Welt.

Ich brauche Wahrheit – Ihre stille Quelle
Im dunkeln Schutt des Irrtums aufzugraben,
Ist nicht das Los der Könige. Gib mir
Den seltnen Mann mit reinem, offnem Herzen,
Mit hellem Geist und unbefangnen Augen,
Der mir sie finden helfen kann – ich schütte
Die Lose auf; lass unter Tausenden,
Die um der Hoheit Sonnenscheibe flattern,
Den einzigen mich finden.
*(Er öffnet eine Schatulle und nimmt eine Schreibtafel heraus. Nachdem er eine Zeitlang darin geblättert)* Bloße Namen –
Nur Namen stehen hier, und nicht einmal
Erwähnung des Verdiensts, dem sie den Platz
Auf dieser Tafel danken – und was ist
Vergesslicher als Dankbarkeit? Doch hier
Auf dieser andern Tafel les ich jede
Vergehung pünktlich beigeschrieben. Wie?
Das ist nicht gut. Braucht etwa das Gedächtnis
Der Rache dieser Hülfe noch?
*(Liest weiter)* Graf Egmont?
Was will der hier? – Der Sieg bei Saint Quentin
War längst verwirkt. Ich werf ihn zu den Toten.
*(Er löscht diesen Namen aus und schreibt ihn auf die andre Tafel. Nachdem er weitergelesen)*
Marquis von Posa? – Posa? – Posa? Kann
Ich dieses Menschen mich doch kaum besinnen!
Und zweifach angestrichen – ein Beweis,
Dass ich zu großen Zwecken ihn bestimmte!
Und, war es möglich? dieser Mensch entzog
Sich meiner Gegenwart bis jetzt? vermied
Die Augen seines königlichen Schuldners?
Bei Gott, im ganzen Umkreis meiner Staaten
Der einzge Mensch, der meiner nicht bedarf!
Besäß er Habsucht oder Ehrbegierde,
Er wäre längst vor meinem Thron erschienen.

Wag ichs mit diesem Sonderling? Wer mich
Entbehren kann, wird Wahrheit für mich haben. *(Er geht ab)*

*Der Audienzsaal*

## Sechster Auftritt

*Don Carlos im Gespräch mit dem Prinzen von Parma. Die Herzoge von Alba, Feria und Medina Sidonia. Graf von Lerma und noch andere Granden mit Schriften in der Hand. Alle den König erwartend*

MEDINA SIDONIA *(von allen Umstehenden sichtbar vermieden, wendet sich zum Herzog von Alba, der allein und in sich gekehrt auf und ab geht).*
Sie haben ja den Herrn gesprochen, Herzog. –
Wie fanden Sie ihn aufgelegt?

ALBA. Sehr übel
Für Sie und Ihre Zeitungen.

MEDINA SIDONIA. Im Feuer
Des englischen Geschützes war mirs leichter
Als hier auf diesem Pflaster.
*(Carlos, der mit stiller Teilnahme auf ihn geblickt hat, nähert sich ihm jetzt und drückt ihm die Hand)* Warmen Dank
Für diese großmutsvolle Träne, Prinz.
Sie sehen, wie mich alles flieht. Nun ist
Mein Untergang beschlossen.

CARLOS. Hoffen Sie
Das Beste, Freund, von meines Vaters Gnade
Und Ihrer Unschuld.

MEDINA SIDONIA. Ich verlor ihm eine Flotte,
Wie keine noch im Meer erschien – Was ist
Ein Kopf wie dieser gegen siebzig
Versunkne Gallionen? – Aber, Prinz –
Fünf Söhne, hoffnungsvoll wie Sie – das bricht
Mein Herz –

## Siebenter Auftritt

*Der König kommt angekleidet heraus. Die Vorigen (Alle nehmen die Hüte ab und weichen zu beiden Seiten aus, indem sie einen halben Kreis um ihn bilden, Stillschweigen)*

KÖNIG *(den ganzen Kreis flüchtig durchschauend).*
Bedeckt Euch!
*(Don Carlos und der Prinz von Parma nähern sich zuerst und küssen dem König die Hand. Er wendet sich mit einiger Freundlichkeit zu dem letztern, ohne seinen Sohn bemerken zu wollen)*
Eure Mutter, Neffe,
Will wissen, wie man in Madrid mit Euch
Zufrieden sei.

PARMA. Das frage sie nicht eher
Als nach dem Ausgang meiner ersten Schlacht.

KÖNIG. Gebt Euch zufrieden. Auch an Euch wird einst
Die Reihe sein, wenn diese Stämme brechen.
*(Zum Herzog von Feria)* Was bringt Ihr mir?

FERIA *(ein Knie vor dem König beugend).*
Der Großkomtur des Ordens
Von Calatrava starb an diesem Morgen.
Hier folgt sein Ritterkreuz zurück.

KÖNIG *(nimmt den Orden und sieht im ganzen Zirkel herum).*
Wer wird
Nach ihm am würdigsten es tragen?
*(Er winkt Alba zu sich, welcher sich vor ihm auf ein Knie niederlässt, und hängt ihm den Orden um)* Herzog,
Ihr seid mein erster Feldherr – seid nie *mehr*,
So wird Euch meine Gnade niemals fehlen.
*(Er wird den Herzog von Medina Sidonia gewahr)*
Sieh da! mein Admiral!

MEDINA SIDONIA *(nähert sich wankend und kniet vor dem Könige nieder, mit gesenktem Haupt).* *Das*, großer König,
Ist alles, was ich von der spanschen Jugend
Und der Armada wiederbringe.

KÖNIG *(nach einem langen Stillschweigen).* Gott
Ist über mir – Ich habe gegen Menschen,
Nicht gegen Sturm und Klippen sie gesendet –
Seid mir willkommen in Madrid.
*(Er reicht ihm die Hand zum Kusse)* Und Dank,
Dass Ihr in Euch mir einen würdgen Diener
Erhalten habt! – Für diesen, meine Granden,
Erkenn ich ihn, will ich erkannt ihn wissen.
*(Er gibt ihm einen Wink, aufzustehen und sich zu bedecken – dann wendet er sich gegen die andern)* Was gibt es noch?
*(Zu Don Carlos und dem Prinzen von Parma)*
Ich dank Euch, meine Prinzen.
*(Diese treten ab. Die noch übrigen Granden nähern sich und überreichen dem König kniend ihre Papiere. Er durchsieht sie flüchtig und reicht sie dem Herzog von Alba)*
Legt das im Kabinett mir vor – Bin ich zu Ende?
*(Niemand antwortet)*
Wie kommt es denn, dass unter meinen Granden
Sich nie ein Marquis Posa zeigt? Ich weiß
Recht gut, dass dieser Marquis Posa mir
Mit Ruhm gedient. Er lebt vielleicht nicht mehr?
Warum erscheint er nicht?
LERMA. Der Chevalier
Ist kürzlich erst von Reisen angelangt,
Die er durch ganz Europa unternommen.
Soeben ist er in Madrid und wartet
Nur auf den öffentlichen Tag, sich zu
Den Füßen seines Oberherrn zu werfen.
ALBA. Marquis von Posa? – Recht! Das ist der kühne
Malteser, Ihre Majestät, von dem
Der Ruf die schwärmerische Tat erzählte.
Als auf des Ordensmeisters Aufgebot
Die Ritter sich auf ihrer Insel stellten,
Die Soliman belagern ließ, verschwand
Auf einmal von Alkalas hoher Schule

Der achtzehnjährge Jüngling. Ungerufen
Stand er vor La Valette. »Man kaufte mir
Das Kreuz«, sagt' er, »ich will es jetzt verdienen.«
Von jenen vierzig Rittern war er einer,
Die gegen Piali, Ulucciali
Und Mustafa und Hassem das Kastell
Sankt Elmo in drei wiederholten Stürmen
Am hohen Mittag hielten. Als es endlich
Erstiegen wird und um ihn alle Ritter
Gefallen, wirft er sich ins Meer und kommt
Allein erhalten an bei La Valette.
Zwei Monate darauf verlässt der Feind
Die Insel, und der Ritter kommt zurück,
Die angefangnen Studien zu enden.

FERIA. Und dieser Marquis Posa war es auch,
Der nachher die berüchtigte Verschwörung
In Katalonien entdeckt und bloß
Durch seine Fertigkeit allein der Krone
Die wichtigste Provinz erhielt.

KÖNIG. Ich bin
Erstaunt – Was ist das für ein Mensch, der *das*
Getan und unter dreien, die ich frage,
Nicht einen einzgen Neider hat? – Gewiss!
Der Mensch besitzt den ungewöhnlichsten
Charakter oder keinen – Wunders wegen
Muss ich ihn sprechen.
*(Zum Herzog Alba)* Nach gehörter Messe
Bringt ihn ins Kabinett zu mir.
*(Der Herzog geht ab. Der König ruft Feria)* Und Ihr
Nehmt meine Stelle im geheimen Rate. *(Er geht ab)*

FERIA. Der Herr ist heut sehr gnädig.

MEDINA SIDONIA. Sagen Sie:
Er ist ein Gott! – Er ist es mir gewesen.

FERIA. Wie sehr verdienen Sie Ihr Glück! Ich nehme
Den wärmsten Anteil, Admiral.

EINER VON DEN GRANDEN. Auch ich.
EIN ZWEITER. Ich wahrlich auch.
EIN DRITTER. Das Herz hat mir geschlagen.
Ein so verdienter General!
DER ERSTE. Der König
War gegen Sie nicht gnädig – nur gerecht.
LERMA *(im Abgehen zu Medina Sidonia).*
Wie reich sind Sie auf einmal durch zwei Worte! *(Alle gehen ab)*

*Das Kabinett des Königs*

## Achter Auftritt

*Marquis von Posa und Herzog von Alba*

MARQUIS *(im Hereintreten).*
Mich will er haben? Mich? – Das kann nicht sein.
Sie irren sich im Namen – Und was will
Er denn von mir?
ALBA. Er will Sie kennenlernen.
MARQUIS. Der bloßen Neugier wegen – O, dann schade
Um den verlornen Augenblick – das Leben
Ist so erstaunlich schnell dahin.
ALBA. Ich übergebe
Sie Ihrem guten Stern. Der König ist
In Ihren Händen. Nützen Sie, so gut
Sie können, diesen Augenblick, und sich,
Sich selber schreiben Sie es zu, geht er
Verloren. *(Er entfernt sich)*

## Neunter Auftritt

*Der Marquis allein*

Wohl gesprochen, Herzog. Nützen
Muss man den Augenblick, der *einmal* nur
Sich bietet. Wahrlich, dieser Höfling gibt
Mir eine gute Lehre – wenn auch nicht
In seinem Sinne gut, doch in dem meinen.
*(Nach einigem Auf- und Niedergehen)*
Wie komm ich aber hieher? – Eigensinn
Des launenhaften Zufalls wär es nur,
Was mir mein Bild in *diesen* Spiegeln zeigt?
Aus einer Million gerade mich,
Den Unwahrscheinlichsten, ergriff und im
Gedächtnisse des Königs auferweckte?
Ein Zufall nur? Vielleicht auch mehr – Und was
Ist Zufall anders als der rohe Stein,
Der Leben annimmt unter Bildners Hand?
Den Zufall gibt die Vorsehung – zum Zwecke
Muss ihn der Mensch gestalten. – Was der König
Mit mir auch wollen mag, gleichviel! – Ich weiß,
Was ich – ich mit dem König soll – und wärs
Auch eine Feuerflocke Wahrheit nur,
In des Despoten Seele kühn geworfen –
Wie fruchtbar in der Vorsicht Hand! So könnte,
Was erst so grillenhaft mir schien, sehr zweckvoll
Und sehr besonnen sein. Sein oder nicht –
Gleichviel! In diesem Glauben will ich handeln.
*(Er macht einige Gänge durch das Zimmer und bleibt endlich in ruhiger Betrachtung vor einem Gemälde stehen. Der König erscheint in dem angrenzenden Zimmer, wo er einige Befehle gibt. Alsdann tritt er herein, steht an der Türe still und sieht dem Marquis eine Zeitlang zu, ohne von ihm bemerkt zu werden)*

## Zehnter Auftritt

*Der König und Marquis von Posa*
*(Dieser geht dem König, sobald er ihn gewahr wird, entgegen und lässt sich vor ihm auf ein Knie nieder, steht auf und bleibt ohne Zeichen der Verwirrung vor ihm stehen)*

KÖNIG *(betrachtet ihn mit einem Blick der Verwunderung).*
Mich schon gesprochen also?
MARQUIS. Nein.
KÖNIG. Ihr machtet
Um meine Krone Euch verdient. Warum
Entziehet Ihr Euch meinem Dank? In meinem
Gedächtnis drängen sich der Menschen viel.
Allwissend ist nur Einer. Euch kams zu,
Das Auge Eures Königes zu suchen.
Weswegen tatet Ihr das nicht?
MARQUIS. Es sind
Zween Tage, Sire, dass ich ins Königreich
Zurückgekommen.
KÖNIG. Ich bin nicht gesonnen,
In meiner Diener Schuld zu stehn – Erbittet
Euch eine Gnade.
MARQUIS. Ich genieße die Gesetze.
KÖNIG. Dies Recht hat auch der Mörder.
MARQUIS. Wieviel mehr
Der gute Bürger! – Sire, ich bin zufrieden.
KÖNIG *(vor sich).* Viel Selbstgefühl und kühner Mut, bei Gott!
Doch das war zu erwarten – Stolz will ich
Den Spanier. Ich mag es gerne leiden,
Wenn auch der Becher überschäumt – Ihr tratet
Aus meinen Diensten, hör ich?
MARQUIS. Einem Bessern
Den Platz zu räumen, zog ich mich zurücke.
KÖNIG. Das tut mir leid. Wenn solche Köpfe feiern,
Wieviel Verlust für meinen Staat – Vielleicht

Befürchtet Ihr, die Sphäre zu verfehlen,
Die Eures Geistes würdig ist.

MARQUIS. O nein!
Ich bin gewiss, dass der erfahrne Kenner,
In Menschenseelen, seinem Stoff, geübt,
Beim ersten Blicke wird gelesen haben,
Was ich ihm taugen kann, was nicht. Ich fühle
Mit demutsvoller Dankbarkeit die Gnade,
Die Eure Königliche Majestät
Durch diese stolze Meinung auf mich häufen;
Doch – *(Er hält inne)*

KÖNIG. Ihr bedenket Euch?

MARQUIS. Ich bin – ich muss
Gestehen, Sire – sogleich nicht vorbereitet,
Was ich als Bürger dieser Welt gedacht,
In Worte Ihres Untertans zu kleiden. –
Denn damals, Sire, als ich auf immer mit
Der Krone aufgehoben, glaubt ich mich
Auch der Notwendigkeit entbunden, ihr
Von diesem Schritte Gründe anzugeben.

KÖNIG. So schwach sind diese Gründe? Fürchtet Ihr,
Dabei zu wagen?

MARQUIS. Wenn ich Zeit gewinne,
Sie zu erschöpfen, Sire – mein Leben höchstens.
Die Wahrheit aber setz ich aus, wenn Sie
Mir diese Gunst verweigern. Zwischen Ihrer
Ungnade und Geringschätzung ist mir
Die Wahl gelassen – Muss ich mich entscheiden,
So will ich ein Verbrecher lieber als
Ein Tor von Ihren Augen gehen.

KÖNIG *(mit erwartender Miene).* Nun?

MARQUIS. – Ich kann nicht Fürstendiener sein.
*(Der König sieht ihn mit Erstaunen an)* Ich will
Den Käufer nicht betrügen, Sire. – Wenn Sie
Mich anzustellen würdigen, so wollen

Sie nur die vorgewogne Tat. Sie wollen
Nur meinen Arm und meinen Mut im Felde,
Nur meinen Kopf im Rat. Nicht meine Taten,
Der Beifall, den sie finden an dem Thron,
Soll meiner Taten Endzweck sein. Mir aber,
Mir hat die Tugend eignen Wert. Das Glück,
Das der Monarch mit meinen Händen pflanzte,
Erschüf ich selbst, und Freude wäre mir
Und eigne Wahl, was mir nur Pflicht sein sollte.
Und ist das Ihre Meinung? Können Sie
In Ihrer Schöpfung fremde Schöpfer dulden?
Ich aber soll zum Meißel mich erniedern,
Wo ich der Künstler könnte sein? – Ich liebe
Die Menschheit, und in Monarchien darf
Ich niemand lieben als mich selbst.

KÖNIG. Dies Feuer
Ist lobenswert. Ihr möchtet Gutes stiften.
Wie Ihr es stiftet, kann dem Patrioten,
Dem Weisen gleich viel heißen. Suchet Euch
Den Posten aus in meinen Königreichen,
Der Euch berechtigt, diesem edeln Triebe
Genug zu tun.

MARQUIS. Ich finde keinen.

KÖNIG. Wie?

MARQUIS. Was Eure Majestät durch meine Hand
Verbreiten – ist das Menschenglück? – Ist das
Dasselbe Glück, das meine reine Liebe
Den Menschen gönnt? – Vor diesem Glücke würde
Die Majestät erzittern – Nein! Ein neues
Erschuf der Krone Politik – ein Glück,
Das *sie* noch reich genug ist auszuteilen,
Und in dem Menschenherzen neue Triebe,
Die sich von diesem Glücke stillen lassen.
In ihren Münzen lässt sie Wahrheit schlagen,
*Die* Wahrheit, die sie dulden kann. Verworfen

Sind alle Stempel, die nicht diesem gleichen.
Doch was der Krone frommen kann – ist das
Auch mir genug? Darf meine Bruderliebe
Sich zur Verkürzung meines Bruders borgen?
Weiß ich ihn glücklich – eh er denken darf?
Mich wählen Sie nicht, Sire, Glückseligkeit,
Die *Sie* uns prägen, auszustreun. Ich muss
Mich weigern, diese Stempel auszugeben. –
Ich kann nicht Fürstendiener sein.

KÖNIG *(etwas rasch).* Ihr seid
Ein Protestant.

MARQUIS *(nach einigem Bedenken).* Ihr Glaube, Sire, ist auch
Der meinige.
*(Nach einer Pause)* Ich werde missverstanden.
Das war es, was ich fürchtete. Sie sehen
Von den Geheimnissen der Majestät
Durch meine Hand den Schleier weggezogen.
Wer sichert Sie, dass mir noch heilig heiße,
Was mich zu schrecken aufgehört? Ich bin
Gefährlich, weil ich über mich gedacht. –
Ich bin es nicht, mein König. Meine Wünsche
Verwesen hier.
*(Die Hand auf die Brust gelegt)* Die lächerliche Wut
Der Neuerung, die nur der Ketten Last,
Die sie nicht ganz zerbrechen kann, vergrößert,
Wird *mein* Blut nie erhitzen. Das Jahrhundert
Ist meinem Ideal nicht reif. Ich lebe
Ein Bürger derer, welche kommen werden.
Kann ein Gemälde Ihre Ruhe trüben? –
Ihr Atem löscht es aus.

KÖNIG. Bin ich der erste,
Der Euch von dieser Seite kennt?

MARQUIS. Von dieser –
Ja!

KÖNIG *(steht auf, macht einige Schritte und bleibt dem Marquis*

*gegenüber stehen. Vor sich).* Neu zum wenigsten ist dieser Ton!
Die Schmeichelei erschöpft sich. Nachzuahmen
Erniedrigt einen Mann von Kopf. – Auch einmal
Die Probe von dem Gegenteil. Warum nichts
Das Überraschende macht Glück. – Wenn Ihr
Es so verstehet, gut, so will ich mich
Auf eine neue Kronbedienung richten –
Den starken Geist. –

MARQUIS. Ich höre, Sire, wie klein,
Wie niedrig Sie von Menschenwürde denken,
Selbst in des freien Mannes Sprache nur
Den Kunstgriff eines Schmeichlers sehen, und
Mir deucht, ich weiß, wer Sie dazu berechtigt.
Die Menschen zwangen Sie dazu; *die* haben
Freiwillig ihres Adels sich begeben,
Freiwillig sich auf diese niedre Stufe
Herabgestellt. Erschrocken fliehen sie
Vor dem Gespenste ihrer innern Größe,
Gefallen sich in ihrer Armut, schmücken
Mit feiger Weisheit ihre Ketten aus,
Und Tugend nennt man, sie mit Anstand tragen.
So überkamen Sie die Welt. So ward
Sie Ihrem großen Vater überliefert.
Wie könnten Sie in dieser traurigen
Verstümmlung – Menschen ehren?

KÖNIG. Etwas Wahres
Find ich in diesen Worten.

MARQUIS. Aber schade!
Da Sie den Menschen aus des Schöpfers Hand
In Ihrer Hände Werk verwandelten
Und dieser neugegoßnen Kreatur
Zum Gott sich gaben – da versahen Sie's
In etwas nur: Sie blieben selbst noch Mensch –
Mensch aus des Schöpfers Hand. *Sie* fuhren fort,

Als Sterblicher zu leiden, zu begehren;
*Sie* brauchen Mitgefühl – und einem Gott
Kann man nur opfern – zittern – zu ihm beten!
Bereuenswerter Tausch! Unselige
Verdrehung der Natur! – Da Sie den Menschen
Zu Ihrem Saitenspiel herunterstürzten,
Wer teilt mit Ihnen Harmonie?

KÖNIG. (Bei Gott,
Er greift in meine Seele!)

MARQUIS. Aber Ihnen
Bedeutet dieses Opfer nichts. Dafür
Sind Sie auch einzig – Ihre eigne Gattung –
Um diesen Preis sind Sie ein Gott. – Und schrecklich,
Wenn das *nicht* wäre – wenn für diesen Preis,
Für das zertretne Glück von Millionen,
Sie nichts gewonnen hätten! wenn die Freiheit,
Die Sie vernichteten, das einzge wäre,
Das Ihre Wünsche reifen kann? – Ich bitte,
Mich zu entlassen, Sire. Mein Gegenstand
Reißt mich dahin. Mein Herz ist voll – der Reiz
Zu mächtig, vor dem Einzigen zu stehen,
Dem ich es öffnen möchte.

*(Der Graf von Lerma tritt herein und spricht einige Worte leise mit dem König. Dieser gibt ihm einen Wink, sich zu entfernen, und bleibt in seiner vorigen Stellung sitzen)*

KÖNIG *(zum Marquis, nachdem Lerma weggegangen).*
Redet aus!

MARQUIS *(nach einigem Stillschweigen).*
Ich fühle, Sire, – den ganzen Wert –

KÖNIG. Vollendet!
Ihr hattet mir noch mehr zu sagen.

MARQUIS. Sire!
Jüngst kam ich an von Flandern und Brabant. –
So viele reiche, blühende Provinzen!
Ein kräftiges, ein großes Volk – und auch

Ein gutes Volk – und Vater dieses Volkes!
Das, dacht ich, das muss göttlich sein! – Da stieß
Ich auf verbrannte menschliche Gebeine –
*(Hier schweigt er still; seine Augen ruhen auf dem König, der es versucht, diesen Blick zu erwidern, aber betroffen und verwirrt zur Erde sieht)*
Sie haben recht. *Sie* müssen. Dass Sie *können*,
Was Sie zu müssen eingesehn, hat mich
Mit schauernder Bewunderung durchdrungen.
O schade, dass, in seinem Blut gewälzt,
Das Opfer wenig dazu taugt, dem Geist
Des Opferers ein Loblied anzustimmen!
Dass Menschen nur – nicht Wesen höhrer Art –
Die Weltgeschichte schreiben! – Sanftere
Jahrhunderte verdrängen Philipps Zeiten;
Die bringen mildre Weisheit; Bürgerglück
Wird dann versöhnt mit Fürstengröße wandeln,
Der karge Staat mit seinen Kindern geizen,
Und die Notwendigkeit wird menschlich sein.
KÖNIG. Wann, denkt Ihr, würden diese menschlichen
Jahrhunderte erscheinen, hätt ich vor
Dem Fluch des jetzigen gezittert? Sehet
In meinem Spanien Euch um. Hier blüht
Des Bürgers Glück in nie bewölktem Frieden;
Und *diese Ruhe* gönn ich den Flamändern.
MARQUIS *(schnell)*. Die Ruhe eines Kirchhofs! Und Sie hoffen
Zu endigen, was Sie begannen? hoffen,
Der Christenheit gezeitigte Verwandlung,
Den allgemeinen Frühling aufzuhalten,
Der die Gestalt der Welt verjüngt? *Sie* wollen
Allein in ganz Europa – sich dem Rade
Des Weltverhängnisses, das unaufhaltsam
In vollem Laufe rollt, entgegenwerfen?
Mit Menschenarm in seine Speichen fallen?
Sie werden nicht! Schon flohen Tausende

Aus Ihren Ländern froh und arm. Der Bürger,
Den Sie verloren für den Glauben, war
Ihr edelster. Mit offnen Mutterarmen
Empfängt die Fliehenden Elisabeth,
Und fruchtbar blüht durch Künste unsres Landes
Britannien. Verlassen von dem Fleiß
Der neuen Christen, liegt Grenada öde,
Und jauchzend sieht Europa seinen Feind
An selbstgeschlagnen Wunden sich verbluten.
*(Der König ist bewegt; der Marquis bemerkt es und tritt einige Schritte näher)*
Sie wollen pflanzen für die Ewigkeit,
Und säen Tod? Ein so erzwungnes Werk
Wird seines Schöpfers Geist nicht überdauern.
Dem Undank haben Sie gebaut – umsonst
Den harten Kampf mit der Natur gerungen,
Umsonst ein großes königliches Leben
Zerstörenden Entwürfen hingeopfert.
Der Mensch ist mehr, als Sie von ihm gehalten.
Des langen Schlummers Bande wird er brechen
Und wiederfordern sein geheiligt Recht.
Zu einem *Nero* und *Busiris* wirft
Er Ihren Namen, und – das schmerzt mich, denn
Sie waren gut.
KÖNIG. Wer hat Euch dessen so
Gewiss gemacht?
MARQUIS *(mit Feuer).* Ja, beim Allmächtigen!
Ja – Ja – Ich wiederhol es. Geben Sie,
Was Sie uns nahmen, wieder. Lassen Sie,
Großmütig wie der Starke, Menschenglück
Aus Ihrem Füllhorn strömen – Geister reifen
In Ihrem Weltgebäude! Geben Sie,
Was Sie uns nahmen, wieder. Werden Sie
Von Millionen Königen ein König.
*(Er nähert sich ihm kühn, indem er feste und feurige Blicke auf ihn richtet)*

O, könnte die Beredsamkeit von allen
Den Tausenden, die dieser großen Stunde
Teilhaftig sind, auf meinen Lippen schweben,
Den Strahl, den ich in diesen Augen merke,
Zur Flamme zu erheben! – Geben Sie
Die unnatürliche Vergöttrung auf,
Die uns vernichtet. Werden Sie uns Muster
Des Ewigen und Wahren. Niemals – niemals
Besaß ein Sterblicher so viel, so göttlich
Es zu gebrauchen. Alle Könige
Europens huldigen dem spanschen Namen.
Gehn Sie Europens Königen voran.
Ein Federzug von dieser Hand, und neu
Erschaffen wird die Erde. Geben Sie
Gedankenfreiheit. –
*(Sich ihm zu Füßen werfend)*
KÖNIG *(überrascht, das Gesicht weggewandt und dann wieder auf den Marquis geheftet).* Sonderbarer Schwärmer!
Doch – stehet auf – ich –
MARQUIS. Sehen Sie sich um
In seiner herrlichen Natur! Auf Freiheit
Ist sie gegründet – und wie reich ist sie
Durch Freiheit! Er, der große Schöpfer, wirft
In einen Tropfen Tau den Wurm, und lässt
Noch in den toten Räumen der Verwesung
Die Willkür sich ergetzen – *Ihre* Schöpfung,
Wie eng und arm! Das Rauschen eines Blattes
Erschreckt den Herrn der Christenheit – *Sie* müssen
Vor jeder Tugend zittern. *Er* – der Freiheit
Entzückende Erscheinung nicht zu stören –
*Er* lässt des Übels grauenvolles Heer
In seinem Weltall lieber toben – ihn,
Den Künstler, wird man nicht gewahr, bescheiden
Verhüllt er sich in ewige Gesetze;
*Die* sieht der Freigeist, doch nicht *ihn.* Wozu

Ein Gott? sagt er; die Welt ist sich genug.
Und keines Christen Andacht hat ihn mehr
Als dieses Freigeists Lästerung gepriesen.
KÖNIG. Und wollet Ihr es unternehmen, dies
Erhabne Muster in der Sterblichkeit
In meinen Staaten nachzubilden?
MARQUIS. Sie,
Sie können es. Wer anders? Weihen Sie
Dem Glück der Völker die Regentenkraft,
Die – ach so lang – des Thrones Größe nur
Gewuchert hatte – Stellen Sie der Menschheit
Verlornen Adel wieder her. Der Bürger
Sei wiederum, was er zuvor gewesen,
Der Krone Zweck – ihn binde keine Pflicht
Als seiner Brüder gleich ehrwürdge Rechte.
Wenn nun der Mensch, sich selbst zurückgegeben,
Zu seines Werts Gefühl erwacht – der Freiheit
Erhabne, stolze Tugenden gedeihen –
Dann, Sire, wenn Sie zum glücklichsten der Welt
Ihr eignes Königreich gemacht – dann ist
Es Ihre Pflicht, die Welt zu unterwerfen.
KÖNIG *(nach einem großen Stillschweigen).*
Ich ließ Euch bis zu Ende reden – Anders,
Begreif ich wohl, als sonst in Menschenköpfen
Malt sich in diesem Kopf die Welt – auch will
Ich fremdem Maßstab Euch nicht unterwerfen.
Ich bin der Erste, dem Ihr Euer Innerstes
Enthüllt. Ich glaub es, weil ichs weiß. Um dieser
Enthaltung willen, solche Meinungen,
Mit solchem Feuer doch umfasst, verschwiegen
Zu haben bis auf diesen Tag – um dieser
Bescheidnen Klugheit willen, junger Mann,
Will ich vergessen, dass ich sie erfahren,
Und wie ich sie erfahren. Stehet auf.
Ich will den Jüngling, der sich übereilte,

Als Greis und nicht als König widerlegen.
Ich will es, weil ichs will – Gift also selbst,
Find ich, kann in gutartigen Naturen
Zu etwas Besserm sich veredeln – Aber
Flieht meine Inquisition. – Es sollte
Mir leid tun –

MARQUIS. Wirklich? Sollt es das?

KÖNIG *(in seinem Anblick verloren).* Ich habe
Solch einen Menschen nie gesehen. – Nein!
Nein, Marquis! Ihr tut mir zuviel. Ich will
Nicht Nero sein. Ich will es nicht sein – will
Es gegen Euch nicht sein. Nicht alle
Glückseligkeit soll unter mir verdorren.
Ihr selbst, Ihr sollet unter meinen Augen
Fortfahren dürfen, Mensch zu sein.

MARQUIS *(rasch).* Und meine
Mitbürger, Sire? – O! nicht um mich war mirs
Zu tun, nicht *meine* Sache wollt ich führen.
Und Ihre Untertanen, Sire? –

KÖNIG. Und wenn
Ihr so gut wisset, wie die Folgezeit
Mich richten wird, so lerne sie an Euch,
Wie ich mit Menschen es gehalten, als
Ich einen fand.

MARQUIS. O! der gerechteste
Der Könige sei nicht mit *einem* Male
Der ungerechteste – In Ihrem Flandern
Sind tausend Bessere als ich. Nur *Sie* –
Darf ich es frei gestehen, großer König? –
*Sie* sehn jetzt unter diesem sanftern Bilde
Vielleicht zum erstenmal die Freiheit.

KÖNIG *(mit gemildertem Ernst).* Nichts mehr
Von diesem Inhalt, junger Mann. – Ich weiß,
Ihr werdet anders denken, kennet Ihr
Den Menschen erst wie ich – Doch hätt ich Euch

Nicht gern zum letztenmal gesehn. Wie fang ich
Es an, Euch zu verbinden?

MARQUIS. Lassen Sie
Mich, wie ich bin. Was wär ich Ihnen, Sire,
Wenn Sie auch mich bestächen?

KÖNIG. Diesen Stolz
Ertrag ich nicht. Ihr seid von heute an
In meinen Diensten – Keine Einwendung!
Ich will es haben.
*(Nach einer Pause)*
Aber wie? Was wollte
Ich denn? War es nicht Wahrheit, was ich wollte?
Und hier find ich noch etwas mehr – Ihr habt
Auf meinem Thron mich ausgefunden, Marquis.
Nicht auch in meinem Hause?
*(Da sich der Marquis zu bedenken scheint)*
Ich versteh Euch.
Doch – wär ich auch von allen Vätern der
Unglücklichste, kann ich nicht glücklich sein
Als Gatte?

MARQUIS. Wenn ein hoffnungsvoller Sohn,
Wenn der Besitz der liebenswürdigsten
Gemahlin einem Sterblichen ein Recht
Zu diesem Namen geben, Sire, so sind Sie
Der Glücklichste durch beides.

KÖNIG *(mit finstrer Miene).* Nein! ich bins nicht!
Und dass ichs nicht bin, hab ich tiefer nie
Gefühlt als eben jetzt –
*(Mit einem Blicke der Wehmut auf dem Marquis verweilend)*

MARQUIS. Der Prinz denkt edel
Und gut. Ich hab ihn anders nie gefunden.

KÖNIG. Ich aber hab es – Was er mir genommen,
Kann keine Krone mir ersetzen – Eine
So tugendhafte Königin!

MARQUIS. Wer kann
Es wagen, Sire?
KÖNIG. Die Welt! Die Lästerung!
Ich selbst! – Hier liegen Zeugnisse, die ganz
Unwidersprechlich sie verdammen; andre
Sind noch vorhanden, die das Schrecklichste
Mich fürchten lassen – Aber, Marquis – schwer,
Schwer fällt es mir, an *eines* nur zu glauben.
Wer klagt sie an? – Wenn *sie* – sie fähig sollte
Gewesen sein, so tief sich zu entehren,
O, wieviel mehr ist mir zu glauben, dann
Erlaubt, dass eine Eboli verleumdet?
Hasst nicht der Priester meinen Sohn und sie?
Und weiß ich nicht, dass Alba Rache brütet?
Mein Weib ist mehr wert als sie alle.
MARQUIS. Sire,
Und etwas lebt noch in des Weibes Seele,
Das über allen Schein erhaben ist
Und über alle Lästerung – Es heißt
Weibliche Tugend.
KÖNIG. Ja! Das sag ich auch.
So tief, als man die Königin bezüchtigt,
Herabzusinken, kostet viel. So leicht,
Als man mich überreden möchte, reißen
Der Ehre heilge Bande nicht. Ihr kennt
Den Menschen, Marquis. Solch ein Mann hat mir
Schon längst gemangelt, Ihr seid gut und fröhlich
Und kennet doch den Menschen auch – Drum hab
Ich Euch gewählt –
MARQUIS *(überrascht und erschrocken).*
Mich, Sire?
KÖNIG. Ihr standet
Vor Eurem Herrn und habt nichts für Euch selbst
Erbeten – nichts. Das ist mir neu – Ihr werdet
Gerecht sein. Leidenschaft wird Euren Blick

Nicht irren – Dränget Euch zu meinem Sohn,
Erforscht das Herz der Königin. Ich will
Euch Vollmacht senden, sie geheim zu sprechen.
Und jetzt verlasst mich! *(Er zieht eine Glocke)*

MARQUIS. Kann ich es mit *einer*
Erfüllten Hoffnung? – dann ist dieser Tag
Der schönste meines Lebens.

KÖNIG *(reicht ihm die Hand zum Kusse).*
Er ist kein
Verlorner in dem meinigen.
*(Der Marquis steht auf und geht. Graf Lerma tritt herein)*
Der Ritter
Wird künftig ungemeldet vorgelassen.

# VIERTER AKT

*Saal bei der Königin*

## Erster Auftritt

*Die Königin. Die Herzogin Olivarez. Die Prinzessin von Eboli. Die Gräfin Fuentes und noch andere Damen*

KÖNIGIN *(zur Oberhofmeisterin, indem sie aufsteht).*
Der Schlüssel fand sich also nicht? – So wird
Man die Schatulle mir erbrechen müssen,
Und zwar sogleich –
*(Da sie die Prinzessin von Eboli gewahr wird, welche sich ihr nähert und ihr die Hand küsst)* Willkommen, liebe Fürstin.
Mich freut, Sie wiederhergestellt zu finden –
Zwar noch sehr blass –

FUENTES *(etwas tückisch).* Die Schuld des bösen Fiebers,
Das ganz erstaunlich an die Nerven greift.
Nicht wahr, Prinzessin?

KÖNIGIN. Sehr hab ich gewünscht,
Sie zu besuchen, meine Liebe. – Doch
Ich darf ja nicht.

OLIVAREZ. Die Fürstin Eboli
Litt wenigstens nicht Mangel an Gesellschaft. –

KÖNIGIN. Das glaub ich gern. Was haben Sie? Sie zittern.

EBOLI. Nichts – gar nichts, meine Königin. Ich bitte
Um die Erlaubnis, wegzugehen –

KÖNIGIN. Sie
Verhehlen uns, sind kränker gar, als Sie
Uns glauben machen wollen? Auch das Stehn
Wird Ihnen sauer. Helfen Sie ihr, Gräfin,
Auf dieses Taburett sich niedersetzen.

EBOLI. Im Freien wird mir besser. *(Sie geht ab)*

KÖNIGIN. Folgen Sie
Ihr, Gräfin – Welche Anwandlung!

*(Ein Page tritt herein und spricht mit der Herzogin, welche sich alsdann zur Königin wendet)*

OLIVAREZ. Der Marquis
Von Posa, Ihre Majestät – Er kommt
Von Seiner Majestät dem König.

KÖNIGIN. Ich
Erwart ihn.
*(Der Page geht ab und öffnet dem Marquis die Türe)*

## Zweiter Auftritt

*Marquis von Posa. Die Vorigen*
*(Der Marquis lässt sich auf ein Knie vor der Königin nieder, welche ihm einen Wink gibt, aufzustehen)*

KÖNIGIN. Was ist meines Herrn Befehl?
Darf ich ihn öffentlich –

MARQUIS. Mein Auftrag lautet
An Ihre Königliche Majestät allein.
*(Die Damen entfernen sich auf einen Wink der Königin)*

## Dritter Auftritt

*Die Königin. Marquis von Posa*

KÖNIGIN *(voll Verwunderung).*
Wie? Darf ich meinen Augen trauen, Marquis?
Sie an mich abgeschickt vom König?

MARQUIS. Dünkt
Das Ihro Majestät so sonderbar?
Mir ganz und gar nicht.

KÖNIGIN. Nun, so ist die Welt
Aus ihrer Bahn gewichen. Sie und er –
Ich muss gestehen –

MARQUIS. Dass es seltsam klingt?

Das mag wohl sein. – Die gegenwärtge Zeit
Ist noch an mehrern Wunderdingen fruchtbar.
KÖNIGIN. An größern kaum.
MARQUIS. Gesetzt, ich hätte mich
Bekehren lassen endlich – wär es müde,
An Philipps Hof den Sonderling zu spielen?
Den Sonderling! Was heißt auch das? Wer sich
Den Menschen nützlich machen will, muss doch
Zuerst sich ihnen gleichzustellen suchen.
Wozu der Sekte prahlerische Tracht?
Gesetzt – Wer ist von Eitelkeit so frei,
Um nicht für seinen Glauben gern zu werben? –
Gesetzt, ich ginge damit um, den meinen
Auf einen Thron zu setzen?
KÖNIGIN. Nein! – Nein, Marquis.
Auch nicht einmal im Scherze möcht ich dieser
Unreifen Einbildung Sie zeihn. Sie sind
Der Träumer nicht, der etwas unternähme,
Was nicht geendigt werden kann.
MARQUIS. Das eben
Wär noch die Frage, denk ich.
KÖNIGIN. Was ich höchstens
Sie zeihen könnte, Marquis – was von Ihnen
Mich fast befremden könnte, wäre – wäre –
MARQUIS. Zweideutelei. Kann sein.
KÖNIGIN. Unredlichkeit
Zum wenigsten. Der König wollte mir
Wahrscheinlich nicht durch Sie entbieten lassen,
Was Sie mir sagen werden.
MARQUIS. Nein.
KÖNIGIN. Und kann
Die gute Sache schlimme Mittel adeln?
Kann sich – verzeihen Sie mir diesen Zweifel!
Ihr edler Stolz zu diesem Amte borgen?
Kaum glaub ich es. –

MARQUIS. Auch *ich* nicht, wenn es hier
Nur gelten soll, den König zu betrügen.
Doch das ist meine Meinung nicht. Ihm selbst
Gedenk ich diesmal redlicher zu dienen,
Als er mir aufgetragen hat.
KÖNIGIN. Daran
Erkenn ich Sie, und nun genug! Was macht er?
MARQUIS. Der König? – Wie es scheint, bin ich sehr bald
An meiner strengen Richterin gerächt.
Was ich so sehr nicht zu erzählen eile,
Eilt Ihre Majestät, wie mir geschienen,
Noch weit, weit weniger zu hören. – Doch
Gehört muss es doch werden! Der Monarch
Lässt Ihre Majestät ersuchen, dem
Ambassadeur von Frankreich kein Gehör
Für heute zu bewilligen. Das war
Mein Auftrag. Er ist abgetan.
KÖNIGIN. Und das
Ist alles, Marquis, was Sie mir von ihm
Zu sagen haben?
MARQUIS. Alles ungefähr,
Was mich berechtigt, hierzu sein.
KÖNIGIN. Ich will
Mich gern bescheiden, Marquis, nicht zu wissen,
Was mir vielleicht Geheimnis bleiben muss –
MARQUIS. Das *muss* es, meine Königin – Zwar, wären
Sie nicht *Sie* selbst, ich würde eilen, Sie
Von eingen Dingen zu belehren, vor
Gewissen Menschen Sie zu warnen – doch
Das braucht es nicht bei Ihnen. Die Gefahr
Mag auf und untergehen um Sie her,
Sie sollens nie erfahren. Alles dies
Ist ja nicht so viel wert, den goldnen Schlaf
Von eines Engels Stirne zu verjagen.

Auch war es das nicht, was mich hergeführt.
Prinz Carlos –

KÖNIGIN. Wie verließen Sie ihn?

MARQUIS. Wie
Den einzgen Weisen seiner Zeit, dem es
Verbrechen ist, die Wahrheit anzubeten –
Und ebenso beherzt, für *seine* Liebe,
Wie jener für die seinige zu sterben.
Ich bringe wenig Worte – Aber hier,
Hier ist er selbst.
*(Er gibt der Königin einen Brief)*

KÖNIGIN *(nachdem sie ihn gelesen).*
Er muss mich sprechen, sagt er.

MARQUIS. Das sag ich auch.

KÖNIGIN. Wird es ihn glücklich machen,
Wenn er mit seinen Augen sieht, dass ich
Es auch nicht bin?

MARQUIS. Nein – aber tätiger
Soll es ihn machen und entschloßner.

KÖNIGIN. Wie?

MARQUIS. Der Herzog Alba ist ernannt nach Flandern.

KÖNIGIN. Ernannt – so hör ich.

MARQUIS. Widerrufen kann
Der König nie. Wir kennen ja den König.
Doch wahr ists auch: Hier darf der Prinz nicht bleiben –
Hier nicht, jetzt vollends nicht – und Flandern darf
Nicht aufgeopfert werden.

KÖNIGIN. Wissen Sie
Es zu verhindern?

MARQUIS. Ja – vielleicht. Das Mittel
Ist fast so schlimm als die Gefahr. Es ist
Verwegen wie Verzweiflung. – Doch ich weiß
Von keinem andern.

KÖNIGIN. Nennen Sie mirs.

MARQUIS. Ihnen,

Nur Ihnen, meine Königin, wag ich
Es zu entdecken. Nur von Ihnen kann
Es Carlos hören, ohne Abscheu hören.
Der Name freilich, den es führen wird,
Klingt etwas rauh –

KÖNIGIN. Rebellion –

MARQUIS. Er soll
Dem König ungehorsam werden, soll
Nach Brüssel heimlich sich begeben, wo
Mit offnen Armen die Flamänder ihn
Erwarten. Alle Niederlande stehen
Auf seine Losung auf. Die gute Sache
Wird stark durch einen Königssohn. Er mache
Den span'schen Thron durch seine Waffen zittern.
Was in Madrid der Vater ihm verweigert,
Wird er in Brüssel ihm bewilligen.

KÖNIGIN. Sie sprachen
Ihn heute und behaupten das?

MARQUIS. Weil ich
Ihn heute sprach.

KÖNIGIN *(nach einer Pause).*
Der Plan, den Sie mir zeigen,
Erschreckt und – reizt mich auch zugleich. Ich glaube,
Dass Sie nicht unrecht haben. – Die Idee
Ist kühn, und eben darum, glaub ich,
Gefällt sie mir. Ich will sie reifen lassen.
Weiß sie der Prinz?

MARQUIS. Er sollte, war mein Plan,
Aus Ihrem Mund zum erstenmal sie hören.

KÖNIGIN. Unstreitig! Die Idee ist groß. – Wenn anders
Des Prinzen Jugend –

MARQUIS. Schadet nichts. Er findet
Dort einen Egmont und Oranien,
Die braven Krieger Kaiser Karls, so klug
Im Kabinett als fürchterlich im Felde.

KÖNIGIN *(mit Lebhaftigkeit)*,
Nein! die Idee ist groß und schön – Der Prinz
Muss handeln. Lebhaft fühl ich das. Die Rolle,
Die man hier in Madrid ihn spielen sieht,
Drückt mich an seiner Statt zu Boden – Frankreich
Versprech ich ihm; Savoyen auch. Ich bin
Ganz Ihrer Meinung, Marquis, er muss handeln. –
Doch dieser Anschlag fordert Geld.
MARQUIS. Auch das liegt schon
Bereit –
KÖNIGIN. Und dazu weiß ich Rat.
MARQUIS. So darf ich
Zu der Zusammenkunft ihm Hoffnung geben?
KÖNIGIN. Ich will mirs überlegen.
MARQUIS. Carlos dringt
Auf Antwort, Ihre Majestät. – Ich hab
Ihm zugesagt, nicht leer zurückzukehren.
*(Seine Schreibtafel der Königin reichend)*
*Zwo* Zeilen sind für jetzt genug –
KÖNIGIN *(nachdem sie geschrieben)*. Werd ich
Sie wiedersehn?
MARQUIS. So oft Sie es befehlen.
KÖNIGIN. So oft – so oft ich es befehle? – Marquis!
Wie muss ich diese Freiheit mir erklären?
MARQUIS. So arglos, als *Sie* immer können. Wir
Genießen sie, das ist genug – das ist
Für meine Königin genug.
KÖNIGIN *(abbrechend)*. Wie sollt es
Mich freuen, Marquis, wenn der Freiheit endlich
Noch diese Zuflucht in Europa bliebe!
Wenn sie durch *ihn* es bliebe! – Rechnen Sie
Auf meinen stillen Anteil –
MARQUIS *(mit Feuer)*. O, ich wusst es,
Ich musste hier verstanden werden –
HERZOGIN OLIVAREZ *(erscheint an der Türe)*.

KÖNIGIN *(fremd zum Marquis).* Was
Von meinem Herrn, dem König, kommt, werd ich
Als ein Gesetz verehren. Gehen Sie,
Ihm meine Unterwerfung zu versichern!
*(Sie gibt ihm einen Wink. Der Marquis geht ab)*

*Galerie*

## Vierter Auftritt

*Don Carlos und Graf Lerma*

CARLOS. Hier sind wir ungestört. Was haben Sie
Mir zu entdecken?
LERMA. Eure Hoheit hatten
An diesem Hofe einen Freund.
CARLOS *(stutzt).* Den ich
Nicht wüsste! – Wie? Was wollen Sie damit?
LERMA. So muss ich um Vergebung bitten, dass
Ich mehr erfuhr, als ich erfahren durfte.
Doch, Eurer Hoheit zur Beruhigung,
Ich hab es wenigstens von treuer Hand,
Denn, kurz, ich hab es von mir selbst.
CARLOS. Von wem
Ist denn die Rede?
LERMA. Marquis Posa –
CARLOS. Nun?
LERMA. Wenn etwa mehr, als jemand wissen darf,
Von Eurer Hoheit ihm bewusst sein sollte,
Wie ich beinahe fürchte –
CARLOS. Wie Sie fürchten?
LERMA. – Er war beim König.
CARLOS. So?
LERMA. Zwo volle Stunden,
Und in sehr heimlichem Gespräch.
CARLOS. Wahrhaftig?

LERMA. Es war von keiner Kleinigkeit die Rede.

CARLOS. Das will ich glauben.

LERMA. Ihren Namen, Prinz,
Hört ich zu öftern Malen.

CARLOS. Hoffentlich
Kein schlimmes Zeichen.

LERMA. Auch ward heute morgen
Im Schlafgemache seiner Majestät
Der Königin sehr rätselhaft erwähnt.

CARLOS *(tritt bestürzt zurück).*
Graf Lerma?

LERMA. Als der Marquis weggegangen,
Empfing ich den Befehl, ihn künftighin
Unangemeldet vorzulassen.

CARLOS. Das
Ist wirklich viel.

LERMA. Ganz ohne Beispiel, Prinz,
Solang mir denkt, dass ich dem König diene.

CARLOS. Viel! Wahrlich viel! – Und wie? wie, sagten Sie,
Wie ward der Königin erwähnt?

LERMA *(tritt zurück).* Nein, Prinz,
Nein! Das ist wider meine Pflicht.

CARLOS. Wie seltsam!
Sie sagen mir das eine und verhehlen
Das andre mir.

LERMA. Das erste war ich Ihnen,
Das zweite bin ich dem Monarchen schuldig.

CARLOS. – Sie haben recht.

LERMA. Den Marquis hab ich zwar
Als Mann von Ehre stets gekannt.

CARLOS. Dann haben
Sie ihn sehr gut gekannt.

LERMA. Jedwede Tugend
Ist fleckenfrei – bis auf den Augenblick
Der Probe.

CARLOS. Auch wohl hier und da noch drüber.

LERMA. Und eines großen Königs Gunst dünkt mir
Der Frage wert. An diesem goldnen Angel
Hat manche starke Tugend sich verblutet.

CARLOS. O ja.

LERMA. Oft sogar ist es weise, zu entdecken,
Was nicht verschwiegen bleiben kann.

CARLOS. Ja! weise!
Doch, wie Sie sagen, haben Sie den Marquis
Als Mann von Ehre nur gekannt?

LERMA. Ist er
Es *noch*, so macht mein Zweifel ihn nicht schlechter,
Und Sie, mein Prinz, gewinnen doppelt. *(Er will gehen)*

CARLOS *(folgt ihm gerührt und drückt ihm die Hand).* Dreifach
Gewinn ich, edler, würdger Mann – ich sehe
Um einen Freund mich reicher, und es kostet
Mir den nicht, den ich schon besaß.

*(Lerma geht ab)*

## Fünfter Auftritt

*Marquis von Posa kommt durch die Galerie. Carlos*

MARQUIS. Karl! Karl!

CARLOS. Wer ruft? Ah, du bists! Eben recht. Ich eile
Voraus ins Kloster. Komm bald nach.
*(Er will fort)*

MARQUIS. Nur zwo
Minuten – bleib.

CARLOS. Wenn man uns überfiele –

MARQUIS. Man wird doch nicht. Es ist sogleich geschehen.
Die Königin –

CARLOS. Du warst bei meinem Vater?

MARQUIS. Er ließ mich rufen; ja.

CARLOS *(voll Erwartung).* Nun?
MARQUIS. Es ist richtig.
Du wirst sie sprechen.
CARLOS. Und der König? Was
Will denn der König?
MARQUIS. Der? Nicht viel. – Neugierde,
Zu wissen, wer ich bin. – Dienstfertigkeit
Von unbestellten guten Freunden. Was
Weiß ich? Er bot mir Dienste an.
CARLOS. Die du
Doch abgelehnt?
MARQUIS. Versteht sich.
CARLOS. Und wie kamt
Ihr auseinander?
MARQUIS. Ziemlich gut.
CARLOS. Von mir
War also wohl die Rede nicht?
MARQUIS. Von dir?
Doch. Ja. Im allgemeinen.
*(Er zieht sein Souvenir heraus und gibt es dem Prinzen)*
Hier vorläufig
Zwei Worte von der Königin, und morgen
Werd ich erfahren, wo und wie –
CARLOS *(liest sehr zerstreut, steckt die Schreibtafel ein und will gehen).*
Beim Prior
Triffst du mich also.
MARQUIS. Warte doch. Was eilst du?
Es kommt ja niemand.
CARLOS *(mit erkünsteltem Lächeln).*
Haben wir denn wirklich
Die Rollen umgetauscht? Du bist ja heute
Erstaunlich sicher.
MARQUIS. Heute? Warum heute?
CARLOS. Und was schreibt mir die Königin?

MARQUIS. Hast du
Denn nicht im Augenblick gelesen?
CARLOS. Ich?
Ja so.
MARQUIS. Was hast du denn? Was ist dir?
CARLOS *(liest das Geschriebene noch einmal. Entzückt und feurig).*
Engel
Des Himmels! Ja! ich will es sein – ich will –
Will deiner wert sein – Große Seelen macht
Die Liebe größer. Seis auch, was es sei.
Wenn *du* es mir gebietest, ich gehorche. –
Sie schreibt, dass ich auf eine wichtige
Entschließung mich bereiten soll. Was kann
Sie damit meinen? Weißt du nicht?
MARQUIS. Wenn ichs
Auch wüsste, Karl – bist du auch jetzt gestimmt,
Es anzuhören?
CARLOS. Hab ich dich beleidigt?
Ich war zerstreut. Vergib mir, Roderich.
MARQUIS. Zerstreut? Wodurch?
CARLOS. Durch – ich weiß selber nicht.
Dies Souvenir ist also mein?
MARQUIS. Nicht ganz!
Vielmehr bin ich gekommen, mir sogar
Deins auszubitten.
CARLOS . Meins? Wozu?
MARQUIS. Und was
Du etwa sonst an Kleinigkeiten, die
In keines Dritten Hände fallen dürfen,
An Briefen oder abgerissenen
Konzepten bei dir führst – kurz, deine ganze
Brieftasche –
CARLOS. Wozu aber?
MARQUIS. Nur auf alle Fälle.

Wer kann für Überraschung stehn? Bei mir
Sucht sie doch niemand. Gib.

CARLOS *(sehr unruhig).* Das ist doch seltsam!
Woher auf einmal diese –

MARQUIS. Sei ganz ruhig.
Ich will nichts damit angedeutet haben.
Gewisslich nicht. Es ist Behutsamkeit
*Vor* der Gefahr. So hab ichs nicht gemeint,
So wahrlich nicht, dass du erschrecken solltest.

CARLOS *(gibt ihm die Brieftasche).*
Verwahr sie gut.

MARQUIS. Das werd ich.

CARLOS *(sieht ihn bedeutend an).* Roderich!
Ich gab dir viel.

MARQUIS. Noch immer nicht so viel,
Als ich von dir schon habe – Dort also
Das übrige, und jetzt leb wohl – leb wohl.
*(Er will gehen)*

CARLOS *(kämpft zweifelhaft mit sich selbst – endlich ruft er ihn zurück).*
Gib mir die Briefe doch noch einmal. Einer
Von ihr ist auch darunter, den sie damals,
Als ich so tödlich krankgelegen, nach
Alkala mir geschrieben. Stets hab ich
Auf meinem Herzen ihn getragen. Mich
Von diesem Brief zu trennen, fällt mir schwer.
Lass mir den Brief – nur den – das übrige
Nimm alles.
*(Er nimmt ihn heraus und gibt ihm die Brieftasche zurück)*

MARQUIS. Karl, ich tu es ungern. Just
Um diesen Brief war mirs zu tun.

CARLOS. Leb wohl!
*(Er geht langsam und still weg, an der Türe bleibt er einen Augenblick stehen, kehrt wieder um und bringt ihm den Brief)*
Da hast du ihn.

*(Seine Hand zittert. Tränen stürzen aus seinen Augen, er fällt dem Marquis um den Hals und drückt sein Gesicht wider dessen Brust)*

Das kann mein Vater nicht?
Nicht wahr, mein Roderich? *Das* kann er doch nicht?
*(Er geht schnell fort)*

## Sechster Auftritt

*Marquis sieht ihm erstaunt nach*

MARQUIS. Wärs möglich? Wär es? Also hätt ich ihn
Doch nicht gekannt? Nicht ganz? In seinem Herzen
Wär diese Falte wirklich mir entgangen?
Misstrauen gegen seinen Freund!
Nein! Es ist Lästerung! – Was tat er mir,
Dass ich der Schwächen schwächster ihn verklage?
Was ich ihn zeihe, werd ich selbst – Befremden –
Das mag es ihn, das glaub ich gern. Wann hätte
Er dieser seltsamen Verschlossenheit
Zu seinem Freunde sich versehn? – Auch schmerzen!
Ich kann dirs nicht ersparen, Karl, und länger
Muss ich noch deine gute Seele quälen.
Der König glaubte dem Gefäß, dem er
Sein heiliges Geheimnis übergeben,
Und Glauben fordert Dankbarkeit. Was wäre
Geschwätzigkeit, wenn mein Verstummen dir
Nicht Leiden bringt? Vielleicht erspart? Warum
Dem Schlafenden die Wetterwolke zeigen,
Die über seinem Scheitel hängt? – Genug,
Dass ich sie still an dir vorüberführe
Und, wenn du aufwachst, heller Himmel ist. *(Er geht ab)*

*Kabinett des Königs*

## Siebenter Auftritt

*Der König in einem Sessel – neben ihm die Infantin Klara Eugenia*

KÖNIG *(nach einem tiefen Stillschweigen).*
Nein! Es ist dennoch meine Tochter – Wie
Kann die Natur mit solcher Wahrheit lügen?
Dies blaue Auge ist ja mein! Find ich
In jedem dieser Züge mich nicht wieder?
Kind meiner Liebe, ja, du bists. Ich drücke
Dich an mein Herz – du bist mein Blut.
*(Er stutzt und hält inne)* Mein Blut!
Was kann ich Schlimmres fürchten? Meine Züge,
Sie sind die *seinigen* nicht auch?
*(Er hat das Medaillon in die Hand genommen und sieht wechselsweise auf das Bild und in einen gegenüberstehenden Spiegel – endlich wirft er es zur Erde, steht schnell auf und drückt die Infantin von sich)*
Weg! Weg!
In diesem Abgrund geh ich unter.

## Achter Auftritt

*Graf Lerma. Der König*

LERMA. Eben
Sind Ihre Majestät die Königin
Im Vorgemach erschienen.
KÖNIG. Jetzt?
LERMA. Und bitten
Um gnädigstes Gehör –
KÖNIG. Jetzt aber? Jetzt?
In dieser ungewohnten Stunde? – Nein!
Jetzt kann ich sie nicht sprechen – jetzt nicht –

LERMA. Hier
Sind Ihre Majestät schon selbst – *(Er geht ab)*

## Neunter Auftritt

*Der König. Die Königin tritt herein. Die Infantin (Die letztere fliegt ihr entgegen und schmiegt sich an sie an. Sie fällt vor dem König nieder, welcher stumm und verwirrt steht)*

KÖNIGIN. Mein Herr
Und mein Gemahl – ich muss – ich bin gezwungen,
Vor Ihrem Thron Gerechtigkeit zu suchen.
KÖNIG. Gerechtigkeit? –
KÖNIGIN. Unwürdig seh ich mir
An diesem Hof begegnet. Meine
Schatulle ist erbrochen –
KÖNIG. Was?
KÖNIGIN. Und Sachen
Von großem Wert für mich daraus verschwunden –
KÖNIG. Von großem Wert für Sie –
KÖNIGIN. Durch die Bedeutung,
Die eines Unbelehrten Dreistigkeit
Vermögend wäre –
KÖNIG. Dreistigkeit – Bedeutung –
Doch – stehn Sie auf.
KÖNIGIN. Nicht eher, mein Gemahl,
Bis Sie durch ein Versprechen sich gebunden,
Kraft Ihres königlichen Arms zu meiner
Genugtuung den Täter mir zu stellen,
Wo nicht, von einem Hofstaat mich zu trennen,
Der meinen Dieb verbirgt –
KÖNIG. Stehn Sie doch auf –
In dieser Stellung – Stehn Sie auf –
KÖNIGIN *(steht auf)*. Dass er
Von Range sein muss, weiß ich – denn in der
Schatulle lag an Perlen und Demanten

Weit über eine Million, und er
Begnügte sich mit Briefen –
KÖNIG. Die ich doch –
KÖNIGIN. Recht gerne, mein Gemahl. Es waren Briefe
Und ein Medaillon von dem Infanten.
KÖNIG. Von –
KÖNIGIN. Dem Infanten, Ihrem Sohn.
KÖNIG. An Sie?
KÖNIGIN. An mich.
KÖNIG. Von dem Infanten? Und das sagen
Sie *mir*?
KÖNIGIN. Warum nicht Ihnen, mein Gemahl?
KÖNIG. Mit dieser Stirne?
KÖNIGIN. Was fällt Ihnen auf?
Ich denke, Sie erinnern sich der Briefe,
Die mit Bewilligung von beiden Kronen
Don Carlos mir nach Saint Germain geschrieben.
Ob auch das Bild, womit er sie begleitet,
In diese Freiheit einbedungen worden,
Ob seine rasche Hoffnung eigenmächtig
Sich diesen kühnen Schritt erlaubt – das will
Ich zu entscheiden mich nicht unterfangen.
Wenns Übereilung war, so war es die
Verzeihlichste – da bin ich für ihn Bürge.
Denn damals fiel ihm wohl nicht bei, dass es
Für seine Mutter wäre –
*(Sieht die Bewegung des Königs)*
Was ist das?
Was haben Sie?
INFANTIN *(welche unterdessen das Medaillon auf dem Boden gefunden und damit gespielt hat, bringt es der Königin).*
Ah! Sieh da, meine Mutter!
Das schöne Bild –
KÖNIGIN. Was denn, mein –
*(Sie erkennt das Medaillon und bleibt in sprachloser Erstar-*

*rung stehen. Beide sehen einander mit unverwandten Augen an. Nach einem langen Stillschweigen)* Wahrlich, Sire!
*Dies* Mittel, seiner Gattin Herz zu prüfen,
Dünkt mir sehr königlich und edel – Doch
Noch eine Frage möcht ich mir erlauben.

KÖNIG. Das Fragen ist an mir.

KÖNIGIN. Durch meinen Argwohn
Soll doch die Unschuld wenigstens nicht leiden. –
Wenn also dieser Diebstahl Ihr Befehl
Gewesen –

KÖNIG. Ja.

KÖNIGIN. Dann hab ich niemand anzuklagen
Und niemand weiter zu bedauern – niemand
Als *Sie*, dem *die* Gemahlin nicht geworden,
Bei welcher solche Mittel sich verlohnen.

KÖNIG. *Die* Sprache kenn ich. – Doch, Madam,
Zum zweiten Male soll sie mich nicht täuschen,
Wie in Aranjuez sie mich getäuscht.
Die engelreine Königin, die damals
Mit soviel Würde sich verteidigt – jetzt
Kenn ich sie besser.

KÖNIGIN. Was ist das?

KÖNIG. Kurz also
Und ohne Hinterhalt, Madam! – Ists wahr,
Noch wahr, dass Sie mit niemand dort gesprochen?
Mit niemand? Ist das wirklich wahr?

KÖNIGIN. Mit dem Infanten
Hab ich gesprochen. Ja.

KÖNIG. Ja? – Nun, so ists
Am Tage. Es ist offenbar. So frech!
So wenig Schonung meiner Ehre!

KÖNIGIN. Ehre, Sire?
Wenn Ehre zu verletzen war, so, fürcht ich,
Stand eine größre auf dem Spiel, als mir
Kastilien zur Morgengabe brachte.

KÖNIG. Warum verleugneten Sie mir?
KÖNIGIN. Weil ich
Es nicht gewohnt bin, Sire, in Gegenwart
Der Höflinge, auf Delinquentenweise
Verhören mich zu lassen. Wahrheit werde
Ich nie verleugnen, wenn mit Ehrerbietung
Und Güte sie gefordert wird. – Und war
Das wohl der Ton, den Eure Majestät
Mir in Aranjuez zu hören gaben?
Ist etwa die versammelte Grandezza
Der Richterstuhl, vor welchen Königinnen
Zu ihrer stillen Taten Rechenschaft
Gezogen werden? Ich gestattete
Dem Prinzen die Zusammenkunft, um die
Er dringend bat. Ich tat es, mein Gemahl,
Weil ich es wollte – weil ich den Gebrauch
Nicht über Dinge will zum Richter setzen,
Die ich für tadellos erkannt – und Ihnen
Verbarg ich es, weil ich nicht lüstern war,
Mit Eurer Majestät um diese Freiheit
Vor meinem Hofgesinde mich zu streiten.
KÖNIG. Sie sprechen kühn, Madam, sehr –
KÖNIGIN. Und auch darum,
Setz ich hinzu, weil der Infant doch schwerlich
Der Billigkeit, die er verdient, sich zu
Erfreuen hat in seines Vaters Herzen –
KÖNIG. Die er verdient?
KÖNIGIN. Denn warum soll ich es
Verbergen, Sire? – ich schätz ihn sehr und lieb ihn,
Als meinen teuersten Verwandten, der
Einst wert befunden worden, einen Namen
Zu führen, der mich mehr anging – Ich habe
Noch nicht recht einsehn lernen, dass er mir
Gerade darum fremder sollte sein
Als jeder andre, weil er ehedem

Vor jedem andern teuer mir gewesen.
Wenn Ihre Staatsmaxime Bande knüpft,
Wie sie für gut es findet, soll es ihr
Doch etwas schwerer werden, sie zu lösen.
Ich will nicht hassen, wen ich soll – und weil
Man endlich doch zu reden mich gezwungen –
Ich will es nicht – will meine Wahl nicht länger
Gebunden sehn –

KÖNIG. Elisabeth! Sie haben
In schwachen Stunden mich gesehen. Diese
Erinnerung macht Sie so kühn. Sie trauen
Auf eine Allmacht, die Sie oft genug
An meiner Festigkeit geprüft – Doch fürchten
Sie desto mehr. Was bis zu Schwächen mich
Gebracht, kann auch zu Raserei mich führen.

KÖNIGIN. Was hab ich denn begangen?

KÖNIG *(nimmt ihre Hand).* Wenn es ist,
*Doch* ist – und ist es denn nicht schon? – wenn Ihrer
Verschuldung volles, aufgehäuftes Maß
Auch nur um eines Atems Schwere steigt –
Wenn ich der Hintergangne bin –
*(Er lässt ihre Hand los)* Ich kann
Auch über diese letzte Schwäche siegen.
Ich kanns und wills – Dann wehe mir und Ihnen,
Elisabeth!

KÖNIGIN. Was hab ich denn begangen?

KÖNIG. Dann meinetwegen fließe Blut –

KÖNIGIN. So weit
Ist es gekommen – Gott!

KÖNIG. Ich kenne
Mich selbst nicht mehr – ich ehre keine Sitte
Und keine Stimme der Natur und keinen
Vertrag der Nationen mehr –

KÖNIGIN. Wie sehr
Beklag ich Eure Majestät –

KÖNIG *(außer Fassung).* Beklagen!
Das Mitleid einer Buhlerin –

INFANTIN *(hängt sich erschrocken an ihre Mutter).*
Der König zürnt,
Und meine schöne Mutter weint.

KÖNIG *(stößt das Kind unsanft von der Königin).*

KÖNIGIN *(mit Sanftmut und Würde, aber mit zitternder Stimme).*
Dies Kind
Muss ich doch sicherstellen vor Misshandlung.
Komm mit mir, meine Tochter.
*(Sie nimmt sie auf den Arm)* Wenn der König
Dich nicht mehr kennen will, so muss ich jenseits
Der Pyrenäen Bürgen kommen lassen,
Die unsre Sache führen.
*(Sie will gehen)*

KÖNIG *(betreten).* Königin?

KÖNIGIN. Ich kann nicht mehr – das ist zuviel –
*(Sie will die Türe erreichen und fällt mit dem Kinde an der Schwelle zu Boden)*

KÖNIG *(hinzueilend, voll Bestürzung).*
Gott! Was ist das? –

INFANTIN *(ruft voll Schrecken).*
Ach! Meine Mutter blutet! *(Sie eilt hinaus)*

KÖNIG *(ängstlich um sie beschäftigt).*
Welch fürchterlicher Zufall! Blut! Verdien ich,
Dass Sie so hart mich strafen? Stehn Sie auf.
Erholen Sie sich! Stehn Sie auf! Man kommt!
Man überrascht uns – Stehn Sie auf – Soll sich
Mein ganzer Hof an diesem Schauspiel weiden?
Muss ich Sie bitten, aufzustehn?
*(Sie richtet sich auf von dem König unterstützt)*

## Zehnter Auftritt

*Die Vorigen. Alba, Domingo treten erschrocken herein. Damen folgen*

KÖNIG. Man bringe
Die Königin zu Hause. Ihr ist übel.
*(Die Königin geht ab, begleitet von den Damen. Alba und Domingo treten näher)*

ALBA. Die Königin in Tränen, und auf ihrem
Gesichte Blut –

KÖNIG. Das nimmt die Teufel wunder,
Die mich verleitet haben.

ALBA. DOMINGO. Wir?

KÖNIG. Die mir
Genug gesagt, zum Rasen mich zu bringen;
Zu meiner Überzeugung nichts.

ALBA. Wir gaben,
Was wir gehabt –

KÖNIG. Die Hölle dank es Euch.
Ich habe, was mich reut, getan. War das
Die Sprache eines schuldigen Gewissens?

MARQUIS VON POSA *(noch außerhalb der Szene).*
Ist der Monarch zu sprechen?

## Elfter Auftritt

*Marquis von Posa. Die Vorigen*

KÖNIG *(bei dieser Stimme lebhaft auffahrend und dem Marquis einige Schritte entgegengehend).* Ah! Das ist er!
Seid mir willkommen, Marquis – Eurer, Herzog,
Bedarf ich jetzt nicht mehr. Verlasst uns.
*(Alba und Domingo sehen einander mit stummer Verwunderung an und gehen)*

## Zwölfter Auftritt

*Der König und Marquis von Posa*

MARQUIS. Sire!
Dem alten Manne, der in zwanzig Schlachten
Dem Tod für Sie entgegenging, fällt es
Doch hart, sich so entfernt zu sehn!
KÖNIG. Euch ziemt
Es, *so* zu denken, *so* zu handeln *mir.*
Was Ihr in wenig Stunden mir gewesen,
War *er* in einem Menschenalter nicht.
Ich will nicht heimlichtun mit meinem Wohlgefallen;
Das Siegel meiner königlichen Gunst
Soll hell und weit auf Eurer Stirne leuchten.
Ich will den Mann, den ich zum Freund gewählt,
Beneidet sehn.
MARQUIS. Und dann auch, wenn die Hülle
Der Dunkelheit allein ihn fähig machte,
Des Namens wertzusein?
KÖNIG. Was bringt
Ihr mir?
MARQUIS. Als ich das Vorgemach durchgehe,
Hör ich von einem schrecklichen Gerüchte,
Das mir unglaublich deucht – Ein heftiger
Wortwechsel – Blut – die Königin –
KÖNIG. Ihr kommt von dort?
MARQUIS. Entsetzen sollt es mich,
Wenn das Gerücht nicht unrecht hätte, wenn
Von Eurer Majestät indes vielleicht
Etwas geschehen wäre – Wichtige
Entdeckungen, die ich gemacht, verändern
Der Sache ganze Lage.
KÖNIG. Nun?
MARQUIS. Ich fand
Gelegenheit, des Prinzen Portefeuille

Mit einigen Papieren wegzunehmen,
Die, wie ich hoffe, einges Licht –
*(Er gibt Carlos' Brieftasche dem König)*

KÖNIG *(durchsucht sie begierig).* Ein Schreiben
Vom Kaiser, meinem Vater – – Wie? Von dem
Ich nie gehört zu haben mich entsinne?
*(Er liest es durch, legt es beiseite und eilt zu den andern Papieren)*
Der Plan zu einer Festung – Abgerißne
Gedanken aus dem Tacitus – Und was
Denn hier? – Die Hand sollt ich doch kennen!
Es ist von einer Dame.
*(Er liest aufmerksam, bald laut, bald leise)*
»Dieser Schlüssel – –
Die hintern Zimmer im Pavillon
Der Königin« – – Ha! Was wird das? – »Hier darf
Die Liebe frei – Erhörung – schöner Lohn« –
Satanische Verräterei! Jetzt kenn ichs,
Sie ist es. Es ist ihre Hand!

MARQUIS. Die Hand
Der Königin? Unmöglich –

KÖNIG. Der Prinzessin
Von Eboli –

MARQUIS. So wär es wahr, was mir
Unlängst der Page Henarez gestanden,
Der Brief und Schlüssel überbrachte.

KÖNIG *(des Marquis Hand fassend, in heftiger Bewegung).*
Marquis!
Ich sehe mich in fürchterlichen Händen!
Dies Weib – Ich will es nur gestehen – Marquis,
Dies Weib erbrach der Königin Schatulle,
Die erste Warnung kam von ihr – Wer weiß,
Wieviel der Mönch drum wissen mag – Ich bin
Durch ein verruchtes Bubenstück betrogen.

MARQUIS. Dann war es ja noch glücklich –

KÖNIG. Marquis! Marquis!

Ich fange an zu fürchten, dass ich meiner
Gemahlin doch zuviel getan –

MARQUIS. Wenn zwischen
Dem Prinzen und der Königin geheime
Verständnisse gewesen sind, so waren
Sie sicherlich von weit – weit anderm Inhalt,
Als dessen man sie angeklagt. Ich habe
Gewisse Nachricht, dass des Prinzen Wunsch,
Nach Flandern abzureisen, in dem Kopfe
Der Königin entsprang.

KÖNIG. Ich glaubt es immer.

MARQUIS. Die Königin hat Ehrgeiz – Darf ich mehr
Noch sagen? – Mit Empfindlichkeit sieht sie
In ihrer stolzen Hoffnung sich getäuscht
Und von des Thrones Anteil ausgeschlossen.
Des Prinzen rasche Jugend bot sich ihren
Weitblickenden Entwürfen dar – ihr Herz –
Ich zweifle, ob sie lieben kann.

KÖNIG. Vor ihren
Staatsklugen Plänen zittr ich nicht.

MARQUIS. Ob sie geliebt wird? – Ob von dem Infanten
Nichts Schlimmeres zu fürchten? Diese Frage
Scheint mir der Untersuchung wert. Hier, glaub ich,
Ist eine strengre Wachsamkeit vonnöten –

KÖNIG. Ihr haftet mir für ihn. –

MARQUIS *(nach einigem Bedenken)*.
Wenn Eure Majestät
Mich fähig halten, dieses Amt zu führen,
So muss ich bitten, es uneingeschränkt
Und *ganz* in meine Hand zu übergeben.

KÖNIG. Das soll geschehen.

MARQUIS. Wenigstens durch keinen
Gehülfen, welchen Namen er auch habe,
In Unternehmungen, die ich etwa
Für nötig finden könnte, mich zu stören –

KÖNIG. Durch keinen. Ich versprech es Euch. Ihr wart
Mein guter Engel. Wieviel Dank bin ich
Für diesen Wink Euch schuldig!
*(Zu Lerma, der bei den letzten Worten hereintritt)*
Wie verließt Ihr
Die Königin?
LERMA. Noch sehr erschöpft von ihrer Ohnmacht.
*(Er sieht den Marquis mit zweideutigen Blicken an und geht)*
MARQUIS *(nach einer Pause zum König).*
Noch eine Vorsicht scheint mir nötig.
Der Prinz, fürcht ich, kann Warnungen erhalten.
Er hat der guten Freunde viel – vielleicht
Verbindungen in Gent mit den Rebellen.
Die Furcht kann zu verzweifelten Entschlüssen
Ihn führen – Darum riet' ich an, gleich jetzt
Vorkehrungen zu treffen, diesem Fall
Durch ein geschwindes Mittel zu begegnen.
KÖNIG. Ihr habt ganz recht. Wie aber –
MARQUIS. Ein geheimer
Verhaftsbefehl, den Eure Majestät
In meine Hände niederlegen, mich
Im Augenblicke der Gefahr sogleich
Desselben zu bedienen – und –
*(wie sich der König zu bedenken scheint)*
Es bliebe
Fürs erste Staatsgeheimnis, bis –
KÖNIG *(zum Schreibepult gehend und den Verhaftsbefehl niederschreibend).*
Das Reich
Ist auf dem Spiele – Außerordentliche Mittel
Erlaubt die dringende Gefahr – Hier, Marquis –
Euch brauch ich keine Schonung zu empfehlen –
MARQUIS *(empfängt den Verhaftsbefehl).*
Es ist aufs Äußerste, mein König.
KÖNIG *(legt die Hand auf seine Schulter).* Geht,

Geht, lieber Marquis – Ruhe meinem Herzen
Und meinen Nächten Schlaf zurückzubringen.
*(Beide gehen ab zu verschiedenen Seiten)*

*Galerie*

## Dreizehnter Auftritt

*Carlos kommt in der größten Beängstigung. Graf Lerma ihm entgegen*

CARLOS. Sie such ich eben.
LERMA. Und ich Sie.
CARLOS. Ists wahr?
Um Gottes willen, ist es wahr?
LERMA. Was denn?
CARLOS. Dass er den Dolch nach ihr gezückt? dass man
Aus seinem Zimmer blutig sie getragen?
Bei allen Heiligen! Antworten Sie.
Was muss ich glauben? was ist wahr?
LERMA. Sie fiel
Ohnmächtig hin und ritzte sich im Fallen.
Sonst war es nichts.
CARLOS. Sonst hat es nicht Gefahr?
Sonst nicht? Bei Ihrer Ehre, Graf?
LERMA. Nicht für
Die Königin – doch desto mehr für Sie.
CARLOS. Für meine Mutter nicht! Nun, Gott sei Dank!
Mir kam ein schreckliches Gerücht zu Ohren,
Der König rase gegen Kind und Mutter,
Und ein Geheimnis sei entdeckt.
LERMA. Das letzte
Kann auch wohl wahr sein –
CARLOS. Wahr sein! Wie?
LERMA. Prinz, *eine* Warnung gab ich Ihnen heute,
Die Sie verachtet haben. Nützen Sie
Die zwote besser.

CARLOS. Wie?
LERMA. Wenn ich mich anders
Nicht irre, Prinz, sah ich vor wengen Tagen
Ein Portefeuille von himmelblauem Samt,
Mit Gold durchwirkt, in Ihrer Hand –
CARLOS *(etwas bestürzt).* So eins
Besitz ich. Ja – Nun? –
LERMA. Auf der Decke, glaub ich,
Ein Schattenriss, mit Perlen eingefasst –
CARLOS. Ganz recht.
LERMA. Als ich vorhin ganz unvermutet
Ins Kabinett des Königs trat, glaubt ich
Das nämliche in seiner Hand zu sehen,
Und Marquis Posa stand bei ihm –
CARLOS *(nach einem kurzen erstarrenden Stillschweigen, heftig).*
Das ist
Nicht wahr.
LERMA *(empfindlich).*
Dann freilich bin ich ein Betrüger.
CARLOS *(sieht ihn lange an).*
Der sind Sie. Ja.
LERMA. Ach! ich verzeih es Ihnen.
CARLOS *(geht in schrecklicher Bewegung auf und nieder und bleibt endlich vor ihm stehen).*
Was hat er dir zuleid getan? Was haben
Die unschuldsvollen Bande dir getan,
Die du mit höllischer Geschäftigkeit
Zu reißen dich beeiferst?
LERMA. Prinz, ich ehre
Den Schmerz, der Sie unbillig macht.
CARLOS. O Gott!
Gott! – Gott! Bewahre mich vor Argwohn!
LERMA. Auch
Erinnr ich mich des Königs eigner Worte:

Wie vielen Dank, sagt' er, als ich hereintrat,
Bin ich für diese Neuigkeit Euch schuldig!

CARLOS. O stille! stille!

LERMA. Herzog Alba soll
Gefallen sein – dem Prinzen Ruy Gomez
Das große Siegel abgenommen und
Dem Marquis übergeben sein –

CARLOS *(in tiefes Grübeln verloren).* Und *mir* verschwieg er!
Warum verschwieg er *mir*?

LERMA. Der ganze Hof
Staunt ihn schon als allmächtigen Minister,
Als unumschränkten Günstling an –

CARLOS. Er hat
Mich liebgehabt, sehr lieb. Ich war ihm teuer
Wie seine eigne Seele. O, das weiß ich –
Das haben tausend Proben mir erwiesen.
Doch sollen Millionen ihm, soll ihm
Das Vaterland nicht teurer sein als *einer*?
Sein Busen war für *einen* Freund zu groß,
Und Carlos' Glück zu klein für seine Liebe.
Er opferte mich seiner Tugend. Kann
Ich ihn drum schelten? – Ja, es ist gewiss!
Jetzt ists gewiss. Jetzt hab ich ihn verloren.
*(Er geht seitwärts und verhüllt das Gesicht)*

LERMA *(nach einigem Stillschweigen).*
Mein bester Prinz, was kann ich für Sie tun?

CARLOS *(ohne ihn anzusehen).*
Zum König gehen und mich auch verraten.
Ich habe nichts zu schenken.

LERMA. Wollen Sie
Erwarten, was erfolgen mag?

CARLOS *(stützt sich auf das Geländer und sieht starr vor sich hinaus).*
Ich hab ihn
Verloren. O! Jetzt bin ich ganz verlassen!

LERMA *(nähert sich ihm mit teilnehmender Rührung).*
Sie wollen nicht auf Ihre Rettung denken?
CARLOS. Auf meine Rettung? – Guter Mensch!
LERMA. Und sonst,
Sonst haben Sie für niemand mehr zu zittern?
CARLOS *(fährt auf).*
Gott! Woran mahnen Sie mich! – Meine Mutter!
Der Brief, den ich ihm wiedergab! ihm erst
Nicht lassen wollte und doch ließ!
*(Er geht, heftig die Hände ringend, auf und nieder)*
Womit
Hat *sie* es denn verdient um ihn? *Sie* hätt er
Doch schonen sollen. Lerma, hätt er nicht?
*(Rasch entschlossen)*
Ich muss zu ihr – ich muss sie warnen, muss
Sie vorbereiten – Lerma, lieber Lerma –
Wen schick ich denn? Hab ich denn niemand mehr?
Gott sei gelobt! Noch *einen* Freund – und hier
Ist nichts mehr zu verschlimmern.
*(Schnell ab)*
LERMA *(folgt ihm und ruft ihm nach).* Prinz! Wohin? *(Geht ab)*

*Ein Zimmer der Königin*

## Vierzehnter Auftritt

*Die Königin. Alba. Domingo*

ALBA. Wenn uns vergönnt ist, große Königin –
KÖNIGIN. Was steht zu Ihren Diensten?
DOMINGO. Redliche Besorgnis
Für Ihrer Königlichen Majestät
Erhabene Person erlaubt uns nicht,
Bei einem Vorfall müßig stillzuschweigen,
Der Ihre Sicherheit bedroht.

ALBA. Wir eilen,
Durch unsre zeitge Warnung ein Komplott,
Das wider Sie gespielt wird, zu entkräften –
DOMINGO. Und unsern Eifer – unsre Dienste zu
Den Füßen Ihrer Majestät zu legen.
KÖNIGIN *(sieht sie verwundernd an).*
Hochwürdger Herr, und Sie, mein edler Herzog,
Sie überraschen mich wahrhaftig. Solcher
Ergebenheit war ich mir von Domingo
Und Herzog Alba wirklich nicht vermutend.
Ich weiß, wie ich sie schätzen muss – Sie nennen
Mir ein Komplott, das mich bedrohen soll.
Darf ich erfahren, wer – –
ALBA. Wir bitten Sie,
Vor einem Marquis Posa sich zu hüten,
Der für des Königs Majestät geheime
Geschäfte führt.
KÖNIGIN. Ich höre mit Vergnügen,
Dass der Monarch so gut gewählt. Den Marquis
Hat man mir längst als einen guten Menschen,
Als einen großen Mann gerühmt. Nie ward
Die höchste Gunst gerechter ausgeteilt –
DOMINGO. Gerechter ausgeteilt? Wir wissens besser.
ALBA. Es ist längst kein Geheimnis mehr, wozu
Sich dieser Mensch gebrauchen lassen.
KÖNIGIN. Wie?
Was war denn das? Sie spannen meine ganze
Erwartung.
DOMINGO. – Ist es schon von lange,
Dass Ihre Majestät zum letztenmal in Ihrer
Schatulle nachgesehen?
KÖNIGIN. Wie?
DOMINGO. Und haben
Sie nichts darin vermisst von Kostbarkeiten?
KÖNIGIN. Wieso? Warum? Was ich vermisse, weiß

Mein ganzer Hof – Doch Marquis Posa? Wie
Kommt Marquis Posa damit in Verbindung?

ALBA. Sehr nahe, Ihre Majestät – denn auch
Dem Prinzen fehlen wichtige Papiere,
Die in des Königs Händen diesen Morgen
Gesehen worden – als der Chevalier
Geheime Audienz gehabt.

KÖNIGIN *(nach ewigem Nachdenken).*
Seltsam,
Bei Gott! und äußerst sonderbar! – Ich finde
Hier einen Feind, von dem mir nie geträumt,
Und wiederum zwei Freunde, die ich nie besessen
Zu haben mich entsinnen kann – Denn wirklich
*(indem sie einen durchdringenden Blick auf beide heftet)*
Muss ich gestehn, ich war schon in Gefahr,
Den schlimmen Dienst, der mir bei meinem Herrn
Geleistet worden – Ihnen zu vergeben.

ALBA. Uns?

KÖNIGIN. Ihnen.

DOMINGO. Herzog Alba! Uns!

KÖNIGIN *(noch immer die Augen fest auf sie gerichtet).*
Wie lieb
Ist es mir also, meiner Übereilung
So bald gewahrzuwerden – Ohnehin
Hatt ich beschlossen, Seine Majestät
Noch heut zu bitten, meinen Kläger mir
Zu stellen. Um so besser nun! So kann ich
Auf Herzog Albas Zeugnis mich berufen.

ALBA. Auf mich? Das wollten Sie im Ernst?

KÖNIGIN. Warum nicht?

DOMINGO. Um alle Dienste zu entkräften, die
Wir Ihnen im verborgnen –

KÖNIGIN. Im verborgnen?
*(Mit Stolz und Ernst)*
Ich wünschte doch zu wissen, Herzog Alba,

Was Ihres Königs Frau mit Ihnen, oder
Mit Ihnen, Priester, abzureden hätte,
Das ihr Gemahl nicht wissen darf – – Bin ich
Unschuldig oder schuldig?

DOMINGO. Welche Frage!

ALBA. Doch, wenn der König so gerecht nicht wäre?
Es jetzt zum mindesten nicht wäre?

KÖNIGIN. Dann
Muss ich erwarten, bis ers wird – Wohl dem,
Der zu gewinnen hat, wenn ers geworden!

*(Sie macht ihnen eine Verbeugung und geht ab; jene entfernen sich nach einer andern Seite)*

*Zimmer der Prinzessin von Eboli*

## Funfzehnter Auftritt

*Prinzessin von Eboli. Gleich darauf Carlos*

EBOLI. So ist sie wahr, die außerordentliche Zeitung,
Die schon den ganzen Hof erfüllt?

CARLOS *(tritt herein).* Erschrecken Sie
Nicht, Fürstin! Ich will sanft sein, wie ein Kind.

EBOLI. Prinz – diese Überraschung.

CARLOS. Sind Sie noch
Beleidigt? Noch?

EBOLI. Prinz!

CARLOS *(dringender).* Sind Sie noch beleidigt?
Ich bitte, sagen Sie es mir.

EBOLI. Was soll das?
Sie scheinen zu vergessen, Prinz – Was suchen
Sie bei mir?

CARLOS *(ihre Hand mit Heftigkeit fassend).*
Mädchen, kannst du ewig hassen?
Verzeiht gekränkte Liebe nie?

EBOLI *(will sich losmachen).* Woran
Erinnern Sie mich, Prinz?
CARLOS. An deine Güte
Und meinen Undank – Ach! ich weiß es wohl!
Schwer hab ich dich beleidigt, Mädchen, habe
Dein sanftes Herz zerrissen, habe Tränen
Gepresst aus diesen Engelblicken – ach!
Und bin auch jetzt nicht hier, es zu bereuen.
EBOLI. Prinz, lassen Sie mich – ich –
CARLOS. Ich bin gekommen,
Weil du ein sanftes Mädchen bist, weil ich
Auf deine gute, schöne Seele baue.
Sieh, Mädchen, sieh, ich habe keinen Freund mehr
Auf dieser Welt als dich allein. Einst warst
Du mir so gut – du wirst nicht ewig hassen
Und wirst nicht unversöhnlich sein.
EBOLI *(wendet das Gesicht ab).* O stille!
Nichts mehr, um Gottes willen, Prinz –
CARLOS. Lass mich
An jene goldne Zeiten dich erinnern –
An deine Liebe lass mich dich erinnern,
An deine Liebe, Mädchen, gegen die
Ich so unwürdig mich verging. Lass mich
Jetzt geltenmachen, was ich dir gewesen,
Was deines Herzens Träume mir gegeben –
Noch einmal – nur noch *einmal* stelle mich
So, wie ich damals war, vor deine Seele
Und diesem Schatten opfre, was du mir,
Mir ewig nie mehr opfern kannst!
EBOLI. O Karl!
Wie grausam spielen Sie mit mir!
CARLOS. Sei größer
Als dein Geschlecht. Vergiss Beleidigungen,
Tu, was vor dir kein Weib getan – nach dir
Kein Weib mehr tun wird. Etwas Unerhörtes

Fordr ich von dir – Lass mich – auf meinen Knien
Beschwör ich dich – lass mich, zwei Worte lass mich
Mit meiner Mutter sprechen. *(Er wirft sich vor ihr nieder)*

## Sechszehnter Auftritt

*Die Vorigen. Marquis von Posa stürzt herein, hinter ihm zwei Offiziere der königlichen Leibwache*

MARQUIS *(atemlos, außer sich dazwischentretend).*
Was hat er
Gestanden? Glauben Sie ihm nicht.
CARLOS *(noch auf den Knien, mit erhobner Stimme).*
Bei allem,
Was heilig –
MARQUIS *(unterbricht ihn mit Heftigkeit).*
Er ist rasend. Hören Sie
Den Rasenden nicht an.
CARLOS *(lauter, dringender).* Es gilt um Tod
Und Leben. Führen Sie mich zu ihr.
MARQUIS *(zieht die Prinzessin mit Gewalt von ihm).*
Ich
Ermorde Sie, wenn Sie ihn hören.
*(Zu einem von den Offizieren)* Graf
Von Cordua. Im Namen des Monarchen.
*(Er zeigt den Verhaftsbefehl)*
Der Prinz ist Ihr Gefangener.
*(Carlos steht erstarrt, wie vom Donner gerührt. Die Prinzessin stößt einen Laut des Schreckens aus und will fliehen, die Offiziere erstaunen. Eine lange und tiefe Pause. Man sieht den Marquis sehr heftig zittern und mit Mühe seine Fassung behalten. Zum Prinzen)*
Ich bitte
Um Ihren Degen – Fürstin Eboli,
Sie bleiben; und
*(zu dem Offizier) Sie* haften mir dafür,

Dass Seine Hoheit niemand spreche – niemand –
Sie selbst nicht, bei Gefahr des Kopfs!
*(Er spricht noch einiges leise mit dem Offizier, darauf wendet er sich zum andern)* Ich werfe
Sogleich mich selbst zu des Monarchen Füßen,
Ihm Rechenschaft zu geben –
*(Zu Carlos)* Und auch Ihnen –
Erwarten Sie mich, Prinz – in einer Stunde.

*(Carlos lässt sich ohne Zeichen des Bewusstseins hinwegführen. – Nur im Vorübergehen lässt er einen matten, sterbenden Blick auf den Marquis fallen, der sein Gesicht verhüllt. Die Prinzessin versucht es noch einmal zu entfliehen; der Marquis führt sie beim Arme zurück)*

## Siebzehnter Auftritt

*Prinzessin von Eboli. Marquis von Posa*

EBOLI. Um aller Himmel willen, lassen Sie
Mich diesen Ort –

MARQUIS *(führt sie ganz vor, mit fürchterlichem Ernst).*
Was hat er dir gesagt,
Unglückliche?

EBOLI. Nichts – Lassen Sie mich – Nichts –

MARQUIS *(hält sie mit Gewalt zurück. Ernster).*
*Wieviel* hast du erfahren? Hier ist kein
Entrinnen mehr. Du wirst auf dieser Welt
Es niemand mehr erzählen.

EBOLI *(sieht ihm erschrocken ins Gesicht).*
Großer Gott!
Was meinen Sie damit? Sie wollen mich
Doch nicht ermorden?

MARQUIS *(zieht einen Dolch).*
In der Tat, das bin
Ich sehr gesonnen. Mach es kurz.

EBOLI. Mich? mich?
O! ewige Barmherzigkeit! Was hab
Ich denn begangen?

MARQUIS *(zum Himmel sehend, den Dolch auf ihre Brust gesetzt).*
Noch ists Zeit. Noch trat
Das Gift nicht über diese Lippen. Ich
Zerschmettre das Gefäß, und alles bleibt,
Wie es gewesen – Spaniens Verhängnis
Und eines Weibes Leben! –
*(Er bleibt in dieser Stellung zweifelhaft ruhen)*

EBOLI *(ist an ihm niedergesunken und sieht ihm fest ins Gesicht).*
Nun? Was zaudern Sie?
Ich bitte nicht um Schonung – Nein! Ich habe
Verdient zu sterben, und ich wills.

MARQUIS *(lässt die Hand langsam sinken. Nach einem kurzen Besinnen).*
Das wäre
So feig, als es barbarisch ist – Nein, nein!
Gott sei gelobt! – Noch gibts ein andres Mittel!
*(Er lässt den Dolch fallen und eilt hinaus. Die Prinzessin stürzt fort durch eine andere Türe)*

*Ein Zimmer der Königin*

## Achtzehnter Auftritt

*Die Königin zur Gräfin Fuentes*

Was für ein Auflauf im Palaste? Jedes
Getöse, Gräfin, macht mir heute Schrecken.
O, sehen Sie doch nach und sagen mir,
Was es bedeutet.
*(Die Gräfin Fuentes geht ab, und hereinstürzt die Prinzessin von Eboli)*

## Neunzehnter Auftritt

*Königin. Prinzessin von Eboli*

EBOLI *(atemlos, bleich und entstellt, vor der Königin niedergesunken).*

Königin! Zu Hülfe!
Er ist gefangen.

KÖNIGIN. Wer?

EBOLI. Der Marquis Posa
Nahm auf Befehl des Königs ihn gefangen.

KÖNIGIN. Wen aber? Wen?

EBOLI. Den Prinzen.

KÖNIGIN. Rasest du?

EBOLI. Soeben führen sie ihn fort.

KÖNIGIN. Und wer
Nahm ihn gefangen?

EBOLI. Marquis Posa.

KÖNIGIN. Nun!
Gott sei gelobt, dass es der Marquis war,
Der ihn gefangennahm!

EBOLI. Das sagen Sie
So ruhig, Königin? so kalt? – O Gott!
Sie ahnden nicht – Sie wissen nicht –

KÖNIGIN. Warum er
Gefangen worden? – Eines Fehltritts wegen,
Vermut ich, der dem heftigen Charakter
Des Jünglings sehr natürlich war.

EBOLI. Nein, nein!
Ich weiß es besser – Nein – O Königin!
Verruchte, teufelische Tat! – Für ihn
Ist keine Rettung mehr! Er stirbt!

KÖNIGIN. Er stirbt!

EBOLI. Und seine Mörderin bin ich!

KÖNIGIN. Er stirbt!
Wahnsinnige, bedenkst du?

EBOLI. Und warum –
Warum er stirbt! – O, hätt ich wissen können,
Dass es bis dahin kommen würde!
KÖNIGIN *(nimmt sie gütig bei der Hand).* Fürstin,
Noch sind Sie außer Fassung. Sammeln Sie
Erst Ihre Geister, dass Sie ruhiger,
Nicht in so grauenvollen Bildern, die
Mein Innerstes durchschauern, mir erzählen.
Was wissen Sie? Was ist geschehen?
EBOLI. O!
Nicht diese himmlische Herablassung,
Nicht diese Güte, Königin! Wie Flammen
Der Hölle schlägt sie brennend mein Gewissen.
Ich bin nicht würdig, den entweihten Blick
Zu Ihrer Glorie emporzurichten.
Zertreten Sie die Elende, die sich,
Zerknirscht von Reue, Scham und Selbstverachtung,
Zu Ihren Füßen krümmt.
KÖNIGIN. Unglückliche!
Was haben Sie mir zu gestehen?
EBOLI. Engel
Des Lichtes! Große Heilige! Noch kennen,
Noch ahnden Sie den Teufel nicht, dem Sie
So liebevoll gelächelt – Lernen Sie
Ihn heute kennen. Ich – ich war der Dieb,
Der Sie bestohlen.
KÖNIGIN. Sie?
EBOLI. Und jene Briefe
Dem König ausgeliefert.
KÖNIGIN. Sie?
EBOLI. Der sich
Erdreistet hat, Sie anzuklagen –
KÖNIGIN. Sie,
Sie konnten –
EBOLI. Rache – Liebe – Raserei –

Ich hasste Sie und liebte den Infanten –
KÖNIGIN. Weil Sie ihn liebten –?
EBOLI. Weil ichs ihm gestanden
Und keine Gegenliebe fand.
KÖNIGIN *(nach einem Stillschweigen).*
O, jetzt
Enträtselt sich mir alles! – Stehn Sie auf.
Sie liebten ihn – ich habe schon vergeben.
Es ist nun schon vergessen – stehn Sie auf.
*(Sie reicht ihr den Arm)*
EBOLI. Nein! Nein!
Ein schreckliches Geständnis ist noch übrig.
Nicht eher, große Königin –
KÖNIGIN *(aufmerksam).* Was werd ich
Noch hören müssen? Reden Sie –
EBOLI. Der König –
Verführung – O, Sie blicken weg – Ich lese
In Ihrem Angesicht Verwerfung – Das
Verbrechen, dessen ich Sie zeihte – ich
Beging es selbst.

*(Sie drückt ihr glühendes Gesicht auf den Boden. Die Königin geht ab. Große Pause. Die Herzogin von Olivarez kommt nach einigen Minuten aus dem Kabinett, in welches die Königin gegangen war, und findet die Fürstin noch in der vorigen Stellung liegen. Sie nähert sich ihr stillschweigend; auf das Geräusch richtet sich die letztere auf und fährt wie eine Rasende in die Höhe, da sie die Königin nicht mehr gewahr wird)*

## Zwanzigster Auftritt

*Prinzessin von Eboli. Herzogin von Olivarez*

EBOLI. Gott! Sie hat mich verlassen!
Jetzt ist es aus.

OLIVAREZ *(tritt ihr näher).*
Prinzessin Eboli –
EBOLI. Ich weiß, warum Sie kommen, Herzogin.
Die Königin schickt Sie heraus, mein Urteil
Mir anzukündigen – Geschwind!
OLIVAREZ. Ich habe
Befehl von Ihrer Majestät, Ihr Kreuz
Und Ihre Schlüssel in Empfang zu nehmen –
EBOLI *(nimmt ein goldnes Ordenskreuz vom Busen und gibt es in die Hände der Herzogin).*
Doch *einmal* noch ist mir vergönnt, die Hand
Der besten Königin zu küssen?
OLIVAREZ. Im
Marienkloster wird man Ihnen sagen,
Was über Sie beschlossen ist.
EBOLI *(unter hervorstürzenden Tränen).*
Ich sehe
Die Königin nicht wieder?
OLIVAREZ *(umarmt sie mit abgewandtem Gesicht).*
Leben Sie glücklich!
*(Sie geht schnell fort. Die Prinzessin folgt ihr bis an die Türe des Kabinetts, welche sogleich hinter der Herzogin verschlossen wird. Einige Minuten bleibt sie stumm und unbeweglich auf den Knien davor liegen, dann rafft sie sich auf und eilt hinweg mit verhülltem Gesicht)*

## Einundzwanzigster Auftritt

*Die Königin. Marquis von Posa*

KÖNIGIN. Ach endlich, Marquis! Glücklich, dass Sie kommen!
MARQUIS *(bleich, mit zerstörtem Gesicht, bebender Stimme und durch diesen ganzen Auftritt in feierlicher, tiefer Bewegung).*
Sind Ihre Majestät allein? Kann niemand
In diesen nächsten Zimmern uns behorchen?

KÖNIGIN. Kein Mensch – Warum? Was bringen Sie?
*(Indem sie ihn genauer ansieht und erschrocken zurücktritt)*
Und wie
So ganz verändert! Was ist das? Sie machen
Mich zittern, Marquis – alle Ihre Züge
Wie eines Sterbenden entstellt –
MARQUIS. Sie wissen
Vermutlich schon –
KÖNIGIN. Dass Karl gefangen worden,
Und zwar durch Sie, setzt man hinzu – So ist
Es dennoch wahr? Ich wollt es keinem Menschen
Als Ihnen glauben.
MARQUIS. Es ist wahr.
KÖNIGIN. Durch Sie?
MARQUIS. Durch mich.
KÖNIGIN *(sieht ihn einige Augenblicke zweifelhaft an).*
Ich ehre Ihre Handlungen,
Auch wenn ich sie nicht fasse – Diesmal aber
Verzeihen Sie dem bangen Weib. Ich fürchte,
Sie spielen ein gewagtes Spiel.
MARQUIS. Ich hab es
Verloren.
KÖNIGIN. Gott im Himmel!
MARQUIS. Seien Sie
Ganz ruhig, meine Königin. Für *ihn*
Ist schon gesorgt. Ich hab es *mir* verloren.
KÖNIGIN. Was werd ich hören! Gott!
MARQUIS. Denn wer,
Wer hieß auf einen zweifelhaften Wurf
Mich alles setzen? Alles? So verwegen,
So zuversichtlich mit dem Himmel spielen?
Wer ist der Mensch, der sich vermessen will,
Des Zufalls schweres Steuer zu regieren
Und doch nicht der Allwissende zu sein?
O, es ist billig! – Doch warum denn jetzt

Von mir? Der Augenblick ist kostbar, wie
Das Leben eines Menschen! Und wer weiß,
Ob aus des Richters karger Hand nicht schon
Die letzten Tropfen für mich fallen?

KÖNIGIN. Aus
Des Richters Hand? – Welch feierlicher Ton!
Ich fasse nicht, was diese Reden meinen,
Doch sie entsetzen mich –

MARQUIS. Er ist gerettet!
Um welchen Preis ers ist, gleichviel! Doch nur
Für heute. Wenig Augenblicke sind
Noch sein. Er spare sie. Noch diese Nacht
Muss er Madrid verlassen.

KÖNIGIN. Diese Nacht noch?

MARQUIS. Anstalten sind getroffen. In demselben
Kartäuserkloster, das schon lange Zeit
Die Zuflucht unsrer Freundschaft war gewesen,
Erwartet ihn die Post. Hier ist in Wechseln,
Was mir das Glück auf dieser Welt gegeben.
Was mangelt, legen *Sie* noch bei. Zwar hätt ich
An meinen Karl noch manches auf dem Herzen,
Noch manches, das er wissen muss; doch leicht
Könnt es an Muße mir gebrechen, alles
Persönlich mit ihm abzutun – Sie sprechen
Ihn diesen Abend, darum wend ich mich
An Sie –

KÖNIGIN. Um meiner Ruhe willen, Marquis,
Erklären Sie sich deutlicher – nicht in
So fürchterlichen Rätseln reden Sie
Mit mir – Was ist geschehn?

MARQUIS. Ich habe noch
Ein wichtiges Bekenntnis abzulegen;
In Ihre Hände leg ichs ab. Mir ward
Ein Glück, wie es nur wenigen geworden:
Ich liebte einen Fürstensohn – Mein Herz,

Nur einem einzigen geweiht, umschloss
Die ganze Welt! – In meines Carlos Seele
Schuf ich ein Paradies für Millionen.
O, meine Träume waren schön – Doch es
Gefiel der Vorsehung, mich vor der Zeit
Von meiner schönen Pflanzung abzurufen.
Bald hat er seinen Roderich nicht mehr,
Der Freund hört auf in der Geliebten. Hier,
Hier – hier – auf diesem heiligen Altare,
Im Herzen seiner Königin leg ich
Mein letztes kostbares Vermächtnis nieder,
Hier find ers, wenn ich nicht mehr bin –
*(Er wendet sich ab, Tränen ersticken seine Stimme)*

KÖNIGIN. Das ist
Die Sprache eines Sterbenden. Noch hoff ich,
Es ist nur Wirkung Ihres Blutes – oder
Liegt Sinn in diesen Reden?

MARQUIS *(hat sich zu sammeln gesucht und fährt mit festerem Tone fort).*
Sagen Sie
Dem Prinzen, dass er denken soll des Eides,
Den wir in jenen schwärmerischen Tagen
Auf die geteilte Hostie geschworen.
Den meinigen hab ich gehalten, bin
Ihm treugeblieben bis zum Tod – jetzt ists
An ihm, den seinigen –

KÖNIGIN. Zum Tod?

MARQUIS. Er mache –
O, sagen Sie es ihm! das Traumbild wahr,
Das kühne Traumbild eines neuen Staates,
Der Freundschaft göttliche Geburt. Er lege
Die erste Hand an diesen rohen Stein.
Ob er vollende oder unterliege –
Ihm einerlei! Er lege Hand an. Wenn
Jahrhunderte dahingeflohen, wird

Die Vorsicht einen Fürstensohn, wie er,
Auf einem Thron, wie seiner, wiederholen
Und ihren neuen Liebling mit derselben
Begeisterung entzünden. Sagen Sie
Ihm, dass er für die Träume seiner Jugend
Soll Achtung tragen, wenn er Mann sein wird,
Nicht öffnen soll dem tötenden Insekte
Gerühmter besserer Vernunft das Herz
Der zarten Götterblume – dass er nicht
Soll irre werden, wenn des Staubes Weisheit
Begeisterung, die Himmelstochter, lästert.
Ich hab es ihm zuvor gesagt –

KÖNIGIN. Wie, Marquis?
Und wozu führt –

MARQUIS. Und sagen Sie ihm, dass
Ich Menschenglück auf seine Seele lege,
Dass ich es sterbend von ihm fordre – fordre!
Und sehr dazu berechtigt war. Es hätte
Bei mir gestanden, einen neuen Morgen
Heraufzuführen über diese Reiche.
Der König schenkte mir sein Herz. Er nannte
Mich seinen Sohn – Ich führe seine Siegel,
Und seine Alba sind nicht mehr.
*(Er hält inne und sieht einige Augenblicke stillschweigend auf die Königin)*
Sie weinen –
O, diese Tränen kenn ich, schöne Seele;
Die Freude macht sie fließen. Doch vorbei,
Es ist vorbei. Karl oder ich. Die Wahl
War schnell und schrecklich. Einer war verloren,
Und ich will dieser *eine* sein – ich lieber –
Verlangen Sie nicht mehr zu wissen.

KÖNIGIN. Jetzt,
Jetzt endlich fang ich an, Sie zu begreifen –
Unglücklicher, was haben Sie getan?

MARQUIS. Zwo kurze Abendstunden hingegeben,
Um einen hellen Sommertag zu retten.
Den König geb ich auf. Was kann ich auch
Dem König sein? – In diesem starren Boden
Blüht keine meiner Rosen mehr – Europas
Verhängnis reift in meinem großen Freunde!
Auf ihn verweis ich Spanien – Es blute
Bis dahin unter Philipps Hand! – Doch weh!
Weh mir und ihm, wenn ich bereuen sollte,
Vielleicht das Schlimmere gewählt! – Nein! Nein!
Ich kenne meinen Carlos – das wird nie
Geschehn – und meine Bürgin, Königin,
Sind *Sie*!
*(Nach einigem Stillschweigen)*
Ich sah sie keimen, diese Liebe, sah
Der Leidenschaften unglückseligste
In seinem Herzen Wurzel fassen – Damals
Stand es in meiner Macht, sie zu bekämpfen.
Ich tat es nicht. Ich nährte diese Liebe,
Die mir nicht unglückselig war. Die Welt
Kann anders richten. Ich bereue nicht.
Mein Herz klagt mich nicht an. Ich sahe Leben,
Wo sie nur Tod – In dieser hoffnungslosen Flamme
Erkannt ich früh der Hoffnung goldnen Strahl.
Ich wollt ihn führen zum Vortrefflichen,
Zur höchsten Schönheit wollt ich ihn erheben:
Die Sterblichkeit versagte mir ein Bild,
Die Sprache Worte – da verwies ich ihn
Auf *dieses* – meine ganze Leitung war,
Ihm seine Liebe zu erklären.
KÖNIGIN. Marquis,
Ihr Freund erfüllte Sie so ganz, dass Sie
Mich über ihm vergaßen. Glaubten Sie
Im Ernst mich aller Weiblichkeit entbunden.
Da Sie zu seinem Engel mich gemacht,

Zu seinen Waffen Tugend ihm gegeben?
Das überlegten Sie wohl nicht, wieviel
Für unser Herz zu wagen ist, wenn wir
Mit solchen Namen Leidenschaft veredeln.
MARQUIS. Für alle Weiber, nur für *eines* nicht.
Auf *eines* schwör ich – Oder sollten Sie,
Sie der Begierden edelster sich schämen,
Der Heldentugend Schöpferin zu sein?
Was geht es König Philipp an, wenn seine
Verklärung in Eskurial den Maler,
Der vor ihr steht, mit Ewigkeit entzündet?
Gehört die süße Harmonie, die in
Dem Saitenspiele schlummert, seinem Käufer,
Der es mit taubem Ohr bewacht? Er hat
Das Recht erkauft, in Trümmern es zu schlagen,
Doch nicht die Kunst, dem Silberton zu rufen
Und in des Liedes Wonne zu zerschmelzen.
Die Wahrheit ist vorhanden für den Weisen,
Die Schönheit für ein fühlend Herz. Sie beide
Gehören füreinander. Diesen Glauben
Soll mir kein feiges Vorurteil zerstören.
Versprechen Sie mir, ewig ihn zu lieben,
Von Menschenfurcht, von falschem Heldenmut
Zu nichtiger Verleugnung nie versucht,
Unwandelbar und ewig ihn zu lieben;
Versprechen Sie mir dieses? – Königin –
Versprechen Sies in meine Hand?
KÖNIGIN. Mein Herz,
Versprech ich Ihnen, soll allein und ewig
Der Richter meiner Liebe sein.
MARQUIS *(zieht seine Hand zurück)*. Jetzt sterb ich
Beruhigt – Meine Arbeit ist getan.
*(Er neigt sich gegen die Königin und will gehen)*
KÖNIGIN *(begleitet ihn schweigend mit den Augen)*.

Sie gehen, Marquis – ohne mir zu sagen,
Wann wir – wie bald – uns wiedersehn?

MARQUIS *(kommt noch einmal zurück, das Gesicht abgewendet).*
Gewiss!
Wir sehn uns wieder.

KÖNIGIN. Ich verstand Sie, Posa –
Verstand Sie recht gut. – Warum haben Sie
Mir das getan?

MARQUIS. Er oder ich.

KÖNIGIN. Nein! Nein!
Sie stürzten sich in diese Tat, die Sie
Erhaben nennen. Leugnen Sie nur nicht.
Ich kenne Sie, Sie haben längst darnach
Gedürstet – Mögen tausend Herzen brechen,
Was kümmert Sies, wenn sich Ihr Stolz nur weidet.
O, jetzt – jetzt lern ich Sie verstehn! Sie haben
Nur um Bewunderung gebuhlt.

MARQUIS *(betroffen, vor sich).* Nein! Darauf
War ich nicht vorbereitet –

KÖNIGIN *(nach einem Stillschweigen).*
Marquis!
Ist keine Rettung möglich?

MARQUIS. Keine.

KÖNIGIN. Keine?
Besinnen Sie sich wohl. Ist keine möglich?
Auch nicht durch mich?

MARQUIS. Auch nicht durch Sie.

KÖNIGIN. Sie kennen mich
Zur Hälfte nur – ich habe Mut.

MARQUIS. Ich weiß es.

KÖNIGIN. Und keine Rettung?

MARQUIS. Keine.

KÖNIGIN *(verlässt ihn und verhüllt das Gesicht).*
Gehen Sie!
Ich schätze keinen Mann mehr.

MARQUIS *(in der heftigsten Bewegung vor ihr niedergeworfen).*
Königin!
– O Gott! das Leben ist doch schön.
*(Er springt auf und geht schnell fort. Die Königin in ihr Kabinett)*

*Vorzimmer des Königs*

## Zweiundzwanzigster Auftritt

*Herzog von Alba und Domingo gehen stillschweigend und abgesondert auf und nieder. Graf Lerma kommt aus dem Kabinett des Königs, alsdann Don Raimond von Taxis, der Oberpostmeister*

LERMA. Ob sich der Marquis noch nicht blicken lassen?
ALBA. Noch nicht.
*(Lerma will wieder hineingehen)*
TAXIS *(tritt auf).* Graf Lerma, melden Sie mich an.
LERMA. Der König ist für niemand.
TAXIS. Sagen Sie,
Ich *muss* ihn sprechen – Seiner Majestät
Ist äußerst dran gelegen. Eilen Sie.
Es leidet keinen Aufschub.
*(Lerma geht ins Kabinett)*
ALBA *(tritt zum Oberpostmeister).* Lieber Taxis,
Gewöhnen Sie sich zur Geduld. Sie sprechen
Den König nicht –
TAXIS. Nicht? Und warum?
ALBA. Sie hätten
Die Vorsicht denn gebraucht, sich die Erlaubnis
Beim Chevalier von Posa auszuwirken,
Der Sohn und Vater zu Gefangnen macht.
TAXIS. Von Posa? Wie? Ganz recht! Das ist derselbe,
Aus dessen Hand ich diesen Brief empfangen –
ALBA. Brief? Welchen Brief?
TAXIS. Den ich nach Brüssel habe
Befördern sollen –

ALBA *(aufmerksam).* Brüssel?
TAXIS. Den ich eben
Dem König bringe –
ALBA. Brüssel! Haben Sie
Gehört, Kaplan? Nach Brüssel!
DOMINGO *(tritt dazu).* Das ist sehr
Verdächtig.
TAXIS. Und wie ängstlich, wie verlegen
Er mir empfohlen worden!
DOMINGO. Ängstlich? So!
ALBA. An wen ist denn die Aufschrift?
TAXIS. An den Prinzen
Von Nassau und Oranien.
ALBA. An Wilhelm? –
Kaplan! Das ist Verräterei.
DOMINGO. Was könnt
Es anders sein? – Ja freilich, diesen Brief
Muss man sogleich dem König überliefern.
Welch ein Verdienst von Ihnen, würdger Mann,
So streng zu sein in Ihres Königs Dienst!
TAXIS. Hochwürdger Herr, ich tat nur meine Pflicht.
ALBA. Sie taten wohl.
LERMA *(kommt aus dem Kabinett. Zum Oberpostmeister).*
Der König will Sie sprechen.
*(Taxis geht hinein)*
Der Marquis immer noch nicht da?
DOMINGO. Man sucht
Ihn allerorten.
ALBA. Sonderbar und seltsam.
Der Prinz ein Staatsgefangner, und der König
Noch selber ungewiss, warum?
DOMINGO. Er war
Nicht einmal hier, ihm Rechenschaft zu geben?
ALBA. Wie nahm es denn der König auf?
LERMA. Der König

Sprach noch kein Wort.
*(Geräusch im Kabinett)*
ALBA. Was war das? Still!
TAXIS *(aus dem Kabinett).* Graf Lerma!
*(Beide hinein)*
ALBA *(zu Domingo).*
Was geht hier vor?
DOMINGO. Mit diesem Ton des Schreckens?
Wenn dieser aufgefangne Brief? – Mir ahndet
Nichts Gutes, Herzog.
ALBA. Lerma lässt er rufen!
Und wissen muss er doch, dass Sie und ich
Im Vorsaal –
DOMINGO. Unsre Zeiten sind vorbei.
ALBA. Bin ich derselbe denn nicht mehr, dem hier
Sonst alle Türen sprangen? Wie ist alles
Verwandelt um mich her – wie fremd –
DOMINGO *(hat sich leise der Kabinettstüre genähert und bleibt lauschend davor stehen).* Horch!
ALBA *(nach einer Pause).* Alles
Ist totenstill. Man hört sie Atem holen.
DOMINGO. Die doppelte Tapete dämpft den Schall.
ALBA. Hinweg! Man kommt.
DOMINGO *(verlässt die Türe).* Mir ist so feierlich,
So bang, als sollte dieser Augenblick
Ein großes Los entscheiden.

## Dreiundzwanzigster Auftritt

*Der Prinz von Parma, die Herzoge von Feria und Medina Sidonia mit noch einigen andern Granden treten auf. Die Vorigen*

PARMA. Ist der König
Zu sprechen?
ALBA. Nein.

PARMA. Nein? wer ist bei ihm?

FERIA. Marquis
Von Posa ohne Zweifel?

ALBA. Den erwartet man
Soeben.

PARMA. Diesen Augenblick
Sind wir von Saragossa eingetroffen.
Der Schrecken geht durch ganz Madrid – Ist es
Denn wahr?

DOMINGO. Ja, leider!

FERIA. Es ist wahr? Er ist
Durch den Malteser in Verhaft genommen?

ALBA. So ists.

PARMA. Warum? Was ist geschehn?

ALBA. Warum?
Das weiß kein Mensch als Seine Majestät
Und Marquis Posa.

PARMA. Ohne Zuziehung
Der Cortes seines Königreichs?

FERIA. Weh dem,
Der teilgehabt an dieser Staatsverletzung.

ALBA. Weh ihm! So ruf ich auch.

MEDINA SIDONIA. Ich auch.

DIE ÜBRIGEN GRANDEN. Wir alle.

ALBA. Wer folgt mir in das Kabinett? – Ich werfe
Mich zu des Königs Füßen.

LERMA *(stürzt aus dem Kabinett).* Herzog Alba!

DOMINGO. Endlich!
Gelobt sei Gott!
*(Alba eilt hinein)*

LERMA *(atemlos, in großer Bewegung).*
Wenn der Malteser kommt,
Der Herr ist jetzo nicht allein, er wird
Ihn rufen lassen –

DOMINGO *(zu Lerma, indem sich alle übrigen voll neugieriger Erwartung um ihn versammeln).* Graf, was ist geschehen?
Sie sind ja blass wie eine Leiche.
LERMA *(will forteilen).* Das
Ist teufelisch!
PARMA UND FERIA.
Was denn? Was denn?
MEDINA SIDONIA. Was macht
Der König?
DOMINGO *(zugleich).*
Teufelisch? Was denn?
LERMA. Der König hat
Geweint.
DOMINGO. Geweint?
ALLE *(zugleich, mit betretnem Erstaunen).*
Der König hat geweint?
*(Man hört eine Glocke im Kabinett. Graf Lerma eilt hinein)*
DOMINGO *(ihm nach, will ihn zurückhalten).*
Graf, noch ein Wort – Verzeihen Sie – Weg ist er!
Da stehn wir angefesselt von Entsetzen.

## Vierundzwanzigster Auftritt

*Prinzessin von Eboli. Feria. Medina Sidonia. Parma. Domingo und übrige Granden*

EBOLI *(eilig, außer sich).*
Wo ist der König? Wo? Ich muss ihn sprechen.
*(Zu Feria)*
Sie, Herzog, führen mich zu ihm.
FERIA. Der König
Hat wichtige Verhinderung. Kein Mensch
Wird vorgelassen.
EBOLI. Unterzeichnet er
Das fürchterliche Urteil schon? Er ist

Belogen. Ich beweis es ihm, dass er
Belogen ist.

DOMINGO *(gibt ihr von ferne einen bedeutenden Wink).*
Prinzessin Eboli!

EBOLI *(geht auf ihn zu).*
Sie auch da, Priester? Recht! Sie brauch ich eben.
Sie sollen mirs bekräftigen.
*(Sie ergreift seine Hand und will ihn ins Kabinett mit fortreißen.)*

DOMINGO. Ich? – Sind
Sie bei sich, Fürstin?

FERIA. Bleiben Sie zurück.
Der König hört Sie jetzt nicht an.

EBOLI. Er muss
Mich hören. Wahrheit muss er hören – Wahrheit!
Und war er zehenmal ein Gott!

DOMINGO. Weg! Weg!
Sie wagen alles. Bleiben Sie zurück.

EBOLI. Mensch, zittre du vor deines Götzen Zorn.
Ich habe nichts zu wagen.
*(Wie sie ins Kabinett will, stürzt heraus)*

HERZOG ALBA *(Seine Augen funkeln, Triumph ist in seinem Gang. Er eilt auf Domingo zu und umarmt ihn).*
Lassen Sie
In allen Kirchen ein Tedeum tönen.
Der Sieg ist unser.

DOMINGO. Unser?

ALBA *(zu Domingo und den übrigen Granden).*
Jetzt hinein
Zum Herrn. Sie sollen weiter von mir hören.

# FÜNFTER AKT

*Ein Zimmer im königlichen Palast, durch eine eiserne Gittertüre von einem großen Vorhofe abgesondert, in welchem Wachen auf und nieder gehen*

## Erster Auftritt

*Carlos an einem Tische sitzend, den Kopf vorwärts auf die Arme gelegt, als wenn er schlummerte. Im Hintergrunde des Zimmers einige Offiziere, die mit ihm eingeschlossen sind. Marquis von Posa tritt herein, ohne von ihm bemerkt zu werden, und spricht leise mit den Offizieren, welche sich sogleich entfernen. Er selbst tritt ganz nahe vor Carlos und betrachtet ihn einige Augenblicke schweigend und traurig. Endlich macht er eine Bewegung, welche diesen aus seiner Betäubung erweckt*

CARLOS *(steht auf, wird den Marquis gewahr und fährt erschrocken zusammen. Dann sieht er ihn eine Weile mit großen, starren Augen an und streicht mit der Hand über die Stirne, als ob er sich auf etwas besinnen wollte).*

MARQUIS. Ich bin es, Karl.

CARLOS *(gibt ihm die Hand).*
Du kommst sogar noch zu mir?
Das ist doch schön von dir.

MARQUIS. Ich bildete
Mir ein, du könntest deinen Freund hier brauchen.

CARLOS. Wahrhaftig? Meintest du das wirklich? Sieh!
Das freut mich – freut mich unbeschreiblich. Ach!
Ich wusst es wohl, dass du mir gut geblieben.

MARQUIS. Ich hab es auch um dich verdient.

CARLOS. Nicht wahr?
O, wir verstehen uns noch ganz. So hab
Ichs gerne. Diese Schonung, diese Milde
Steht großen Seelen an wie du und ich.
Lass sein, dass meiner Forderungen eine
Unbillig und vermessen war, musst du

Mir darum auch die billigen versagen?
Hart kann die Tugend sein, doch grausam nie,
Unmenschlich nie – Es hat dir viel gekostet!
O ja, mir deucht, ich weiß recht gut, wie sehr
Geblutet hat dein sanftes Herz, als du
Dein Opfer schmücktest zum Altare.

MARQUIS. Carlos!
Wie meinst du das?

CARLOS. Du selbst wirst jetzt vollenden,
Was ich gesollt und nicht gekonnt – *Du* wirst
Den Spaniern die goldnen Tage schenken,
Die sie von mir umsonst gehofft. Mit mir
Ist es ja aus – auf immer aus. Das hast
Du eingesehn – O diese fürchterliche Liebe
Hat alle frühe Blüten meines Geistes
Unwiederbringlich hingerafft. Ich bin
Für deine großen Hoffnungen gestorben.
Vorsehung oder Zufall führen dir
Den König zu – Es kostet mein Geheimnis,
Und er ist dein – du kannst sein Engel werden.
Für mich ist keine Rettung mehr – vielleicht
Für Spanien – Ach, hier ist nichts verdammlich,
Nichts, nichts als meine rasende Verblendung,
Bis diesen Tag nicht eingesehn zu haben,
Dass du – so groß als zärtlich bist.

MARQUIS. Nein! Das,
Das hab ich nicht vorhergesehen – nicht
Vorhergesehen, dass eines Freundes Großmut
Erfinderischer könnte sein als meine
Weltkluge Sorgfalt. Mein Gebäude stürzt
Zusammen – ich vergaß dein Herz.

CARLOS. Zwar, wenn dirs möglich war gewesen, *ihr*
Dies Schicksal zu ersparen – sieh, das hätte
Ich unaussprechlich dir gedankt. Konnt ich
Denn nicht allein es tragen? Musste sie

Das zweite Opfer sein? – Doch still davon!
Ich will mit keinem Vorwurf dich beladen.
Was geht die Königin *dich* an? Liebst *du*
Die Königin? Soll deine strenge Tugend
Die kleinen Sorgen meiner Liebe fragen?
Verzeih mir – ich war ungerecht.

MARQUIS. Du bists.
Doch – dieses Vorwurfs wegen nicht. Verdient
Ich *einen*, dann verdient ich alle – und
Dann würd ich *so* nicht vor dir stehen.
*(Er nimmt sein Portefeuille heraus)* Hier
Sind von den Briefen einge wieder, die
Du in Verwahrung mir gegeben. Nimm
Sie zu dir.

CARLOS *(sieht mit Verwunderung bald die Briefe, bald den Marquis an).*
Wie?

MARQUIS. Ich gebe sie dir wieder,
Weil sie in deinen Händen sichrer jetzt
Sein dürften als in meinen.

CARLOS. Was ist das?
Der König las sie also nicht? bekam
Sie gar nicht zu Gesichte?

MARQUIS. *Diese* Briefe?

CARLOS. Du zeigtest ihm nicht alle?

MARQUIS. Wer sagt dir,
Dass ich ihm *einen* zeigte?

CARLOS *(äußerst erstaunt).* Ist es möglich?
Graf Lerma.

MARQUIS. *Der* hat dir gesagt? – Ja, nun
Wird alles, alles offenbar! Wer konnte
Das auch voraussehn? – Lerma also? – Nein,
*Der* Mann hat lügen nie gelernt. Ganz recht,
Die andern Briefe liegen bei dem König.

CARLOS *(sieht ihn lange mit sprachlosem Erstaunen an).*
Weswegen bin ich aber hier?
MARQUIS. Zur Vorsicht,
Wenn du vielleicht zum zweitenmal versucht
Sein möchtest, eine Eboli zu deiner
Vertrauten zu erwählen.
CARLOS *(wie aus einem Traume erwacht).*
Ha! Nun endlich!
Jetzt seh ich – jetzt wird alles Licht –
MARQUIS *(geht nach der Türe).* Wer kommt?

## Zweiter Auftritt

*Herzog Alba. Die Vorigen*

ALBA *(nähert sich ehrerbietig dem Prinzen, dem Marquis durch diesen ganzen Auftritt den Rücken zuwendend).*
Prinz, Sie sind frei. Der König schickt mich ab,
Es Ihnen anzukündigen.
*(Carlos sieht den Marquis verwundernd an. Alle schweigen still)*
Zugleich
Schätz ich mich glücklich, Prinz, der erste sein
Zu dürfen, der die Gnade hat –
CARLOS *(bemerkt beide mit äußerster Verwunderung. Nach einer Pause zum Herzog).* Ich werde
Gefangen eingesetzt und frei erklärt,
Und ohne mir bewusst zu sein, warum
Ich beides werde?
ALBA. Aus Versehen, Prinz,
Soviel ich weiß, zu welchem irgendein
– Betrüger den Monarchen hingerissen.
CARLOS. Doch aber ist es auf Befehl des Königs,
Dass ich mich hier befinde?
ALBA. Ja, durch ein
Versehen Seiner Majestät.

CARLOS. Das tut
Mir wirklich leid – Doch wenn der König sich
Versieht, kommt es dem König zu, in eigner
Person den Fehler wieder zu verbessern.
*(Er sucht die Augen des Marquis und beobachtet eine stolze Herabsetzung gegen den Herzog)*
Man nennt mich hier Don Philipps Sohn. Die Augen
Der Lästerung und Neugier ruhn auf mir.
Was Seine Majestät aus Pflicht getan,
Will ich nicht scheinen ihrer Huld zu danken.
Sonst bin ich auch bereit, vor dem Gerichte
Der Cortes mich zu stellen – Meinen Degen
Nehm ich aus solcher Hand nicht an.

ALBA. Der König
Wird keinen Anstand nehmen, Eurer Hoheit
Dies billige Verlangen zu gewähren,
Wenn Sie vergönnen wollen, dass ich Sie
Zu ihm begleiten darf-

CARLOS. Ich bleibe hier,
Bis mich der König oder sein Madrid
Aus diesem Kerker führen. Bringen Sie
Ihm diese Antwort.
*(Alba entfernt sich. Man sieht ihn noch eine Zeitlang im Vorhofe verweilen und Befehle austeilen)*

## Dritter Auftritt

*Carlos und Marquis von Posa*

CARLOS *(nachdem der Herzog hinaus ist, voll Erwartung und Erstaunen zum Marquis).* Was ist aber das?
Erkläre mirs. Bist du denn nicht Minister?

MARQUIS. Ich bins gewesen, wie du siehst.
*(Auf ihn zugehend, mit großer Bewegung).* O Karl,
Es hat gewirkt. Es hat. Es ist gelungen.

Jetzt ists getan. Gepriesen sei die Allmacht,
Die es gelingen ließ.

CARLOS. Gelingen? Was?
Ich fasse deine Worte nicht.

MARQUIS *(ergreift seine Hand).* Du bist
Gerettet, Karl – bist frei – und ich –
*(Er hält inne)*

CARLOS. Und du?

MARQUIS. Und ich – ich drücke dich an meine Brust
Zum erstenmal mit vollem, ganzem Rechte;
Ich hab es ja mit allem, allem, was
Mir teuer ist, erkauft – O Karl, wie süß,
Wie groß ist dieser Augenblick! Ich bin
Mit mir zufrieden.

CARLOS. Welche plötzliche
Veränderung in deinen Zügen? So
Hab ich dich nie gesehen. Stolzer hebt
Sich deine Brust, und deine Blicke leuchten.

MARQUIS. Wir müssen Abschied nehmen, Karl. Erschrick nicht.
O sei ein Mann. Was du auch hören wirst,
Versprich mir, Karl, nicht durch unbändgen Schmerz,
Unwürdig großer Seelen, diese Trennung
Mir zu erschweren – Du verlierst mich, Karl –
Auf viele Jahre – Toren nennen es
Auf ewig.
*(Carlos zieht seine Hand zurück, sieht ihn starr an und antwortet nichts)*
Sei ein Mann. Ich habe sehr
Auf dich gerechnet, hab es nicht vermieden,
Die bange Stunde mit dir auszuhalten,
Die man die *letzte* schrecklich nennt – Ja, soll
Ich dirs gestehen, Karl? ich habe mich
Darauf gefreut – Komm, lass uns niedersitzen –
Ich fühle mich erschöpft und matt.

*(Er rückt nahe an Carlos, der noch immer in einer toten Erstarrung ist und sich unwillkürlich von ihm niederziehen lässt)*
Wo bist du?
Du gibst mir keine Antwort? – Ich will kurz sein.
Den Tag nachher, als wir zum letztenmal
Bei den Kartäusern uns gesehn, ließ mich
Der König zu sich fordern. Den Erfolg
Weißt du, weiß ganz Madrid. Das weißt du nicht,
Dass dein Geheimnis ihm verraten worden,
Dass Briefe, in der Königin Schatulle
Gefunden, wider dich gezeugt, dass ich
Aus seinem eignen Munde dies erfahren
Und dass – ich sein Vertrauter war.
*(Er hält inne, Carlos' Antwort zu erfahren: dieser verharrt in seinem Stillschweigen)* Ja, Karl!
Mit meinen Lippen brach ich meine Treue.
Ich selbst regierte das Komplott, das dir
Den Untergang bereitete. Zu laut
Sprach schon die Tat. Dich freizusprechen, war
Zu spät. Mich seiner Rache zu versichern,
War alles, was mir übrigblieb – und so
Ward ich dein Feind, dir kräftiger zu dienen.
– Du hörst mich nicht?

CARLOS. Ich höre. Weiter. Weiter.

MARQUIS. Bis hierher bin ich ohne Schuld. Doch bald
Verraten mich die ungewohnten Strahlen
Der neuen königlichen Gunst. Der Ruf
Dringt bis zu dir, wie ich vorhergesehn.
Doch ich, von falscher Zärtlichkeit bestochen,
Von stolzem Wahn geblendet, ohne dich
Das Wagestück zu enden, unterschlage
Der Freundschaft mein gefährliches Geheimnis.
Das war die große Übereilung! Schwer
Hab ich gefehlt. Ich weiß es. Raserei
War meine Zuversicht. Verzeih – sie war

Auf deiner Freundschaft Ewigkeit gegründet.
*(Hier schweigt er. Carlos geht aus seiner Versteinerung in lebhafte Bewegungen über)*
Was ich befürchtete, geschieht. Man lässt
Dich zittern vor erdichteten Gefahren.
Die Königin in ihrem Blut – das Schrecken
Des widerhallenden Palastes – Lermas
Unglückliche Dienstfertigkeit – zuletzt
Mein unbegreifliches Verstummen, alles
Bestürmt dein überraschtes Herz – Du wankst –
Gibst mich verloren – Doch, zu edel selbst,
An deines Freundes Redlichkeit zu zweifeln,
Schmückst du mit Größe seinen Abfall aus,
Nun erst wagst du, ihn treulos zu behaupten,
Weil du noch treulos ihn verehren darfst.
Verlassen von dem Einzigen, wirfst du
Der Fürstin Eboli dich in die Arme –
Unglücklicher! in eines Teufels Arme;
Denn diese wars, die dich verriet.
*(Carlos steht auf)* Ich sehe
Dich dahin eilen. Eine schlimme Ahndung
Fliegt durch mein Herz. Ich folge dir. Zu spät.
Du liegst zu ihren Füßen. Das Geständnis
Floh über deine Lippen schon. Für dich
Ist keine Rettung mehr –

CARLOS. Nein! Nein! Sie war
Gerührt. Du irrest dich. Gewiss war sie
Gerührt.

MARQUIS. Da wird es Nacht vor meinen Sinnen!
Nichts – Nichts – Kein Ausweg – Keine Hülfe – keine
Im ganzen Umkreis der Natur! Verzweiflung
Macht mich zur Furie, zum Tier – ich setze
Den Dolch auf eines Weibes Brust – Doch jetzt –
Jetzt fällt ein Sonnenstrahl in meine Seele.
»Wenn ich den König irrte? Wenn es mir

Gelänge, selbst der Schuldige zu scheinen?
Wahrscheinlich oder nicht! – Für ihn genug,
Scheinbar genug für König Philipp, weil
Es übel ist! Es sei! ich will es wagen.
Vielleicht ein Donner, der so unverhofft
Ihn trifft, macht den Tyrannen stutzen – und
Was will ich mehr? Er überlegt, und Karl
Hat Zeit gewonnen, nach Brabant zu flüchten.«

CARLOS. Und das – das hättest du getan?

MARQUIS. Ich schreibe
An Wilhelm von Oranien, dass ich
Die Königin geliebt, dass mirs gelungen,
In dem Verdacht, der fälschlich dich gedrückt,
Des Königs Argwohn zu entgehn – dass ich
Durch den Monarchen selbst den Weg gefunden,
Der Königin mich frei zu nahn. Ich setze
Hinzu, dass ich entdeckt zu sein besorge,
Dass du, von meiner Leidenschaft belehrt,
Zur Fürstin Eboli geeilt, vielleicht
Durch ihre Hand die Königin zu warnen –
Dass ich dich hier gefangennahm und nun,
Weil alles doch verloren, willens sei,
Nach Brüssel mich zu werfen. – Diesen Brief –

CARLOS *(fällt ihm erschrocken ins Wort).*
Hast du der Post doch nicht vertraut? Du weißt,
Dass alle Briefe nach Brabant und Flandern –

MARQUIS. Dem König ausgeliefert werden – Wie
Die Sachen stehn, hat Taxis seine Pflicht
Bereits getan.

CARLOS. Gott! So bin ich verloren!

MARQUIS. Du? Warum du?

CARLOS. Unglücklicher, und du
Bist mit verloren. Diesen Ungeheuern
Betrug kann dir mein Vater nicht vergeben.
Nein! Den vergibt er nimmermehr!

MARQUIS. Betrug?
Du bist zerstreut. Besinne dich. Wer sagt ihm,
Dass es Betrug gewesen?

CARLOS *(sieht ihm starr ins Gesicht).*
*Wer*, fragst du?
Ich selbst.
*(Er will fort)*

MARQUIS. Du rasest; bleib zurück.

CARLOS. Weg! Weg!
Um Gottes willen. Halte mich nicht auf.
Indem ich hier verweile, dingt er schon
Die Mörder.

MARQUIS. Desto edler ist die Zeit.
Wir haben uns noch viel zu sagen.

CARLOS. Was?
Eh er noch alles –
*(Er will wieder fort. Der Marquis nimmt ihn beim Arme und sieht ihn bedeutend an)*

MARQUIS. Höre, Carlos – War
Ich auch so eilig, so gewissenhaft,
Da du für mich geblutet hast – ein Knabe?

CARLOS *(bleibt gerührt und voll Bewunderung vor ihm stehen).*
O gute Vorsicht!

MARQUIS. Rette dich für Flandern!
Das Königreich ist dein Beruf. Für dich
Zu sterben war der meinige.

CARLOS *(geht auf ihn zu und nimmt ihn bei der Handy voll der innigsten Empfindung).* Nein! Nein!
Er wird – er kann nicht widerstehn! So vieler
Erhabenheit nicht widerstehn! – Ich will
Dich zu ihm führen. Arm in Arme wollen
Wir zu ihm gehen. Vater, will ich sagen,
Das hat ein Freund für seinen Freund getan.
Es wird ihn rühren. Glaube mir! er ist
Nicht ohne Menschlichkeit, mein Vater. Ja!

Gewiss, es wird ihn rühren. Seine Augen werden
Von warmen Tränen übergehn, und dir
Und mir wird er verzeihen –
*(Es geschieht ein Schuss durch die Gittertüre. Carlos springt auf)*
Ha! Wem galt das?

MARQUIS. Ich glaube – mir.
*(Er sinkt nieder)*

CARLOS *(fällt mit einem Schrei des Schmerzes neben ihm zu Boden).*
O himmlische
Barmherzigkeit!

MARQUIS *(mit brechender Stimme).*
Er ist geschwind – der König –
Ich hoffte – länger – Denk auf deine Rettung –
Hörst du? – auf deine Rettung – Deine Mutter
Weiß alles – ich kann nicht mehr –

*(Carlos bleibt wie tot bei dem Leichnam liegen. Nach einiger Zeit tritt der König herein, von vielen Granden begleitet, und fährt bei diesem Anblick betreten zurück. Eine allgemeine und tiefe Pause. Die Granden stellen sich in einen halben Kreis um diese beiden und sehen wechselsweise auf den König und seinen Sohn. Dieser liegt noch ohne alle Zeichen des Lebens. – Der König betrachtet ihn mit nachdenkender Stille)*

## Vierter Auftritt

*Der König. Carlos. Die Herzoge von Alba, Feria und Medina Sidonia. Der Prinz von Parma. Graf Lerma. Domingo und viele Granden*

KÖNIG *(mit gütigem Ton).* Deine Bitte,
Hat Statt gefunden, mein Infant. Hier bin ich,
Ich selbst, mit allen Großen meines Reichs,
Dir Freiheit anzukündigen.

*(Carlos blickt auf und sieht um sich her, wie einer, der aus dem Traume erwacht. Seine Augen heften sich bald auf den König, bald auf den Toten. Er antwortet nicht)* Empfange
Dein Schwert zurück. Man hat zu rasch verfahren.
*(Er nähert sich ihm, reicht ihm die Hand und hilft ihm sich aufrichten)*
Mein Sohn ist nicht an seinem Platz. Steh auf.
Komm in die Arme deines Vaters.

CARLOS *(empfängt ohne Bewusstsein die Arme des Königs – besinnt sich aber plötzlich, hält inne und sieht ihn genauer an).*
Dein
Geruch ist Mord. Ich kann dich nicht umarmen.
*(Er stößt ihn zurück, alle Granden kommen in Bewegung)*
Nein! Steht nicht so betroffen da! Was hab
Ich Ungeheures denn getan? Des Himmels
Gesalbten angetastet? Fürchtet nichts.
Ich lege keine Hand an ihn. Seht ihr
Das Brandmal nicht an seiner Stirne? Gott
Hat ihn gezeichnet.

KÖNIG *(bricht schnell auf).*
Folgt mir, meine Granden.

CARLOS. Wohin? Nicht von der Stelle, Sire –
*(Er hält ihn gewaltsam mit beiden Händen und bekommt mit der einen das Schwert zu fassen, das der König mitgebracht hat. Es fährt aus der Scheide)*

KÖNIG. Das Schwert
Gezückt auf deinen Vater?

ALLE ANWESENDEN GRANDEN *(ziehen die ihrigen).*
Königsmord!

CARLOS *(den König fest an der einen Hand, das bloße Schwert in der andern).*
Steckt eure Schwerter ein. Was wollt ihr? Glaubt
Ihr, ich sei rasend? Nein, ich bin nicht rasend.
Wär ichs, so tatet *ihr* nicht gut, mich zu
Erinnern, dass auf meines Schwertes Spitze

Sein Leben schwebt. Ich bitte, haltet euch
Entfernt. Verfassungen, wie meine, wollen
Geschmeichelt sein – drum bleibt zurück. Was ich
Mit diesem König abzumachen habe,
Geht euern Leheneid nichts an. Seht nur,
Wie seine Finger bluten! Seht ihn recht an!
Seht ihr? O seht auch hieher – *Das* hat er
Getan, der große Künstler!

KÖNIG *(zu den Granden, welche sich besorgt um ihn herumdrängen wollen).*
Tretet alle
Zurück. Wovor erzittert ihr? – Sind wir
Nicht Sohn und Vater? Ich will doch erwarten,
Zu welcher Schandtat die Natur –

CARLOS. Natur?
Ich weiß von keiner. Mord ist jetzt die Losung.
Der Menschheit Bande sind entzwei. Du selbst
Hast sie zerrissen, Sire, in deinen Reichen.
Soll ich verehren, was du höhnst? – O seht!
Seht hieher! Es ist noch kein Mord geschehen
Als heute – Gibt es keinen Gott? Was? Dürfen
In seiner Schöpfung Könige so hausen?
Ich frage, gibt es keinen Gott? Solange Mütter
Geboren haben, ist nur *einer* – *einer*
So unverdient gestorben – Weißt du auch,
*Was* du getan hast? Nein, er weiß es nicht,
Weiß nicht, dass er ein Leben hat gestohlen
Aus dieser Welt, das wichtiger und edler
Und teurer war als er mit seinem ganzen
Jahrhundert.

KÖNIG *(mit gelindem Tone).*
Wenn ich allzu rasch gewesen,
Geziemt es dir, *für* den ich es gewesen,
Mich zur Verantwortung zu ziehen?

CARLOS. Wie?

Ists möglich? Sie erraten nicht, wer mir
Der Tote war – O sagt es ihm – helft seiner
Allwissenheit das schwere Rätsel lösen.
Der Tote war mein Freund – Und wollt ihr wissen,
Warum er starb? Für mich ist er gestorben.

KÖNIG. Ha! meine Ahndung!

CARLOS. Blutender, vergib,
Dass ich vor solchen Ohren es entweihe!
Doch dieser große Menschenkenner sinke
Vor Scham dahin, dass seine graue Weisheit
Der Scharfsinn eines Jünglings überlistet.
Ja, Sire! Wir waren Brüder! Brüder durch
Ein edler Band, als die Natur es schmiedet.
Sein schöner Lebenslauf war Liebe. Liebe
Für mich sein großer, schöner Tod. *Mein* war er,
Als *Sie* mit seiner Achtung großgetan,
Als seine scherzende Beredsamkeit
Mit Ihrem stolzen Riesengeiste spielte.
Ihn zu beherrschen wähnten Sie – und waren
Ein folgsam Werkzeug seiner höhern Pläne.
Dass ich gefangen bin, war seiner Freundschaft
Durchdachtes Werk. Mich zu erretten, schrieb
Er an Oranien den Brief – O Gott!
Es war die erste Lüge seines Lebens!
Mich zu erretten, warf er sich dem Tod,
Den er erlitt, entgegen. Sie beschenkten ihn
Mit Ihrer Gunst – er starb für mich. Ihr Herz
Und Ihre Freundschaft drangen Sie ihm auf,
Ihr Szepter war das Spielwerk seiner Hände;
Er warf es hin und starb für mich!
*(Der König steht ohne Bewegung, den Blick starr auf den Boden geheftet. Alle Granden sehen betreten und furchtsam auf ihn)*
Und war
Es möglich? Dieser groben Lüge konnten

Sie Glauben schenken? Wie gering musst er
Sie schätzen, da ers unternahm, bei Ihnen
Mit diesem plumpen Gaukelspiel zu reichen!
Um seine Freundschaft wagten Sie zu buhlen,
Und unterlagen dieser leichten Probe!
O, nein – nein, das war nichts für Sie. Das war
Kein Mensch für Sie! Das wusst er selbst recht gut,
Als er mit allen Kronen Sie verstoßen.
Dies feine Saitenspiel zerbrach in Ihrer
Metallnen Hand. Sie konnten nichts, als ihn
Ermorden.

ALBA *(hat den König bis jetzt nicht aus den Augen gelassen und mit sichtbarer Unruhe die Bewegungen beobachtet, welche in seinem Gesichte arbeiten. Jetzt nähert er sich ihm furchtsam).*
Sire – nicht diese Totenstille. Sehen
Sie um sich. Reden Sie mit uns.

CARLOS. Sie waren
Ihm nicht gleichgültig. Seinen Anteil hatten
Sie längst. Vielleicht! Er hätte Sie noch glücklich
Gemacht. Sein Herz war reich genug, Sie selbst
Von seinem Überflusse zu vergnügen.
Die Splitter seines Geistes hätten Sie
Zum Gott gemacht. Sich selber haben Sie
Bestohlen – Was werden
Sie bieten, eine Seele zu erstatten,
Wie diese war?
*(Ein tiefes Schweigen. Viele von den Granden sehen weg oder verhüllen das Gesicht in ihren Mänteln)*
O, die ihr hier versammelt steht und vor Entsetzen
Und vor Bewunderung verstummt – verdammet
Den Jüngling nicht, der diese Sprache gegen
Den Vater und den König führt – Seht hieher.
Für mich ist er gestorben! Habt ihr Tränen?
Fließt Blut, nicht glühend Erz, in euren Adern?
Seht hieher und verdammt mich nicht.

*(Er wendet sich zum König mit mehr Fassung und Gelassenheit)*

Vielleicht
Erwarten Sie, wie diese unnatürliche Geschichte
Sich enden wird? – Hier ist mein Schwert. Sie sind
Mein König wieder. Denken Sie, dass ich
Vor Ihrer Rache zittre? Morden Sie
Mich auch, wie Sie den Edelsten gemordet.
Mein Leben ist verwirkt. Ich weiß. Was ist
Mir jetzt das Leben? Hier entsag ich allem,
Was mich auf dieser Welt erwartet. Suchen
Sie unter Fremdlingen sich einen Sohn –
Da liegen meine Reiche –

*(Er sinkt an dem Leichnam nieder und nimmt an dem Folgenden keinen Anteil mehr. Man hört unterdessen von ferne ein verworrenes Getöse von Stimmen und ein Gedränge vieler Menschen. Um den König herum ist eine tiefe Stille. Seine Augen durchlaufen den ganzen Kreis, aber niemand begegnet seinen Blicken)*

KÖNIG. Nun? Will niemand
Antworten? – Jeder Blick am Boden – jedes
Gesicht verhüllt! – Mein Urteil ist gesprochen.
In diesen stummen Mienen les ich es
Verkündigt. Meine Untertanen haben mich
Gerichtet.

*(Das vorige Stillschweigen. – Der Tumult kommt näher und wird lauter. Durch die umstehenden Granden läuft ein Gemurmel, sie geben sich untereinander verlegene Winke; Graf Lerma stößt endlich leise den Herzog von Alba an)*

LERMA. Wahrlich! Das ist Sturm!

ALBA *(leise)*. So fürcht ich.

LERMA. Man dringt herauf. Man kommt.

## Fünfter Auftritt

*Ein Offizier von der Leibwache. Die Vorigen*

OFFIZIER *(dringend).* Rebellion!
Wo ist der König?
*(Er arbeitet sich durch die Menge und dringt bis zum König)*
Ganz Madrid in Waffen!
Zu Tausenden umringt der wütende
Soldat, der Pöbel den Palast. Prinz Carlos,
Verbreitet man, sei in Verhaft genommen,
Sein Leben in Gefahr. Das Volk will ihn
Lebendig sehen oder ganz Madrid
In Flammen aufgehn lassen.

ALLE GRANDEN *(in Bewegung).* Rettet! Rettet
Den König!

ALBA *(zum König, der ruhig und unbeweglich steht).*
Flüchten Sie sich, Sire – Es hat
Gefahr – Noch wissen wir nicht, wer
Den Pöbel waffnet –

KÖNIG *(erwacht aus seiner Betäubung, richtet sich auf und tritt mit Majestät unter sie).* Steht mein Thron noch?
Bin ich noch König dieses Landes? – Nein.
Ich bin es nicht mehr. Diese Memmen weinen,
Von einem Knaben weichgemacht. Man wartet
Nur auf die Losung, von mir abzufallen.
Ich bin verraten von Rebellen.

ALBA. Sire,
Welch fürchterliche Phantasie!

KÖNIG. Dorthin!
Dort werft euch nieder! Vor dem blühenden,
Dem jungen König werft euch nieder – Ich
Bin nichts mehr – ein ohnmächtger Greis!

ALBA. Dahin
Ist es gekommen! – Spanier!

*(Alle drängen sich um den König herum und knien mit gezogenen Schwertern vor ihm nieder. Carlos bleibt allein und von allen verlassen bei dem Leichnam)*

KÖNIG *(reißt seinen Mantel ab und wirft ihn von sich).*
Bekleidet
*Ihn* mit dem königlichen Schmuck – Auf meiner
Zertretnen Leiche tragt ihn –
*(Er bleibt ohnmächtig in Albas und Lermas Armen)*

LERMA. Hülfe! Gott!

FERIA. Gott! welcher Zufall!

LERMA. Er ist von sich –

ALBA *(lässt den König in Lermas und Ferias Händen).* Bringen
Sie ihn zu Bette. Unterdessen geb ich
Madrid den Frieden.

*(Er geht ab. Der König wird weggetragen, und alle Granden begleiten ihn)*

## Sechster Auftritt

*Carlos bleibt allein bei dem Leichnam zurück. Nach einigen Augenblicken erscheint Ludwig Merkado, sieht sich schüchtern um und steht eine Zeitlang stillschweigend hinter dem Prinzen, der ihn nicht bemerkt*

MERKADO. Ich komme
Von Ihrer Majestät der Königin.
*(Carlos sieht wieder weg und gibt ihm keine Antwort)*
Mein Name ist Merkado – Ich bin Leibarzt
Bei Ihrer Majestät – und hier ist meine
Beglaubigung.
*(Er zeigt dem Prinzen einen Siegelring – dieser verharrt in seinem Stillschweigen)* Die Königin wünscht sehr,
Sie heute noch zu sprechen – wichtige
Geschäfte –

CARLOS. Wichtig ist mir nichts mehr
Auf dieser Welt.

MERKADO. Ein Auftrag, sagte sie,
Den Marquis Posa hinterlassen –
CARLOS *(steht schnell auf).* Was?
Sogleich.
*(Er will mit ihm gehen)*
MERKADO. Nein! Jetzt nicht, gnädger Prinz. Sie müssen
Die Nacht erwarten. Jeder Zugang ist
Besetzt und alle Wachen dort verdoppelt.
Unmöglich ist es, diesen Flügel des
Palastes ungesehen zu betreten.
Sie würden alles wagen –
CARLOS. Aber –
MERKADO. Nur
Ein Mittel, Prinz, ist höchstens noch vorhanden –
Die Königin hat es erdacht. Sie legt
Es Ihnen vor – Doch es ist kühn und seltsam
Und abenteuerlich.
CARLOS. Das ist?
MERKADO. Schon längst
Geht eine Sage, wie Sie wissen, dass
Um Mitternacht in den gewölbten Gängen
Der königlichen Burg, in Mönchsgestalt,
Der abgeschiedne Geist des Kaisers wandle.
Der Pöbel glaubt an dies Gerücht, die Wachen
Beziehen nur mit Schauer diesen Posten.
Wenn Sie entschlossen sind, sich dieser
Verkleidung zu bedienen, können Sie
Durch alle Wachen frei und unversehrt
Bis zum Gemach der Königin gelangen,
Das dieser Schlüssel öffnen wird. Vor jedem Angriff
Schützt Sie die heilige Gestalt. Doch auf
Der Stelle, Prinz, muss Ihr Entschluss gefasst sein.
Das nötge Kleid, die Maske finden Sie
In Ihrem Zimmer. Ich muss eilen, Ihrer Majestät
Antwort zu bringen.

CARLOS. Und die Zeit?

MERKADO. Die Zeit
Ist zwölf Uhr.

CARLOS. Sagen Sie ihr, dass sie mich
Erwarten könne.

*(Merkado geht ab)*

## Siebenter Auftritt

*Carlos. Graf Lerma*

LERMA. Retten Sie sich, Prinz.
Der König wütet gegen Sie. Ein Anschlag
Auf Ihre Freiheit – wo nicht auf Ihr Leben.
Befragen Sie mich weiter nicht. Ich habe
Mich weggestohlen, Sie zu warnen. Fliehen
Sie ohne Aufschub.

CARLOS. Ich bin in den Händen
Der Allmacht.

LERMA. Wie die Königin mich eben
Hat merken lassen, sollen Sie noch heute
Madrid verlassen und nach Brüssel flüchten.
Verschieben Sie es nicht, ja nicht! Der Aufruhr
Begünstigt Ihre Flucht. In dieser Absicht
Hat ihn die Königin veranlasst. Jetzt
Wird man sich nicht erkühnen, gegen Sie
Gewalt zu brauchen. Im Kartäuserkloster
Erwartet Sie die Post, und hier sind Waffen,
Wenn Sie gezwungen sollten sein –
*(Er gibt ihm einen Dolch und Terzerolen)*

CARLOS. Dank, Dank,
Graf Lerma!

LERMA. Ihre heutige Geschichte
Hat mich im Innersten gerührt. So liebt
Kein Freund mehr! Alle Patrioten weinen
Um Sie. Mehr darf ich jetzt nicht sagen.

CARLOS. Graf Lerma! Dieser Abgeschiedne nannte
*Sie* einen edlen Mann.

LERMA. Noch einmal, Prinz!
Reisen Sie glücklich. Schönre Zeiten werden kommen;
Dann aber werd ich nicht mehr sein. Empfangen
Sie meine Huldigung schon hier.
*(Er lässt sich auf ein Knie vor ihm nieder)*

CARLOS *(will ihn zurückhalten. Sehr bewegt).* Nicht also –
Nicht also, Graf – Sie rühren mich – Ich möchte
Nicht gerne weich sein –

LERMA *(küsst seine Hand mit Empfindung).*
König meiner Kinder!
O, meine Kinder werden sterben dürfen
Für Sie. Ich darf es nicht. Erinnern Sie sich meiner
In meinen Kindern – Kehren Sie in Frieden
Nach Spanien zurücke. Seien Sie
Ein Mensch auf König Philipps Thron. Sie haben
Auch Leiden kennenlernen. Unternehmen Sie
Nichts Blutges gegen Ihren Vater! Ja
Nichts Blutiges, mein Prinz! Philipp der Zweite
Zwang Ihren Ältervater, von dem Thron
Zu steigen – Dieser Philipp zittert heute
Vor seinem eignen Sohn! *Daran* gedenken
Sie, Prinz – und so geleite Sie der Himmel!

*(Er geht schnell weg. Carlos ist im Begriff, auf einem andern Wege fortzueilen, kehrt aber plötzlich um und wirft sich vor dem Leichnam des Marquis nieder, den er noch einmal in seine Arme schließt. Dann verlässt er schnell das Zimmer)*

## Achter Auftritt

*Herzog von Alba und Herzog von Feria kommen im Gespräch*

ALBA. Die Stadt ist ruhig. Wie verließen Sie
Den König?
FERIA. In der fürchterlichsten Laune.
Er hat sich eingeschlossen. Was sich auch
Ereignen würde, keinen Menschen will
Er vor sich lassen. Die Verräterei
Des Marquis hat auf einmal seine ganze
Natur verändert. Wir erkennen ihn
Nicht mehr.
ALBA. Ich muss zu ihm. Ich kann ihn diesmal
Nicht schonen. Eine wichtige Entdeckung,
Die eben jetzt gemacht wird –
FERIA. Eine neue
Entdeckung?
ALBA. Ein Kartäusermönch, der in
Des Prinzen Zimmer heimlich sich gestohlen
Und mit verdächtger Wissbegier den Tod
Des Marquis Posa sich erzählen lassen,
Fällt meinen Wachen auf. Man hält ihn an.
Man untersucht. Die Angst des Todes presst
Ihm ein Geständnis aus, dass er Papiere
Von großem Werte bei sich trage, die
Ihm der Verstorbne anbefohlen, in
Des Prinzen Hand zu übergeben – wenn
Er sich vor Sonnenuntergang nicht mehr
Ihm zeigen würde.
FERIA. Nun?
ALBA. Die Briefe lauten,
Dass Carlos binnen Mitternacht und Morgen
Madrid verlassen soll.

FERIA. Was?

ALBA. Dass ein Schiff
In Cadix segelfertig liege, ihn
Nach Vlissingen zu bringen – dass die Staaten
Der Niederlande seiner nur erwarten,
Die span'sche Ketten abzuwerfen.

FERIA. Ha!
Was ist das?

ALBA. Andre Briefe melden,
Dass eine Flotte Solimans bereits
Von Rhodus ausgelaufen – den Monarchen
Von Spanien, laut des geschloßnen Bundes,
Im Mittelländschen Meere anzugreifen.

FERIA. Ists möglich?

ALBA. Eben diese Briefe lehren
Die Reisen mich verstehn, die der Malteser
Durch ganz Europa jüngst getan. Es galt
Nichts Kleineres, als alle nordschen Mächte
Für der Flamänder Freiheit zu bewaffnen.

FERIA. Das war er!

ALBA. Diesen Briefen endlich folgt
Ein ausgeführter Plan des ganzen Krieges,
Der von der span'schen Monarchie auf immer
Die Niederlande trennen soll. Nichts, nichts
Ist übersehen, Kraft und Widerstand
Berechnet, alle Quellen, alle Kräfte
Des Landes pünktlich angegeben, alle
Maximen, welche zu befolgen, alle
Bündnisse, die zu schließen. Der Entwurf
Ist teuflisch, aber wahrlich – göttlich.

FERIA. Welch undurchdringlicher Verräter!

ALBA. Noch
Beruft man sich in diesem Brief auf eine
Geheime Unterredung, die der Prinz

Am Abend seiner Flucht mit seiner Mutter
Zustandebringen sollte.

FERIA. Wie? Das wäre
Ja heute.

ALBA. Diese Mitternacht. Auch hab ich
Für diesen Fall Befehle schon gegeben.
Sie sehen, dass es dringt, kein Augenblick
Ist zu verlieren – Öffnen Sie das Zimmer
Des Königs.

FERIA. Nein! Der Eintritt ist verboten.

ALBA. So öffn ich selbst – Die wachsende Gefahr
Rechtfertigt diese Kühnheit –
*(Wie er gegen die Türe geht, wird sie geöffnet, und der König tritt heraus)*

FERIA. Ha! Er selbst!

## Neunter Auftritt

*König zu den Vorigen*

*(Alle erschrecken über seinen Anblick, weichen zurück und lassen ihn ehrerbietig mitten durch. Er kommt in einem wachen Traume, wie eines Nachtwandlers. – Sein Anzug und seine Gestalt zeigen noch die Unordnung, worein ihn die gehabte Ohnmacht versetzt hat. Mit langsamen Schritten geht er an den anwesenden Granden vorbei, sieht jeden starr an, ohne einen einzigen wahrzunehmen. Endlich bleibt er gedankenvoll stehen, die Augen zur Erde gesenkt, bis seine Gemütsbewegung nach und nach laut wird)*

KÖNIG. Gib diesen Toten mir heraus. Ich muss
Ihn wiederhaben.

DOMINGO *(leise zum Herzog von Alba)*.
Reden Sie ihn an.

KÖNIG *(wie oben)*. Er dachte klein von mir und starb. Ich muss
Ihn wiederhaben. Er muss anders von
Mir denken.

ALBA *(nähert sich mit Furcht)*.
Sire –

KÖNIG. Wer redet hier?
*(Er sieht lange im ganzen Kreis herum)* Hat man
Vergessen, wer ich bin? Warum nicht auf
Den Knien vor mir, Kreatur? Noch bin
Ich König. Unterwerfung will ich sehen.
Setzt alles mich hintan, weil *einer* mich
Verachtet hat?

ALBA. Nichts mehr von ihm, mein König!
Ein neuer Feind, bedeutender als dieser,
Steht auf im Herzen Ihres Reichs. –

FERIA. Prinz Carlos –

KÖNIG. Er hatte einen Freund, der in den Tod
Gegangen ist für ihn – für ihn! Mit mir
Hätt er ein Königreich geteilt! – Wie er
Auf mich heruntersah! So stolz sieht man
Von Thronen nicht herunter. Wars nicht sichtbar,
Wieviel er sich mit *der* Erobrung wusste?
Was er verlor, gestand sein Schmerz. So wird
Um nichts Vergängliches geweint – Dass er noch lebte!
Ich gäb ein Indien dafür. Trostlose Allmacht,
Die nicht einmal in Gräber ihren Arm
Verlängern, eine kleine Übereilung
Mit Menschenleben nicht verbessern kann!
Die Toten stehen nicht mehr auf. Wer darf
Mir sagen, dass ich glücklich bin? Im Grabe
Wohnt einer, der mir Achtung vorenthalten.
Was gehn die Lebenden mich an? Ein Geist,
*Ein* freier Mann stand auf in diesem ganzen
Jahrhundert – Einer – Er verachtet mich
Und stirbt.

ALBA. So lebten wir umsonst! – Lasst uns
Zu Grabe gehen, Spanier. Auch noch
Im Tode raubt uns dieser Mensch das Herz
Des Königs!

KÖNIG *(Er setzt sich nieder, den Kopf auf den Arm gestützt).*

Wär er *mir* also gestorben!
Ich hab ihn liebgehabt, sehr lieb. Er war
Mir teuer wie ein Sohn. In diesem Jüngling
Ging mir ein neuer, schönrer Morgen auf.
Wer weiß, was ich ihm aufbehalten! Er
War meine erste Liebe. Ganz Europa
Verfluche mich! Europa mag mir fluchen.
Von diesem hab ich Dank verdient.

DOMINGO. Durch welche
Bezauberung –

KÖNIG. Und wem bracht er dies Opfer?
Dem Knaben, meinem Sohne? Nimmermehr.
Ich glaub es nicht. Für einen Knaben stirbt
Ein Posa nicht. Der Freundschaft arme Flamme
Füllt eines Posa Herz nicht aus. Das schlug
Der ganzen Menschheit. Seine Neigung war
Die Welt mit allen kommenden Geschlechtern.
Sie zu vergnügen fand er einen Thron –
Und geht vorüber? Diesen Hochverrat
An seiner Menschheit sollte Posa sich
Vergeben? Nein. Ich kenn ihn besser. Nicht
Den Philipp opfert er dem Carlos, nur
Den alten Mann dem Jüngling, seinem Schüler.
Des Vaters untergehnde Sonne lohnt
Das neue Tagwerk nicht mehr. Das verspart man
Dem nahen Aufgang seines Sohns – O, es ist klar!
Auf meinen Hintritt wird gewartet.

ALBA. Lesen Sie
In diesen Briefen die Bekräftigung.

KÖNIG *(steht auf).* Er könnte sich verrechnet haben. Noch,
Noch bin ich. Habe Dank, Natur. Ich fühle
In meinen Sehnen Jünglingskraft. Ich will
Ihn zum Gelächter machen. Seine Tugend
Sei eines Träumers Hirngespinst gewesen.
Er sei gestorben als ein Tor. Sein Sturz

Erdrücke seinen Freund und sein Jahrhundert!
Lass sehen, wie man mich entbehrt. Die Welt
Ist noch auf einen Abend mein. Ich will
Ihn nützen, diesen Abend, dass nach mir
Kein Pflanzer mehr in zehen Menschenaltern
Auf dieser Brandstatt ernten soll. Er brachte
Der Menschheit, seinem Götzen, mich zum Opfer;
Die Menschheit büße mir für ihn! – Und jetzt –
Mit seiner Puppe fang ich an.
*(Zum Herzog von Alba)* Was wars
Mit dem Infanten? Wiederholt es mir. Was lehren
Mich diese Briefe?

ALBA. Diese Briefe, Sire,
Enthalten die Verlassenschaft des Marquis
Von Posa an Prinz Karl.

KÖNIG *(durchläuft die Papiere, wobei er von allen Umstehenden scharf beobachtet wird. Nachdem er eine Zeitlang gelesen, legt er sie weg und geht stillschweigend durch das Zimmer).*
Man rufe mir
Den Inquisitor Kardinal. Ich lass
Ihn bitten, eine Stunde mir zu schenken.
*(Einer von den Granden geht hinaus. Der König nimmt die Papiere wieder, liest fort und legt sie abermals weg)*
In dieser Nacht also?

TAXIS. Schlag zwei Uhr soll
Die Post vor dem Kartäuserkloster halten.

ALBA. Und Leute, die ich ausgesendet, sahen
Verschiednes Reis'geräte, an dem Wappen
Der Krone kenntlich, nach dem Kloster tragen.

FERIA. Auch sollen große Summen auf den Namen
Der Königin bei maurischen Agenten
Betrieben worden sein, in Brüssel zu
Erheben.

KÖNIG. Wo verließ man den Infanten?

ALBA. Beim Leichnam des Maltesers.

KÖNIG. Ist noch Licht im Zimmer
Der Königin?
ALBA. Dort ist alles still. Auch hat
Sie ihre Kammerfrauen zeitiger,
Als sonsten zu geschehen pflegt, entlassen.
Die Herzogin von Arkos, die zuletzt
Aus ihrem Zimmer ging, verließ sie schon
In tiefem Schlafe.
*(Ein Offizier von der Leibwache tritt herein, zieht den Herzog von Feria auf die Seite und spricht leise mit ihm. Dieser wendet sich betreten zum Herzog von Alba, andre drängen sich hinzu, und es entsteht ein Gemurmel)*
FERIA, TAXIS, DOMINGO *(zugleich).*
Sonderbar!
KÖNIG. Was gibt es!
FERIA. Eine Nachricht, Sire, die kaum
Zu glauben ist –
DOMINGO. Zween Schweizer, die soeben
Von ihrem Posten kommen, melden – Es
Ist lächerlich, es nachzusagen.
KÖNIG. Nun?
ALBA. Dass in dem linken Flügel des Palasts
Der Geist des Kaisers sich erblicken lassen
Und mit beherztem, feierlichem Schritt an ihnen
Vorbeigegangen. Eben diese Nachricht
Bekräftgen alle Wachen, die durch diesen
Pavillon verbreitet stehn, und setzen
Hinzu, dass die Erscheinung in den Zimmern
Der Königin verschwunden.
KÖNIG. Und in welcher
Gestalt erschien er?
OFFIZIER. In dem nämlichen
Gewand, das er zum letztenmal in Justi
Als Hieronymitermönch getragen.
KÖNIG. Als Mönch? Und also haben ihn die Wachen

Im Leben noch gekannt? Denn woher wussten
Sie sonst, dass es der Kaiser war?

OFFIZIER. Dass es
Der Kaiser müsse sein, bewies das Zepter,
Das er in Händen trug.

DOMINGO. Auch will man ihn
Schon öfters, wie die Sage geht, in dieser
Gestalt gesehen haben.

KÖNIG. Angeredet hat
Ihn niemand?

OFFIZIER. Niemand unterstand sich.
Die Wachen sprachen ihr Gebet und ließen
Ihn ehrerbietig mitten durch.

KÖNIG. Und in den Zimmern
Der Königin verlor sich die Erscheinung?

OFFIZIER. Im Vorgemach der Königin.
*(Allgemeines Stillschweigen)*

KÖNIG *(wendet sich schnell um).* *Wie* sagt ihr?

ALBA. Sire, wir sind stumm.

KÖNIG *(nach ewigem Besinnen zu dem Offizier).*
Lasst meine Garden unter
Die Waffen treten und jedweden Zugang
Zu diesem Hügel sperren. Ich bin lüstern,
Ein Wort mit diesem Geist zu reden.
*(Der Ofßzier geht ab. Gleich darauf ein Page)*

PAGE. Sire!
Der Inquisitor Kardinal.

KÖNIG *(zu den Anwesenden).*
Verlasst uns.

*(Der Kardinal Großinquisitor, ein Greis von neunzig Jahren und blind, auf einen Stab gestützt und von zwei Dominikanern geführt. Wie er durch ihre Reihen geht, werfen sich alle Granden vor ihm nieder und berühren den Saum seines Kleides. Er erteilt ihnen den Segen. Alle entfernen sich)*

## Zehnter Auftritt

*Der König und der Großinquisitor*
*(Ein langes Stillschweigen)*

GROSSINQUISITOR. Steh
Ich vor dem König?
KÖNIG. Ja.
GROSSINQUISITOR. Ich war mirs nicht mehr
Vermutend.
KÖNIG. Ich erneure einen Auftritt
Vergangner Jahre. Philipp, der Infant,
Holt Rat bei seinem Lehrer.
GROSSINQUISITOR. Rat bedurfte
Mein Zögling Karl, Ihr großer Vater, niemals.
KÖNIG. Um soviel glücklicher war er. Ich habe
Gemordet, Kardinal, und keine Ruhe –
GROSSINQUISITOR. Weswegen haben Sie gemordet?
KÖNIG. Ein
Betrug, der ohne Beispiel ist –
GROSSINQUISITOR. Ich weiß ihn.
KÖNIG. Was wisset Ihr? Durch wen? Seit wann?
GROSSINQUISITOR. Seit Jahren,
Was *Sie* seit Sonnenuntergang.
KÖNIG *(mit Befremdung)*. Ihr habt
Von diesem Menschen schon gewusst?
GROSSINQUISITOR. Sein Leben
Liegt angefangen und beschlossen in
Der Santa Casa heiligen Registern.
KÖNIG. Und er ging frei herum?
GROSSINQUISITOR. Das Seil, an dem
Er flatterte, war lang, doch unzerreißbar.
KÖNIG. Er war schon außer meines Reiches Grenzen.
GROSSINQUISITOR. Wo er sein mochte, war ich auch.
KÖNIG *(geht unwillig auf und nieder)*. Man wusste,
In wessen Hand ich war – Warum versäumte man,
Mich zu erinnern?

GROSSINQUISITOR. Diese Frage geb ich
Zurücke – Warum fragten *Sie* nicht an,
Da Sie in dieses Menschen Arm sich warfen?
Sie kannten ihn! *Ein* Blick entlarvte Ihnen
Den Ketzer. – Was vermochte Sie, dies Opfer
Dem heilgen Amt zu unterschlagen? Spielt
Man *so* mit uns? Wenn sich die Majestät
Zur Hehlerin erniedrigt – hinter unserm Rücken
Mit unsern schlimmsten Feinden sich versteht,
Was wird mit uns? Darf *einer* Gnade finden,
Mit welchem Rechte wurden Hunderttausend
Geopfert?
KÖNIG. Er ist auch geopfert.
GROSSINQUISITOR. Nein!
Er ist ermordet – ruhmlos! freventlich! – Das Blut,
Das unsrer Ehre glorreich fließen sollte,
Hat eines Meuchelmörders Hand verspritzt.
Der Mensch war unser – Was befugte *Sie*,
Des Ordens heilge Güter anzutasten?
Durch uns zu sterben war er da. Ihn schenkte
Der Notdurft dieses Zeitenlaufes Gott,
In seines Geistes feierlicher Schändung
Die prahlende Vernunft zur Schau zu führen.
Das war mein überlegter Plan. Nun liegt
Sie hingestreckt, die Arbeit vieler Jahre!
Wir sind bestohlen, und Sie haben nichts
Als blutge Hände.
KÖNIG. Leidenschaft riss mich
Dahin. Vergib mir.
GROSSINQUISITOR. Leidenschaft? – Antwortet
Mir Philipp, der Infant? Bin ich allein
Zum alten Mann geworden? – Leidenschaft!
*(Mit unwilligem Kopfschütteln)*
Gib die Gewissen frei in deinen Reichen,
Wenn du in deinen Ketten gehst.

KÖNIG. Ich bin
In diesen Dingen noch ein Neuling. Habe
Geduld mit mir.
GROSSINQUISITOR. Nein! Ich bin nicht mit Ihnen
Zufrieden. – Ihren ganzen vorigen
Regentenlauf zu lästern! Wo war damals
Der Philipp, dessen feste Seele wie
Der Angelstern am Himmel unverändert
Und ewig um sich selber treibt? War eine ganze
Vergangenheit versunken hinter Ihnen?
War in dem Augenblick die Welt nicht mehr
Die nämliche, da Sie die Hand ihm boten?
Gift nicht mehr Gift? War zwischen Gut und Übel
Und Wahr und Falsch die Scheidewand gefallen?
Was ist ein Vorsatz? Was Beständigkeit,
Was Männertreue, wenn in einer lauen
Minute eine sechzigjährge Regel
Wie eines Weibes Laune schmilzt?
KÖNIG. Ich sah in seine Augen – Halte mir
Den Rückfall in die Sterblichkeit zugut.
Die Welt hat einen Zugang weniger
Zu deinem Herzen. Deine Augen sind erloschen.
GROSSINQUISITOR. Was sollte Ihnen dieser Mensch? Was konnte
Er Neues Ihnen vorzuzeigen haben,
Worauf Sie nicht bereitet waren? Kennen
Sie Schwärmersinn und Neuerung so wenig?
Der Weltverbessrer prahlerische Sprache
Klang Ihrem Ohr so ungewohnt? Wenn das
Gebäude Ihrer Überzeugung schon
Von Worten fällt – mit welcher Stirne, muss
Ich fragen, schrieben Sie das Bluturteil
Der hunderttausend schwachen Seelen, die
Den Holzstoß für nichts Schlimmeres bestiegen?
KÖNIG. Mich lüstete nach einem Menschen. Diese
Domingo –

GROSSINQUISITOR.
Wozu Menschen? Menschen sind
Für Sie nur Zahlen, weiter nichts. Muss ich
Die Elemente der Monarchenkunst
Mit meinem grauen Schüler überhören?
Der Erde Gott verlerne zu bedürfen,
Was ihm verweigert werden kann – Wenn *Sie*
Um Mitgefühle wimmern, haben Sie
Der Welt nicht Ihresgleichen zugestanden?
Und welche Rechte, möcht ich wissen, haben
Sie aufzuweisen über Ihresgleichen?
KÖNIG *(wirft sich in den Sessel)*,
Ich bin ein kleiner Mensch, ich fühls – Du forderst
Von dem Geschöpf, was nur der Schöpfer leistet.
GROSSINQUISITOR. Nein, Sire.
Mich hintergeht man nicht. Sie sind
Durchschaut – Uns wollten Sie entfliehen.
Des Ordens schwere Ketten drückten Sie;
Sie wollten frei und einzig sein.
*(Er hält inne. Der König schweigt)*
Wir sind gerochen – Danken Sie der Kirche,
Die sich begnügt, als Mutter Sie zu strafen.
Die Wahl, die man Sie blindlings treffen lassen,
War Ihre Züchtigung. Sie sind belehrt.
Jetzt kehren Sie zu uns zurück – Stünd ich
Nicht jetzt vor Ihnen – beim lebendgen Gott!
Sie wären morgen so vor mir gestanden.
KÖNIG. Nicht diese Sprache! Mäßige dich, Priester!
Ich duld es nicht. Ich kann in diesem Ton
Nicht mit mir sprechen hören.
GROSSINQUISITOR. Warum rufen Sie
Den Schatten Samuels herauf? – Ich gab
Zwei Könige dem spanschen Thron und hoffte,
Ein festgegründet Werk zu hinterlassen.
Verloren seh ich meines Lebens Frucht,

Don Philipp selbst erschüttert mein Gebäude.
Und jetzo, Sire – Wozu bin ich gerufen?
Was soll ich hier? – Ich bin nicht willens, diesen
Besuch zu wiederholen.
KÖNIG. Eine Arbeit noch,
Die letzte – dann magst du in Frieden scheiden.
Vorbei sei das Vergangne, Friede sei
Geschlossen zwischen uns – Wir sind versöhnt?
GROSSINQUISITOR. Wenn Philipp sich in Demut beugt.
KÖNIG *(nach einer Pause).* Mein Sohn
Sinnt auf Empörung.
GROSSINQUISITOR. Was beschließen Sie?
KÖNIG. Nichts – oder alles.
GROSSINQUISITOR. Und was heißt hier alles?
KÖNIG. Ich lass ihn fliehen, wenn ich ihn
Nicht sterben lassen kann.
GROSSINQUISITOR. Nun, Sire?
KÖNIG. Kannst du mir einen neuen Glauben gründen,
Der eines Kindes blutgen Mord verteidigt?
GROSSINQUISITOR. Die ewige Gerechtigkeit zu sühnen,
Starb an dem Holze Gottes Sohn.
KÖNIG. Du willst
Durch ganz Europa diese Meinung pflanzen?
GROSSINQUISITOR. So weit, als man das Kreuz verehrt.
KÖNIG. Ich frevle
An der Natur – auch diese mächtge Stimme
Willst du zum Schweigen bringen?
GROSSINQUISITOR. Vor dem Glauben
Gilt keine Stimme der Natur.
KÖNIG. Ich lege
Mein Richteramt in deine Hände – Kann
Ich ganz zurücke treten?
GROSSINQUISITOR. Geben Sie
Ihn mir.

KÖNIG. Es ist mein einzger Sohn – Wem hab ich
Gesammelt?
GROSSINQUISITOR.
Der Verwesung lieber als
Der Freiheit.
KÖNIG *(steht auf).*
Wir sind einig. Kommt.
GROSSINQUISITOR. Wohin?
KÖNIG. Aus meiner Hand das Opfer zu empfangen.
*(Er führt ihn hinweg.)*

*Zimmer der Königin*

## Letzter Auftritt

*Carlos. Die Königin. Zuletzt der König mit Gefolge*

CARLOS *(in einem Mönchsgewand, eine Maske vor dem Gesichte, die er eben jetzt abnimmt, unter dem Arme ein bloßes Schwert. Es ist ganz finster. Er nähert sich einer Türe, welche geöffnet wird. Die Königin tritt heraus, im Nachtkleide, mit einem brennenden Licht. Carlos lässt sich vor ihr auf ein Knie nieder).* Elisabeth!
KÖNIGIN *(mit stiller Wehmut auf seinem Anblick verweilend).*
*So* sehen wir uns wieder?
CARLOS. *So* sehen wir uns wieder!
*(Stillschweigen)*
KÖNIGIN *(sucht sich zu fassen).* Stehn Sie auf. Wir wollen
Einander nicht erweichen, Karl. Nicht durch
Ohnmächtge Tränen will der große Tote
Gefeiert werden. Tränen mögen fließen
Für kleinre Leiden! – Er hat sich geopfert
Für *Sie!* Mit seinem teuern Leben
Hat er das Ihrige erkauft – Und dieses Blut
Wär einem Hirngespinst geflossen? – Carlos!

Ich selber habe gutgesagt für Sie.
Auf meine Bürgschaft schied er freudiger
Von hinnen. Werden Sie zur Lügnerin
Mich machen?

CARLOS *(mit Begeisterung).*
Einen Leichenstein will ich
Ihm setzen, wie noch keinem Könige
Geworden – Über seiner Asche blühe
Ein Paradies!

KÖNIGIN. So hab ich Sie gewollt!
Das war die große Meinung seines Todes!
Mich wählte er zu seines letzten Willens
Vollstreckerin. Ich mahne Sie. Ich werde
Auf die Erfüllung dieses Eides halten.
– Und noch ein anderes Vermächtnis legte
Der Sterbende in meine Hand – Ich gab ihm
Mein Wort – und – warum soll ich es verschweigen?
Er übergab mir seinen Karl – Ich trotze
Dem Schein – ich will vor Menschen nicht mehr zittern,
Will einmal kühn sein wie ein Freund. Mein Herz
Soll reden. Tugend nannt er unsre Liebe?
Ich glaub es ihm und will mein Herz nicht mehr –

CARLOS. Vollenden Sie nicht, Königin – Ich habe
In einem langen, schweren Traum gelegen.
Ich liebte – Jetzt bin ich erwacht. Vergessen
Sei das Vergangne! Hier sind Ihre Briefe
Zurück. Vernichten Sie die meinen. Fürchten
Sie keine Wallung mehr von mir. Es ist
Vorbei. Ein reiner Feuer hat mein Wesen
Geläutert. Meine Leidenschaft wohnt in den Gräbern
Der Toten. Keine sterbliche Begierde
Teilt diesen Busen mehr.
*(Nach einem Stillschweigen ihre Hand fassend)*
Ich kam, um Abschied
Zu nehmen – Mutter, endlich seh ich ein,

Es gibt ein höher, wünschenswerter Gut,
Als dich besitzen – Eine kurze Nacht
Hat meiner Jahre trägen Lauf beflügelt,
Frühzeitig mich zum Mann gereift. Ich habe
Für dieses Leben keine Arbeit mehr
Als *die* Erinnerung an ihn! Vorbei
Sind alle meine Ernten –
*(Er nähert sich der Königin, welche das Gesicht verhüllt)*
Sagen Sie
Mir gar nichts, Mutter?
KÖNIGIN. Kehren Sie sich nicht
An meine Tränen, Karl – Ich kann nicht anders –
Doch glauben Sie mir, ich bewundre Sie.
CARLOS. Sie waren unsers Bundes einzige
Vertraute – Unter *diesem* Namen werden
Sie auf der ganzen Welt das Teuerste
Mir bleiben. Meine Freundschaft kann ich Ihnen
So wenig als noch gestern meine Liebe
Verschenken an ein andres Weib – Doch heilig
Sei mir die königliche Witwe, führt
Die Vorsicht mich auf diesen Thron.
*(Der König, begleitet vom Großinquisitor und seinen Granden, erscheint im Hintergrunde, ohne bemerkt zu werden)*
Jetzt geh ich
Aus Spanien und sehe meinen Vater
Nicht wieder – Nie in diesem Leben wieder.
Ich schätz ihn nicht mehr. Ausgestorben ist
In meinem Busen die Natur – Sein Sie
Ihm wieder Gattin. Er hat einen Sohn
Verloren. Treten Sie in Ihre Pflichten
Zurück – Ich eile, mein bedrängtes Volk
Zu retten von Tyrannenhand. Madrid
Sieht nur als König oder nie mich wieder.
Und jetzt zum letzten Lebewohl!
*(Er küsst sie)*

KÖNIGIN. O Karl!
Was machen Sie aus mir? – Ich darf mich nicht
Empor zu dieser Männergröße wagen;
Doch fassen und bewundern kann ich Sie.

CARLOS. Bin ich nicht stark, Elisabeth? Ich halte
In meinen Armen Sie und wanke nicht.
Von dieser Stelle hätten mich noch gestern
Des nahen Todes Schrecken nicht gerissen.
*(Er verlässt sie)*
Das ist vorbei. Jetzt trotz ich jedem Schicksal
Der Sterblichkeit. Ich hielt Sie in den Armen
Und wankte nicht – Still! Hörten Sie nicht etwas?
*(Eine Uhr schlägt)*

KÖNIGIN. Nichts hör ich als die fürchterliche Glocke,
Die uns zur Trennung läutet.

CARLOS. Gute Nacht denn, Mutter.
Aus Gent empfangen Sie den ersten Brief
Von mir, der das Geheimnis unsers Umgangs
Lautmachen soll. Ich gehe, mit Don Philipp
Jetzt einen öffentlichen Gang zu tun.
Von nun an, will ich, sei nichts Heimliches
Mehr unter uns. *Sie* brauchen nicht das Auge
Der Welt zu scheuen – Dies hier sei mein letzter
Betrug.
*(Er will nach der Maske greifen. Der König steht zwischen ihnen)*

KÖNIG. Es ist dein letzter!
*(Die Königin fällt ohnmächtig nieder)*

CARLOS *(eilt auf sie zu und empfängt sie mit den Armen)*. Ist sie tot?
O Himmel und Erde!

KÖNIG *(kalt und stille zum Großinquisitor)*. Kardinal! Ich habe
Das Meinige getan. Tun Sie das Ihre. *(Er geht ab)*

# Wilhelm Tell

*Schauspiel*

Zum Neujahrsgeschenk
auf 1805

# Personen

Hermann Geßler, *Reichsvogt in Schwyz und Uri*
Werner, Freiherr von Attinghausen, *Bannerherr*
Ulrich von Rudenz, *sein Neffe*

| | |
|---|---|
| Werner Stauffacher<br>Konrad Hunn<br>Itel Reding<br>Hans auf der Mauer<br>Jörg im Hofe<br>Ulrich der Schmied<br>Jost von Weiler | *Landleute aus Schwyz* |
| Walter Fürst<br>Wilhelm Tell<br>Rösselmann, *der Pfarrer*<br>Petermann, *der Sigrist*<br>Kuoni, *der Hirte*<br>Werni, *der Jäger*<br>Ruodi, *der Fischer* | *aus Uri* |
| Arnold vom Melchthal<br>Konrad Baumgarten<br>Meier von Sarnen<br>Struth von Winkelried<br>Klaus von der Flüe<br>Burkhardt am Bühel<br>Arnold von Sewa | *aus Unterwalden* |

Pfeiffer von Luzern
Kunz von Gersau
Jenni, *Fischerknabe*
Seppi, *Hirtenknabe*
Gertrud, *Stauffachers Gattin*
Hedwig, *Tells Gattin, Fürsts Tochter*
Berta von Bruneck, *eine reiche Erbin*

| | |
|---|---|
| Armgard<br>Mechthild<br>Elsbet<br>Hildegard | *Bäuerinnen* |
| Walter<br>Wilhelm | *Tells Knaben* |
| Frießhardt<br>Leuthold | *Söldner* |

Rudolf der Harras, *Geßlers Stallmeister*
Johannes Parricida, *Herzog von Schwaben*
Stüssi, *der Flurschütz*
Der Stier von Uri
Ein Reichsbote
Fronvogt
Meister Steinmetz, Gesellen und Handlanger
Öffentliche Ausrufer
Barmherzige Brüder
Geßlerische und Landenbergische Reiter
Viele Landleute, Männer und Weiber aus den Waldstätten

# ERSTER AUFZUG

## Erste Szene

*Hohes Felsenufer des Vierwaldstättensees, Schwyz gegenüber. Der See macht eine Bucht ins Land, eine Hütte ist unweit dem Ufer, Fischerknabe fährt sich in einem Kahn. Über den See hinweg sieht man die grünen Matten, Dörfer und Höfe von Schwyz im hellen Sonnenschein liegen. Zur Linken des Zuschauers zeigen sich die Spitzen des Haken, mit Wolken umgeben; zur Rechten im fernen Hintergrund sieht man die Eisgebirge. Noch ehe der Vorhang aufgeht, hört man den Kuhreihen und das harmonische Geläut der Herdenglocken, welches sich auch bei eröffneter Szene noch eine Zeitlang fortsetzt*

FISCHERKNABE *(singt im Kahn).*
*(Melodie des Kuhreihens)*
Es lächelt der See, er ladet zum Bade,
Der Knabe schlief ein am grünen Gestade,
Da hört er ein Klingen,
Wie Flöten so süß,
Wie Stimmen der Engel
Im Paradies.
Und wie er erwachet in seliger Lust,
Da spülen die Wasser ihm um die Brust,
Und es ruft aus den Tiefen:
Lieb Knabe, bist *mein!*
Ich locke den Schläfer,
Ich zieh ihn herein.

HIRTE *(auf dem Berge).*
*(Variation des Kuhreihens)*
Ihr Matten lebt wohl!
Ihr sonnigen Weiden!
Der Senne muss scheiden,
Der Sommer ist hin.
Wir fahren zu Berg, wir kommen wieder,
Wenn der Kuckuck ruft, wenn erwachen die Lieder,
Wenn mit Blumen die Erde sich kleidet neu,

Wenn die Brünnlein fließen im lieblichen Mai.
Ihr Matten lebt wohl!
Ihr sonnigen Weiden!
Der Senne muss scheiden,
Der Sommer ist hin.

ALPENJÄGER *(erscheint gegenüber auf der Höhe des Felsen).* *(Zweite Variation)*
Es donnern die Höhen, es zittert der Steg,
Nicht grauet dem Schützen auf schwindlichtem Weg,
Er schreitet verwegen
Auf Feldern von Eis,
Da pranget kein Frühling,
Da grünet kein Reis;
Und unter den Füßen ein neblichtes Meer,
Erkennt er die Städte der Menschen nicht mehr,
Durch den Riss nur der Wolken
Erblickt er die Welt,
Tief unter den Wassern
Das grünende Feld.

*(Die Landschaft verändert sich, man hört ein dumpfes Krachen von den Bergen, Schatten von Wolken laufen über die Gegend)*

*(Ruodi der Fischer kommt aus der Hütte, Werni der Jäger steigt vom Felsen, Kuoni der Hirte kommt, mit dem Melknapf auf der Schulter. Seppi, sein Handbube, folgt ihm)*

RUODI. Mach hurtig, Jenni. Zieh die Naue ein.
Der graue Talvogt kommt, dumpf brüllt der Firn,
Der Mythenstein zieht seine Haube an,
Und kalt her bläst es aus dem Wetterloch,
Der Sturm, ich mein, wird da sein, eh wirs denken.

KUONI. ’s kommt Regen, Fährmann. Meine Schafe fressen
Mit Begierde Gras, und Wächter scharrt die Erde.

WERNI. Die Fische springen, und das Wasserhuhn
Taucht unter. Ein Gewitter ist im Anzug.

KUONI *(zum Buben).* Lug, Seppi, ob das Vieh sich nicht verlaufen.

SEPPI. Die braune Lisel kenn ich am Geläut.
KUONI. So fehlt uns keine mehr, die geht am weitsten.
RUODI. Ihr habt ein schön Geläute, Meister Hirt.
WERNI. Und schmuckes Vieh – Ists Euer eignes, Landsmann?
KUONI. Bin nit so reich – 's ist meines gnädgen Herrn,
Des Attinghäusers, und mir zugezählt.
RUODI. Wie schön der Kuh das Band zu Halse steht.
KUONI. Das weiß sie auch, dass sie den Reihen führt,
Und nähm ich ihrs, sie hörte auf zu fressen.
RUODI. Ihr seid nicht klug! Ein unvernünftges Vieh –
WERNI. Ist bald gesagt. Das Tier hat auch Vernunft,
Das wissen *wir*, die wir die Gemsen jagen,
Die stellen klug, wo sie zur Weide gehn,
'ne Vorhut aus, die spitzt das Ohr und warnet
Mit heller Pfeife, wenn der Jäger naht.
RUODI *(zum Hirten)*. Treibt Ihr jetzt heim?
KUONI. Die Alp ist abgeweidet.
WERNI. Glückselge Heimkehr, Senn!
KUONI. Die wünsch ich Euch,
Von Eurer Fahrt kehrt sichs nicht immer wieder.
RUODI. Dort kommt ein Mann in voller Hast gelaufen.
WERNI. Ich kenn ihn, 's ist der Baumgart von Alzellen.
*(Konrad Baumgarten atemlos hereinstürzend)*
BAUMGARTEN. Um Gottes willen, Fährmann, Euren Kahn!
RUODI. Nun, nun, was gibts so eilig?
BAUMGARTEN. Bindet los!
Ihr rettet mich vom Tode! Setzt mich über!
KUONI. Landsmann, was habt Ihr?
WERNI. Wer verfolgt Euch denn?
BAUMGARTEN *(zum Fischer)*.
Eilt, eilt, sie sind mir dicht schon an den Fersen!
Des Landvogts Reiter kommen hinter mir,
Ich bin ein Mann des Tods, wenn sie mich greifen.
RUODI. Warum verfolgen Euch die Reisigen?
BAUMGARTEN. Erst rettet mich, und dann steh ich Euch Rede.

WERNI. Ihr seid mit Blut befleckt, was hats gegeben?
BAUMGARTEN. Des Kaisers Burgvogt, der auf Rossberg saß –
KUONI. Der Wolfenschießen? Lässt Euch *der* verfolgen?
BAUMGARTEN. *Der* schadet nicht mehr, ich hab ihn erschlagen.
ALLE *(fahren zurück)*.
Gott sei Euch gnädig! Was habt Ihr getan?
BAUMGARTEN. Was jeder freie Mann an meinem Platz!
Mein gutes Hausrecht hab ich ausgeübt
Am Schänder meiner Ehr und meines Weibes.
KUONI. Hat Euch der Burgvogt an der Ehr geschädigt?
BAUMGARTEN. Dass er sein bös Gelüsten nicht vollbracht,
Hat Gott und meine gute Axt verhütet.
WERNI. Ihr habt ihm mit der Axt den Kopf zerspalten?
KUONI. O, lass uns alles hören, Ihr habt Zeit,
Bis er den Kahn vom Ufer losgebunden.
BAUMGARTEN. Ich hatte Holz gefällt im Wald, da kommt
Mein Weib gelaufen in der Angst des Todes.
»Der Burgvogt lieg in meinem Haus, er hab
Ihr anbefohlen, ihm ein Bad zu rüsten.
Drauf hab er Ungebührliches von ihr
Verlangt, sie sei entsprungen, mich zu suchen.«
Da lief ich frisch hinzu, so wie ich war,
Und mit der Axt hab ich ihm's Bad gesegnet.
WERNI. Ihr tatet wohl, kein Mensch kann Euch drum schelten.
KUONI. Der Wüterich! Der hat nun seinen Lohn!
Hats lang verdient ums Volk von Unterwalden.
BAUMGARTEN. Die Tat ward ruchbar, mir wird nachgesetzt –
Indem wir sprechen – Gott – verrinnt die Zeit –
*(Es fängt an zu donnern)*
KUONI. Frisch, Fährmann – schaff den Biedermann hinüber.
RUODI. Geht nicht. Ein schweres Ungewitter ist
Im Anzug. Ihr müsst warten.
BAUMGARTEN. Heilger Gott!
Ich kann nicht warten. Jeder Aufschub tötet –
KUONI *(zum Fischer)*.

Greif an mit Gott, dem Nächsten muss man helfen,
Es kann uns allen Gleiches ja begegnen.
*(Brausen und Donnern)*

RUODI. Der Föhn ist los, Ihr seht, wie hoch der See geht,
Ich kann nicht steuern gegen Sturm und Wellen.

BAUMGARTEN *(umfasst seine Knie).*
So helf Euch Gott, wie Ihr Euch mein erbarmet –

WERNI. Es geht ums Leben, sei barmherzig, Fährmann.

KUONI. 's ist ein Hausvater, und hat Weib und Kinder!
*(Wiederholte Donnerschläge)*

RUODI. Was? Ich hab auch ein Leben zu verlieren,
Hab Weib und Kind daheim, wie er – Seht hin,
Wies brandet, wie es wogt und Wirbel zieht,
Und alle Wasser aufrührt in der Tiefe.
– Ich wollte gern den Biedermann erretten,
Doch es ist rein unmöglich, Ihr seht selbst.

BAUMGARTEN *(noch auf den Knien).*
So muss ich fallen in des Feindes Hand,
Das nahe Rettungsufer im Gesichte!
– Dort liegts! Ich kanns erreichen mit den Augen,
Hinüberdringen kann der Stimme Schall,
Da ist der Kahn, der mich hinübertrüge,
Und muss hier liegen, hülflos, und verzagen!

KUONI. Seht, wer da kommt!

WERNI. Es ist der Tell aus Bürglen.
*(Tell mit der Armbrust)*

TELL. Wer ist der Mann, der hier um Hülfe fleht?

KUONI. 's ist ein Alzeller Mann, er hat sein Ehr
Verteidigt, und den Wolfenschieß erschlagen,
Des Königs Burgvogt, der auf Rossberg saß –
Des Landvogts Reiter sind ihm auf den Fersen,
Er fleht den Schiffer um die Überfahrt,
Der fürcht't sich vor dem Sturm und will nicht fahren.

RUODI. Da ist der Tell, er führt das Ruder auch,
Der soll mirs zeugen, ob die Fahrt zu wagen.

TELL. Wos not tut, Fährmann, lässt sich alles wagen.
*(Heftige Donnerschläge, der See rauscht auf)*
RUODI. Ich soll mich in den Höllenrachen stürzen?
Das täte keiner, der bei Sinnen ist.
TELL. Der brave Mann denkt an sich selbst zuletzt,
Vertrau auf Gott und rette den Bedrängten.
RUODI. Vom sichern Port lässt sichs gemächlich raten,
Da ist der Kahn und dort der See! Versuchts!
TELL. Der See kann sich, der Landvogt nicht erbarmen,
Versuch es, Fährmann!
HIRTEN UND JÄGER. Rett ihn! Rett ihn! Rett ihn!
RUODI. Und wärs mein Bruder und mein leiblich Kind,
Es kann nicht sein, 's ist heut Simons und Judä,
Da rast der See und will sein Opfer haben.
TELL. Mit eitler Rede wird hier nichts geschafft,
Die Stunde dringt, dem Mann muss Hülfe werden.
Sprich, Fährmann, willst du fahren?
RUODI. Nein, nicht ich!
TELL. In Gottes Namen denn! Gib her den Kahn,
Ich wills mit meiner schwachen Kraft versuchen.
KUONI. Ha, wackrer Tell!
WERNI. Das gleicht dem Weidgesellen!
BAUMGARTEN. Mein Retter seid Ihr und mein Engel, Tell!
TELL. Wohl aus des Vogts Gewalt errett ich Euch,
Aus Sturmes Nöten muss ein andrer helfen.
Doch besser ists, Ihr fallt in Gottes Hand,
Als in der Menschen! *(Zu dem Hirten)*
Landsmann, tröstet Ihr
Mein Weib, wenn mir was Menschliches begegnet,
Ich hab getan, was ich nicht lassen konnte.
*(Er springt in den Kahn)*
KUONI *(zum Fischer)*. Ihr seid ein Meister Steuermann. Was sich
Der Tell getraut, das konntet *Ihr* nicht wagen?
RUODI. Wohl bessre Männer tuns dem Tell nicht nach,
Es gibt nicht zwei, wie der ist, im Gebirge.

WERNI *(ist auf den Fels gestiegen).*
Er stößt schon ab. Gott helf dir, braver Schwimmer.
Sieh, wie das Schifflein auf den Wellen schwankt!
KUONI *(am Ufer).* Die Flut geht drüber weg – Ich sehs nicht mehr.
Doch halt, da ist es wieder! Kräftiglich
Arbeitet sich der Wackre durch die Brandung.
SEPPI. Des Landvogts Reiter kommen angesprengt.
KUONI. Weiß Gott, sie sinds! das war Hülf in der Not.
*(Ein Trupp Landenbergischer Reiter)*
ERSTER REITER. Den Mörder gebt heraus, den ihr verborgen.
ZWEITER. *Des* Wegs kam er, umsonst verhehlt ihr ihn.
KUONI UND RUODI. Wen meint ihr, Reiter?
ERSTER REITER *(entdeckt den Nachen).* Ha, was seh ich! Teufel!
WERNI *(oben).*
Ists der im Nachen, den ihr sucht? – Reit zu!
Wenn ihr frisch beilegt, holt ihr ihn noch ein.
ZWEITER. Verwünscht! Er ist entwischt.
ERSTER *(zum Hirten und Fischer).* Ihr habt ihm fortgeholfen,
Ihr sollt uns büßen – Fallt in ihre Herde!
Die Hütte reißet ein, brennt und schlagt nieder! *(Eilen fort)*
SEPPI *(stürzt nach).* O meine Lämmer!
KUONI *(folgt).* Weh mir! Meine Herde!
WERNI. Die Wütriche!
RUODI *(ringt die Hände).* Gerechtigkeit des Himmels,
Wann wird der Retter kommen diesem Lande?
*(Folgt ihnen)*

## Zweite Szene

*Zu Steinen in Schwyz. Eine Linde vor des Stauffachers Hause an der Landstraße, nächst der Brücke*
*Werner Stauffacher, Pfeiffer von Luzern kommen im Gespräch*

PFEIFFER. Ja, ja, Herr Stauffacher, wie ich Euch sagte.
Schwört nicht zu Östreich, wenn Ihrs könnt vermeiden.
Haltet fest am Reich und wacker wie bisher,
Gott schirme Euch bei Eurer alten Freiheit!
*(Drückt ihm herzlich die Hand und will gehen)*
STAUFFACHER. Bleibt doch, bis meine Wirtin kommt – Ihr seid
Mein Gast zu Schwyz, ich in Luzern der Eure.
PFEIFFER. Viel Dank! Muss heute Gersau noch erreichen.
– Was ihr auch Schweres mögt zu leiden haben
Von eurer Vögte Geiz und Übermut,
Tragts in Geduld! Es kann sich ändern, schnell,
Ein andrer Kaiser kann ans Reich gelangen.
*Seid* ihr erst Österreichs, seid ihrs auf immer.
*(Er geht ab. Stauffacher setzt sich kummervoll auf eine Bank unter der Linde. So findet ihn Gertrud, seine Frau, die sich neben ihn stellt und ihn eine Zeitlang schweigend betrachtet)*
GERTRUD. So ernst, mein Freund? Ich kenne dich nicht mehr.
Schon viele Tage seh ichs schweigend an,
Wie finstrer Trübsinn deine Stirne furcht.
Auf deinem Herzen drückt ein still Gebresten,
Vertrau es mir, ich bin dein treues Weib,
Und meine Hälfte fodr ich deines Grams.
*(Stauffacher reicht ihr die Hand und schweigt)*
Was kann dein Herz beklemmen, sag es mir.
Gesegnet ist dein Fleiß, dein Glücksstand blüht,
Voll sind die Scheunen, und der Rinder Scharen,
Der glatten Pferde wohlgenährte Zucht
Ist von den Bergen glücklich heimgebracht
Zur Winterung in den bequemen Ställen.
– Da steht dein Haus, reich, wie ein Edelsitz,

Von schönem Stammholz ist es neu gezimmert
Und nach dem Richtmaß ordentlich gefügt,
Von vielen Fenstern glänzt es wohnlich, hell,
Mit bunten Wappenschildern ists bemalt,
Und weisen Sprüchen, die der Wandersmann
Verweilend liest und ihren Sinn bewundert.
STAUFFACHER. Wohl steht das Haus gezimmert und gefügt,
Doch ach – es wankt der Grund, auf den wir bauten.
GERTRUD. Mein Werner, sage, wie verstehst du das?
STAUFFACHER. Vor dieser Linde saß ich jüngst wie heut,
Das schön Vollbrachte freudig überdenkend,
Da kam daher von Küssnacht, seiner Burg,
Der Vogt mit seinen Reisigen geritten.
Vor diesem Hause hielt er wundernd an,
Doch ich erhub mich schnell, und unterwürfig,
Wie sichs gebührt, trat ich dem Herrn entgegen,
Der uns des Kaisers richterliche Macht
Vorstellt im Lande. Wessen ist dies Haus?
Fragt' er bösmeinend, denn er wusst es wohl.
Doch schnell besonnen ich entgegn ihm so:
Dies Haus, Herr Vogt, ist meines Herrn des Kaisers,
Und Eures und mein Lehen – da versetzt er:
»Ich bin Regent im Land an Kaisers Statt
Und will nicht, dass der Bauer Häuser baue
Auf seine eigne Hand, und also frei
Hinleb, als ob er Herr wär in dem Lande,
Ich werd mich unterstehn, Euch das zu wehren.«
Dies sagend ritt er trutziglich von dannen,
Ich aber blieb mit kummervoller Seele,
Das Wort bedenkend, das der Böse sprach.
GERTRUD. Mein lieber Herr und Ehewirt! Magst du
Ein redlich Wort von deinem Weib vernehmen?
Des edeln Ibergs Tochter rühm ich mich,
Des vielerfahrnen Manns. Wir Schwestern saßen,
Die Wolle spinnend, in den langen Nächten,

Wenn bei dem Vater sich des Volkes Häupter
Versammelten, die Pergamente lasen
Der alten Kaiser, und des Landes Wohl
Bedachten in vernünftigem Gespräch.
Aufmerkend hört ich da manch kluges Wort,
Was der Verständge denkt, der Gute wünscht,
Und still im Herzen hab ich mirs bewahrt.
So höre denn und acht auf meine Rede,
Denn was dich presste, sieh, das wusst ich längst.
– Dir grollt der Landvogt, möchte gern dir schaden,
Denn du bist ihm ein Hindernis, dass sich
Der Schwyzer nicht dem neuen Fürstenhaus
Will unterwerfen, sondern treu und fest
Beim Reich beharren, wie die würdigen
Altvordern es gehalten und getan. –
Ists nicht so, Werner? Sag es, wenn ich lüge!
STAUFFACHER. So ists, das ist des Geßlers Groll auf mich.
GERTRUD. Er ist dir neidisch, weil du glücklich wohnst,
Ein freier Mann auf deinem eignen Erb,
– Denn er hat keins. Vom Kaiser selbst und Reich
Trägst du dies Haus zu Lehn, du darfst es zeigen,
So gut der Reichsfürst seine Länder zeigt,
Denn über dir erkennst du keinen Herrn
Als nur den Höchsten in der Christenheit –
Er ist ein jüngrer Sohn nur seines Hauses,
Nichts nennt er sein als seinen Rittermantel,
Drum sieht er jedes Biedermannes Glück
Mit scheelen Augen giftger Missgunst an,
*Dir* hat er längst den Untergang geschworen –
Noch stehst du unversehrt – Willst du erwarten,
Bis er die böse Lust an dir gebüßt?
Der kluge Mann baut vor.
STAUFFACHER. Was ist zu tun!
GERTRUD *(tritt näher).* So höre meinen Rat! Du weißt, wie hier
Zu Schwyz sich alle Redlichen beklagen

Ob dieses Landvogts Geiz und Wüterei.
So zweifle nicht, dass sie dort drüben auch
In Unterwalden und im Urner Land
Des Dranges müd sind und des harten Jochs –
Denn wie der Geßler hier, so schafft es frech
Der Landenberger drüben überm See –
Es kommt kein Fischerkahn zu uns herüber,
Der nicht ein neues Unheil und Gewalt
Beginnen von den Vögten uns verkündet.
Drum tat es gut, dass eurer etliche,
Die's redlich meinen, still zu Rate gingen,
Wie man des Drucks sich möcht erledigen,
So acht ich wohl, Gott würd euch nicht verlassen
Und der gerechten Sache gnädig sein –
Hast du in Uri keinen Gastfreund, sprich,
Dem du dein Herz magst redlich offenbaren?

STAUFFACHER. Der wackern Männer kenn ich viele dort,
Und angesehen große Herrenleute,
Die mir geheim sind und gar wohl vertraut.
*(Er steht auf)*
Frau, welchen Sturm gefährlicher Gedanken
Weckst du mir in der stillen Brust! Mein Innerstes
Kehrst du ans Licht des Tages mir entgegen,
Und was ich mir zu denken still verbot,
Du sprichsts mit leichter Zunge kecklich aus.
– Hast du auch wohl bedacht, was du mir rätst?
Die wilde Zwietracht und den Klang der Waffen
Rufst du in dieses friedgewohnte Tal –
Wir wagten es, ein schwaches Volk der Hirten,
In Kampf zu gehen mit dem Herrn der Welt?
Der gute Schein nur ists, worauf sie warten,
Um loszulassen auf dies arme Land
Die wilden Horden ihrer Kriegesmacht,
Darin zu schalten mit des Siegers Rechten

Und unterm Schein gerechter Züchtigung
Die alten Freiheitsbriefe zu vertilgen.

GERTRUD. Ihr seid *auch* Männer, wisset eure Axt
Zu führen, und dem Mutigen hilft Gott!

STAUFFACHER. O Weib! Ein furchtbar wütend Schrecknis ist
Der Krieg, die Herde schlägt er und den Hirten.

GERTRUD. Ertragen muss man, was der Himmel sendet,
Unbilliges erträgt kein edles Herz.

STAUFFACHER. Dies Haus erfreut dich, das wir neu erbauten.
Der Krieg, der ungeheure, brennt es nieder.

GERTRUD. Wüsst ich mein Herz an zeitlich Gut gefesselt,
Den Brand wärf ich hinein mit eigner Hand.

STAUFFACHER. Du glaubst an Menschlichkeit! Es schont der Krieg
Auch nicht das zarte Kindlein in der Wiege.

GERTRUD. Die Unschuld hat im Himmel einen Freund!
– Sieh vorwärts, Werner, und nicht hinter dich.

STAUFFACHER. Wir Männer können tapfer fechtend sterben,
Welch Schicksal aber wird das eure sein?

GERTRUD. Die letzte Wahl steht auch dem Schwächsten offen,
Ein Sprung von dieser Brücke macht mich frei.

STAUFFACHER *(stürzt in ihre Arme).*
Wer solch ein Herz an seinen Busen drückt,
Der kann für Herd und Hof mit Freuden fechten,
Und keines Königs Heermacht fürchtet er –
Nach Uri fahr ich stehnden Fußes gleich,
Dort lebt ein Gastfreund mir, Herr Walter Fürst,
Der über diese Zeiten denkt wie ich.
Auch find ich dort den edeln Bannerherrn
Von Attinghaus – obgleich von hohem Stamm
Liebt er das Volk und ehrt die alten Sitten.
Mit ihnen beiden pfleg ich Rats, wie man
Der Landesfeinde mutig sich erwehrt –
Leb wohl – und weil ich fern bin, führe du
Mit klugem Sinn das Regiment des Hauses –

Dem Pilger, der zum Gotteshause wallt,
Dem frommen Mönch, der für sein Kloster sammelt,
Gib reichlich und entlass ihn wohl gepflegt.
Stauffachers Haus verbirgt sich nicht. Zu äußerst
Am offnen Heerweg stehts, ein wirtlich Dach
Für alle Wandrer, die des Weges fahren.
*(Indem sie nach dem Hintergrunde abgehen, tritt Wilhelm Tell mit Baumgarten vorn auf die Szene)*

TELL *(zu Baumgarten).* Ihr habt jetzt meiner weiter nicht vonnöten,
Zu jenem Hause gehet ein, dort wohnt
Der Stauffacher, ein Vater der Bedrängten.
– Doch sieh, da ist er selber – Folgt mir, kommt!
*(Gehen auf ihn zu, die Szene verwandelt sich)*

## Dritte Szene

*Öffentlicher Platz bei Altorf*

*Auf einer Anhöhe im Hintergrund sieht man eine Feste bauen, welche schon so weit gediehen, dass sich die Form des Ganzen darstellt. Die hintere Seite ist fertig, an der vordern wird eben gebaut, das Gerüste steht noch, an welchem die Werkleute auf und nieder steigen, auf dem höchsten Dach hängt der Schieferdecker – alles ist in Bewegung und Arbeit.*

*Fronvogt. Meister Steinmetz. Gesellen und Handlanger*

FRONVOGT *(mit dem Stabe, treibt die Arbeiter).*
Nicht lang gefeiert, frisch! Die Mauersteine
Herbei, den Kalk, den Mörtel zugefahren!
Wenn der Herr Landvogt kommt, dass er das Werk
Gewachsen sieht – Das schlendert wie die Schnecken.
*(Zu zwei Handlangern, welche tragen)*
Heißt das geladen? Gleich das Doppelte!
Wie die Tagdiebe ihre Pflicht bestehlen!

ERSTER GESELL. Das ist doch hart, dass wir die Steine selbst
Zu unserm Twing und Kerker sollen fahren!

FRONVOGT. Was murret ihr? Das ist ein schlechtes Volk,

Zu nichts anstellig als das Vieh zu melken,
Und faul herumzuschlendern auf den Bergen.

ALTER MANN *(ruht aus).* Ich kann nicht mehr.

FRONVOGT *(schüttelt ihn).* Frisch, Alter, an die Arbeit!

ERSTER GESELL. Habt ihr denn gar kein Eingeweid, dass Ihr
Den Greis, der kaum sich selber schleppen kann,
Zum harten Frondienst treibt?

MEISTER STEINMETZ UND GESELLEN. 's ist himmelschreiend!

FRONVOGT. Sorgt ihr für euch, ich tu, was meines Amts.

ZWEITER GESELL. Fronvogt, wie wird die Feste denn sich nennen,
Die wir da baun?

FRONVOGT. *Zwing Uri* soll sie heißen,
Denn unter dieses Joch wird man euch beugen.

GESELLEN. Zwing Uri!

FRONVOGT. Nun, was gibts dabei zu lachen?

ZWEITER GESELL. Mit diesem Häuslein wollt ihr Uri zwingen?

ERSTER GESELL. Lass sehn, wieviel man solcher Maulwurfshaufen.
Muss übernander setzen, bis ein Berg
Draus wird, wie der geringste nur in Uri!
*(Fronvogt geht nach dem Hintergrund)*

MEISTER STEINMETZ. Den Hammer werf ich in den tiefsten See
Der mir gedient bei diesem Fluchgebäude!
*(Tell und Stauffacher kommen)*

STAUFFACHER. O hätt ich nie gelebt, um das zu schauen!

TELL. Hier ist nicht gut sein. Lasst uns weitergehn.

STAUFFACHER. Bin ich zu Uri, in der Freiheit Land?

MEISTER STEINMETZ. O Herr, wenn Ihr die Keller erst gesehn
Unter den Türmen! Ja, wer *die* bewohnt,
Der wird den Hahn nicht fürder krähen hören!

STAUFFACHER. O Gott!

STEINMETZ. Seht diese Flanken, diese Strebepfeiler,
Die stehn, wie für die Ewigkeit gebaut!

TELL. Was Hände bauten, können Hände stürzen.
*(Nach den Bergen zeigend)*

Das Haus der Freiheit hat uns Gott gegründet.
*(Man hört eine Trommel, es kommen Leute, die einen Hut auf einer Stange tragen, ein Ausrufer folgt ihnen, Weiber und Kinder dringen tumultuarisch nach)*

ERSTER GESELL. Was will die Trommel? Gebet acht!

MEISTER STEINMETZ. Was für
Ein Fassnachtsaufzug und was soll der Hut?

AUSRUFER. In des Kaisers Namen! Höret!

GESELLEN. Still doch! Höret!

AUSRUFER. Ihr sehet diesen Hut, Männer von Uri!
Aufrichten wird man ihn auf hoher Säule,
Mitten in Altorf, an dem höchsten Ort,
Und dieses ist des Landvogts Will und Meinung:
Dem Hut soll gleiche Ehre wie ihm selbst geschehn,
Man soll ihn mit gebognem Knie und mit
Entblößtem Haupt verehren – Daran will
Der König die Gehorsamen erkennen.
Verfallen ist mit seinem Leib und Gut
Dem Könige, wer das Gebot verachtet.
*(Das Volk lacht laut auf, die Trommel wird gerührt, sie gehen vorüber)*

ERSTER GESELL. Welch neues Unerhörtes hat der Vogt
Sich ausgesonnen! Wir 'nen *Hut* verehren!
Sagt! Hat man je vernommen von dergleichen?

MEISTER STEINMETZ. Wir unsre Kniee beugen einem Hut!
Treibt er sein Spiel mit ernsthaft würdgen Leuten?

ERSTER GESELL. Wärs noch die kaiserliche Kron! So ists
Der Hut von Österreich, ich sah ihn hangen
Über dem Thron, wo man die Lehen gibt!

MEISTER STEINMETZ. Der Hut von Österreich! Gebt acht, es ist
Ein Fallstrick, uns an Östreich zu verraten!

GESELLEN. Kein Ehrenmann wird sich der Schmach bequemen.

MEISTER STEINMETZ.
Kommt, lasst uns mit den andern Abred nehmen.
*(Sie gehen nach der Tiefe)*

TELL *(zum Stauffacher).*
Ihr wisset nun Bescheid. Lebt wohl, Herr Werner!
STAUFFACHER. Wo wollt Ihr hin? O eilt nicht so von dannen.
TELL. Mein Haus entbehrt des Vaters. Lebet wohl.
STAUFFACHER. Mir ist das Herz so voll, mit Euch zu reden.
TELL. Das schwere Herz wird nicht durch Worte leicht.
STAUFFACHER. Doch könnten Worte uns zu Taten führen.
TELL. Die einzge Tat ist jetzt Geduld und Schweigen.
STAUFFACHER. Soll man ertragen, was unleidlich ist?
TELL. Die schnellen Herrscher sinds, die kurz regieren.
– Wenn sich der Föhn erhebt aus seinen Schlünden,
Löscht man die Feuer aus, die Schiffe suchen
Eilends den Hafen, und der mächtge Geist
Geht ohne Schaden, spurlos, über die Erde.
Ein jeder lebe still bei sich daheim,
Dem Friedlichen gewährt man gern den Frieden.
STAUFFACHER. Meint Ihr?
TELL. Die Schlange sticht nicht ungereizt.
Sie werden endlich doch von selbst ermüden,
Wenn sie die Lande ruhig bleiben sehn.
STAUFFACHER. Wir könnten viel, wenn wir zusammenstünden.
TELL. Beim Schiffbruch hilft der einzelne sich leichter.
STAUFFACHER. So kalt verlasst Ihr die gemeine Sache?
TELL. Ein jeder zählt nur sicher auf sich selbst.
STAUFFACHER. Verbunden werden auch die Schwachen mächtig.
TELL. Der Starke ist am mächtigsten *allein.*
STAUFFACHER. So kann das Vaterland auf Euch nicht zählen,
Wenn es verzweiflungsvoll zur Notwehr greift?
TELL *(gibt ihm die Hand).*
Der Tell holt ein verlornes Lamm vom Abgrund,
Und sollte seinen Freunden sich entziehen?
Doch *was* ihr tut, lasst mich aus eurem *Rat*,
Ich kann nicht lange prüfen oder wählen,
Bedürft ihr meiner zu bestimmter *Tat*,
Dann ruft den Tell, es soll an mir nicht fehlen.

*(Gehen ab zu verschiedenen Seiten. Ein plötzlicher Auflauf entsteht um das Gerüste)*

MEISTER STEINMETZ *(eilt hin).* Was gibts?

ERSTER GESELL *(kommt vor, rufend).*
Der Schieferdecker ist vom Dach gestürzt.

*(Berta mit Gefolge)*

BERTA *(stürzt herein).* Ist er zerschmettert? Rennet, rettet, helft –
Wenn Hilfe möglich, rettet, hier ist Gold –
*(Wirft ihr Geschmeide unter das Volk)*

MEISTER. Mit eurem Golde – Alles ist euch feil
Um Gold, wenn ihr den Vater von den Kindern
Gerissen und den Mann von seinem Weibe,
Und Jammer habt gebracht über die Welt,
Denkt ihrs mit Golde zu vergüten – Geht!
Wir waren frohe Menschen, eh ihr kamt,
Mit euch ist die Verzweiflung eingezogen.

BERTA *(zu dem Fronvogt, der zurückkommt).*
Lebt er? *(Fronvogt gibt ein Zeichen des Gegenteils)*
O unglückselges Schloss, mit Flüchen
Erbaut, und Flüche werden dich bewohnen! *(Geht ab)*

## Vierte Szene

*Walter Fürsts Wohnung*

*Walter Fürst und Arnold vom Melchthal treten zugleich ein, von verschiedenen Seiten*

MELCHTHAL. Herr Walter Fürst –

WALTER FÜRST. Wenn man uns überraschte!
Bleibt, wo Ihr seid. Wir sind umringt von Spähern.

MELCHTHAL. Bringt Ihr mir nichts von Unterwalden? Nichts
Von meinem Vater? Nicht ertrag ichs länger,
Als ein Gefangner müßig hier zu liegen.
Was hab ich denn so Sträfliches getan,
Um mich gleich einem Mörder zu verbergen?

Dem frechen Buben, der die Ochsen mir,
Das trefflichste Gespann, vor meinen Augen
Weg wollte treiben auf des Vogts Geheiß,
Hab ich den Finger mit dem Stab gebrochen.
WALTER FÜRST. Ihr seid zu rasch. Der Bube war des Vogts,
Von Eurer Obrigkeit war er gesendet,
Ihr wart in Straf gefallen, musstet Euch,
Wie schwer sie war, der Buße schweigend fügen.
MELCHTHAL. Ertragen sollt ich die leichtfertge Rede
Des Unverschämten: »Wenn der Bauer Brot
Wollt essen, mög er selbst am Pfluge ziehn!«
In die Seele schnitt mirs, als der Bub die Ochsen,
Die schönen Tiere, von dem Pfluge spannte,
Dumpf brüllten sie, als hätten sie Gefühl
Der Ungebühr, und stießen mit den Hörnern,
Da übernahm mich der gerechte Zorn,
Und meiner selbst nicht Herr, schlug ich den Boten.
WALTER FÜRST. O kaum bezwingen wir das eigne Herz,
Wie soll die rasche Jugend sich bezähmen!
MELCHTHAL. Mich jammert nur der Vater – Er bedarf
So sehr der Pflege, und sein Sohn ist fern.
Der Vogt ist ihm gehässig, weil er stets
Für Recht und Freiheit redlich hat gestritten.
Drum werden sie den alten Mann bedrängen,
Und niemand ist, der ihn vor Unglimpf schütze.
– Werde mit mir was will, ich muss hinüber.
WALTER FÜRST. Erwartet nur und fasst euch in Geduld,
Bis Nachricht uns herüber kommt vom Walde.
– Ich höre klopfen, geht – Vielleicht ein Bote
Vom Landvogt – Geht hinein – Ihr seid in Uri
Nicht sicher vor des Landenbergers Arm,
Denn die Tyrannen reichen sich die Hände.
MELCHTHAL. Sie lehren uns, was *wir* tun sollten.
WALTER FÜRST. Geht!
Ich ruf Euch wieder, wenns hier sicher ist.

*(Melchthal geht hinein)*
Der Unglückselige, ich darf ihm nicht
Gestehen, was mir Böses schwant – Wer klopft?
Sooft die Türe rauscht, erwart ich Unglück.
Verrat und Argwohn lauscht in allen Ecken,
Bis in das Innerste der Häuser dringen
Die Boten der Gewalt, bald tät es not,
Wir hätten Schloss und Riegel an den Türen.
*(Er öffnet und tritt erstaunt zurück, da Werner Stauffacher herereintritt)*
Was seh ich? Ihr, Herr Werner! Nun, bei Gott!
Ein werter, teurer Gast – Kein bessrer Mann
Ist über diese Schwelle noch gegangen.
Seid hoch willkommen unter meinem Dach!
Was führt Euch her? Was sucht ihr hier in Uri?
STAUFFACHER *(ihm die Hand reichend).*
Die alten Zeiten und die alte Schweiz.
WALTER FÜRST. Die bringt Ihr mit Euch – Sieh, mir wird so wohl,
Warm geht das Herz mir auf bei Eurem Anblick.
– Setzt Euch, Herr Werner – Wie verließet Ihr
Frau Gertrud, Eure angenehme Wirtin,
Des weisen Ibergs hochverständge Tochter?
Von allen Wandrern aus dem deutschen Land,
Die über Meinrads Zell nach Welschland fahren,
Rühmt jeder Euer gastlich Haus – Doch sagt,
Kommt Ihr soeben frisch von Flüelen her,
Und habt Euch nirgend sonst noch umgesehn,
Eh Ihr den Fuß gesetzt auf diese Schwelle?
STAUFFACHER *(setzt sich).*
Wohl ein erstaunlich neues Werk hab ich
Bereiten sehen, das mich nicht erfreute.
WALTER FÜRST. O Freund, da habt Ihrs gleich mit *einem* Blicke!
STAUFFACHER. Ein solches ist in Uri nie gewesen –
Seit Menschendenken war kein Twinghof hier,
Und fest war keine Wohnung als das Grab.

WALTER FÜRST. Ein Grab der Freiheit ists. Ihr nennts mit Namen.
STAUFFACHER. Herr Walter Fürst, ich will Euch nicht verhalten,
Nicht eine müßge Neugier führt mich her,
Mich drücken schwere Sorgen – Drangsal hab ich
Zu Haus verlassen, Drangsal find ich hier.
Denn ganz unleidlich ists, was wir erdulden,
Und dieses Dranges ist kein Ziel zu sehn.
Frei war der Schweizer von uralters her,
Wir sinds gewohnt, dass man uns gut begegnet,
Ein solches war im Lande nie erlebt,
Solang ein Hirte trieb auf diesen Bergen.
WALTER FÜRST. Ja, es ist ohne Beispiel, wie sies treiben!
Auch unser edler Herr von Attinghausen,
Der noch die alten Zeiten hat gesehn,
Meint selber, es sei nicht mehr zu ertragen.
STAUFFACHER. Auch drüben unterm Wald geht Schweres vor,
Und blutig wirds gebüßt – der Wolfenschießen,
Des Kaisers Vogt, der auf dem Rossberg hauste,
Gelüsten trug er nach verbotner Frucht,
Baumgartens Weib, der haushält zu Alzellen,
Wollt er zu frecher Ungebühr missbrauchen,
Und mit der Axt hat ihn der Mann erschlagen.
WALTER FÜRST. O die Gerichte Gottes sind gerecht!
– Baumgarten, sagt Ihr? Ein bescheidner Mann.
Er ist gerettet doch und wohl geborgen?
STAUFFACHER. Euer Eidam hat ihn übern See geflüchtet,
Bei mir zu Steinen halt ich ihn verborgen –
– Noch Greulichers hat mir derselbe Mann
Berichtet, was zu Sarnen ist geschehn,
Das Herz muss jedem Biedermanne bluten.
WALTER FÜRST *(aufmerksam)*. Sagt an, was ists?
STAUFFACHER. Im *Melchthal*, da, wo man
Eintritt bei *Kerns*, wohnt ein gerechter Mann,
Sie nennen ihn den Heinrich von der Halden,
Und seine Stimm gilt was in der Gemeinde.

WALTER FÜRST.
Wer kennt ihn nicht! Was ists mit ihm? Vollendet.
STAUFFACHER. Der Landenberger büßte seinen Sohn
Um kleinen Fehlers willen, ließ die Ochsen,
Das beste Paar, ihm aus dem Pfluge spannen,
Da schlug der Knab den Knecht und wurde flüchtig.
WALTER FÜRST *(in höchster Spannung).*
Der Vater aber – Sagt, wie stehts um den?
STAUFFACHER. Den Vater lässt der Landenberger fodern,
Zur Stelle schaffen soll er ihm den Sohn,
Und da der alte Mann mit Wahrheit schwört,
Er habe von dem Flüchtling keine Kunde,
Da lässt der Vogt die Folterknechte kommen –
WALTER FÜRST *(springt auf und will ihn auf die andre Seite führen).*
O still, nichts mehr!
STAUFFACHER *(mit steigendem Ton).* »Ist mir der Sohn entgangen,
So hab ich *dich*« – Lässt ihn zu Boden werfen,
Den spitzgen Stahl ihm in die Augen bohren –
WALTER FÜRST. Barmherzger Himmel!
MELCHTHAL *(stürzt heraus).* In die Augen, sagt Ihr?
STAUFFACHER *(erstaunt zu Walter Fürst).*
Wer ist der Jüngling?
MELCHTHAL *(fasst ihn mit krampfhafter Heftigkeit).*
In die Augen? Redet.
WALTER FÜRST. O der Bejammernswürdige!
STAUFFACHER. Wer ists?
*(Da Walter Fürst ihm ein Zeichen gibt)*
Der Sohn ists? Allgerechter Gott!
MELCHTHAL. Und ich
Muss ferne sein! – In seine beiden Augen?
WALTER FÜRST. Bezwinget Euch, ertragt es wie ein Mann!
MELCHTHAL. Um *meiner* Schuld, um *meines* Frevels willen!
– Blind also! Wirklich *blind* und *ganz* geblendet?

STAUFFACHER. Ich sagts. Der Quell des Sehns ist ausgeflossen,
Das Licht der Sonne schaut er niemals wieder.
WALTER FÜRST. Schont seines Schmerzens!
MELCHTHAL. Niemals! Niemals wieder!
*(Er drückt die Hand vor die Augen und schweigt einige Momente, dann wendet er sich von dem einen zu dem andern und spricht mit sanfter, von Tränen erstickter Stimme)*
O, eine edle Himmelsgabe ist
Das Licht des Auges – Alle Wesen leben
Vom Lichte, jedes glückliche Geschöpf –
Die Pflanze selbst kehrt freudig sich zum Lichte.
Und *er* muss sitzen, fühlend, in der Nacht,
Im ewig Finstern – ihn erquickt nicht mehr
Der Matten warmes Grün, der Blumen Schmelz,
Die roten Firnen kann er nicht mehr schauen –
Sterben ist nichts – doch *leben* und nicht *sehen*,
Das ist ein Unglück – Warum seht ihr mich
So jammernd an? Ich hab zwei frische Augen,
Und kann dem blinden Vater keines geben,
Nicht einen Schimmer von dem Meer des Lichts,
Das glanzvoll, blendend, mir ins Auge dringt.
STAUFFACHER. Ach, ich muss Euren Jammer noch vergrößern,
Statt ihn zu heilen – Er bedarf noch mehr!
Denn alles hat der Landvogt ihm geraubt,
Nichts hat er ihm gelassen als den Stab,
Um nackt und blind von Tür zu Tür zu wandern.
MELCHTHAL. Nichts als den Stab dem augenlosen Greis!
Alles geraubt, und auch das Licht der Sonne,
Des Ärmsten allgemeines Gut – Jetzt rede
Mir keiner mehr von Bleiben, von Verbergen!
Was für ein feiger Elender bin ich,
Dass ich auf *meine* Sicherheit gedacht,
Und nicht auf deine – dein geliebtes Haupt
Als Pfand gelassen in des Wütrichs Händen!
Feigherzge Vorsicht, fahre hin – Auf nichts

Als blutige Vergeltung will ich denken –
Hinüber will ich – Keiner soll mich halten –
Des Vaters Auge von dem Landvogt fodern –
Aus allen seinen Reisigen heraus
Will ich ihn finden – Nichts liegt mir am Leben,
Wenn ich den heißen, ungeheuren Schmerz
In seinem Lebensblute kühle. *(Er will gehen)*

WALTER FÜRST. Bleibt!
Was könnt Ihr gegen ihn? Er sitzt zu Sarnen
Auf seiner hohen Herrenburg und spottet
Ohnmächtgen Zorns in seiner sichern Feste.

MELCHTHAL. Und wohnt' er droben auf dem Eispalast
Des *Schreckhorns* oder höher, wo die *Jungfrau*
Seit Ewigkeit verschleiert sitzt – Ich mache
Mir Bahn zu ihm, mit zwanzig Jünglingen,
Gesinnt wie ich, zerbrech ich seine Feste.
Und wenn mir niemand folgt, und wenn ihr alle
Für eure Hütten bang und eure Herden,
Euch dem Tyrannenjoche beugt – die Hirten
Will ich zusammenrufen im Gebirg,
Dort unterm freien Himmelsdache, wo
Der Sinn noch frisch ist und das Herz gesund,
Das ungeheuer Grässliche erzählen.

STAUFFACHER *(zu Walter Fürst).*
Es ist auf seinem Gipfel – wollen wir
Erwarten, bis das Äußerste –

MELCHTHAL. Welch Äußerstes
Ist noch zu fürchten, wenn der Stern des Auges
In seiner Höhle nicht mehr sicher ist?
– Sind wir denn wehrlos? Wozu lernten wir
Die Armbrust spannen und die schwere Wucht
Der Streitaxt schwingen? Jedem Wesen ward
Ein Notgewehr in der Verzweiflungsangst,
Es stellt sich der erschöpfte Hirsch und zeigt
Der Meute sein gefürchtetes Geweih,

Die Gemse reißt den Jäger in den Abgrund –
Der Pflugstier selbst, der sanfte Hausgenoß
Des Menschen, der die ungeheure Kraft
Des Halses duldsam unters Joch gebogen,
Springt auf, gereizt, wetzt sein gewaltig Horn
Und schleudert seinen Feind den Wolken zu.

WALTER FÜRST. Wenn die drei Lande dächten wie wir drei,
So möchten wir vielleicht etwas vermögen.

STAUFFACHER. Wenn Uri ruft, wenn Unterwalden hilft,
Der Schwyzer wird die alten Bünde ehren.

MELCHTHAL. Groß ist in Unterwalden meine Freundschaft,
Und jeder wagt mit Freuden Leib und Blut,
Wenn er am andern einen Rücken hat
Und Schirm – O fromme Väter dieses Landes!
Ich stehe nur ein Jüngling zwischen euch,
Den Vielerfahrnen – meine Stimme muss
Bescheiden schweigen in der Landsgemeinde.
Nicht weil ich jung bin und nicht viel erlebte,
Verachtet meinen Rat und meine Rede,
Nicht lüstern jugendliches Blut, mich treibt
Des höchsten Jammers schmerzliche Gewalt,
Was auch den Stein des Felsen muss erbarmen.
Ihr selbst seid Väter, Häupter eines Hauses,
Und wünscht euch einen tugendhaften Sohn,
Der eures Hauptes heilge Locken ehre,
Und euch den Stern des Auges fromm bewache.
O weil ihr selbst an eurem Leib und Gut
Noch nichts erlitten, eure Augen sich
Noch frisch und hell in ihren Kreisen regen,
So sei euch darum unsre Not nicht fremd.
Auch über euch hängt das Tyrannenschwert,
Ihr habt das Land von Östreich abgewendet,
Kein anderes war meines Vaters Unrecht,
Ihr seid in gleicher Mitschuld und Verdammnis.

STAUFFACHER (*zu Walter Fürst*).
Beschließet *Ihr*, ich bin bereit zu folgen.
WALTER FÜRST. Wir wollen hören, was die edeln Herrn
Von Sillinen, von Attinghausen raten –
Ihr Name, denk ich, wird uns Freunde werben.
MELCHTHAL. Wo ist ein Name in dem Waldgebirg
Ehrwürdiger als Eurer und der Eure?
An solcher Namen echte Währung glaubt
Das Volk, sie haben guten Klang im Lande.
Ihr habt ein reiches Erb von Vätertugend
Und habt es selber reich vermehrt – Was brauchts
Des Edelmanns? Laßts uns allein vollenden.
Wären wir doch allein im Land! Ich meine,
Wir wollten uns schon selbst zu schirmen wissen.
STAUFFACHER. Die Edeln drängt nicht gleiche Not mit uns,
Der Strom, der in den Niederungen wütet,
Bis jetzt hat er die Höhn noch nicht erreicht –
Doch ihre Hülfe wird uns nicht entstehn,
Wenn sie das Land in Waffen erst erblicken.
WALTER FÜRST. Wäre ein Obmann zwischen uns und Östreich,
So möchte Recht entscheiden und Gesetz,
Doch der uns unterdrückt, ist unser Kaiser
Und höchster Richter – so muss *Gott uns helfen*
*Durch unsern Arm* – Erforschet *Ihr* die Männer
Von Schwyz, *ich* will in Uri Freunde werben.
Wen aber senden wir nach Unterwalden –
MELCHTHAL. Mich sendet hin – wem läg es näher an –
WALTER FÜRST. Ich gebs nicht zu, Ihr seid mein Gast, ich muss
Für Eure Sicherheit gewähren!
MELCHTHAL. Lasst mich!
Die Schliche kenn ich und die Felsensteige,
Auch Freunde find ich gnug, die mich dem Feind
Verhehlen und ein Obdach gern gewähren.
STAUFFACHER. Lasst ihn mit Gott hinübergehn. Dort drüben
Ist kein Verräter – so verabscheut ist

Die Tyrannei, dass sie kein Werkzeug findet.
Auch der Alzeller soll uns nid dem Wald
Genossen werben und das Land erregen.

MELCHTHAL. Wie bringen wir uns sichre Kunde zu,
Dass wir den Argwohn der Tyrannen täuschen?

STAUFFACHER. Wir könnten uns zu *Brunnen* oder *Treib*
Versammeln, wo die Kaufmannsschiffe landen.

WALTER FÜRST. So offen dürfen wir das Werk nicht treiben.
– Hört meine Meinung. Links am See, wenn man
Nach Brunnen fährt, dem Mythenstein grad über,
Liegt eine Matte heimlich im Gehölz,
Das *Rütli* heißt sie bei dem Volk der Hirten,
Weil dort die Waldung ausgereutet ward.
Dort ists, wo unsre Landmark und die Eure *(zu Melchthal)*
Zusammengrenzen, und in kurzer Fahrt *(zu Stauffacher)*
Trägt Euch der leichte Kahn von Schwyz herüber.
Auf öden Pfaden können wir dahin
Bei Nachtzeit wandern und uns still beraten.
Dahin mag jeder zehn vertraute Männer
Mitbringen, die herzeinig sind mit uns,
So können wir gemeinsam das Gemeine
Besprechen und mit Gott es frisch beschließen.

STAUFFACHER. So seis. Jetzt reicht mir Eure biedre Rechte,
Reicht Ihr die Eure her, und so, wie wir
*Drei Männer* jetzo, unter uns, die Hände
Zusammenflechten, redlich, ohne Falsch,
So wollen wir *drei Länder* auch, zu Schutz
Und Trutz, zusammenstehn auf Tod und Leben.

WALTER FÜRST UND MELCHTHAL.
Auf Tod und Leben! *(Sie halten die Hände noch einige Pausen lang zusammengeflochten und schweigen)*

MELCHTHAL. Blinder, alter Vater!
Du kannst den Tag der Freiheit nicht mehr *schauen*,
Du sollst ihn *hören* – Wenn von Alp zu Alp
Die Feuerzeichen flammend sich erheben,

Die festen Schlösser der Tyrannen fallen,
In deine Hütte soll der Schweizer wallen,
Zu deinem Ohr die Freudenkunde tragen,
Und hell in deiner Nacht soll es dir tagen.

*(Sie gehen auseinander)*

# ZWEITER AUFZUG

## Erste Szene

*Edelhof des Freiherrn von Attinghausen*

*Ein gotischer Saal mit Wappenschildern und Helmen verziert. Der Freiherr ein Greis von fünfundachtzig Jahren, von hoher edler Statur, an einem Stabe, worauf ein Gemsenhorn, und in ein Pelzwams gekleidet. Kuoni und noch sechs Knechte stehen um ihn her mit Rechen und Sensen – Ulrich von Rudenz tritt ein in Ritterkleidung*

RUDENZ. Hier bin ich, Oheim – Was ist Euer Wille?
ATTINGHAUSEN. Erlaubt, dass ich nach altem Hausgebrauch
Den Frühtrunk erst mit meinen Knechten teile.
*(Er trinkt aus einem Becher, der dann in der Reihe herumgeht)*
Sonst war ich selber mit in Feld und Wald,
Mit meinem Auge ihren Fleiß regierend,
Wie sie mein Banner führte in der Schlacht,
Jetzt kann ich nichts mehr als den Schaffner machen,
Und kommt die warme Sonne nicht zu mir,
Ich kann sie nicht mehr suchen auf den Bergen.
Und so in enger stets und engerm Kreis,
Beweg ich mich dem engesten und letzten,
Wo alles Leben stillsteht, langsam zu,
Mein Schatte bin ich nur, bald nur mein Name.
KUONI *(zu Rudenz mit dem Becher).*
Ich brings Euch, Junker.
*(Da Rudenz zaudert, den Becher zu nehmen)*
Trinket frisch! Es geht
Aus *einem* Becher und aus *einem* Herzen.
ATTINGHAUSEN. Geht, Kinder, und wenns Feierabend ist,
Dann reden wir auch von des Lands Geschäften.
*(Knechte gehen ab)*
*(Attinghausen und Rudenz)*
ATTINGHAUSEN. Ich sehe dich gegürtet und gerüstet,
Du willst nach Altorf in die Herrenburg?

RUDENZ. Ja, Oheim, und ich darf nicht länger säumen –

ATTINGHAUSEN *(setzt sich).*
Hast dus so eilig? Wie? Ist deiner Jugend
Die Zeit so karg gemessen, dass du sie
An deinem alten Oheim musst ersparen?

RUDENZ. Ich sehe, dass Ihr meiner nicht bedürft,
Ich bin ein Fremdling nur in diesem Hause.

ATTINGHAUSEN *(hat ihn lange mit den Augen gemustert).*
Ja leider bist dus. Leider ist die Heimat
Zur Fremde dir geworden! – Uly! Uly!
Ich kenne dich nicht mehr. In Seide prangst du,
Die Pfauenfeder trägst du stolz zur Schau,
Und schlägst den Purpurmantel um die Schultern,
Den Landmann blickst du mit Verachtung an,
Und schämst dich seiner traulichen Begrüßung.

RUDENZ. Die Ehr, die ihm gebührt, geb ich ihm gern,
Das Recht, das er sich nimmt, verweigr ich ihm.

ATTINGHAUSEN. Das ganze Land liegt unterm schweren Zorn
Des Königs – Jedes Biedermannes Herz
Ist kummervoll ob der tyrannischen Gewalt,
Die wir erdulden – Dich allein rührt nicht
Der allgemeine Schmerz – Dich siehet man
Abtrünnig von den Deinen auf der Seite
Des Landesfeindes stehen, unsrer Not
Hohnsprechend nach der leichten Freude jagen,
Und buhlen um die Fürstengunst, indes
Dein Vaterland von schwerer Geißel blutet.

RUDENZ.
Das Land ist schwer bedrängt – Warum, mein Oheim?
Wer ists, der es gestürzt in diese Not?
Es kostete ein einzig leichtes Wort,
Um augenblicks des Dranges los zu sein,
Und einen gnädgen Kaiser zu gewinnen.
Weh ihnen, die dem Volk die Augen halten,
Dass es dem wahren Besten widerstrebt.

Um eignen Vorteils willen hindern sie,
Dass die Waldstätte nicht zu Östreich schwören,
Wie ringsum alle Lande doch getan.
Wohl tut es ihnen, auf der Herrenbank
Zu sitzen mit dem Edelmann – den *Kaiser*
Will man zum Herrn, um *keinen* Herrn zu haben.

ATTINGHAUSEN. Muss ich *das* hören und aus deinem Munde!

RUDENZ. Ihr habt mich aufgefodert, lasst mich enden.
– Welche Person ists, Oheim, die Ihr selbst
Hier spielt? Habt Ihr nicht höhern Stolz, als hier
Landammann oder Bannerherr zu sein
Und neben diesen Hirten zu regieren?
Wie? Ists nicht eine rühmlichere Wahl,
Zu huldigen dem königlichen Herrn,
Sich an sein glänzend Lager anzuschließen,
Als Eurer eignen Knechte Pair zu sein,
Und zu Gericht zu sitzen mit dem Bauer?

ATTINGHAUSEN. Ach Uly! Uly! Ich erkenne sie,
Die Stimme der Verführung! Sie ergriff
Dein offnes Ohr, sie hat dein Herz vergiftet.

RUDENZ. Ja, ich verberg es nicht – in tiefer Seele
Schmerzt mich der Spott der Fremdlinge, die uns
Den *Baurenadel* schelten – Nicht ertrag ichs,
Indes die edle Jugend rings umher
Sich Ehre sammelt unter Habsburgs Fahnen,
Auf meinem Erb hier müßig stillzuliegen,
Und bei gemeinem Tagewerk den Lenz
Des Lebens zu verlieren – Anderswo
Geschehen Taten, eine Welt des Ruhms
Bewegt sich glänzend jenseits dieser Berge –
*Mir* rosten in der Halle Helm und Schild,
Der Kriegstrommete mutiges Getön,
Der Heroldsruf, der zum Turniere ladet,
Er dringt in diese Täler nicht herein,

Nichts als den *Kuhreihn* und der Herdeglocken
Einförmiges Geläut vernehm ich hier.
ATTINGHAUSEN. Verblendeter, vom eiteln Glanz verführt!
Verachte dein Geburtsland! Schäme dich
Der uralt frommen Sitte deiner Väter!
Mit heißen Tränen wirst du dich dereinst
Heimsehnen nach den väterlichen Bergen,
Und dieses Herdenreihens Melodie,
Die du in stolzem Überdruss verschmähst,
Mit Schmerzenssehnsucht wird sie dich ergreifen,
Wenn sie dir anklingt auf der fremden Erde.
O, mächtig ist der Trieb des Vaterlands!
Die fremde falsche Welt ist nicht für dich,
Dort an dem stolzen Kaiserhof bleibst du
Dir ewig fremd mit deinem treuen Herzen!
Die Welt, sie fodert andre Tugenden,
Als du in diesen Tälern dir erworben.
– Geh hin, verkaufe deine freie Seele,
Nimm Land zu Lehen, werd ein Fürstenknecht,
Da du ein Selbstherr sein kannst und ein Fürst
Auf deinem eignen Erb und freien Boden.
Ach Uly! Uly! Bleibe bei den Deinen!
Geh nicht nach Altorf – O, verlass sie nicht,
Die heilge Sache deines Vaterlands!
– Ich bin der Letzte meines Stamms. Mein Name
Endet mit mir. Da hängen Helm und Schild,
Die werden sie mir in das Grab mitgeben.
Und muss ich denken bei dem letzten Hauch,
Dass du mein brechend Auge nur erwartest,
Um hinzugehn vor diesen neuen Lehenhof,
Und meine edeln Güter, die ich frei
Von Gott empfing, von Östreich zu empfangen!
RUDENZ. Vergebens widerstreben wir dem König,
Die Welt gehört ihm, wollen wir allein
Uns eigensinnig steifen und verstocken,

Die Länderkette ihm zu unterbrechen,
Die er gewaltig rings um uns gezogen?
*Sein* sind die Märkte, die Gerichte, *sein*
Die Kaufmannsstraßen, und das Saumross selbst,
Das auf dem Gotthard ziehet, muss ihm zollen.
Von seinen Ländern wie mit einem Netz
Sind wir umgarnet rings und eingeschlossen.
– Wird uns das Reich beschützen? Kann es selbst
Sich schützen gegen Östreichs wachsende Gewalt?
Hilft Gott uns nicht, kein Kaiser kann uns helfen.
Was ist zu geben auf der Kaiser Wort,
Wenn sie in Geld- und Kriegesnot die Städte,
Die untern Schirm des Adlers sich geflüchtet,
Verpfänden dürfen und dem Reich veräußern?
– Nein, Oheim! Wohltat ists und weise Vorsicht,
In diesen schweren Zeiten der Parteiung
Sich anzuschließen an ein mächtig Haupt.
Die Kaiserkrone geht von Stamm zu Stamm,
*Die* hat für treue Dienste kein Gedächtnis,
Doch um den mächtgen Erbherrn wohl verdienen,
Heißt Saaten in die Zukunft streun.

ATTINGHAUSEN. Bist du so weise?
Willst heller sehn, als deine edeln Väter,
Die um der Freiheit kostbarn Edelstein
Mit Gut und Blut und Heldenkraft gestritten?
– Schiff nach *Luzern* hinunter, frage *dort*,
Wie Östreichs Herrschaft lastet auf den Ländern!
Sie werden kommen, unsre Schaf und Rinder
Zu zählen, unsre Alpen abzumessen,
Den Hochflug und das Hochgewilde bannen
In unsern freien Wäldern, ihren Schlagbaum
An unsre Brücken, unsre Tore setzen,
Mit unsrer Armut ihre Länderkäufe,
Mit unserm Blute ihre Kriege zahlen –
– Nein, wenn wir unser Blut dransetzen sollen,

So seis *für uns* – wohlfeiler kaufen wir
Die Freiheit als die Knechtschaft ein!

RUDENZ. Was können wir,
Ein Volk der Hirten, gegen Albrechts Heere!

ATTINGHAUSEN. Lern dieses Volk der Hirten kennen, Knabe!
Ich kenns, ich hab es angeführt in Schlachten,
Ich hab es fechten sehen bei Favenz.
Sie sollen kommen, uns ein Joch aufzwingen,
Das wir entschlossen sind, *nicht* zu ertragen!
– O lerne fühlen, welches Stamms du bist!
Wirf nicht für ekeln Glanz und Flitterschein
Die echte Perle deines Wertes hin –
Das Haupt zu heißen eines *freien* Volks,
Das dir aus Liebe nur sich herzlich weiht,
Das treulich zu dir steht in Kampf und Tod –
*Das* sei dein Stolz, *des* Adels rühme dich –
Die angebornen Bande knüpfe fest,
Ans Vaterland, ans teure, schließ dich an,
Das halte fest mit deinem ganzen Herzen.
Hier sind die starken Wurzeln deiner Kraft,
Dort in der fremden Welt stehst du allein,
Ein schwankes Rohr, das jeder Sturm zerknickt.
O komm, du hast uns lang nicht mehr gesehn,
Versuchs mit uns nur *einen* Tag – nur heute
Geh nicht nach Altorf – Hörst du? Heute nicht,
Den *einen* Tag nur schenke dich den Deinen!
*(Er fasst seine Hand)*

RUDENZ. Ich gab mein Wort – Lasst mich – Ich bin gebunden.

ATTINGHAUSEN *(lässt seine Hand los, mit Ernst).*
Du bist gebunden – Ja, Unglücklicher!
Du bists, doch nicht durch Wort und Schwur,
Gebunden bist du durch der Liebe Seile!
*(Rudenz wendet sich weg)*
– Verbirg dich, wie du willst. Das Fräulein ists,
Berta von Bruneck, die zur Herrenburg

Dich zieht, dich fesselt an des Kaisers Dienst.
Das Ritterfräulein willst du dir erwerben
Mit deinem Abfall von dem Land – Betrüg dich nicht!
Dich anzulocken zeigt man dir die Braut,
Doch deiner Unschuld ist sie nicht beschieden.

RUDENZ. Genug hab ich gehört. Gehabt Euch wohl.
*(Er geht ab)*

ATTINGHAUSEN.
Wahnsinnger Jüngling, bleib! – Er geht dahin!
Ich kann ihn nicht erhalten, nicht erretten –
So ist der Wolfenschießen abgefallen
Von seinem Land – so werden andre folgen,
Der fremde Zauber reißt die Jugend fort,
Gewaltsam strebend über unsre Berge.
– O unglückselge Stunde, da das Fremde
In diese still beglückten Täler kam,
Der Sitten fromme Unschuld zu zerstören!
Das Neue dringt herein mit Macht, das Alte,
Das Würdge scheidet, andre Zeiten kommen,
Es lebt ein andersdenkendes Geschlecht!
Was tu ich hier? Sie sind begraben alle,
Mit denen ich gewaltet und gelebt.
Unter der Erde schon liegt *meine* Zeit,
Wohl dem, der mit der *neuen* nicht mehr braucht zu leben!
*(Geht ab)*

## Zweite Szene

*Eine Wiese von hohen Felsen und Wald umgeben*

*Auf den Felsen sind Steige, mit Geländern, auch Leitern, von denen man nachher die Landleute herabsteigen sieht. Im Hintergrunde zeigt sich der See, über welchem anfangs ein Mondregenbogen zu sehen ist. Den Prospekt schließen hohe Berge, hinter welchen noch höhere Eisgebirge ragen. Es ist völlig Nacht auf der Szene, nur der See und die weißen Gletscher leuchten im Mondenlicht. Melchthal, Baumgarten, Winkelried, Meier von Sarnen, Burkhardt am Bühel, Arnold von Sewa, Klaus von der Flüe und noch vier andere Landleute, alle bewaffnet*

MELCHTHAL *(noch hinter der Szene).*
Der Bergweg öffnet sich, nur frisch *mir* nach,
Den Fels erkenn ich und das Kreuzlein drauf,
Wir sind am Ziel, hier ist das Rütli.
*(Treten auf mit Windlichtern)*
WINKELRIED. Horch!
SEWA. Ganz leer.
MEIER. 's ist noch kein Landmann da. Wir sind
Die ersten auf dem Platz, wir Unterwaldner.
MELCHTHAL. Wie weit ists in der Nacht?
BAUMGARTEN. Der Feuerwächter
Vom Selisberg hat eben zwei gerufen.
*(Man hört in der Ferne läuten)*
MEIER. Still! Horch!
AM BÜHEL. Das Mettenglöcklein in der Waldkapelle
Klingt hell herüber aus dem Schwyzerland.
VON DER FLÜE. Die Luft ist rein und trägt den Schall so weit.
MELCHTHAL. Gehn einige und zünden Reisholz an,
Dass es loh brenne, wenn die Männer kommen.
*(Zwei Landleute gehen)*
SEWA. 's ist eine schöne Mondennacht. Der See
Liegt ruhig da als wie ein ebner Spiegel.
AM BÜHEL. Sie haben eine leichte Fahrt.
WINKELRIED *(zeigt nach dem See).* Ha, seht!
Seht dorthin! Seht ihr nichts?

MEIER. Was denn? – Ja, wahrlich!
Ein Regenbogen mitten in der Nacht!
MELCHTHAL. Es ist das Licht des Mondes, das ihn bildet.
VON DER FLÜE. Das ist ein seltsam wunderbares Zeichen!
Es leben viele, die das nicht gesehn.
SEWA. Er ist doppelt, seht, ein blässerer steht drüber.
BAUMGARTEN. Ein Nachen fährt soeben drunter weg.
MELCHTHAL. Das ist der Stauffacher mit seinem Kahn,
Der Biedermann lässt sich nicht lang erwarten.
*(Geht mit Baumgarten nach dem Ufer)*
MEIER. Die Urner sind es, die am längsten säumen.
AM BÜHEL. Sie müssen weit umgehen durchs Gebirg,
Dass sie des Landvogts Kundschaft hintergehen.
*(Unterdessen haben die zwei Landleute in der Mitte des Platzes ein Feuer angezündet)*
MELCHTHAL *(am Ufer)*.
Wer ist da? Gebt das Wort!
STAUFFACHER *(von unten)*. Freunde des Landes.
*(Alle gehen nach der Tiefe, den Kommenden entgegen. Aus dem Kahn steigen Stauffacher, Itel Reding, Hans auf der Mauer, Jörg im Hofe, Konrad Hunn, Ulrich der Schmied, Jost von Weiler und noch drei andre Landleute, gleichfalls bewaffnet)*
ALLE *(rufen)*. Willkommen!
*(Indem die übrigen in der Tiefe verweilen und sich begrüßen, kommt Melchthal mit Stauffacher vorwärts)*
MELCHTHAL. O Herr Stauffacher! Ich hab ihn
Gesehn, der *mich* nicht wiedersehen konnte!
Die Hand hab ich gelegt auf seine Augen,
Und glühend Rachgefühl hab ich gesogen
Aus der erloschnen Sonne seines Blicks.
STAUFFACHER. Sprecht nicht von Rache. Nicht Geschehnes rächen,
Gedrohtem Übel wollen wir begegnen.
– Jetzt sagt, was Ihr im Unterwaldner Land
Geschafft und für gemeine Sach geworben,

Wie die Landleute denken, wie Ihr selbst
Den Stricken des Verrats entgangen seid.

MELCHTHAL. Durch der Surennen furchtbares Gebirg,
Auf weit verbreitet öden Eisesfeldern,
Wo nur der heisre Lämmergeier krächzt,
Gelangt ich zu der Alpentrift, wo sich
Aus Uri und vom Engelberg die Hirten
Anrufend grüßen und gemeinsam weiden,
Den Durst mir stillend mit der Gletscher Milch,
Die in den Runsen schäumend niederquillt.
In den einsamen Sennhütten kehrt ich ein,
Mein eigner Wirt und Gast, bis dass ich kam
Zu Wohnungen gesellig lebender Menschen.
– Erschollen war in diesen Tälern schon
Der Ruf des neuen Greuels, der geschehn,
Und fromme Ehrfurcht schaffte mir mein Unglück
Vor jeder Pforte, wo ich wandernd klopfte.
Entrüstet fand ich diese graden Seelen
Ob dem gewaltsam neuen Regiment,
Denn so wie ihre Alpen fort und fort
Dieselben Kräuter nähren, ihre Brunnen
Gleichförmig fließen, Wolken selbst und Winde
Den gleichen Strich unwandelbar befolgen,
So hat die alte Sitte hier vom Ahn
Zum Enkel unverändert fortbestanden,
Nicht tragen sie verwegne Neuerung
Im altgewohnten gleichen Gang des Lebens.
– Die harten Hände reichten sie mir dar,
Von den Wänden langten sie die rostgen Schwerter,
Und aus den Augen blitzte freudiges
Gefühl des Muts, als ich die Namen nannte,
Die im Gebirg dem Landmann heilig sind,
Den Eurigen und Walters Fürsts – Was euch
Recht würde dünken, schwuren sie zu tun,
Euch schwuren sie bis in den Tod zu folgen.

– So eilt ich sicher unterm heilgen Schirm
Des Gastrechts von Gehöfte zu Gehöfte –
Und als ich kam ins heimatliche Tal,
Wo mir die Vettern viel verbreitet wohnen –
Als ich den Vater fand, beraubt und blind,
Auf fremdem Stroh, von der Barmherzigkeit
Mildtätger Menschen lebend –
STAUFFACHER. Herr im Himmel!
MELCHTHAL. Da weint ich nicht! Nicht in ohnmächtgen Tränen
Goss ich die Kraft des heißen Schmerzens aus,
In tiefer Brust wie einen teuren Schatz
Verschloss ich ihn und dachte nur auf Taten.
Ich kroch durch alle Krümmen des Gebirgs,
Kein Tal war so versteckt, ich späht es aus,
Bis an der Gletscher eisbedeckten Fuß
Erwartet ich und fand bewohnte Hütten,
Und überall, wohin mein Fuß mich trug,
Fand ich den gleichen Hass der Tyrannei,
Denn bis an diese letzte Grenze selbst
Belebter Schöpfung, wo der starre Boden
Aufhört zu geben, raubt der Vögte Geiz –
Die Herzen alle dieses biedern Volks
Erregt ich mit dem Stachel meiner Worte,
Und unser sind sie all mit Herz und Mund.
STAUFFACHER. Großes habt Ihr in kurzer Frist geleistet.
MELCHTHAL. Ich tat noch mehr. Die beiden Festen sinds,
*Rossberg* und *Sarnen*, die der Landmann fürchtet,
Denn hinter ihren Felsenwällen schirmt
Der Feind sich leicht und schädiget das Land.
Mit eignen Augen wollt ich es erkunden,
Ich war zu Sarnen und besah die Burg.
STAUFFACHER. Ihr wagtet Euch bis in des Tigers Höhle?
MELCHTHAL. Ich war verkleidet dort in Pilgerstracht,
Ich sah den Landvogt an der Tafel schwelgen –
Urteilt, ob ich mein Herz bezwingen kann,

Ich sah den Feind, und ich erschlug ihn nicht.

STAUFFACHER. Fürwahr, das Glück war Eurer Kühnheit hold.
*(Unterdessen sind die andern Landleute vorwärtsgekommen und nähern sich den beiden)*
Doch jetzo sagt mir, wer die Freunde sind,
Und die gerechten Männer, die Euch folgten?
Macht mich bekannt mit ihnen, dass wir uns
Zutraulich nahen und die Herzen öffnen.

MEIER. Wer kennte *Euch* nicht, Herr, in den drei Landen?
Ich bin der Meir von Sarnen, dies hier ist
Mein Schwestersohn, der Struth von Winkelried.

STAUFFACHER. Ihr nennt mir keinen unbekannten Namen.
Ein Winkelried wars, der den Drachen schlug
Im Sumpf bei Weiler und sein Leben ließ
In diesem Strauß.

WINKELRIED. Das war mein Ahn, Herr Werner.

MELCHTHAL *(zeigt auf zwei Landleute)*.
*Die* wohnen hinterm Wald, sind Klosterleute
Vom Engelberg – Ihr werdet sie drum nicht
Verachten, weil sie *eigne* Leute sind,
Und nicht wie wir frei sitzen auf dem Erbe –
Sie lieben 's Land, sind sonst auch wohl berufen.

STAUFFACHER *(zu den beiden)*.
Gebt mir die Hand. Es preise sich, wer keinem
Mit seinem Leibe pflichtig ist auf Erden,
Doch Redlichkeit gedeiht in jedem Stande.

KONRAD HUNN. Das ist Herr Reding, unser Altlandammann.

MEIER. Ich kenn ihn wohl. Er ist mein Widerpart,
Der um ein altes Erbstück mit mir rechtet.
– Herr Reding, wir sind Feinde vor Gericht,
Hier sind wir einig. *(Schüttelt ihm die Hand)*

STAUFFACHER. Das ist brav gesprochen.

WINKELRIED. Hört ihr? Sie kommen. Hört das Horn von Uri!
*(Rechts und links sieht man bewaffnete Männer mit Windlichtern die Felsen herabsteigen)*

AUF DER MAUER. Seht! Steigt nicht selbst der fromme Diener Gottes,
Der würdge Pfarrer mit herab? Nicht scheut er
Des Weges Mühen und das Graun der Nacht,
Ein treuer Hirte für das Volk zu sorgen.

BAUMGARTEN. Der Sigrist folgt ihm und Herr Walter Fürst,
Doch nicht den Tell erblick ich in der Menge.

*(Walter Fürst, Rösselmann der Pfarrer, Petermann der Sigrist, Kuoni der Hirt, Werni der Jäger, Ruodi der Fischer und noch fünf andere Landleute, alle zusammen, dreiunddreißig an der Zahl, treten vorwärts und stellen sich um das Feuer)*

WALTER FÜRST. So müssen wir auf unserm eignen Erb
Und väterlichen Boden uns verstohlen
Zusammenschleichen, wie die Mörder tun,
Und bei der Nacht, die ihren schwarzen Mantel
Nur dem Verbrechen und der sonnenscheuen
Verschwörung leihet, unser gutes Recht
Uns holen, das doch lauter ist und klar,
Gleichwie der glanzvoll offne Schoß des Tages.

MELCHTHAL. Laßts gut sein. Was die dunkle Nacht gesponnen,
Soll frei und fröhlich an das Licht der Sonnen.

RÖSSELMANN. Hört, was mir Gott ins Herz gibt, Eidgenossen!
Wir stehen hier statt einer Landsgemeinde
Und können gelten für ein ganzes Volk,
So lasst uns tagen nach den alten Bräuchen
Des Lands, wie wirs in ruhigen Zeiten pflegen,
Was ungesetzlich ist in der Versammlung,
Entschuldige die Not der Zeit. Doch Gott
Ist überall, wo man das Recht verwaltet,
Und unter seinem Himmel stehen wir.

STAUFFACHER. Wohl, lasst uns tagen nach der alten Sitte,
Ist es gleich Nacht, so leuchtet unser Recht.

MELCHTHAL. Ist gleich die Zahl nicht voll, das *Herz* ist hier
Des ganzen Volks, die *Besten* sind zugegen.

KONRAD HUNN. Sind auch die alten Bücher nicht zur Hand,
Sie sind in unsre Herzen eingeschrieben.

RÖSSELMANN. Wohlan, so sei der Ring sogleich gebildet,
Man pflanze *auf* die Schwerter der Gewalt.

AUF DER MAUER. Der Landesammann nehme seinen Platz,
Und seine Weibel stehen ihm zur Seite!

SIGRIST. Es sind der Völker dreie. Welchem nun
Gebührts, das Haupt zu geben der Gemeinde?

MEIER. Um diese Ehr mag Schwyz mit Uri streiten,
Wir Unterwaldner stehen frei zurück.

MELCHTHAL. Wir stehn zurück, wir sind die Flehenden,
Die Hülfe heischen von den mächtgen Freunden.

STAUFFACHER. So nehme Uri denn das Schwert, sein Banner
Zieht bei den Römerzügen uns voran.

WALTER FÜRST. Des Schwertes Ehre werde Schwyz zuteil,
Denn seines Stammes rühmen wir uns alle.

RÖSSELMANN. Den edeln Wettstreit lasst mich freundlich schlichten,
Schwyz soll im Rat, Uri im Felde führen.

WALTER FÜRST *(reicht dem Stauffacher die Schwerter)*. So nehmt!

STAUFFACHER. Nicht mir, dem Alter sei die Ehre.

IM HOFE. Die meisten Jahre zählt Ulrich der Schmied.

AUF DER MAUER. Der Mann ist wacker, doch nicht freien Stands,
Kein eigner Mann kann Richter sein in Schwyz.

STAUFFACHER. Steht nicht Herr Reding hier, der Altlandammann?
Was suchen wir noch einen Würdigern?

WALTER FÜRST. Er sei der Ammann und des Tages Haupt!
Wer dazu stimmt, erhebe seine Hände.
*(Alle heben die rechte Hand auf)*

REDING *(tritt in die Mitte)*.
Ich kann die Hand nicht auf die Bücher legen,
So schwör ich droben bei den ewgen Sternen,
Dass ich mich nimmer will vom Recht entfernen.

*(Man richtet die zwei Schwerter vor ihm auf, der Ring bildet sich um ihn her, Schwyz hält die Mitte, rechts stellt sich Uri und links Unterwalden. Er steht auf sein Schlachtschwert gestützt)*
Was ists, das die drei Völker des Gebirgs
Hier an des Sees unwirtlichem Gestade
Zusammenführte in der Geisterstunde?
Was soll der Inhalt sein des neuen Bunds,
Den wir hier unterm Sternenhimmel stiften?

STAUFFACHER *(tritt in den Ring).*
Wir stiften keinen neuen Bund, es ist
Ein uralt Bündnis nur von Väter Zeit,
Das wir erneuern! Wisset, Eidgenossen!
Ob uns der See, ob uns die Berge scheiden,
Und jedes Volk sich für sich selbst regiert,
So sind wir *eines* Stammes doch und Bluts,
Und *eine* Heimat ists, aus der wir zogen.

WINKELRIED. So ist es wahr, wies in den Liedern lautet,
Dass wir von fernher in das Land gewallt?
O, teilts uns mit, was Euch davon bekannt,
Dass sich der neue Bund am alten stärke.

STAUFFACHER. Hört, was die alten Hirten sich erzählen.
– Es war ein großes Volk, hinten im Lande
Nach Mitternacht, das litt von schwerer Teurung.
In dieser Not beschloss die Landsgemeinde,
Dass je der zehnte Bürger nach dem Los
Der Väter Land verlasse – das geschah!
Und zogen aus, wehklagend, Männer und Weiber,
Ein großer Heerzug, nach der Mittagsonne,
Mit dem Schwert sich schlagend durch das deutsche Land,
Bis an das Hochland dieser Waldgebirge.
Und eher nicht ermüdete der Zug,
Bis dass sie kamen in das wilde Tal,
Wo jetzt die Muotta zwischen Wiesen rinnt –
Nicht Menschenspuren waren hier zu sehen,
Nur eine Hütte stand am Ufer einsam,

Da saß ein Mann und wartete der Fähre –
Doch heftig wogete der See und war
Nicht fahrbar; da besahen sie das Land
Sich näher und gewahrten schöne Fülle
Des Holzes und entdeckten gute Brunnen,
Und meinten, sich im lieben Vaterland
Zu finden – Da beschlossen sie zu bleiben,
Erbaueten den alten Flecken *Schwyz*,
Und hatten manchen sauren Tag, den Wald
Mit weitverschlungnen Wurzeln auszuroden –
Drauf, als der Boden nicht mehr Gnügen tat
Der Zahl des Volks, da zogen sie hinüber
Zum schwarzen Berg, ja, bis ans Weißland hin,
Wo, hinter ewgem Eiseswall verborgen,
Ein andres Volk in andern Zungen spricht.
Den Flecken *Stanz* erbauten sie am Kernwald,
Den Flecken *Altorf* in dem Tal der Reuß –
Doch blieben sie des Ursprungs stets gedenk,
Aus all den fremden Stämmen, die seitdem
In Mitte ihres Lands sich angesiedelt,
Finden die Schwyzer Männer sich heraus,
Es gibt das Herz, das Blut sich zu erkennen.
*(Reicht rechts und links die Hand hin)*

AUF DER MAUER. Ja, wir sind eines Herzens, eines Bluts!

ALLE *(sich die Hände reichend).*
Wir sind *ein* Volk, und einig wollen wir handeln.

STAUFFACHER. Die andern Völker tragen fremdes Joch,
Sie haben sich dem Sieger unterworfen.
Es leben selbst in unsern Landesmarken
Der Sassen viel, die fremde Pflichten tragen,
Und ihre Knechtschaft erbt auf ihre Kinder.
Doch *wir*, der alten Schweizer echter Stamm,
Wir haben stets die Freiheit uns bewahrt.
Nicht unter Fürsten bogen wir das Knie,
Freiwillig wählten wir den Schirm der Kaiser.

RÖSSELMANN.
Frei wählten wir des Reiches Schutz und Schirm,
So stehts bemerkt in Kaiser Friedrichs Brief.
STAUFFACHER. Denn herrenlos ist auch der Freiste nicht.
Ein Oberhaupt muss sein, ein höchster Richter,
Wo man das Recht mag schöpfen in dem Streit.
Drum haben unsre Väter für den Boden,
Den sie der alten Wildnis abgewonnen,
Die Ehr gegönnt dem Kaiser, der den Herrn
Sich nennt der deutschen und der welschen Erde,
Und wie die andern Freien seines Reichs
Sich ihm zu edelm Waffendienst gelobt,
Denn dieses ist der Freien einzge Pflicht,
Das Reich zu schirmen, das sie selbst beschirmt.
MELCHTHAL. Was drüber ist, ist Merkmal eines Knechts.
STAUFFACHER. Sie folgten, wenn der Heribann erging,
Dem Reichspanier und schlugen seine Schlachten.
Nach Welschland zogen sie gewappnet mit,
Die Römerkron ihm auf das Haupt zu setzen.
Daheim regierten sie sich fröhlich selbst
Nach altem Brauch und eigenem Gesetz,
Der höchste Blutbann war allein des Kaisers.
Und dazu ward bestellt ein großer Graf,
Der hatte seinen Sitz nicht in dem Lande,
Wenn Blutschuld kam, so rief man ihn herein,
Und unter offnem Himmel, schlicht und klar,
Sprach er das Recht und ohne Furcht der Menschen.
Wo sind hier Spuren, dass wir Knechte sind?
Ist einer, der es anders weiß, der rede!
IM HOFE. Nein, so verhält sich alles, wie Ihr sprecht,
Gewaltherrschaft ward nie bei uns geduldet.
STAUFFACHER. Dem Kaiser selbst versagten wir Gehorsam,
Da er das Recht zu Gunst der Pfaffen bog.
Denn als die Leute von dem Gotteshaus
*Einsiedeln* uns die Alp in Anspruch nahmen,

Die wir beweidet seit der Väter Zeit,
Der Abt herfürzog einen alten Brief,
Der ihm die herrenlose Wüste schenkte –
Denn unser Dasein hatte man verhehlt –
Da sprachen wir: »Erschlichen ist der Brief,
Kein Kaiser kann, was unser ist, verschenken.
Und wird uns Recht versagt vom Reich, wir können
In unsern Bergen auch des Reichs entbehren.«
– So sprachen unsre Väter! Sollen *wir*
Des neuen Joches Schändlichkeit erdulden,
Erleiden von dem fremden Knecht, was uns
In seiner Macht kein Kaiser durfte bieten?
– Wir haben diesen Boden uns *erschaffen*
Durch unsrer Hände Fleiß, den alten Wald,
Der sonst der Bären wilde Wohnung war,
Zu einem Sitz für Menschen umgewandelt,
Die Brut des Drachen haben wir getötet,
Der aus den Sümpfen giftgeschwollen stieg,
Die Nebeldecke haben wir zerrissen,
Die ewig grau um diese Wildnis hing,
Den harten Fels gesprengt, über den Abgrund
Dem Wandersmann den sichern Steg geleitet,
Unser ist durch tausendjährigen Besitz
Der Boden – und der fremde Herrenknecht
Soll kommen dürfen und uns Ketten schmieden,
Und Schmach antun auf unsrer eignen Erde?
Ist keine Hülfe gegen solchen Drang?
*(Eine große Bewegung unter den Landleuten)*
Nein, eine Grenze hat Tyrannenmacht,
Wenn der Gedrückte nirgends Recht kann finden,
Wenn unerträglich wird die Last – greift er
Hinauf getrosten Mutes in den Himmel
Und holt herunter seine ewgen Rechte,
Die droben hangen unveräußerlich
Und unzerbrechlich wie die Sterne selbst –

Der alte Urstand der Natur kehrt wieder,
Wo Mensch dem Menschen gegenübersteht –
Zum letzten Mittel, wenn kein andres mehr
Verfangen will, ist ihm das Schwert gegeben –
Der Güter höchstes dürfen wir verteidgen
Gegen Gewalt – Wir stehn vor unser Land,
Wir stehn vor unsre Weiber, unsre Kinder!

ALLE *(an ihre Schwerter schlagend).*
Wir stehn vor unsre Weiber, unsre Kinder!

RÖSSELMANN *(tritt in den Ring).*
Eh ihr zum Schwerte greift, bedenkt es wohl.
Ihr könnt es friedlich mit dem Kaiser schlichten.
Es kostet euch ein Wort, und die Tyrannen,
Die euch jetzt schwer bedrängen, schmeicheln euch.
– Ergreift, was man euch oft geboten hat,
Trennt euch vom Reich, erkennet Östreichs Hoheit –

AUF DER MAUER.
Was sagt der Pfarrer? Wir zu Östreich schwören!

AM BÜHEL. Hört ihn nicht an!

WINKELRIED. Das rät uns ein Verräter,
Ein Feind des Landes!

REDING. Ruhig, Eidgenossen!

SEWA. Wir Östreich huldigen, nach solcher Schmach!

VON DER FLÜE. Wir uns abtrotzen lassen durch Gewalt,
Was wir der Güte weigerten!

MEIER. Dann wären
Wir Sklaven und verdienten es zu sein!

AUF DER MAUER.
Der sei gestoßen aus dem Recht der Schweizer,
Wer von Ergebung spricht an Österreich!
– Landammann, ich bestehe drauf, dies sei
Das erste Landsgesetz, das wir hier geben.

MELCHTHAL.
So seis. Wer von Ergebung spricht an Östreich,

Soll rechtlos sein und aller Ehren bar,
Kein Landmann nehm ihn auf an seinem Feuer.
ALLE *(heben die rechte Hand auf).*
Wir wollen es, das sei Gesetz!
REDING *(nach einer Pause).* Es ists.
RÖSSELMANN. Jetzt seid ihr frei, ihr seids durch dies Gesetz,
Nicht durch Gewalt soll Österreich ertrotzen,
Was es durch freundlich Werben nicht erhielt –
JOST VON WEILER. Zur Tagesordnung, weiter.
REDING. Eidgenossen!
Sind alle sanften Mittel auch versucht?
Vielleicht weiß es der König nicht, es ist
Wohl gar sein Wille nicht, was wir erdulden.
Auch dieses letzte sollten wir versuchen,
Erst unsre Klage bringen vor sein Ohr,
Eh wir zum Schwerte greifen. Schrecklich immer
Auch in gerechter Sache ist Gewalt,
Gott hilft nur dann, wenn Menschen nicht mehr helfen.
STAUFFACHER *(zu Konrad Hunn).*
Nun ists an Euch, Bericht zu geben. Redet.
KONRAD HUNN. Ich war zu Rheinfeld an des Kaisers Pfalz,
Wider der Vögte harten Druck zu klagen,
Den Brief zu holen unsrer alten Freiheit,
Den jeder neue König sonst bestätigt.
Die Boten vieler Städte fand ich dort,
Vom schwäbschen Lande und vom Lauf des Rheins,
Die all erhielten ihre Pergamente,
Und kehrten freudig wieder in ihr Land.
Mich, *euren* Boten, wies man an die Räte,
Und die entließen mich mit leerem Trost:
»Der Kaiser habe diesmal keine Zeit,
Er würde sonst einmal wohl an uns denken.«
– Und als ich traurig durch die Säle ging
Der Königsburg, da sah ich Herzog Hansen
In einem Erker weinend stehn, um ihn

Die edeln Herrn von Wart und Tegerfeld.
Die riefen mir und sagten: »Helft euch selbst,
Gerechtigkeit erwartet nicht vom König.
Beraubt er nicht des eignen Bruders Kind,
Und hinterhält ihm sein gerechtes Erbe?
Der Herzog fleht' ihn um sein Mütterliches,
Er habe seine Jahre voll, es wäre
Nun Zeit, auch Land und Leute zu regieren.
Was ward ihm zum Bescheid? Ein Kränzlein setzt' ihm
Der Kaiser auf: das sei die Zier der Jugend.«
AUF DER MAUER. Ihr habts gehört. Recht und Gerechtigkeit
Erwartet nicht vom Kaiser! Helft euch selbst!
REDING. Nichts andres bleibt uns übrig. Nun gebt Rat,
Wie wir es klug zum frohen Ende leiten.
WALTER FÜRST *(tritt in den Ring).*
Abtreiben wollen wir verhassten Zwang,
Die alten Rechte, wie wir sie ererbt
Von unsern Vätern, wollen wir bewahren,
Nicht ungezügelt nach dem Neuen greifen.
Dem Kaiser bleibe, was des Kaisers ist,
Wer einen Herrn hat, dien ihm pflichtgemäß.
MEIER. Ich trage Gut von Österreich zu Lehen.
WALTER FÜRST. Ihr fahret fort, Östreich die Pflicht zu leisten.
JOST VON WEILER. Ich steure an die Herrn von Rappersweil.
WALTER FÜRST. Ihr fahret fort, zu zinsen und zu steuern.
RÖSSELMANN. Der großen Frau zu Zürch bin ich vereidet.
WALTER FÜRST. Ihr gebt dem Kloster, was des Klosters ist.
STAUFFACHER. Ich trage keine Lehen als des Reichs.
WALTER FÜRST. Was sein muss, das geschehe, doch nicht drüber.
Die Vögte wollen wir mit ihren Knechten
Verjagen und die festen Schlösser brechen,
Doch, wenn es sein mag, ohne Blut. Es sehe
Der Kaiser, dass wir notgedrungen nur
Der Ehrfurcht fromme Pflichten abgeworfen.
Und sieht er uns in unsern Schranken bleiben,

Vielleicht besiegt er staatsklug seinen Zorn,
Denn billge Furcht erwecket sich ein Volk,
Das mit dem Schwerte in der Faust sich *mäßigt.*
REDING. Doch lasset hören! *Wie* vollenden wirs?
Es hat der Feind die Waffen in der Hand,
Und nicht fürwahr in Frieden wird er weichen.
STAUFFACHER. Er wirds, wenn er in Waffen uns erblickt,
Wir überraschen ihn, eh er sich rüstet.
MEIER. Ist bald gesprochen, aber schwer getan.
Uns ragen in dem Land zwei feste Schlösser,
Die geben Schirm dem Feind und werden furchtbar,
Wenn uns der König in das Land sollt fallen.
Rossberg und Sarnen muss bezwungen sein,
Eh man ein Schwert erhebt in den drei Landen.
STAUFFACHER. Säumt man so lang, so wird der Feind gewarnt,
Zuviele sinds, die das Geheimnis teilen.
MEIER. In den Waldstätten findt sich kein Verräter.
RÖSSELMANN. Der Eifer auch, der gute, kann verraten.
WALTER FÜRST. Schiebt man es auf, so wird der Twing vollendet
In Altorf, und der Vogt befestigt sich.
MEIER. Ihr denkt an *euch.*
SIGRIST. Und ihr seid ungerecht.
MEIER *(auffahrend).* Wir ungerecht! Das darf uns Uri bieten!
REDING. Bei eurem Eide! Ruh!
MEIER. Ja, wenn sich Schwyz
Versteht mit Uri, müssen *wir* wohl schweigen.
REDING. Ich muss euch weisen vor der Landsgemeinde,
Dass ihr mit heftgem Sinn den Frieden stört!
Stehn wir nicht alle für dieselbe Sache?
WINKELRIED. Wenn wirs verschieben bis zum Fest des Herrn,
Dann bringts die Sitte mit, dass alle Sassen
Dem Vogt Geschenke bringen auf das Schloss,
So können zehen Männer oder zwölf
Sich unverdächtig in der Burg versammeln,
Die führen heimlich spitzge Eisen mit,

Die man geschwind kann an die Stäbe stecken,
Denn niemand kommt mit Waffen in die Burg.
Zunächst im Wald hält dann der große Haufe,
Und wenn die andern glücklich sich des Tors
Ermächtiget, so wird ein Horn geblasen,
Und jene brechen aus dem Hinterhalt,
So wird das Schloss mit leichter Arbeit unser.

MELCHTHAL. Den Rossberg übernehm ich zu ersteigen,
Denn eine Dirn des Schlosses ist mir hold,
Und leicht betör ich sie, zum nächtlichen
Besuch die schwanke Leiter mir zu reichen,
Bin ich droben erst, zieh ich die Freunde nach.

REDING. Ists aller Wille, dass verschoben werde?
*(Die Mehrheit erhebt die Hand)*

STAUFFACHER *(zählt die Stimmen)*.
Es ist ein Mehr von zwanzig gegen zwölf!

WALTER FÜRST. Wenn am bestimmten Tag die Burgen fallen,
So geben wir von einem Berg zum andern
Das Zeichen mit dem Rauch, der Landsturm wird
Aufgeboten, schnell, im Hauptort jedes Landes,
Wenn dann die Vögte sehn der Waffen Ernst,
Glaubt mir, sie werden sich des Streits begeben
Und gern ergreifen friedliches Geleit,
Aus unsern Landesmarken zu entweichen.

STAUFFACHER. Nur mit dem Geßler fürcht ich schweren Stand,
Furchtbar ist er mit Reisigen umgeben,
Nicht ohne Blut räumt er das Feld, ja selbst
Vertrieben bleibt er furchtbar noch dem Land,
Schwer ists und fast gefährlich, ihn zu schonen.

BAUMGARTEN. Wos halsgefährlich ist, da stellt *mich* hin,
Dem Tell verdank ich mein gerettet Leben,
Gern schlag ichs in die Schanze für das Land,
Mein Ehr hab ich beschützt, mein Herz befriedigt.

REDING. Die Zeit bringt Rat. Erwartets in Geduld.
Man muss dem Augenblick auch was vertrauen.

– Doch seht, indes wir nächtlich hier noch tagen,
Stellt auf den höchsten Bergen schon der Morgen
Die glühnde Hochwacht aus – Kommt, lasst uns scheiden,
Eh uns des Tages Leuchten überrascht.

WALTER FÜRST.
Sorgt nicht, die Nacht weicht langsam aus den Tälern.
*(Alle haben unwillkürlich die Hüte abgenommen und betrachten mit stiller Sammlung die Morgenröte)*

RÖSSELMANN. Bei diesem Licht, das uns zuerst begrüßt
Von allen Völkern, die tief unter uns
Schweratmend wohnen in dem Qualm der Städte,
Lasst uns den Eid des neuen Bundes schwören.
– Wir wollen sein ein einzig Volk von Brüdern,
In keiner Not uns trennen und Gefahr.
*(Alle sprechen es nach mit erhobenen drei Fingern)*
– Wir wollen frei sein, wie die Väter waren,
Eher den Tod, als in der Knechtschaft leben. *(Wie oben)*
– Wir wollen trauen auf den höchsten Gott
Und uns nicht fürchten vor der Macht der Menschen.
*(Wie oben. Die Landleute umarmen einander)*

STAUFFACHER. Jetzt gehe jeder seines Weges still
Zu seiner Freundschaft und Genosssame,
Wer Hirt ist, wintre ruhig seine Herde
Und werb im stillen Freunde für den Bund,
– *Was* noch bis dahin muss erduldet werden,
Erduldets! Lasst die Rechnung der Tyrannen
Anwachsen, bis *ein* Tag die allgemeine
Und die besondre Schuld auf einmal zahlt.
Bezähme jeder die gerechte Wut,
Und spare für das Ganze seine Rache,
Denn Raub begeht am allgemeinen Gut,
Wer selbst sich hilft in seiner eignen Sache.

*(Indem sie zu drei verschiednen Seiten in größter Ruhe abgehen, fällt das Orchester mit einem prachtvollen Schwung ein, die leere Szene bleibt noch eine Zeitlang offen und zeigt das Schauspiel der aufgehenden Sonne über den Eisgebirgen)*

# DRITTER AUFZUG

## Erste Szene

*Hof vor Tells Hause*

*Er ist mit der Zimmeraxt, Hedwig mit einer häuslichen Arbeit beschäftigt. Walter und Wilhelm in der Tiefe spielen mit einer kleinen Armbrust*

WALTER *(singt).* Mit dem Pfeil, dem Bogen,
Durch Gebirg und Tal
Kommt der Schütz gezogen
Früh am Morgenstrahl.

Wie im Reich der Lüfte
König ist der Weih, –
Durch Gebirg und Klüfte
Herrscht der Schütze frei.

Ihm gehört das Weite,
Was sein Pfeil erreicht,
Das ist seine Beute,
Was da kreucht und fleugt.

*(Kommt gesprungen)*
Der Strang ist mir entzwei. Mach mir ihn, Vater.
TELL. Ich nicht. Ein rechter Schütze hilft sich selbst.
*(Knaben entfernen sich)*
HEDWIG. Die Knaben fangen zeitig an zu schießen.
TELL. Früh übt sich, was ein Meister werden will.
HEDWIG. Ach wollte Gott, sie lerntens nie.
TELL. Sie sollen alles lernen. Wer durchs Leben
Sich frisch will schlagen, muss zu Schutz und Trutz
Gerüstet sein.
HEDWIG. Ach, es wird keiner seine Ruh
Zu Hause finden.

TELL. Mutter, ich kanns auch nicht,
Zum Hirten hat Natur mich nicht gebildet,
Rastlos muss ich ein flüchtig Ziel verfolgen,
Dann erst genieß ich meines Lebens recht,
Wenn ich mirs jeden Tag aufs neu erbeute.
HEDWIG. Und an die Angst der Hausfrau denkst du nicht,
Die sich indessen, deiner wartend, härmt,
Denn mich erfüllts mit Grausen, was die Knechte
Von euren Wagefahrten sich erzählen.
Bei jedem Abschied zittert mir das Herz,
Dass du mir nimmer werdest wiederkehren.
Ich sehe dich im wilden Eisgebirg,
Verirrt, von einer Klippe zu der andern
Den Fehlsprung tun, seh, wie die Gemse dich
Rückspringend mit sich in den Abgrund reißt,
Wie eine Windlawine dich verschüttet,
Wie unter dir der trügerische Firn
Einbricht und du hinabsinkst, ein lebendig
Begrabner, in die schauerliche Gruft –
Ach, den verwegnen Alpenjäger hascht
Der Tod in hundert wechselnden Gestalten,
Das ist ein unglückseliges Gewerb,
Das halsgefährlich führt am Abgrund hin!
TELL. Wer frisch umherspäht mit gesunden Sinnen,
Auf Gott vertraut und die gelenke Kraft,
Der ringt sich leicht aus jeder Fahr und Not,
Den schreckt der Berg nicht, der darauf geboren.
*(Er hat seine Arbeit vollendet, legt das Gerät hinweg)*
Jetzt, mein ich, hält das Tor auf Jahr und Tag.
Die Axt im Haus erspart den Zimmermann. *(Nimmt den Hut)*
HEDWIG. Wo gehst du hin?
TELL. Nach Altorf, zu dem Vater.
HEDWIG. Sinnst du auch nichts Gefährliches? Gesteh mirs.
TELL. Wie kommst du darauf, Frau?

HEDWIG. Es spinnt sich etwas
Gegen die Vögte – Auf dem Rütli ward
Getagt, ich weiß, und du bist auch im Bunde.
TELL. Ich war nicht mit dabei – doch werd ich mich
Dem Lande nicht entziehen, wenn es ruft.
HEDWIG. Sie werden dich hinstellen, wo Gefahr ist,
Das Schwerste wird dein Anteil sein, wie immer.
TELL. Ein jeder wird besteuert nach Vermögen.
HEDWIG. Den Unterwaldner hast du auch im Sturme
Über den See geschafft – Ein Wunder wars,
Dass ihr entkommen – Dachtest du denn gar nicht
An Kind und Weib?
TELL. Lieb Weib, ich dacht an euch,
Drum rettet ich den Vater seinen Kindern.
HEDWIG. Zu schiffen in dem wütgen See! Das heißt
Nicht Gott vertrauen! Das heißt Gott versuchen.
TELL. Wer gar zuviel bedenkt, wird wenig leisten.
HEDWIG. Ja, du bist gut und hilfreich, dienest allen,
Und wenn du selbst in Not kommst, hilft dir keiner.
TELL. Verhüt es Gott, dass ich nicht Hülfe brauche.
*(Er nimmt die Armbrust und Pfeile)*
HEDWIG. Was willst du mit der Armbrust? Lass sie hier.
TELL. Mir fehlt der Arm, wenn mir die Waffe fehlt.
*(Die Knaben kommen zurück)*
WALTER. Vater, wo gehst du hin?
TELL. Nach Altorf, Knabe,
Zum Ehni – Willst du mit?
WALTER. Ja freilich will ich.
HEDWIG.
Der Landvogt ist jetzt dort. Bleib weg von Altorf.
TELL. Er *geht*, noch heute.
HEDWIG. Drum lass ihn erst fort sein.
Gemahn ihn nicht an dich, du weißt, er grollt uns.
TELL. Mir soll sein böser Wille nicht viel schaden,
Ich tue recht und scheue keinen Feind.

HEDWIG. Die recht tun, eben die hasst er am meisten.
TELL. Weil er nicht an sie kommen kann – Mich wird
Der Ritter wohl in Frieden lassen, mein ich.
HEDWIG. So, weißt du das?
TELL. Es ist nicht lange her,
Da ging ich jagen durch die wilden Gründe
Des Schächentals auf menschenleerer Spur,
Und da ich einsam einen Felsensteig
Verfolgte, wo nicht auszuweichen war,
Denn über mir hing schroff die Felswand her,
Und unten rauschte fürchterlich der Schächen,
*(Die Knaben drängen sich rechts und links an ihn und sehen mit gespannter Neugier an ihm hinauf)*
Da kam der Landvogt gegen mich daher,
Er ganz allein mit mir, der auch allein war,
Bloß Mensch zu Mensch, und neben uns der Abgrund.
Und als der Herre mein ansichtig ward
Und mich erkannte, den er kurz zuvor
Um kleiner Ursach willen schwer gebüßt,
Und sah mich mit dem stattlichen Gewehr
Dahergeschritten kommen, da verblasst' er,
Die Knie versagten ihm, ich sah es kommen,
Dass er jetzt an die Felswand würde sinken.
– Da jammerte mich sein, ich trat zu ihm
Bescheidentlich und sprach: Ich bins, Herr Landvogt.
Er aber konnte keinen armen Laut
Aus seinem Munde geben – Mit der Hand nur
Winkt' er mir schweigend, meines Wegs zu gehn,
Da ging ich fort und sandt ihm sein Gefolge.
HEDWIG. Er hat vor dir gezittert – Wehe dir!
Dass du ihn schwach gesehn, vergibt er nie.
TELL. Drum meid ich ihn, und er wird *mich* nicht suchen.
HEDWIG. Bleib heute nur dort weg. Geh lieber jagen.
TELL. Was fällt dir ein?
HEDWIG. Mich ängstigts. Bleibe weg.

TELL. Wie kannst du dich so ohne Ursach quälen?
HEDWIG. *Weils* keine Ursach hat – Tell, bleibe hier.
TELL. Ich habs versprochen, liebes Weib, zu kommen.
HEDWIG. *Musst* du, so geh – Nur lasse mir den Knaben!
WALTER. Nein, Mütterchen. Ich gehe mit dem Vater.
HEDWIG. Wälty, verlassen willst du deine Mutter?
WALTER. Ich bring dir auch was Hübsches mit vom Ehni.
*(Geht mit dem Vater)*
WILHELM. Mutter, ich bleibe bei dir!
HEDWIG *(umarmt ihn).* Ja, du bist
Mein liebes Kind, du bleibst mir noch allein!
*(Sie geht an das Hoftor und folgt den Abgehenden lange mit den Augen)*

## Zweite Szene

*Eine eingeschlossene wilde Waldgegend, Staubbäche stürzen von den Felsen*

*Berta im Jagdkleid. Gleich darauf Rudenz*

BERTA. Er folgt mir. Endlich kann ich mich erklären.
RUDENZ *(tritt rasch ein).*
Fräulein, jetzt endlich find ich Euch allein,
Abgründe schließen ringsumher uns ein,
In dieser Wildnis fürcht ich keinen Zeugen,
Vom Herzen wälz ich dieses lange Schweigen –
BERTA. Seid Ihr gewiss, dass uns die Jagd nicht folgt?
RUDENZ. Die Jagd ist dort hinaus – Jetzt oder nie!
Ich muss den teuren Augenblick ergreifen –
Entschieden sehen muss ich mein Geschick,
Und sollt es mich auf ewig von Euch scheiden.
– O, waffnet Eure gütgen Blicke nicht
Mit dieser finstern Strenge – *Wer* bin ich,
Dass ich den kühnen Wunsch zu Euch erhebe?
Mich hat der Ruhm noch nicht genannt, ich darf

Mich in die Reih nicht stellen mit den Rittern,
Die siegberühmt und glänzend Euch umwerben.
Nichts hab ich als mein Herz voll Treu und Liebe –

BERTA *(ernst und streng).*
Dürft Ihr von Liebe reden und von Treue,
Der treulos wird an seinen nächsten Pflichten?
*(Rudenz tritt zurück)*
Der Sklave Österreichs, der sich dem Fremdling
Verkauft, dem Unterdrücker seines Volks?

RUDENZ. Von Euch, mein Fräulein, hör ich diesen Vorwurf?
Wen such ich denn, als Euch auf jener Seite?

BERTA. Mich denkt Ihr auf der Seite des Verrats
Zu finden? Eher wollt ich meine Hand
Dem Geßler selbst, dem Unterdrücker, schenken,
Als dem naturvergeßnen Sohn der Schweiz,
Der sich zu seinem Werkzeug machen kann!

RUDENZ. O Gott, was muss ich hören!

BERTA. Wie? Was liegt
Dem guten Menschen näher als die Seinen?
Gibts schönre Pflichten für ein edles Herz,
Als ein Verteidiger der Unschuld sein,
Das Recht des Unterdrückten zu beschirmen?
– Die Seele blutet mir um Euer Volk,
Ich leide *mit* ihm, denn ich muss es lieben,
Das so bescheiden ist und doch voll Kraft,
Es zieht mein ganzes Herz mich zu ihm hin,
Mit jedem Tage lern ichs mehr verehren.
– Ihr aber, den Natur und Ritterpflicht
Ihm zum geborenen Beschützer gaben,
Und ders *verlässt*, der treulos übertritt
Zum Feind, und Ketten schmiedet seinem Land,
Ihr seids, der mich verletzt und kränkt, ich muss
Mein Herz bezwingen, dass ich Euch nicht hasse.

RUDENZ. Will ich denn nicht das Beste meines Volks?
Ihm unter Östreichs mächtgem Szepter nicht
Den Frieden –

BERTA. Knechtschaft wollt Ihr ihm bereiten!
Die Freiheit wollt Ihr aus dem letzten Schloss,
Das ihr noch auf der Erde blieb, verjagen.
Das Volk versteht sich besser auf sein Glück,
Kein Schein verführt sein sicheres Gefühl,
Euch haben sie das Netz ums Haupt geworfen –
RUDENZ. Berta! Ihr hasst mich, Ihr verachtet mich!
BERTA. Tät ichs, mir wäre besser – Aber den
Verachtet *sehen* und verachtungswert,
Den man gern lieben möchte –
RUDENZ. Berta! Berta!
Ihr zeiget mir das höchste Himmelsglück,
Und stürzt mich tief in *einem* Augenblick.
BERTA. Nein, nein, das Edle ist nicht ganz erstickt
In Euch! Es schlummert nur, ich will es wecken,
Ihr müsst Gewalt ausüben an Euch selbst,
Die angestammte Tugend zu ertöten,
Doch wohl Euch, sie ist mächtiger als Ihr,
Und trotz Euch selber seid Ihr gut und edel!
RUDENZ. Ihr glaubt an mich! O Berta, alles lässt
Mich Eure Liebe sein und werden!
BERTA. Seid,
Wozu die herrliche Natur Euch machte!
Erfüllt den Platz, wohin sie Euch gestellt,
Zu Eurem Volke steht und Eurem Lande,
Und kämpft für Euer heilig Recht.
RUDENZ. Weh mir!
Wie kann ich Euch erringen, Euch besitzen,
Wenn ich der Macht des Kaisers widerstrebe?
Ists der Verwandten mächtger Wille nicht,
Der über Eure Hand tyrannisch waltet?
BERTA. In den Waldstätten liegen meine Güter,
Und ist der Schweizer frei, so bin auch ichs.
RUDENZ. Berta! welch einen Blick tut Ihr mir auf!
BERTA. Hofft nicht, durch Östreichs Gunst mich zu erringen,

Nach meinem Erbe strecken sie die Hand,
Das will man mit dem großen Erb vereinen.
Dieselbe Ländergier, die Eure Freiheit
Verschlingen will, sie drohet auch der meinen!
– O Freund, zum Opfer bin ich ausersehn,
Vielleicht um einen Günstling zu belohnen –
Dort wo die Falschheit und die Ränke wohnen,
Hin an den Kaiserhof will man mich ziehn,
Dort harren mein verhasster Ehe Ketten,
Die Liebe nur – die Eure kann mich retten!
RUDENZ. Ihr könntet Euch entschließen, hier zu leben,
In meinem Vaterlande mein zu sein?
O Berta, all mein Sehnen in das Weite,
Was war es, als ein Streben nur nach Euch?
Euch sucht ich einzig auf dem Weg des Ruhms,
Und all mein Ehrgeiz war nur meine Liebe.
Könnt Ihr mit mir Euch in dies stille Tal
Einschließen und der Erde Glanz entsagen –
O dann ist meines Strebens Ziel gefunden,
Dann mag der Strom der wildbewegten Welt
Ans sichre Ufer dieser Berge schlagen –
Kein flüchtiges Verlangen hab ich mehr
Hinauszusenden in des Lebens Weiten –
Dann mögen diese Felsen um uns her
Die undurchdringlich feste Mauer breiten,
Und dies verschloßne selge Tal allein
Zum Himmel offen und gelichtet sein!
BERTA. Jetzt bist du ganz, wie dich mein ahnend Herz
Geträumt, mich hat mein Glaube nicht betrogen!
RUDENZ. Fahr hin, du eitler Wahn, der mich betört!
Ich soll das Glück in meiner Heimat finden.
Hier wo der Knabe fröhlich aufgeblüht,
Wo tausend Freudespuren mich umgeben,
Wo alle Quellen mir und Bäume leben,
Im Vaterland willst du die Meine werden!

Ach, wohl hab ich es stets geliebt! Ich fühls,
Es fehlte mir zu jedem Glück der Erden.

BERTA. Wo wär die selge Insel aufzufinden,
Wenn sie nicht hier ist in der Unschuld Land?
Hier, wo die alte Treue heimisch wohnt,
Wo sich die Falschheit noch nicht hingefunden,
Da trübt kein Neid die Quelle unsers Glücks,
Und ewig hell entfliehen uns die Stunden.
– Da seh ich *dich* im echten Männerwert,
Den Ersten von den Freien und den Gleichen,
Mit reiner, freier Huldigung verehrt,
Groß wie ein König wirkt in seinen Reichen.

RUDENZ. Da seh ich dich, die Krone aller Frauen,
In weiblich reizender Geschäftigkeit,
In meinem Haus den Himmel mir erbauen,
Und, wie der Frühling seine Blumen streut,
Mit schöner Anmut mir das Leben schmücken
Und alles rings beleben und beglücken!

BERTA. Sieh, teurer Freund, warum ich trauerte,
Als ich dies höchste Lebensglück dich selbst
Zerstören sah – Weh mir! Wie stünds um mich,
Wenn ich dem stolzen Ritter müsste folgen,
Dem Landbedrücker auf sein finstres Schloss!
– Hier ist kein Schloss. Mich scheiden keine Mauern
Von einem Volk, das ich beglücken kann!

RUDENZ. Doch wie mich retten – wie die Schlinge lösen,
Die ich mir töricht selbst ums Haupt gelegt?

BERTA. Zerreiße sie mit männlichem Entschluss!
Was auch draus werde – Steh zu deinem Volk,
Es ist dein angeborner Platz. *(Jagdhörner in der Ferne)*
Die Jagd
Kommt näher – Fort, wir müssen scheiden – Kämpfe
Fürs Vaterland, du kämpfst für deine Liebe!
Es ist *ein* Feind, vor dem wir alle zittern,
Und *eine* Freiheit macht uns alle frei! *(Gehen ab)*

## Dritte Szene

*Wiese bei Altorf. Im Vordergrund Bäume, in der Tiefe der Hut auf einer Stange. Der Prospekt wird begrenzt durch den Bannberg, über welchem ein Schneegebirg emporragt*

*Frießhardt und Leuthold halten Wache*

FRIESSHARDT. Wir passen auf umsonst. Es will sich niemand
Heranbegeben und dem Hut sein' Reverenz
Erzeigen. 's war doch sonst wie Jahrmarkt hier,
Jetzt ist der ganze Anger wie verödet,
Seitdem der Popanz auf der Stange hängt.
LEUTHOLD. Nur schlecht Gesindel lässt sich sehn und schwingt
Uns zum Verdrieße die zerlumpten Mützen.
Was rechte Leute sind, die machen lieber
Den langen Umweg um den halben Flecken,
Eh sie den Rücken beugten vor dem Hut.
FRIESSHARDT. Sie müssen über diesen Platz, wenn sie
Vom Rathaus kommen um die Mittagstunde.
Da meint ich schon, 'nen guten Fang zu tun,
Denn keiner dachte dran, den Hut zu grüßen.
Da siehts der Pfaff, der Rösselmann – kam just
Von einem Kranken her – und stellt sich hin
Mit dem Hochwürdigen, grad vor die Stange –
Der Sigrist musste mit dem Glöcklein schellen,
Da fielen all aufs Knie, ich selber mit,
Und grüßten die Monstranz, doch nicht den Hut. –
LEUTHOLD. Höre, Gesell, es fängt mir an zu deuchten,
Wir stehen hier am Pranger vor dem Hut,
's ist doch ein Schimpf für einen Reitersmann,
Schildwach zu stehn vor einem leeren Hut –
Und jeder rechte Kerl muss uns verachten.
– Die Reverenz zu machen einem Hut,
Es ist doch traun! ein närrischer Befehl!
FRIESSHARDT. Warum nicht einem leeren, hohlen Hut?
Bückst du dich doch vor manchem hohlen Schädel.

*(Hildegard, Mechthild und Elsbet treten auf mit Kindern und stellen sich um die Stange)*

LEUTHOLD. Und du bist auch so ein dienstfertger Schurke,
Und brächtest wackre Leute gern ins Unglück.
Mag, wer da will, am Hut vorübergehn,
Ich drück die Augen zu und seh nicht hin.

MECHTHILD. Da hängt der Landvogt – Habt Respekt, ihr Buben.

ELSBET. Wollts Gott, er ging, und ließ uns seinen Hut,
Es sollte drum nicht schlechter stehn ums Land!

FRIESSHARDT *(verscheucht sie).*
Wollt ihr vom Platz? Verwünschtes Volk der Weiber!
Wer fragt nach euch? Schickt eure Männer her,
Wenn sie der Mut sticht, dem Befehl zu trotzen.
*(Weiber gehen)*
*(Tell mit der Armbrust tritt auf, den Knaben an der Hand führend. Sie gehen an dem Hut vorbei gegen die vordere Szene, ohne darauf zu achten)*

WALTER *(zeigt nach dem Bannberg).*
Vater, ists wahr, dass auf dem Berge dort
Die Bäume bluten, wenn man einen Streich
Drauf führte mit der Axt:

TELL. Wer sagt das, Knabe?

WALTER. Der Meister Hirt erzählts – Die Bäume seien
Gebannt, sagt er, und wer sie schädige,
Dem wachse seine Hand heraus zum Grabe.

TELL. Die Bäume sind gebannt, das ist die Wahrheit.
– Siehst du die Firnen dort, die weißen Hörner,
Die hoch bis in den Himmel sich verlieren?

WALTER. Das sind die Gletscher, die des Nachts so donnern,
Und uns die Schlaglawinen niedersenden.

TELL. So ists, und die Lawinen hätten längst
Den Flecken Altorf unter ihrer Last
Verschüttet, wenn der Wald dort oben nicht
Als eine Landwehr sich dagegenstellte.

WALTER *(nach einigem Besinnen).*
Gibts Länder, Vater, wo *nicht* Berge sind?
TELL. Wenn man hinuntersteigt von unsern Höhen,
Und immer tiefer steigt, den Strömen nach,
Gelangt man in ein großes, ebnes Land,
Wo die Waldwasser nicht mehr brausend schäumen,
Die Flüsse ruhig und gemächlich ziehn,
Da sieht man frei nach allen Himmelsräumen,
Das Korn wächst dort in langen, schönen Auen,
Und wie ein Garten ist das Land zu schauen.
WALTER. Ei, Vater, warum steigen wir denn nicht
Geschwind hinab in dieses schöne Land,
Statt dass wir uns hier ängstigen und plagen?
TELL. Das Land ist schön und gütig wie der Himmel,
Doch die's bebauen, *sie* genießen nicht
Den Segen, den sie pflanzen.
WALTER. Wohnen sie
Nicht frei wie du auf ihrem eignen Erbe?
TELL. Das Feld gehört dem Bischof und dem König.
WALTER. So dürfen sie doch frei in Wäldern jagen?
TELL. Dem Herrn gehört das Wild und das Gefieder.
WALTER. Sie dürfen doch frei fischen in dem Strom?
TELL. Der Strom, das Meer, das Salz gehört dem König.
WALTER. Wer *ist* der König denn, den alle fürchten?
TELL. Es ist der *eine*, der sie schützt und nährt.
WALTER. Sie können sich nicht mutig selbst beschützen?
TELL. Dort darf der Nachbar nicht dem Nachbar trauen.
WALTER. Vater, es wird mir eng im weiten Land,
Da wohn ich lieber unter den Lawinen.
TELL. Ja, wohl ists besser, Kind, die Gletscherberge
Im Rücken haben, als die bösen Menschen.
*(Sie wollen vorübergehen)*
WALTER. Ei, Vater, sieh den Hut dort auf der Stange.
TELL. Was kümmert uns der Hut? Komm, lass uns gehen.
*(Indem er abgehen will, tritt ihm Frießhardt mit vorgehaltner Pike entgegen)*

FRIESSHARDT. In des Kaisers Namen! Haltet an und steht!
TELL *(greift in die Pike).*
Was wollt Ihr? Warum haltet Ihr mich auf?
FRIESSHARDT. Ihr habts Mandat verletzt, Ihr müsst uns folgen.
LEUTHOLD. Ihr habt dem Hut nicht Reverenz bewiesen.
TELL. Freund, lass mich gehen.
FRIESSHARDT. Fort, fort ins Gefängnis!
WALTER. Den Vater ins Gefängnis! Hülfe! Hülfe!
*(In die Szene rufend)*
Herbei, ihr Männer, gute Leute, helft,
Gewalt, Gewalt, sie führen ihn gefangen.
*(Rösselmann der Pfarrer und Petermann der Sigrist kommen herbei, mit drei andern Männern)*
SIGRIST. Was gibts?
RÖSSELMANN. Was legst du Hand an diesen Mann?
FRIESSHARDT. Er ist ein Feind des Kaisers, ein Verräter!
TELL *(fasst ihn heftig).* Ein Verräter, ich!
RÖSSELMANN. Du irrst dich, Freund, das ist
Der Tell, ein Ehrenmann und guter Bürger.
WALTER *(erblickt Walter Fürsten und eilt ihm entgegen).*
Großvater, hilf, Gewalt geschieht dem Vater.
FRIESSHARDT. Ins Gefängnis, fort!
WALTER FÜRST *(herbeieilend).* Ich leiste Bürgschaft, haltet!
– Um Gotteswillen, Tell, was ist geschehen?
*(Melchthal und Stauffacher kommen)*
FRIESSHARDT. Des Landvogts oberherrliche Gewalt
Verachtet er, und will sie nicht erkennen.
STAUFFACHER. Das hätt der Tell getan?
MELCHTHAL. Das lügst du, Bube!
LEUTHOLD. Er hat dem Hut nicht Reverenz bewiesen.
WALTER FÜRST. Und darum soll er ins Gefängnis? Freund,
Nimm meine Bürgschaft an und lass ihn ledig.
FRIESSHARDT. Bürg du für dich und deinen eignen Leib!
Wir tun, was unsers Amtes – Fort mit ihm!
MELCHTHAL *(zu den Landleuten).*

Nein, das ist schreiende Gewalt! Ertragen wirs,
Dass man ihn fortführt, frech, vor unsern Augen?
SIGRIST. Wir sind die Stärkern. Freunde, duldets nicht,
Wir haben einen Rücken an den andern!
FRIESSHARDT. Wer widersetzt sich dem Befehl des Vogts?
NOCH DREI LANDLEUTE *(herbeieilend).*
Wir helfen euch. Was gibts? Schlagt sie zu Boden.
*(Hildegard, Mechthild und Ebbet kommen zurück)*
TELL. Ich helfe mir schon selbst. Geht, gute Leute,
Meint ihr, wenn ich die Kraft gebrauchen wollte,
Ich würde mich vor ihren Spießen fürchten?
MELCHTHAL *(zu Frießhardt).*
Wags, ihn aus unsrer Mitte wegzuführen!
WALTER FÜRST UND STAUFFACHER.
Gelassen! Ruhig!
FRIESSHARDT *(schreit).* Aufruhr und Empörung!
*(Man hört Jagdhörner)*
WEIBER. Da kommt der Landvogt!
FRIESSHARDT *(erhebt die Stimme).* Meuterei! Empörung!
STAUFFACHER. Schrei, bis du berstest, Schurke!
RÖSSELMANN UND MELCHTHAL. Willst du schweigen?
FRIESSHARDT *(ruft noch lauter).*
Zu Hülf, zu Hülf den Dienern des Gesetzes.
WALTER FÜRST. Da ist der Vogt! Weh uns, was wird das werden!
*(Geßler zu Pferd, den Falken auf der Faust, Rudolf der Harras, Berta und Rudenz, ein großes Gefolge von bewaffneten Knechten, welche einen Kreis von Piken um die ganze Szene schließen)*
RUDOLF DER HARRAS. Platz, Platz dem Landvogt!
GESSLER. Treibt sie auseinander!
Was läuft das Volk zusammen? Wer ruft Hilfe?
*(Allgemeine Stille)*
Wer wars? Ich will es wissen. *(Zu Frießhardt)*
*Du* tritt vor!
Wer bist du und was hältst du diesen Mann?

*(Er gibt den Falken einem Diener)*

FRIESSHARDT. Gestrenger Herr, ich bin dein Waffenknecht
Und wohlbestellter Wächter bei dem Hut.
Diesen Mann ergriff ich über frischer Tat,
Wie er dem Hut den Ehrengruß versagte.
Verhaften wollt ich ihn, wie du befahlst,
Und mit Gewalt will ihn das Volk entreißen.

GESSLER *(nach einer Pause).*
Verachtest du *so* deinen Kaiser, Tell,
Und *mich*, der hier an seiner Statt gebietet,
Dass du die Ehr versagst dem Hut, den ich
Zur Prüfung des Gehorsams aufgehangen?
Dein böses Trachten hast du mir verraten.

TELL. Verzeiht mir, lieber Herr! Aus Unbedacht,
Nicht aus Verachtung Eurer ists geschehn,
Wär ich besonnen, hieß ich nicht der Tell,
Ich bitt um Gnad, es soll nicht mehr begegnen.

GESSLER *(nach einigem Stillschweigen).*
Du bist ein Meister auf der Armbrust, Tell,
Man sagt, du nähmst es auf mit jedem Schützen?

WALTER TELL. Und das muss wahr sein, Herr – 'nen Apfel schießt
Der Vater dir vom Baum auf hundert Schritte.

GESSLER. Ist das dein Knabe, Tell?

TELL. Ja, lieber Herr.

GESSLER. Hast du der Kinder mehr?

TELL. Zwei Knaben, Herr.

GESSLER. Und welcher ists, den du am meisten liebst?

TELL. Herr, beide sind sie mir gleich liebe Kinder.

GESSLER. Nun, Tell! Weil du den Apfel triffst vom Baume
Auf hundert Schritte, so wirst du deine Kunst
Vor mir bewähren müssen – Nimm die Armbrust –
Du hast sie gleich zur Hand – und mach dich fertig,
Einen Apfel von des Knaben Kopf zu schießen –
Doch will ich raten, ziele gut, dass du

Den Apfel treffest auf den ersten Schuss,
Denn fehlst du ihn, so ist dein Kopf verloren.
*(Alle geben Zeichen des Schreckens)*
TELL. Herr – Welches Ungeheure sinnet Ihr
Mir an – Ich soll vom Haupte meines Kindes –
– Nein, nein doch, lieber Herr, das kömmt Euch nicht
Zu Sinn – Verhüts der gnädge Gott – das könnt Ihr
Im Ernst von einem Vater nicht begehren!
GESSLER. Du wirst den Apfel schießen von dem Kopf
Des Knaben – Ich begehrs und wills.
TELL. Ich soll
Mit meiner Armbrust auf das liebe Haupt
Des eignen Kindes zielen – Eher sterb ich!
GESSLER. Du schießest oder stirbst *mit* deinem Knaben.
TELL. Ich soll der Mörder werden meines Kinds!
Herr, Ihr habt keine Kinder – wisset nicht,
Was sich bewegt in eines Vaters Herzen.
GESSLER. Ei, Tell, du bist ja plötzlich so besonnen!
Man sagte mir, dass du ein Träumer seist,
Und dich entfernst von andrer Menschen Weise.
Du liebst das Seltsame – drum hab ich jetzt
Ein eigen Wagstück für dich ausgesucht.
Ein andrer wohl bedächte sich – *Du* drückst
Die Augen zu, und greifst es herzhaft an.
BERTA. Scherzt nicht, o Herr! mit diesen armen Leuten!
Ihr seht sie bleich und zitternd stehn – So wenig
Sind sie Kurzweils gewohnt aus Eurem Munde.
GESSLER. Wer sagt Euch, dass ich scherze?
*(Greift nach einem Baumzweige, der über ihn herhängt)*
Hier ist der Apfel.
Man mache Raum – Er nehme seine Weite,
Wies Brauch ist – Achtzig Schritte geb ich ihm –
Nicht weniger, noch mehr – Er rühmte sich,
Auf ihrer hundert seinen Mann zu treffen –
Jetzt, Schütze, triff, und fehle nicht das Ziel!

RUDOLF DER HARRAS.
Gott, das wird ernsthaft – Falle nieder, Knabe,
Es gilt, und fleh den Landvogt um dein Leben.

WALTER FÜRST *(beiseite zu Melchthal, der kaum seine Ungeduld bezwingt).*
Haltet *an* Euch, ich fleh Euch drum, bleibt ruhig.

BERTA *(zum Landvogt).* Lasst es genug sein, Herr! Unmenschlich ists,
Mit eines Vaters Angst also zu spielen.
Wenn dieser arme Mann auch Leib und Leben
Verwirkt durch seine leichte Schuld, bei Gott!
Er hätte jetzt zehnfachen Tod empfunden.
Entlasst ihn ungekränkt in seine Hütte,
Er hat Euch kennen lernen, dieser Stunde
Wird er und seine Kindeskinder denken.

GESSLER. Öffnet die Gasse – Frisch! Was zauderst du?
Dein Leben ist verwirkt, ich kann dich töten,
Und sieh, ich lege gnädig dein Geschick
In deine eigne kunstgeübte Hand.
Der kann nicht klagen über harten Spruch,
Den man zum Meister seines Schicksals macht.
Du rühmst dich deines sichern Blicks. Wohlan!
Hier gilt es, *Schütze*, deine Kunst zu zeigen,
Das Ziel ist würdig und der Preis ist groß!
Das Schwarze treffen in der Scheibe, *das*
Kann auch ein andrer, *der* ist mir der Meister,
Der seiner Kunst gewiss ist überall,
Dems Herz nicht in die Hand tritt noch ins Auge.

WALTER FÜRST *(wirft sich vor ihm nieder).*
Herr Landvogt, wir erkennen Eure Hoheit,
Doch lasset Gnad vor Recht ergehen, nehmt
Die Hälfte meiner Habe, nehmt sie ganz,
Nur dieses Grässliche erlasset einem Vater!

WALTER TELL. Großvater, knie nicht vor dem falschen Mann!
Sagt, wo ich hinstehn soll, ich fürcht mich nicht,

Der Vater trifft den Vogel ja im Flug,
Er wird nicht fehlen auf das Herz des Kindes.

STAUFFACHER.
Herr Landvogt, rührt Euch nicht des Kindes Unschuld?

RÖSSELMANN. O denket, dass ein Gott im Himmel ist,
Dem Ihr müsst Rede stehn für Eure Taten.

GESSLER *(zeigt auf den Knaben).* Man bind ihn an die Linde dort!

WALTER TELL. Mich binden!
Nein, ich will nicht gebunden sein. Ich will
Still halten, wie ein Lamm, und auch nicht atmen.
Wenn ihr mich bindet, nein, so kann ichs nicht,
So werd ich toben gegen meine Bande.

RUDOLF DER HARRAS. Die Augen nur lass dir verbinden, Knabe.

WALTER TELL. Warum die Augen? Denket Ihr, ich fürchte
Den Pfeil von Vaters Hand? Ich will ihn fest
Erwarten, und nicht zucken mit den Wimpern.
– Frisch, Vater, zeigs, dass du ein Schütze bist,
Er glaubt dirs nicht, er denkt uns zu verderben –
Dem Wütrich zum Verdrusse, schieß und triff.
*(Er geht an die Linde, man legt ihm den Apfel auf)*

MELCHTHAL *(zu den Landleuten).*
Was? Soll der Frevel sich vor unsern Augen
Vollenden? Wozu haben wir geschworen?

STAUFFACHER. Es ist umsonst. Wir haben keine Waffen,
Ihr seht den Wald von Lanzen um uns her.

MELCHTHAL. O hätten wirs mit frischer Tat vollendet,
Verzeihs Gott denen, die zum Aufschub rieten!

GESSLER *(zum Tell).*
Ans Werk! Man führt die Waffen nicht vergebens.
Gefährlich ists, ein Mordgewehr zu tragen,
Und auf den Schützen springt der Pfeil zurück.
Dies stolze Recht, das sich der Bauer nimmt,
Beleidiget den höchsten Herrn des Landes.
Gewaffnet sei niemand, als wer gebietet.

Freuts euch, den Pfeil zu führen und den Bogen,
Wohl, so will *ich* das Ziel euch dazu geben.

TELL *(spannt die Armbrust und legt den Pfeil auf).*
Öffnet die Gasse! Platz!

STAUFFACHER. Was, Tell? Ihr wolltet – Nimmermehr – Ihr zittert,
Die Hand erbebt Euch, Eure Kniee wanken –

TELL *(lässt die Armbrust sinken).*
Mir schwimmt es vor den Augen!

WEIBER. Gott im Himmel!

TELL *(zum Landvogt).* Erlasset mir den Schuss. Hier ist mein Herz!
*(Er reißt die Brust auf)*
Ruft Eure Reisigen und stoßt mich nieder.

GESSLER. Ich will dein Leben nicht, ich will den Schuss.
– Du kannst ja alles, Tell, an nichts verzagst du,
Das Steuerruder führst du wie den Bogen,
Dich schreckt kein Sturm, wenn es zu retten gilt,
Jetzt, Retter, hilf dir selbst – du rettest alle!
*(Tell steht in fürchterlichem Kampf, mit den Händen zuckend und die rollenden Augen bald auf den Landvogt, bald zum Himmel gerichtet. – Plötzlich greift er in seinen Köcher, nimmt einen zweiten Pfeil heraus und steckt ihn in seinen Goller. Der Landvogt bemerkt alle diese Bewegungen)*

WALTER TELL *(unter der Linde).*
Vater, schieß zu, ich fürcht mich nicht.

TELL. Es muss!
*(Er rafft sich zusammen und legt an)*

RUDENZ *(der die ganze Zeit über in der heftigsten Spannung gestanden und mit Gewalt an sich gehalten, tritt hervor).*
Herr Landvogt, weiter werdet Ihrs nicht treiben,
Ihr werdet *nicht* – Es war nur eine Prüfung –
Den Zweck habt Ihr erreicht – Zu weit getrieben
Verfehlt die Strenge ihres weisen Zwecks,
Und allzu straff gespannt zerspringt der Bogen.

GESSLER. Ihr schweigt, bis man Euch aufruft.
RUDENZ. Ich *will* reden,
Ich darfs, des Königs Ehre ist mir heilig,
Doch solches Regiment muss Hass erwerben.
Das ist des Königs Wille nicht – Ich darfs
Behaupten – Solche Grausamkeit verdient
Mein Volk nicht, dazu habt Ihr keine Vollmacht.
GESSLER. Ha, Ihr erkühnt Euch!
RUDENZ. Ich hab still geschwiegen
Zu allen schweren Taten, die ich sah,
Mein sehend Auge hab ich zugeschlossen,
Mein überschwellend und empörtes Herz
Hab ich hinabgedrückt in meinen Busen.
Doch länger schweigen wär Verrat zugleich
An meinem Vaterland und an dem Kaiser.
BERTA *(wirft sich zwischen ihn und den Landvogt).*
O Gott, Ihr reizt den Wütenden noch mehr.
RUDENZ. Mein Volk verließ ich, meinen Blutsverwandten
Entsagt ich, alle Bande der Natur
Zerriss ich, um an Euch mich anzuschließen –
Das Beste aller glaubt ich zu befördern,
Da ich des Kaisers Macht befestigte –
Die Binde fällt von meinen Augen – Schaudernd
Seh ich an einen Abgrund mich geführt –
Mein freies Urteil habt Ihr irrgeleitet,
Mein redlich Herz verführt – Ich war daran,
Mein Volk in bester Meinung zu verderben.
GESSLER. Verwegner, diese Sprache deinem Herrn?
RUDENZ. Der Kaiser ist mein Herr, nicht Ihr – Frei bin ich
Wie Ihr geboren, und ich messe mich
Mit Euch in jeder ritterlichen Tugend.
Und stündet Ihr nicht hier in Kaisers Namen,
Den ich verehre, selbst wo man ihn schändet,
Den Handschuh wärf ich vor Euch hin, Ihr solltet
Nach ritterlichem Brauch mir Antwort geben.

– Ja, winkt nur Euren Reisigen – Ich stehe
Nicht wehrlos da, wie *die* – *(auf das Volk zeigend).*
Ich hab ein Schwert,
Und wer mir naht –

STAUFFACHER *(ruft).* Der Apfel ist gefallen!

*(Indem sich alle nach dieser Seite gewendet und Berta zwischen Rudenz und den Landvogt sich geworfen, hat Tell den Pfeil abgedrückt)*

RÖSSELMANN. Der Knabe lebt!

VIELE STIMMEN. Der Apfel ist getroffen!

*(Walter Fürst schwankt und droht zu sinken, Berta hält ihn)*

GESSLER *(erstaunt).* Er hat geschossen? Wie? der Rasende!

BERTA. Der Knabe lebt! kommt zu Euch, guter Vater!

WALTER TELL *(kommt mit dem Apfel gesprungen).*
Vater, hier ist der Apfel – Wusst ichs ja,
Du würdest deinen Knaben nicht verletzen.

*(Tell stand mit vorgebognem Leib, als wollt er dem Pfeil folgen – die Armbrust entsinkt seiner Hand – wie er den Knaben kommen sieht, eilt er ihm mit ausgebreiteten Armen entgegen und hebt ihn mit heftiger Inbrunst zu seinem Herzen hinauf, in dieser Stellung sinkt er kraftlos zusammen. Alle stehen gerührt)*

BERTA. O gütger Himmel!

WALTER FÜRST *(zu Vater und Sohn).* Kinder! meine Kinder!

STAUFFACHER. Gott sei gelobt!

LEUTHOLD. Das war ein Schuss! Davon
Wird man noch reden in den spätsten Zeiten.

RUDOLF DER HARRAS.
Erzählen wird man von dem Schützen Tell,
Solang die Berge stehn auf ihrem Grunde.

*(Reicht dem Landvogt den Apfel)*

GESSLER. Bei Gott! der Apfel mitten durchgeschossen!
Es war ein Meisterschuss, ich muss ihn loben.

RÖSSELMANN. Der Schuss war gut, doch wehe dem, der ihn
Dazu getrieben, dass er Gott versuchte.

STAUFFACHER.
Kommt zu Euch, Tell, steht auf, Ihr habt Euch männlich
Gelöst, und frei könnt Ihr nach Hause gehen.
RÖSSELMANN.
Kommt, kommt und bringt der Mutter ihren Sohn.
*(Sie wollen ihn wegführen)*
GESSLER. Tell, höre!
TELL *(kommt zurück).* Was befehlt Ihr, Herr?
GESSLER. Du stecktest
Noch einen zweiten Pfeil zu dir – Ja, ja,
Ich sah es wohl – Was meintest du damit?
TELL *(verlegen).* Herr, das ist also bräuchlich bei den Schützen.
GESSLER. Nein, Tell, die Antwort lass ich dir nicht gelten,
Es wird was anders wohl bedeutet haben.
Sag mir die Wahrheit frisch und fröhlich, Tell,
Was es auch sei, dein Leben sichr ich dir.
Wozu der zweite Pfeil?
TELL. Wohlan, o Herr,
Weil Ihr mich meines Lebens habt gesichert,
So will ich Euch die Wahrheit gründlich sagen.
*(Er zieht den Pfeil aus dem Goller und sieht den Landvogt mit einem furchtbaren Blick an)*
Mit diesem zweiten Pfeil durchschoss ich – Euch,
Wenn ich mein liebes Kind getroffen hätte,
Und Eurer – wahrlich! hätt ich nicht gefehlt.
GESSLER. Wohl, Tell! Des Lebens hab ich dich gesichert,
Ich gab mein Ritterwort, das will ich halten –
Doch weil ich deinen bösen Sinn erkannt,
Will ich dich führen lassen und verwahren,
Wo weder Mond noch Sonne dich bescheint,
Damit ich sicher sei vor deinen Pfeilen.
Ergreift ihn, Knechte! Bindet ihn! *(Tell wird gebunden)*
STAUFFACHER. Wie, Herr?
So könntet Ihr an einem Manne handeln,
An dem sich Gottes Hand sichtbar verkündigt?

GESSLER. Lass sehn, ob sie ihn zweimal retten wird.
– Man bring ihn auf mein Schiff, ich folge nach
Sogleich, ich selbst will ihn nach Küssnacht führen.
RÖSSELMANN. Ihr wollt ihn außer Lands gefangen führen?
LANDLEUTE. Das dürft Ihr nicht, das darf der Kaiser nicht,
Das widerstreitet unsern Freiheitsbriefen!
GESSLER. Wo sind sie? Hat der Kaiser sie bestätigt?
Er hat sie nicht bestätigt – Diese Gunst
Muss erst erworben werden durch Gehorsam.
Rebellen seid ihr alle gegen Kaisers
Gericht und nährt verwegene Empörung.
Ich kenn euch alle – ich durchschau euch ganz –
*Den* nehm ich jetzt heraus aus eurer Mitte,
Doch alle seid ihr teilhaft seiner Schuld,
Wer klug ist, lerne schweigen und gehorchen.
*(Er entfernt sich, Berta, Rudenz, Harras und Knechte folgen, Frießhardt und Leuthold bleiben zurück)*
WALTER FÜRST *(in heftigem Schmerz).*
Es ist vorbei, er hats beschlossen, mich
Mit meinem ganzen Hause zu verderben!
STAUFFACHER *(zum Tell).*
O warum musstet Ihr den Wütrich reizen!
TELL. Bezwinge sich, wer meinen Schmerz gefühlt!
STAUFFACHER. O nun ist alles, alles hin! Mit Euch
Sind wir gefesselt alle und gebunden!
LANDLEUTE *(umringen den Tell).*
Mit Euch geht unser letzter Trost dahin!
LEUTHOLD *(nähert sich).*
Tell, es erbarmt mich – doch ich muss gehorchen.
TELL. Lebt wohl!
WALTER TELL *(sich mit heftigem Schmerz an ihn schmiegend).*
O Vater! Vater! Lieber Vater!
TELL *(hebt die Arme zum Himmel).*
Dort droben ist dein Vater! den ruf an!
STAUFFACHER. Tell, sag ich Eurem Weibe nichts von Euch?

TELL *(hebt den Knaben mit Inbrunst an seine Brust).*
Der Knab ist unverletzt, mir wird Gott helfen.
*(Reißt sich schnell los und folgt den Waffenknechten)*

# VIERTER AUFZUG

## Erste Szene

*Östliches Ufer des Vierwaldstättensees*
*Die seltsam gestalteten schroffen Felsen im Westen schließen den Prospekt. Der See ist bewegt, heftiges Rauschen und Tosen, dazwischen Blitze und Donnerschläge*

*Kunz von Gersau. Fischer und Fischerknabe*

KUNZ. Ich sahs mit Augen an, Ihr könnt mirs glauben,
's ist alles so geschehn, wie ich Euch sagte.
FISCHER. Der Tell gefangen abgeführt nach Küßnacht,
Der beste Mann im Land, der bravste Arm,
Wenns einmal gelten sollte für die Freiheit.
KUNZ. Der Landvogt führt ihn selbst den See herauf,
Sie waren eben dran sich einzuschiffen,
Als ich von Flüelen abfuhr, doch der Sturm,
Der eben jetzt im Anzug ist, und der
Auch mich gezwungen, eilends hier zu landen,
Mag ihre Abfahrt wohl verhindert haben.
FISCHER. Der Tell in Fesseln, in des Vogts Gewalt!
O glaubt, er wird ihn tief genug vergraben,
Dass er des Tages Licht nicht wieder sieht!
Denn fürchten muss er die gerechte Rache
Des freien Mannes, den er schwer gereizt!
KUNZ. Der Altlandammann auch, der edle Herr
Von Attinghausen, sagt man, lieg am Tode.
FISCHER. So bricht der letzte Anker unsrer Hoffnung!
Der war es noch allein, der seine Stimme
Erheben durfte für des Volkes Rechte!
KUNZ. Der Sturm nimmt überhand. Gehabt Euch wohl,
Ich nehme Herberg in dem Dorf, denn heut
Ist doch an keine Abfahrt mehr zu denken. *(Geht ab)*
FISCHER. Der Tell gefangen und der Freiherr tot!

Erheb die freche Stirne, Tyrannei,
Wirf alle Scham hinweg, der Mund der Wahrheit
Ist stumm, das sehnde Auge ist geblendet,
Der Arm, der retten sollte, ist gefesselt!
KNABE. Es hagelt schwer, kommt in die Hütte, Vater,
Es ist nicht kommlich, hier im Freien hausen.
FISCHER. Raset, ihr Winde, flammt herab, ihr Blitze,
Ihr Wolken berstet, gießt herunter, Ströme
Des Himmels und ersäuft das Land! Zerstört
Im Keim die ungeborenen Geschlechter!
Ihr wilden Elemente werdet Herr,
Ihr Bären kommt, ihr alten Wölfe wieder
Der großen Wüste, euch gehört das Land,
Wer wird hier leben wollen ohne Freiheit!
KNABE. Hört, wie der Abgrund tost, der Wirbel brüllt,
So hats noch nie gerast in diesem Schlunde!
FISCHER. Zu zielen auf des eignen Kindes Haupt,
Solches ward keinem Vater noch geboten!
Und die Natur soll nicht in wildem Grimm
Sich drob empören – O mich solls nicht wundern,
Wenn sich die Felsen bücken in den See,
Wenn jene Zacken, jene Eisestürme,
Die nie auftauten seit dem Schöpfungstag,
Von ihren hohen Kulmen niederschmelzen,
Wenn die Berge brechen, wenn die alten Klüfte
Einstürzen, eine zweite Sündflut alle
Wohnstätten der Lebendigen verschlingt!
*(Man hört läuten)*
KNABE. Hört Ihr, sie läuten droben auf dem Berg,
Gewiss hat man ein Schiff in Not gesehn,
Und zieht die Glocke, dass gebetet werde.
*(Steigt auf eine Anhöhe)*
FISCHER. Wehe dem Fahrzeug, das jetzt unterwegs,
In dieser furchtbarn Wiege wird gewiegt!
Hier ist das Steuer unnütz und der Steurer,

Der Sturm ist Meister, Wind und Welle spielen
Ball mit dem Menschen – Da ist nah und fern
Kein Busen, der ihm freundlich Schutz gewährte!
Handlos und schroff ansteigend starren ihm
Die Felsen, die unwirtlichen, entgegen,
Und weisen ihm nur ihre steinern schroffe Brust.

KNABE *(deutet links).*
Vater, ein Schiff, es kommt von Flüelen her.

FISCHER. Gott helf den armen Leuten! Wenn der Sturm
In dieser Wasserkluft sich erst verfangen,
Dann rast er um sich mit des Raubtiers Angst,
Das an des Gitters Eisenstäbe schlägt,
Die Pforte sucht er heulend sich vergebens,
Denn ringsum schränken ihn die Felsen ein,
Die himmelhoch den engen Pass vermauren.
*(Er steigt auf die Anhöhe)*

KNABE. Es ist das Herrenschiff von Uri, Vater,
Ich kenns am roten Dach und an der Fahne.

FISCHER. Gerichte Gottes! Ja, er ist es selbst,
Der Landvogt, der da fährt – Dort schifft er hin,
Und führt im Schiffe sein Verbrechen mit!
Schnell hat der Arm des Rächers ihn gefunden,
Jetzt kennt er über sich den stärkern Herrn,
Diese Wellen geben nicht auf seine Stimme,
Diese Felsen bücken ihre Häupter nicht
Vor seinem Hute – Knabe, bete nicht,
Greif nicht dem Richter in den Arm!

KNABE. Ich bete für den Landvogt nicht – Ich bete
Für den Tell, der auf dem Schiff sich mit befindet.

FISCHER. O Unvernunft des blinden Elements!
Musst du, um *einen* Schuldigen zu treffen,
Das Schiff mitsamt dem Steuermann verderben!

KNABE. Sieh, sieh, sie waren glücklich schon vorbei
Am *Buggisgrat*, doch die Gewalt des Sturms,
Der von dem *Teufelsmünster* widerprallt,

Wirft sie zum großen *Axenberg* zurück.
– Ich seh sie nicht mehr.

FISCHER. Dort ist das *Hakmesser*,
Wo schon der Schiffe mehrere gebrochen.
Wenn sie nicht weislich dort vorüberlenken,
So wird das Schiff zerschmettert an der Fluh,
Die sich gähstotzig absenkt in die Tiefe.
– Sie haben einen guten Steuermann
Am Bord, könnt *einer* retten, wärs der Tell,
Doch dem sind Arm und Hände ja gefesselt.

*(Wilhelm Tell mit der Armbrust. Er kommt mit raschen Schritten, blickt erstaunt umher und zeigt die heftigste Bewegung. Wenn er mitten auf der Szene ist, wirft er sich nieder, die Hände zu der Erde und dann zum Himmel ausbreitend)*

KNABE *(bemerkt ihn).*
Sieh, Vater, wer der Mann ist, der dort kniet?

FISCHER. Er fasst die Erde an mit seinen Händen,
Und scheint wie außer sich zu sein.

KNABE *(kommt vorwärts).*
Was seh ich! Vater! Vater, kommt und seht!

FISCHER *(nähert sich).*
Wer ist es? – Gott im Himmel! Was! der Tell?
Wie kommt Ihr hieher? Redet!

KNABE. Wart Ihr nicht
Dort auf dem Schiff gefangen und gebunden?

FISCHER. Ihr wurdet nicht nach Küssnacht abgeführt?

TELL *(steht auf).* Ich bin befreit.

FISCHER UND KNABE. Befreit! O Wunder Gottes!

KNABE. Wo kommt Ihr her?

TELL. Dort aus dem Schiffe.

FISCHER. Was?

KNABE *(zugleich).* Wo ist der Landvogt?

TELL. Auf den Wellen treibt er.

FISCHER. Ists möglich? Aber *Ihr*? Wie seid Ihr hier?
Seid Euren Banden und dem Sturm entkommen?

TELL. Durch Gottes gnädge Fürsehung – Hört an!
FISCHER UND KNABE. O redet, redet!
TELL. Was in Altorf sich
Begeben, wisst Ihrs?
FISCHER. Alles weiß ich, redet!
TELL. Dass mich der Landvogt fahen ließ und binden,
Nach seiner Burg zu Küßnacht wollte führen.
FISCHER. Und sich mit Euch zu Flüelen eingeschifft!
Wir wissen alles, sprecht, wie Ihr entkommen?
TELL. Ich lag im Schiff, mit Stricken fest gebunden,
Wehrlos, ein aufgegebner Mann – nicht hofft ich,
Das frohe Licht der Sonne mehr zu sehn,
Der Gattin und der Kinder liebes Antlitz,
Und trostlos blickt ich in die Wasserwüste –
FISCHER. O armer Mann!
TELL. So fuhren wir dahin,
Der Vogt, Rudolf der Harras und die Knechte.
Mein Köcher aber mit der Armbrust lag
Am hintern Gransen bei dem Steuerruder.
Und als wir an die Ecke jetzt gelangt
Beim kleinen Axen, da verhängt' es Gott,
Dass solch ein grausam mördrisch Ungewitter
Gählings herfürbrach aus des Gotthards Schlünden,
Dass allen Ruderern das Herz entsank,
Und meinten alle, elend zu ertrinken.
Da hört ichs, wie der Diener einer sich
Zum Landvogt wendet' und die Worte sprach:
Ihr sehet Eure Not und unsre, Herr,
Und dass wir all am Rand des Todes schweben –
Die Steuerleute aber wissen sich
Für großer Furcht nicht Rat und sind des Fahrens
Nicht wohl berichtet – Nun aber ist der Tell
Ein starker Mann und weiß ein Schiff zu steuern,
Wie, wenn wir sein jetzt brauchten in der Not?
Da sprach der Vogt zu mir: Tell, wenn du dirs

Getrautest, uns zu helfen aus dem Sturm,
So möcht ich dich der Bande wohl entledgen.
Ich aber sprach: Ja, Herr, mit Gottes Hülfe
Getrau ich mirs, und helf uns wohl hiedannen.
So ward ich meiner Bande los und stand
Am Steuerruder und fuhr redlich hin.
Doch schielt ich seitwärts, wo mein Schießzeug lag,
Und an dem Ufer merkt ich scharf umher,
Wo sich ein Vorteil auftät zum Entspringen.
Und wie ich eines Felsenriffs gewahre,
Das abgeplattet vorsprang in den See –
FISCHER. Ich kenns, es ist am Fuß des großen Axen,
Doch nicht für möglich acht ichs – so gar steil
Gehts an – vom Schiff es springend abzureichen –
TELL. Schrie ich den Knechten, handlich zuzugehn,
Bis dass wir vor die Felsenplatte kämen,
Dort, rief ich, sei das Ärgste überstanden –
Und als wir sie frischrudernd bald erreicht,
Fleh ich die Gnade Gottes an, und drücke,
Mit allen Leibeskräften angestemmt,
Den hintern Gransen an die Felswand hin –
Jetzt schnell mein Schießzeug fassend, schwing ich selbst
Hochspringend auf die Platte mich hinauf,
Und mit gewaltgem Fußstoß hinter mich
Schleudr ich das Schifflein in den Schlund der Wasser –
Dort mags, wie Gott will, auf den Wellen treiben!
So bin ich hier, gerettet aus des Sturms
Gewalt und aus der schlimmeren der Menschen.
FISCHER. Tell, Tell, ein sichtbar Wunder hat der Herr
An Euch getan, kaum glaub ichs meinen Sinnen –
Doch saget! Wo gedenket Ihr jetzt hin,
Denn Sicherheit ist nicht für Euch, wofern
Der Landvogt lebend diesem Sturm entkommt.
TELL. Ich hört ihn sagen, da ich noch im Schiff

Gebunden lag, er woll bei Brunnen landen,
Und über Schwyz nach seiner Burg mich führen.

FISCHER. Will er den Weg dahin zu Lande nehmen?

TELL. Er denkts.

FISCHER. O so verbergt Euch ohne Säumen,
Nicht zweimal hilft Euch Gott aus seiner Hand.

TELL. Nennt mir den nächsten Weg nach Arth und Küssnacht.

FISCHER. Die offne Straße zieht sich über Steinen,
Doch einen kürzern Weg und heimlichern
Kann Euch mein Knabe über Lowerz führen.

TELL *(gibt ihm die Hand).*
Gott lohn Euch Eure Guttat. Lebet wohl.
*(Geht und kehrt wieder um)*
– Habt Ihr nicht auch im Rütli mitgeschworen?
Mir deucht, man nannt Euch mir –

FISCHER. Ich war dabei,
Und hab den Eid des Bundes mit beschworen.

TELL. So eilt nach Bürglen, tut die Lieb mir an,
Mein Weib verzagt um mich, verkündet ihr,
Dass ich gerettet sei und wohl geborgen.

FISCHER. Doch wohin sag ich ihr, dass Ihr geflohn?

TELL. Ihr werdet meinen Schwäher bei ihr finden
Und andre, die im Rütli mitgeschworen –
Sie sollen wacker sein und gutes Muts,
Der Tell sei *frei* und seines Armes mächtig,
Bald werden sie ein Weitres von mir hören.

FISCHER. Was habt Ihr im Gemüt? Entdeckt mirs frei.

TELL. Ist es *getan*, wirds auch zur Rede kommen. *(Geht ab)*

FISCHER. Zeig ihm den Weg, Jenni – Gott steh ihm bei!
Er führts zum Ziel, was er auch unternommen. *(Geht ab)*

## Zweite Szene

*Edelhof zu Attinghausen*

*Der Freiherr, in einem Armsessel, sterbend. Walter Fürst, Stauffacher, Melchthal und Baumgarten um ihn beschäftigt. Walter Tell knieend vor dem Sterbenden*

WALTER FÜRST. Es ist vorbei mit ihm, er ist hinüber.
STAUFFACHER. Er liegt nicht wie ein Toter – Seht, die Feder
Auf seinen Lippen regt sich! Ruhig ist
Sein Schlaf, und friedlich lächeln seine Züge.
*(Baumgarten geht an die Türe und spricht mit jemand)*
WALTER FÜRST *(zu Baumgarten)*. Wer ists?
BAUMGARTEN *(kommt zurück)*. Es ist Frau Hedwig, Eure Tochter,
Sie will Euch sprechen, will den Knaben sehn.
*(Walter Tell richtet sich auf)*
WALTER FÜRST. Kann ich sie trösten? Hab ich selber Trost?
Häuft alles Leiden sich auf meinem Haupt?
HEDWIG *(hereindringend)*.
Wo ist mein Kind? Lasst mich, ich muss es sehn –
STAUFFACHER. Fasst Euch, bedenkt, dass Ihr im Haus des Todes –
HEDWIG *(stürzt auf den Knaben)*. Mein Wälty! O er lebt mir.
WALTER TELL *(hängt an ihr)*. Arme Mutter!
HEDWIG. Ists auch gewiss? Bist du mir unverletzt?
*(Betrachtet ihn mit ängstlicher Sorgfalt)*
Und ist es möglich? Konnt er auf dich zielen?
*Wie* konnt ers? O er hat kein Herz – Er konnte
Den Pfeil abdrücken auf sein eignes Kind!
WALTER FÜRST. Er tats mit Angst, mit schmerzzerrißner Seele,
Gezwungen tat ers, denn es galt das Leben.
HEDWIG. O hätt er eines Vaters Herz, eh ers
Getan, er wäre tausendmal gestorben!
STAUFFACHER. Ihr solltet Gottes gnädge Schickung preisen,
Die es so gut gelenkt –

HEDWIG. Kann ich vergessen,
Wies hätte kommen *können* – Gott des Himmels!
Und lebt ich achtzig Jahr – Ich seh den Knaben ewig
Gebunden stehn, den Vater auf ihn zielen,
Und ewig fliegt der Pfeil mir in das Herz.

MELCHTHAL. Frau, wüsstet Ihr, wie ihn der Vogt gereizt!

HEDWIG. O rohes Herz der Männer! Wenn ihr Stolz
Beleidigt wird, dann achten sie nichts mehr,
Sie setzen in der blinden Wut des Spiels
Das Haupt des Kindes und das Herz der Mutter!

BAUMGARTEN. Ist Eures Mannes Los nicht hart genug,
Dass Ihr mit schwerem Tadel ihn noch kränkt?
Für *seine* Leiden habt ihr kein Gefühl?

HEDWIG *(kehrt sich nach ihm um und sieht ihn mit einem großen Blick an).*
Hast *du* nur Tränen für des Freundes Unglück?
– Wo waret ihr, da man den Trefflichen
In Bande schlug? Wo war *da* eure Hülfe?
Ihr sahet zu, ihr ließt das Grässliche geschehn,
Geduldig littet ihrs, dass man den Freund
Aus eurer Mitte führte – Hat der Tell
Auch so an euch gehandelt? Stand er auch
Bedaurend da, als hinter dir die Reiter
Des Landvogts drangen, als der wütge See
Vor dir erbrauste? Nicht mit müßgen Tränen
Beklagt' er dich, in den Nachen sprang er, Weib
Und Kind vergaß er und befreite dich –

WALTER FÜRST. Was konnten wir zu seiner Rettung wagen,
Die kleine Zahl, die unbewaffnet war!

HEDWIG *(wirft sich an seine Brust).*
O Vater! Und auch du hast ihn verloren!
Das Land, wir alle haben ihn verloren!
Uns allen fehlt er, ach! wir fehlen ihm!
Gott rette seine Seele vor Verzweiflung.
Zu ihm hinab ins öde Burgverlies

Dringt keines Freundes Trost – Wenn er erkrankte!
Ach, in des Kerkers feuchter Finsternis
Muss er erkranken – Wie die Alpenrose
Bleicht und verkümmert in der Sumpfesluft,
So ist für *ihn* kein Leben als im Licht
Der Sonne, in dem Balsamstrom der Lüfte.
Gefangen! Er! Sein Atem ist die Freiheit,
Er kann nicht leben in dem Hauch der Grüfte.

STAUFFACHER. Beruhigt Euch. Wir alle wollen handeln,
Um seinen Kerker aufzutun.

HEDWIG. Was könnt *ihr* schaffen ohne ihn? – Solang
Der Tell noch frei war, ja, *da* war noch Hoffnung,
Da hatte noch die Unschuld einen Freund,
Da hatte einen Helfer der Verfolgte,
Euch alle rettete der Tell – Ihr alle
Zusammen könnt nicht *seine* Fesseln lösen!
*(Der Freiherr erwacht)*

BAUMGARTEN. Er regt sich, still!

ATTINGHAUSEN *(sich aufrichtend).* Wo ist er?

STAUFFACHER. Wer?

ATTINGHAUSEN. Er fehlt mir,
Verlässt mich in dem letzten Augenblick!

STAUFFACHER. Er meint den Junker – Schickte man nach ihm?

WALTER FÜRST. Es ist nach ihm gesendet – Tröstet Euch!
Er hat sein Herz gefunden, er ist unser.

ATTINGHAUSEN. Hat er gesprochen für sein Vaterland?

STAUFFACHER. Mit Heldenkühnheit.

ATTINGHAUSEN. Warum kommt er nicht,
Um meinen letzten Segen zu empfangen?
Ich fühle, dass es schleunig mit mir endet.

STAUFFACHER. Nicht also, edler Herr! Der kurze Schlaf
Hat Euch erquickt, und hell ist Euer Blick.

ATTINGHAUSEN. Der Schmerz ist Leben, er verließ mich auch,
Das Leiden ist, so wie die Hoffnung, aus.

*(Er bemerkt den Knaben)*
Wer ist der Knabe?
WALTER FÜRST. Segnet ihn, o Herr!
Er ist mein Enkel und ist vaterlos.
*(Hedwig sinkt mit dem Knaben vor dem Sterbenden nieder)*
ATTINGHAUSEN. Und vaterlos lass ich euch alle, alle
Zurück – Weh mir, dass meine letzten Blicke
Den Untergang des Vaterlands gesehn!
Musst ich des Lebens höchstes Maß erreichen,
Um ganz mit allen Hoffnungen zu sterben!
STAUFFACHER *(zu Walter Fürst).*
Soll er in diesem finstern Kummer scheiden?
Erhellen wir ihm nicht die letzte Stunde
Mit schönem Strahl der Hoffnung? – Edler Freiherr!
Erhebet Euren Geist! Wir sind nicht ganz
Verlassen, sind nicht rettungslos verloren.
ATTINGHAUSEN. Wer soll euch retten?
WALTER FÜRST. Wir uns selbst. Vernehmt!
Es haben die drei Lande sich das Wort
Gegeben, die Tyrannen zu verjagen.
Geschlossen ist der Bund, ein heilger Schwur
Verbindet uns. Es wird gehandelt werden,
Eh noch das Jahr den neuen Kreis beginnt,
Euer Staub wird ruhn in einem freien Lande.
ATTINGHAUSEN. O saget mir! Geschlossen ist der Bund?
MELCHTHAL. Am gleichen Tage werden alle drei
Waldstätte sich erheben. Alles ist
Bereit, und das Geheimnis wohlbewahrt
Bis jetzt, obgleich viel Hunderte es teilen.
Hohl ist der Boden unter den Tyrannen,
Die Tage ihrer Herrschaft sind gezählt,
Und bald ist ihre Spur nicht mehr zu finden.
ATTINGHAUSEN. Die festen Burgen aber in den Landen?
MELCHTHAL. Sie fallen alle an dem gleichen Tag.
ATTINGHAUSEN. Und sind die Edeln dieses Bunds teilhaftig?

STAUFFACHER. Wir harren ihres Beistands, wenn es gilt,
Jetzt aber hat der Landmann nur geschworen.

ATTINGHAUSEN *(richtet sich langsam in die Höhe, mit großem Erstaunen).*
Hat sich der Landmann solcher Tat verwogen,
Aus eignem Mittel, ohne Hülf der Edeln,
Hat er der eignen Kraft so viel vertraut –
Ja, dann bedarf es unserer nicht mehr,
Getröstet können wir zu Grabe steigen,
Es lebt *nach* uns – durch andre Kräfte will
Das Herrliche der Menschheit sich erhalten.
*(Er legt seine Hand auf das Haupt des Kindes, das vor ihm auf den Knien liegt)*
Aus diesem Haupte, wo der Apfel lag,
Wird euch die neue bessre Freiheit grünen,
Das Alte stürzt, es ändert sich die Zeit,
Und neues Leben blüht aus den Ruinen.

STAUFFACHER *(zu Walter Fürst).*
Seht, welcher Glanz sich um sein Aug ergießt!
Das ist nicht das Erlöschen der Natur,
Das ist der Strahl schon eines neuen Lebens.

ATTINHAUSEN. Der Adel steigt von seinen alten Burgen
Und schwört den Städten seinen Bürgereid,
Im *Üchtland* schon, im *Thurgau* hats begonnen,
Die edle *Bern* erhebt ihr herrschend Haupt,
*Freiburg* ist eine sichre Burg der Freien,
Die rege *Zürich* waffnet ihre Zünfte
Zum kriegerischen Heer – Es bricht die Macht
Der Könige sich an ihren ewgen Wällen –
*(Er spricht das Folgende mit dem Ton eines Sehers – seine Rede steigt bis zur Begeisterung)*
Die Fürsten seh ich und die edeln Herrn
In Harnischen herangezogen kommen,
Ein harmlos Volk von Hirten zu bekriegen.
Auf Tod und Leben wird gekämpft, und herrlich

Wird mancher Pass durch blutige Entscheidung.
Der Landmann stürzt sich mit der nackten Brust,
Ein freies Opfer, in die Schar der Lanzen,
Er bricht sie, und des Adels Blüte fällt,
Es hebt die Freiheit siegend ihre Fahne.
*(Walter Fürsts und Stauffachers Hände fassend)*
Drum haltet fest zusammen – fest und ewig –
Kein Ort der Freiheit sei dem andern fremd –
Hochwachten stellet aus auf euren Bergen,
Dass sich der Bund zum Bunde rasch versammle –
Seid einig – einig – einig –
*(Er fällt in das Küssen zurück – seine Hände halten entseelt noch die andern gefasst. Fürst und Stauffacher betrachten ihn noch eine Zeitlang schweigend, dann treten sie hinweg, jeder seinem Schmerz überlassen. Unterdessen sind die Knechte still hereingedrungen, sie nähern sich mit Zeichen eines stillern oder heftigern Schmerzens, einige knien bei ihm nieder und weinen auf seine Hand, während dieser stummen Szene wird die Burgglocke geläutet)*
*(Rudenz zu den Vorigen)*

RUDENZ *(rasch eintretend).*
Lebt er? O saget, kann er mich noch hören?

WALTER FÜRST *(deutet hin mit weggewandtem Gesicht).*
*Ihr* seid jetzt unser Lehensherr und Schirmer,
Und dieses Schloss hat einen andern Namen.

RUDENZ *(erblickt den Leichnam und steht von heftigem Schmerz ergriffen).*
O gütger Gott! – Kommt meine Reu zu spät?
Konnt er nicht wen'ge Pulse länger leben,
Um mein geändert Herz zu sehn?
Verachtet hab ich seine treue Stimme,
Da er noch wandelte im Licht – Er ist
Dahin, ist fort auf immerdar und lässt mir
Die schwere unbezahlte Schuld! – O saget!
Schied er dahin im Unmut gegen mich?

STAUFFACHER. Er hörte sterbend noch, was Ihr getan,
Und segnete den Mut, mit dem Ihr spracht!
RUDENZ *(kniet an dem Toten nieder).*
Ja, heilge Reste eines teuren Mannes!
Entseelter Leichnam! Hier gelob ich dirs
In deine kalte Totenhand – Zerrissen
Hab ich auf ewig alle fremden Bande,
Zurückgegeben bin ich meinem Volk,
Ein Schweizer bin ich und ich will es sein –
Von ganzer Seele – – *(Aufstehend)*
Trauert um den Freund,
Den Vater aller, doch verzaget nicht!
Nicht bloß sein Erbe ist mir zugefallen,
Es steigt sein Herz, sein Geist auf mich herab,
Und leisten soll euch meine frische Jugend,
Was euch sein greises Alter schuldig blieb.
– Ehrwürdger Vater, gebt mir Eure Hand!
Gebt mir die Eurige! Melchthal, auch Ihr!
Bedenkt Euch nicht! O wendet Euch nicht weg!
Empfanget meinen Schwur und mein Gelübde.
WALTER FÜRST. Gebt ihm die Hand. Sein wiederkehrend Herz
Verdient Vertraun.
MELCHTHAL. Ihr habt den Landmann nichts geachtet.
Sprecht, wessen soll man sich zu Euch versehn?
RUDENZ. O denket nicht des Irrtums meiner Jugend!
STAUFFACHER *(zu Melchthal).*
Seid einig! war das letzte Wort des Vaters,
Gedenket dessen!
MELCHTHAL. Hier ist meine Hand!
Des Bauern Handschlag, edler Herr, ist auch
Ein Manneswort! Was ist der Ritter ohne uns?
Und unser Stand ist älter als der Eure.
RUDENZ. Ich ehr ihn, und mein Schwert soll ihn beschützen.
MELCHTHAL. *Der* Arm, Herr Freiherr, der die harte Erde

Sich unterwirft und ihren Schoß befruchtet,
Kann auch des Mannes Brust beschützen.

RUDENZ. Ihr
Sollt *meine* Brust, ich will die *eure* schützen,
So sind wir einer durch den andern stark.
– Doch wozu reden, da das Vaterland
Ein Raub noch ist der fremden Tyrannei?
Wenn erst der Boden rein ist von dem Feind,
Dann wollen wirs in Frieden schon vergleichen.
*(Nachdem er einen Augenblick innegehalten)*
Ihr schweigt? Ihr habt mir nichts zu sagen? Wie?
Verdien ichs noch nicht, dass ihr mir vertraut?
So muss ich wider euren Willen mich
In das Geheimnis eures Bundes drängen.
– Ihr habt getagt – geschworen auf dem Rütli –
Ich weiß – weiß alles, was ihr dort verhandelt,
Und was mir nicht von euch vertrauet ward,
Ich habs bewahrt gleich wie ein heilig Pfand.
Nie war ich meines Landes Feind, glaubt mir,
Und niemals hätt ich gegen euch gehandelt.
– Doch übel tatet ihr, es zu verschieben,
Die Stunde dringt, und rascher Tat bedarfs –
Der Tell ward schon das Opfer eures Säumens –

STAUFFACHER. Das Christfest abzuwarten schwuren wir.

RUDENZ. *Ich* war nicht dort, ich hab nicht mitgeschworen.
Wartet ihr ab, ich handle.

MELCHTHAL. Was? Ihr wolltet –

RUDENZ. Des Landes Vätern zähl ich mich jetzt bei,
Und meine erste Pflicht ist, euch zu schützen.

WALTER FÜRST. Der Erde diesen teuren Staub zu geben,
Ist Eure nächste Pflicht und heiligste.

RUDENZ. Wenn wir das Land befreit, dann legen wir
Den frischen Kranz des Siegs ihm auf die Bahre.
– O Freunde! Eure Sache nicht allein,
Ich habe meine eigne auszufechten

Mit dem Tyrannen – Hört und wisst! Verschwunden
Ist meine Berta, heimlich weggeraubt,
Mit kecker Freveltat aus unsrer Mitte!

STAUFFACHER. Solcher Gewalttat hätte der Tyrann
Wider die freie Edle sich verwogen?

RUDENZ. O meine Freunde! Euch versprach ich Hülfe,
Und ich zuerst muss sie von euch erflehn.
Geraubt, entrissen ist mir die Geliebte,
Wer weiß, wo sie der Wütende verbirgt,
Welcher Gewalt sie frevelnd sich erkühnen,
Ihr Herz zu zwingen zum verhassten Band!
Verlasst mich nicht, o helft mir sie erretten –
Sie liebt euch, o sie hats verdient ums Land,
Dass alle Arme sich für sie bewaffnen –

WALTER FÜRST. Was wollt Ihr unternehmen?

RUDENZ. Weiß ichs? Ach!
In dieser Nacht, die ihr Geschick umhüllt,
In dieses Zweifels ungeheurer Angst,
Wo ich nichts Festes zu erfassen weiß,
Ist mir nur dieses in der Seele klar:
Unter den Trümmern der Tyrannenmacht
Allein kann sie hervorgegraben werden,
Die Festen alle müssen wir bezwingen,
Ob wir vielleicht in ihren Kerker dringen.

MELCHTHAL. Kommt, führt uns an. Wir folgen Euch. Warum
Bis morgen sparen, was wir heut vermögen?
Frei war der Tell, als wir im Rütli schwuren,
Das Ungeheure war noch nicht geschehen.
Es bringt die Zeit ein anderes Gesetz,
Wer ist so feig, der jetzt noch könnte zagen!

RUDENZ *(zu Stauffacher und Walter Fürst).*
Indes bewaffnet und zum Werk bereit
Erwartet ihr der Berge Feuerzeichen,
Denn schneller als ein Botensegel fliegt,
Soll euch die Botschaft unsers Siegs erreichen,

Und seht ihr leuchten die willkommnen Flammen,
Dann auf die Feinde stürzt, wie Wetters Strahl,
Und brecht den Bau der Tyrannei zusammen. *(Gehen ab)*

## Dritte Szene

*Die hohle Gasse bei Küssnacht*

*Man steigt von hinten zwischen Felsen herunter, und die Wanderer werden, ehe sie auf der Szene erscheinen, schon von der Höhe gesehen. Felsen umschließen die ganze Szene, auf einem der vordersten ist ein Vorsprung mit Gesträuch bewachsen*

TELL *(tritt auf mit der Armbrust).*
Durch diese hohle Gasse muss er kommen,
Es führt kein andrer Weg nach Küssnacht – Hier
Vollend ichs – Die Gelegenheit ist günstig.
Dort der Holunderstrauch verbirgt mich ihm,
Von dort herab kann ihn mein Pfeil erlangen,
Des Weges Enge wehret den Verfolgern.
Mach deine Rechnung mit dem Himmel, Vogt,
Fort musst du, deine Uhr ist abgelaufen.

Ich lebte still und harmlos – Das Geschoß
War auf des Waldes Tiere nur gerichtet,
Meine Gedanken waren rein von Mord –
*Du* hast aus meinem Frieden mich heraus
Geschreckt, in gärend Drachengift hast du
Die Milch der frommen Denkart mir verwandelt,
Zum Ungeheuren hast du mich gewöhnt –
Wer sich des Kindes Haupt zum Ziele setzte,
Der kann auch treffen in das Herz des Feinds.

Die armen Kindlein, die unschuldigen,
Das treue Weib muss ich vor deiner Wut
Beschützen, Landvogt – Da, als ich den Bogenstrang

Anzog – als mir die Hand erzitterte –
Als du mit grausam teufelischer Lust
Mich zwangst, aufs Haupt des Kindes anzulegen –
Als ich ohnmächtig flehend rang vor dir,
Damals gelobt ich mir in meinem Innern
Mit furchtbarm Eidschwur, den nur Gott gehört,
Dass meines *nächsten* Schusses *erstes* Ziel
Dein Herz sein sollte – Was ich mir gelobt
In jenes Augenblickes Höllenqualen,
Ist eine heilge Schuld, ich will sie zahlen.

Du bist mein Herr und meines Kaisers Vogt,
Doch nicht der Kaiser hätte sich erlaubt,
Was *du* – Er sandte dich in diese Lande,
Um Recht zu sprechen – strenges, denn er zürnet –
Doch nicht, um mit der mörderischen Lust
Dich jedes Greuels straflos zu erfrechen,
Es lebt ein Gott, zu strafen und zu rächen.

Komm du hervor, du Bringer bittrer Schmerzen,
Mein teures Kleinod jetzt, mein höchster Schatz –
Ein Ziel will ich dir geben, das bis jetzt
Der frommen Bitte undurchdringlich war –
Doch *dir* soll es nicht widerstehn – Und du,
Vertraute Bogensehne, die so oft
Mir treu gedient hat in der Freude Spielen,
Verlass mich nicht im fürchterlichen Ernst.
Nur jetzt noch halte fest, du treuer Strang,
Der mir so oft den herben Pfeil beflügelt –
Entränn er jetzo kraftlos meinen Händen,
Ich habe keinen zweiten zu versenden.
*(Wanderer gehen über die Szene)*

Auf dieser Bank von Stein will ich mich setzen,
Dem Wanderer zur kurzen Ruh bereitet –

Denn hier ist keine Heimat – Jeder treibt
Sich an dem andern rasch und fremd vorüber,
Und fraget nicht nach seinem Schmerz – Hier geht
Der sorgenvolle Kaufmann und der leicht
Geschürzte Pilger – der andächtge Mönch,
Der düstre Räuber und der heitre Spielmann,
Der Säumer mit dem schwer beladnen Ross,
Der ferne herkommt von der Menschen Ländern,
Denn jede Straße führt ans End der Welt.
Sie alle ziehen ihres Weges fort
An ihr Geschäft – und meines ist der Mord! *(Setzt sich)*

Sonst wenn der Vater auszog, liebe Kinder,
Da war ein Freuen, wenn er wiederkam,
Denn niemals kehrt er heim, er bracht euch etwas,
Wars eine schöne Alpenblume, wars
Ein seltner Vogel oder Ammonshorn,
Wie es der Wandrer findet auf den Bergen –
Jetzt geht er einem andern Weidwerk nach,
Am wilden Weg sitzt er mit Mordgedanken,
Des Feindes Leben ists, worauf er lauert.
– Und doch an *euch* nur denkt er, lieben Kinder,
Auch jetzt – Euch zu verteidgen, eure holde Unschuld
Zu schützen vor der Rache des Tyrannen,
Will er zum Morde jetzt den Bogen spannen! *(Steht auf)*
Ich laure auf ein edles Wild – Lässt sichs
Der Jäger nicht verdrießen, tagelang
Umherzustreifen in des Winters Strenge,
Von Fels zu Fels den Wagesprung zu tun,
Hinanzuklimmen an den glatten Wänden,
Wo er sich anleimt mit dem eignen Blut,
– Um ein armselig Grattier zu erjagen.
Hier gilt es einen köstlicheren Preis,
Das Herz des Todfeinds, der mich will verderben.
*(Man hört von ferne eine heitre Musik, welche sich nähert)*

Mein ganzes Lebenlang hab ich den Bogen
Gehandhabt, mich geübt nach Schützenregel,
Ich habe oft geschossen in das Schwarze
Und manchen schönen Preis mir heimgebracht
Vom Freudenschießen – Aber heute will ich
Den *Meisterschuss* tun und das Beste mir
Im ganzen Umkreis des Gebirgs gewinnen.

*(Eine Hochzeit zieht über die Szene und durch den Hohlweg hinauf. Tell betrachtet sie, auf seinen Bogen gelehnt, Stüssi der Flurschütz gesellt sich zu ihm)*

STÜSSI. Das ist der Klostermeir von Mörlischachen,
Der hier den Brautlauf hält – Ein reicher Mann,
Er hat wohl zehen Senten auf den Alpen.
Die Braut holt er jetzt ab zu Imisee,
Und diese Nacht wird hoch geschwelgt zu Küssnacht.
Kommt mit! 's ist jeder Biedermann geladen.

TELL. Ein ernster Gast stimmt nicht zum Hochzeithaus.

STÜSSI. Drückt Euch ein Kummer, werft ihn frisch vom Herzen,
Nehmt mit, was kommt, die Zeiten sind jetzt schwer.
Drum muss der Mensch die Freude leicht ergreifen.
Hier wird gefreit und anderswo begraben.

TELL. Und oft kommt gar das eine zu dem andern.

STÜSSI. So geht die Welt nun. Es gibt allerwegen
Unglücks genug – Ein Ruffi ist gegangen
Im Glarner Land und eine ganze Seite
Vom Glärnisch eingesunken.

TELL. Wanken auch
Die Berge selbst? Es steht nichts fest auf Erden.

STÜSSI. Auch anderswo vernimmt man Wunderdinge.
Da sprach ich einen, der von Baden kam.
Ein Ritter wollte zu dem König reiten,
Und unterwegs begegnet ihm ein Schwarm
Von Hornissen, die fallen auf sein Ross,
Dass es für Marter tot zu Boden sinkt,
Und er zu Fuße ankommt bei dem König.

TELL. Dem Schwachen ist sein Stachel auch gegeben.
*(Armgard kommt mit mehreren Kindern und stellt sich an den Eingang des Hohlwegs)*
STÜSSI. Man deutets auf ein großes Landesunglück,
Auf schwere Taten wider die Natur.
TELL. Dergleichen Taten bringet jeder Tag,
Kein Wunderzeichen braucht sie zu verkünden.
STÜSSI. Ja, wohl dem, der sein Feld bestellt in Ruh
Und ungekränkt daheim sitzt bei den Seinen.
TELL. Es kann der Frömmste nicht in Frieden bleiben,
Wenn es dem bösen Nachbar nicht gefällt.
*(Tell sieht oft mit unruhiger Erwartung nach der Höhe des Weges)*
STÜSSI. Gehabt Euch wohl – Ihr wartet hier auf jemand?
TELL. Das tu ich.
STÜSSI. Frohe Heimkehr zu den Euren!
– Ihr seid aus Uri? Unser gnädger Herr
Der Landvogt wird noch heut von dort erwartet.
WANDERER *(kommt).*
Den Vogt erwartet heut nicht mehr. Die Wasser
Sind ausgetreten von dem großen Regen,
Und alle Brücken hat der Strom zerissen. *(Tell steht auf)*
ARMGARD *(kommt vorwärts).* Der Landvogt kommt nicht!
STÜSSI. Sucht Ihr was an ihn?
ARMGARD. Ach freilich!
STÜSSI. Warum stellet Ihr Euch denn
In dieser hohlen Gass ihm in den Weg?
ARMGARD. Hier weicht er mir nicht aus, er muss mich hören.
FRIESSHARDT *(kommt eilfertig den Hohlweg herab und ruft in die Szene).*
Man fahre aus dem Weg – Mein gnädger Herr
Der Landvogt kommt dicht hinter mir geritten.
*(Tell geht ab)*
ARMGARD *(lebhaft).* Der Landvogt kommt!
*(Sie geht mit ihren Kindern nach der vordern Szene. Geßler*

*und Rudolf der Harras zeigen sich zu Pferd auf der Höhe des Wegs)*

STÜSSI *(zum Frießhardt).* Wie kamt ihr durch das Wasser,
Da doch der Strom die Brücken fortgeführt?

FRIESSHARDT. Wir haben mit dem See gefochten, Freund,
Und fürchten uns vor keinem Alpenwasser.

STÜSSI. Ihr wart zu Schiff in dem gewaltgen Sturm?

FRIESSHARDT. Das waren wir. Mein Lebtag denk ich dran –

STÜSSI. O bleibt, erzählt!

FRIESSHARDT. Lasst mich, ich muss voraus,
Den Landvogt muss ich in der Burg verkünden. *(Ab)*

STÜSSI. Wärn gute Leute auf dem Schiff gewesen,
In Grund gesunken wärs mit Mann und Maus,
*Dem* Volk kann weder Wasser bei noch Feuer. *(Er sieht sich um)*
Wo kam der Weidmann hin, mit dem ich sprach?
*(Geht ab)*

*(Geßler und Rudolf der Harras zu Pferd)*

GESSLER. Sagt, was Ihr wollt, ich bin des Kaisers Diener
Und muss drauf denken, wie ich ihm gefalle.
Er hat mich nicht ins Land geschickt, dem Volk
Zu schmeicheln und ihm sanft zu tun – Gehorsam
Erwartet er, der Streit ist, ob der Bauer
Soll Herr sein in dem Lande oder der Kaiser.

ARMGARD. Jetzt ist der Augenblick! Jetzt bring ichs an!
*(Nähert sich furchtsam)*

GESSLER. Ich hab den Hut nicht aufgesteckt zu Altorf
Des Scherzes wegen, oder um die Herzen
Des Volks zu prüfen, diese kenn ich längst.
Ich hab ihn aufgesteckt, dass sie den Nacken
Mir lernen beugen, den sie aufrecht tragen –
Das *Unbequeme* hab ich hingepflanzt
Auf ihren Weg, wo sie vorbeigehn müssen,
Dass sie drauf stoßen mit dem Aug, und sich
Erinnern ihres Herrn, den sie vergessen.

RUDOLF DER HARRAS. Das Volk hat aber doch gewisse Rechte –
GESSLER. Die abzuwägen, ist jetzt keine Zeit!
– Weitschichtge Dinge sind im Werk und Werden,
Das Kaiserhaus will wachsen, was der Vater
Glorreich begonnen, will der Sohn vollenden.
Dies kleine Volk ist uns ein Stein im Weg –
So oder so – Es muss sich unterwerfen.
*(Sie wollen vorüber. Die Frau wirft sich vor dem Landvogt nieder)*
ARMGARD. Barmherzigkeit, Herr Landvogt! Gnade! Gnade!
GESSLER. Was dringt Ihr Euch auf offner Straße mir
In Weg – Zurück!
ARMGARD. Mein Mann liegt im Gefängnis,
Die armen Waisen schrein nach Brot – Habt Mitleid,
Gestrenger Herr, mit unserm großen Elend.
RUDOLF DER HARRAS.
Wer seid Ihr? Wer ist Euer Mann?
ARMGARD. Ein armer
Wildheuer, guter Herr, vom Rigiberge,
Der überm Abgrund weg das freie Gras
Abmähet von den schroffen Felsenwänden,
Wohin das Vieh sich nicht getraut zu steigen –
RUDOLF DER HARRAS *(zum Landvogt)*.
Bei Gott, ein elend und erbärmlich Leben!
Ich bitt Euch, gebt ihn los, den armen Mann,
Was er auch Schweres mag verschuldet haben,
Strafe genug ist sein entsetzlich Handwerk.
*(Zu der Frau)*
Euch soll Recht werden – Drinnen auf der Burg
Nennt Eure Bitte – Hier ist nicht der Ort.
ARMGARD. Nein, nein, ich weiche nicht von diesem Platz,
Bis mir der Vogt den Mann zurückgegeben!
Schon in den sechsten Mond liegt er im Turm
Und harret auf den Richterspruch vergebens.
GESSLER. Weib, wollt Ihr mir Gewalt antun, hinweg.

ARMGARD. Gerechtigkeit, Landvogt! Du bist der Richter
Im Lande an des Kaisers Statt und Gottes.
Tu deine Pflicht! So du Gerechtigkeit
Vom Himmel hoffest, so erzeig sie uns.

GESSLER. Fort, schafft das freche Volk mir aus den Augen.

ARMGARD *(greift in die Zügel des Pferdes).*
Nein, nein, ich habe nichts mehr zu verlieren.
– Du kommst nicht von der Stelle, Vogt, bis du
Mir Recht gesprochen – Falte deine Stirne,
Rolle die Augen, wie du willst – Wir sind
So grenzenlos unglücklich, dass wir nichts
Nach deinem Zorn mehr fragen –

GESSLER. Weib, mach Platz,
Oder mein Ross geht über dich hinweg.

ARMGARD. Lass es über mich dahingehn – da –
*(Sie reißt ihre Kinder zu Boden und wirft sich mit ihnen ihm in den Weg)*
Hier lieg ich
Mit meinen Kindern – Lass die armen Waisen
Von deines Pferdes Huf zertreten werden,
Es ist das Ärgste nicht, was du getan –

RUDOLF DER HARRAS.
Weib, seid Ihr rasend?

ARMGARD *(heftiger fortfahrend).* Tratest du doch längst
Das Land des Kaisers unter deine Füße!
– O ich bin nur ein Weib! Wär ich ein Mann,
Ich wüsste wohl was Besseres, als hier
Im Staub zu liegen –
*(Man hört die vorige Musik wieder auf der Höhe des Wegs, aber gedämpft)*

GESSLER. Wo sind meine Knechte?
Man reiße sie von hinnen, oder ich
Vergesse mich und tue, was mich reuet.

RUDOLF DER HARRAS.
Die Knechte können nicht hindurch, o Herr,

Der Hohlweg ist gesperrt durch eine Hochzeit.
GESSLER. Ein allzu milder Herrscher bin ich noch
Gegen dies Volk – die Zungen sind noch frei,
Es ist noch nicht ganz, wie es soll, gebändigt –
Doch es soll anders werden, ich gelob es,
Ich will ihn brechen diesen starren Sinn,
Den kecken Geist der Freiheit will ich beugen.
Ein neu Gesetz will ich in diesen Landen
Verkündigen – Ich will –

*(Ein Pfeil durchbohrt ihn, er fährt mit der Hand ans Herz und will sinken. Mit matter Stimme)*

Gott sei mir gnädig!

RUDOLF DER HARRAS.
Herr Landvogt – Gott was ist das? Woher kam das?

ARMGARD *(auffahrend).*
Mord! Mord! Er taumelt, sinkt! Er ist getroffen!
Mitten ins Herz hat ihn der Pfeil getroffen!

RUDOLF DER HARRAS *(springt vom Pferde).*
Welch grässliches Ereignis – Gott – Herr Ritter –
Ruft die Erbarmung Gottes an – Ihr seid
Ein Mann des Todes! –

GESSLER. Das ist Tells Geschoß.

*(Ist vom Pferd herab dem Rudolf Harras in den Arm gegleitet und wird auf der Bank niedergelassen)*

TELL *(erscheint oben auf der Höhe des Felsen).*
Du kennst den Schützen, suche keinen andern!
Frei sind die Hütten, sicher ist die Unschuld
Vor dir, du wirst dem Lande nicht mehr schaden.

*(Verschwindet von der Höhe. Volk stürzt herein)*

STÜSSI *(voran).* Was gibt es hier? Was hat sich zugetragen?
ARMGARD. Der Landvogt ist von einem Pfeil durchschossen.
VOLK *(im Hereinstürzen).* Wer ist erschossen?

*(Indem die vordersten von dem Brautzug auf die Szene kommen, sind die hintersten noch auf der Höhe, und die Musik geht fort)*

VOLK *(im Hereinstürzen).* Wer ist erschossen?

RUDOLF DER HARRAS. Er verblutet sich.
Fort, schaffet Hilfe! Setzt dem Mörder nach!
– Verlorner Mann, so muss es mit dir enden,
Doch meine Warnung wolltest du nicht hören!

STÜSSI. Bei Gott! da liegt er bleich und ohne Leben!

VIELE STIMMEN. Wer hat die Tat getan?

RUDOLF DER HARRAS. Rast dieses Volk,
Dass es dem Mord Musik macht? Lasst sie schweigen.
*(Musik bricht plötzlich ab, es kommt noch mehr Volk nach)*
Herr Landvogt, redet, wenn Ihr könnt – Habt Ihr
Mir nichts mehr zu vertraun?
*(Geßler gibt Zeichen mit der Hand, die er mit Heftigkeit wiederholt, da sie nicht gleich verstanden werden)*
Wo soll ich hin?
– Nach Küssnacht? – Ich versteh Euch nicht – O werdet
Nicht ungeduldig – Lasst das Irdische,
Denkt jetzt, Euch mit dem Himmel zu versöhnen.
*(Die ganze Hochzeitgesellschaft umsteht den Sterbenden mit einem fühllosen Grausen)*

STÜSSI. Sieh, wie er bleich wird – Jetzt, jetzt tritt der Tod
Ihm an das Herz – die Augen sind gebrochen.

ARMGARD *(hebt ein Kind empor).*
Seht, Kinder, wie ein Wüterich verscheidet!

RUDOLF DER HARRAS. Wahnsinnge Weiber, habt ihr kein Gefühl,
Dass ihr den Blick an diesem Schrecknis weidet?
– Helft – Leget Hand an – Steht mir niemand bei,
Den Schmerzenspfeil ihm aus der Brust zu ziehn?

WEIBER *(treten zurück).*
Wir ihn berühren, welchen Gott geschlagen!

RUDOLF DER HARRAS. Fluch treff euch und Verdammnis!
*(Zieht das Schwert)*

STÜSSI *(fällt ihm in den Arm).* Wagt es, Herr!
Eur Walten hat ein Ende. Der Tyrann

Des Landes ist gefallen. Wir erdulden
Keine Gewalt mehr. Wir sind freie Menschen.

ALLE *(tumultuarisch).* Das Land ist frei.

RUDOLF DER HARRAS. Ist es dahin gekommen?
Endet die Furcht so schnell und der Gehorsam?
*(Zu den Waffenknechten, die hereindringen)*
Ihr seht die grausenvolle Tat des Mords,
Die hier geschehen – Hülfe ist umsonst –
Vergeblich ists, dem Mörder nachzusetzen.
Uns drängen andre Sorgen – Auf, nach Küssnacht,
Dass wir dem Kaiser seine Feste retten!
Denn aufgelöst in diesem Augenblick
Sind aller Ordnung, aller Pflichten Bande,
Und keines Mannes Treu ist zu vertrauen.
*(Indem er mit den Waffenknechten abgeht, erscheinen sechs Barmherzige Brüder)*

ARMGARD. Platz! Platz! da kommen die Barmherzgen Brüder.

STÜSSI. Das Opfer liegt – Die Raben steigen nieder.

BARMHERZIGE BRÜDER *(schließen einen Halbkreis um den Toten und singen in tiefem Ton).*

Rasch tritt der Tod den Menschen an,
Es ist ihm keine Frist gegeben,
Es stürzt ihn mitten in der Bahn,
Es reißt ihn fort vom vollen Leben,
Bereitet oder nicht, zu gehen,
Er muss vor seinen Richter stehen!

*(Indem die letzten Zeilen wiederholt werden, fällt der Vorhang)*

# FÜNFTER AUFZUG

## Erste Szene

*Öffentlicher Platz bei Altorf*

*Im Hintergrunde rechts die Feste Zwing Uri mit dem noch stehenden Baugerüste, wie in der dritten Szene des ersten Aufzugs; links eine Aussicht in viele Berge hinein, auf welchen allen Signalfeuer brennen. Es ist eben Tagesanbruch, Glocken ertönen aus verschiedenen Fernen*

*Ruodi, Kuoni, Werni, Meister Steinmetz und viele andre Landleute, auch Weiber und Kinder*

RUODI. Seht ihr die Feuersignale auf den Bergen?
STEINMETZ. Hört ihr die Glocken drüben überm Wald?
RUODI. Die Feinde sind verjagt.
STEINMETZ. Die Burgen sind erobert.
RUODI. Und wir im Lande Uri dulden noch
Auf unserm Boden das Tyrannenschloß?
Sind wir die letzten, die sich frei erklären?
STEINMETZ. Das *Joch* soll stehen, das uns zwingen wollte?
Auf, reißt es nieder!
ALLE. Nieder! Nieder! Nieder!
RUODI. Wo ist der Stier von Uri?
STIER VON URI. Hier. Was soll ich?
RUODI. Steigt auf die Hochwacht, blast in Euer Horn,
Dass es weitschmetternd in die Berge schalle,
Und jedes Echo in den Felsenklüften
Aufweckend, schnell die Männer des Gebirgs
Zusammenrufe.
*(Stier von Uri geht ab. Walter Fürst kommt)*
WALTER FÜRST. Haltet, Freunde! Haltet!
Noch fehlt uns Kunde, was in Unterwalden
Und Schwyz geschehen. Lasst uns Boten erst
Erwarten.
RUODI. Was erwarten? Der Tyrann
Ist tot, der Tag der Freiheit ist erschienen.

STEINMETZ. Ists nicht genug an diesen flammenden Boten,
Die ringsherum auf allen Bergen leuchten?

RUODI.
Kommt alle, kommt, legt Hand an, Männer und Weiber!
Brecht das Gerüste! Sprengt die Bogen! Reißt
Die Mauern ein! Kein Stein bleib auf dem andern.

STEINMETZ. Gesellen, kommt! Wir habens aufgebaut,
Wir wissens zu zerstören.

ALLE. Kommt! Reißt nieder.
*(Sie stürzen sich von allen Seiten auf den Bau)*

WALTER FÜRST. Es ist im Lauf. Ich kann sie nicht mehr halten.
*(Melchthal und Baumgarten kommen)*

MELCHTHAL.
Was? Steht die Burg noch und Schloss Sarnen liegt
In Asche und der Rossberg ist gebrochen?

WALTER FÜRST.
Seid Ihr es, Melchthal? Bringt Ihr uns die Freiheit?
Sagt! Sind die Lande alle rein vom Feind?

MELCHTHAL *(umarmt ihn)*.
Rein ist der Boden. Freut Euch, alter Vater!
In diesem Augenblicke, da wir reden,
Ist kein Tyrann mehr in der Schweizer Land.

WALTER FÜRST. O sprecht, wie wurdet ihr der Burgen mächtig?

MELCHTHAL. Der Rudenz war es, der das Sarner Schloss
Mit männlich kühner Wagetat gewann,
Den Rossberg hatt ich nachts zuvor erstiegen.
– Doch höret, was geschah. Als wir das Schloss
Vom Feind geleert, nun freudig angezündet,
Die Flamme prasselnd schon zum Himmel schlug,
Da stürzt der Diethelm, Geßlers Bub, hervor
Und ruft, dass die Bruneckerin verbrenne.

WALTER FÜRST. Gerechter Gott!
*(Man hört die Balken des Gerüstes stürzen)*

MELCHTHAL. Sie war es selbst, war heimlich
Hier eingeschlossen auf des Vogts Geheiß.

Rasend erhub sich Rudenz – denn wir hörten
Die Balken schon, die festen Pfosten stürzen,
Und aus dem Rauch hervor den Jammerruf
– Der Unglückseligen.

WALTER FÜRST. Sie ist gerettet?

MELCHTHAL. Da galt Geschwindsein und Entschlossenheit!
– Wär er *nur* unser Edelmann gewesen,
Wir hätten unser Leben wohl geliebt,
Doch er war unser Eidgenoß, und Berta
Ehrte das Volk – So setzten wir getrost
Das Leben dran, und stürzten in das Feuer.

WALTER FÜRST. Sie ist gerettet?

MELCHTHAL. Sie ists. Rudenz und ich,
Wir trugen sie selbander aus den Flammen,
Und hinter uns fiel krachend das Gebälk.
– Und jetzt, als sie gerettet sich erkannte,
Die Augen aufschlug zu dem Himmelslicht,
Jetzt stürzte mir der Freiherr an das Herz,
Und schweigend ward ein Bündnis jetzt beschworen,
Das fest gehärtet in des Feuers Glut
Bestehen wird in allen Schicksalsproben –

WALTER FÜRST. Wo ist der Landenberg?

MELCHTHAL. Über den Brünig.
Nicht lags an mir, dass er das Licht der Augen
Davontrug, der den Vater mir geblendet.
Nach jagt ich ihm, erreicht ihn auf der Flucht
Und riss ihn zu den Füßen meines Vaters.
Geschwungen über ihm war schon das Schwert,
Von der Barmherzigkeit des blinden Greises
Erhielt er flehend das Geschenk des Lebens.
*Urfehde* schwur er, nie zurückzukehren,
Er wird sie halten, unsern Arm hat er
Gefühlt.

WALTER FÜRST. Wohl Euch, dass Ihr den reinen Sieg
Mit Blute nicht geschändet!

KINDER *(eilen mit Trümmern des Gerüstes über die Szene).*
Freiheit! Freiheit!
*(Das Horn von Uri wird mit Macht geblasen)*
WALTER FÜRST. Seht, welch ein Fest! Des Tages werden sich
Die Kinder spät als Greise noch erinnern.
*(Mädchen bringen den Hut auf einer Stange getragen, die ganze Szene füllt sich mit Volk an)*
RUODI. Hier ist der Hut, dem wir uns beugen mussten.
BAUMGARTEN. Gebt uns Bescheid, was damit werden soll.
WALTER FÜRST. Gott! Unter diesem Hute stand mein Enkel!
MEHRERE STIMMEN. Zerstört das Denkmal der Tyrannenmacht!
Ins Feuer mit ihm!
WALTER FÜRST. Nein, lasst ihn aufbewahren!
Der Tyrannei musst er zum Werkzeug dienen,
Er soll der Freiheit ewig Zeichen sein!
*(Die Landleute, Männer, Weiber und Kinder stehen und sitzen auf den Balken des zerbrochenen Gerüstes malerisch gruppiert in einem großen Halbkreis umher)*
MELCHTHAL. So stehen wir nun fröhlich auf den Trümmern
Der Tyrannei, und herrlich ists erfüllt,
Was wir im Rütli schwuren, Eidgenossen.
WALTER FÜRST. Das Werk ist angefangen, nicht vollendet.
Jetzt ist uns Mut und feste Eintracht not,
Denn seid gewiss, nicht säumen wird der König,
Den Tod zu rächen seines Vogts, und den
Vertriebnen mit Gewalt zurückzuführen.
MELCHTHAL. Er zieh heran mit seiner Heeresmacht,
Ist aus dem Innern doch der Feind verjagt,
Dem Feind von außen wollen wir begegnen.
RUODI. Nur wen'ge Pässe öffnen ihm das Land,
Die wollen wir mit unsern Leibern decken.
BAUMGARTEN. Wir sind vereinigt durch ein ewig Band,
Und seine Heere sollen uns nicht schrecken!
*(Rösselmann und Stauffacher kommen)*

RÖSSELMANN *(im Eintreten).*
Das sind des Himmels furchtbare Gerichte.
LANDLEUTE. Was gibts:
RÖSSELMANN. In welchen Zeiten leben wir!
WALTER FÜRST.
Sagt an, was ist es? – Ha, seid Ihrs, Herr Werner:
Was bringt Ihr uns?
LANDLEUTE. Was gibts:
RÖSSELMANN. Hört und erstaunet!
STAUFFACHER. Von einer großen Furcht sind wir befreit –
RÖSSELMANN. Der Kaiser ist ermordet.
WALTER FÜRST. Gnädger Gott!
*(Landleute machen einen Aufstand und umdrängen den Stauffacher)*
ALLE. Ermordet! Was! Der Kaiser! Hört! Der Kaiser!
MELCHTHAL. Nicht möglich! Woher kam Euch diese Kunde:
STAUFFACHER. Es ist gewiss. Bei Bruck fiel König Albrecht
Durch Mörders Hand – ein glaubenwerter Mann,
*Johannes Müller*, bracht es von Schaffhausen.
WALTER FÜRST. Wer wagte solche grauenvolle Tat?
STAUFFACHER. Sie wird noch grauenvoller durch den Täter.
Es war sein Neffe, seines Bruders Kind,
Herzog Johann von Schwaben, ders vollbrachte.
MELCHTHAL. Was trieb ihn zu der Tat des Vatermords?
STAUFFACHER. Der Kaiser hielt das väterliche Erbe
Dem ungeduldig Mahnenden zurück,
Es hieß, er denk ihn ganz darum zu kürzen,
Mit einem Bischofshut ihn abzufinden.
Wie dem auch sei – der Jüngling öffnete
Der Waffenfreunde bösem Rat sein Ohr,
Und mit den edeln Herrn von *Eschenbach*,
Von *Tegerfelden*, von der *Wart* und *Palm*
Beschloss er, da er Recht nicht konnte finden,
Sich Rach zu holen mit der eignen Hand.
WALTER FÜRST. O sprecht, wie ward das Grässliche vollendet?

STAUFFACHER. Der König ritt herab vom Stein zu Baden,
Gen Rheinfeld, wo die Hofstatt war, zu ziehn,
Mit ihm die Fürsten, *Hans* und *Leopold*,
Und ein Gefolge hochgeborner Herren.
Und als sie kamen an die *Reuß*, wo man
Auf einer Fähre sich lässt übersetzen,
Da drängten sich die Mörder in das Schiff,
Dass sie den Kaiser vom Gefolge trennten.
Drauf, als der Fürst durch ein geackert Feld
Hinreitet – eine alte große Stadt
Soll drunter liegen aus der Heiden Zeit –
Die alte Feste Habsburg im Gesicht,
Wo seines Stammes Hoheit ausgegangen –
Stößt Herzog Hans den Dolch ihm in die Kehle,
Rudolf von Palm durchrennt ihn mit dem Speer,
Und Eschenbach zerspaltet ihm das Haupt,
Dass er heruntersinkt in seinem Blut,
Gemordet von den Seinen, *auf* dem Seinen.
Am andern Ufer sahen sie die Tat,
Doch durch den Strom geschieden, konnten sie
Nur ein ohnmächtig Wehgeschrei erheben;
Am Wege aber saß ein armes Weib,
In ihrem Schoß verblutete der Kaiser.
MELCHTHAL. So hat er nur sein frühes Grab gegraben,
Der unersättlich alles wollte haben!
STAUFFACHER. Ein ungeheurer Schrecken ist im Land umher,
Gesperrt sind alle Pässe des Gebirgs,
Jedweder Stand verwahret seine Grenzen,
Die alte Zürich selbst schloss ihre Tore,
Die dreißig Jahr lang offen standen, zu,
Die Mörder fürchtend und noch mehr – die Rächer.
Denn mit des Bannes Fluch bewaffnet, kommt
Der Ungarn Königin, die strenge Agnes,
Die nicht die Milde kennet ihres zarten
Geschlechts, des Vaters königliches Blut

Zu rächen an der Mörder ganzem Stamm,
An ihren Knechten, Kindern, Kindeskindern,
Ja an den Steinen ihrer Schlösser selbst.
Geschworen hat sie, ganze Zeugungen
Hinabzusenden in des Vaters Grab,
In Blut sich wie in Maientau zu baden.

MELCHTHAL. Weiß man, wo sich die Mörder hingeflüchtet?

STAUFFACHER. Sie flohen alsbald nach vollbrachter Tat
Auf fünf verschiednen Straßen auseinander
Und trennten sich, um nie sich mehr zu sehn –
Herzog Johann soll irren im Gebirge.

WALTER FÜRST. So trägt die Untat ihnen keine Frucht!
Rache trägt keine Frucht! Sich selbst ist sie
Die fürchterliche Nahrung, ihr Genuss
Ist Mord, und ihre Sättigung das Grausen.

STAUFFACHER. Den Mördern bringt die Untat nicht Gewinn,
*Wir* aber brechen mit der reinen Hand
Des blutgen Frevels segenvolle Frucht.
Denn einer großen Furcht sind wir entledigt,
Gefallen ist der Freiheit größter Feind,
Und wie verlautet, wird das Szepter gehn
Aus Habsburgs Haus zu einem andern Stamm,
Das Reich will seine Wahlfreiheit behaupten.

WALTER FÜRST UND MEHRERE. Vernahmt Ihr was?

STAUFFACHER. Der Graf von Luxemburg
Ist von den mehrsten Stimmen schon bezeichnet.

WALTER FÜRST. Wohl uns, dass wir beim Reiche treu gehalten,
Jetzt ist zu hoffen auf Gerechtigkeit!

STAUFFACHER. Dem neuen Herrn tun tapfre Freunde not,
Er wird uns schirmen gegen Östreichs Rache.
*(Die Landleute umarmen einander)*
*(Sigrist mit einem Reichsboten)*

SIGRIST. Hier sind des Landes würdge Oberhäupter.

RÖSSELMANN UND MEHRERE. Sigrist, was gibts?

SIGRIST. Ein Reichsbot bringt dies Schreiben.

ALLE *(zu Walter Fürst).* Erbrecht und leset.
WALTER FÜRST *(liest).* »Den bescheidnen Männern
Von Uri, Schwyz und Unterwalden bietet
Die Königin Elsbet Gnad und alles Gutes.«
VIELE STIMMEN. Was will die Königin? Ihr Reich ist aus.
WALTER FÜRST *(liest).*
»In ihrem großen Schmerz und Witwenleid,
Worein der blutge Hinscheid ihres Herrn
Die Königin versetzt, gedenkt sie noch
Der alten Treu und Lieb der Schwyzerlande.«
MELCHTHAL. In ihrem Glück hat sie das nie getan.
RÖSSELMANN. Still! Lasset hören!
WALTER FÜRST *(liest).*
»Und sie versieht sich zu dem treuen Volk,
Dass es gerechten Abscheu werde tragen
Vor den verfluchten Tätern dieser Tat.
Darum erwartet sie von den drei Landen,
Dass sie den Mördern nimmer Vorschub tun,
Vielmehr getreulich dazu helfen werden,
Sie auszuliefern in des Rächers Hand,
Der Lieb gedenkend und der alten Gunst,
Die sie von Rudolfs Fürstenhaus empfangen.«
*(Zeichen des Unwillens unter den Landleuten)*
VIELE STIMMEN. Der Lieb und Gunst!
STAUFFACHER. Wir haben Gunst empfangen von dem Vater,
Doch wessen rühmen wir uns von dem Sohn?
Hat er den Brief der Freiheit uns bestätigt,
Wie *vor* ihm alle Kaiser doch getan?
Hat er gerichtet nach gerechtem Spruch,
Und der bedrängten Unschuld Schutz verliehn?
Hat er auch nur die Boten wollen hören,
Die wir in unsrer Angst zu ihm gesendet?
Nicht eins von diesem allen hat der König
An uns getan, und hätten wir nicht selbst
Uns Recht verschafft mit eigner mutger Hand,

Ihn rührte unsre Not nicht an – Ihm Dank?
Nicht Dank hat er gesät in diesen Tälern.
Er stand auf einem hohen Platz, er konnte
Ein Vater seiner Völker sein, doch ihm
Gefiel es, nur zu sorgen für die Seinen,
Die er gemehrt hat, mögen um ihn weinen!

WALTER FÜRST. Wir wollen nicht frohlocken seines Falls,
Nicht des empfangnen Bösen *jetzt* gedenken,
Fern seis von uns! Doch, dass wir *rächen* sollten
Des Königs Tod, der nie uns Gutes tat,
Und die verfolgen, die uns nie betrübten,
Das ziemt uns nicht und will uns nicht gebühren.
Die Liebe will ein freies Opfer sein,
Der Tod entbindet von erzwungnen Pflichten,
– Ihm haben wir nichts weiter zu entrichten.

MELCHTHAL. Und weint die Königin in ihrer Kammer,
Und klagt ihr wilder Schmerz den Himmel an,
So seht ihr hier ein angstbefreites Volk
Zu eben diesem Himmel dankend flehen –
Wer Tränen ernten will, muss Liebe säen.
*(Reichsbote geht ab)*

STAUFFACHER *(zu dem Volk)*.
Wo ist der Tell? Soll *er* allein uns fehlen,
Der unsrer Freiheit Stifter ist? Das Größte
Hat *er* getan, das Härteste erduldet,
Kommt alle, kommt, nach seinem Haus zu wallen,
Und rufet Heil dem Retter von uns allen. *(Alle gehen ab)*

## Zweite Szene

*Tells Hausflur*
*Ein Feuer brennt auf dem Herd. Die offenstehende Türe zeigt ins Freie*

*Hedwig. Walter und Wilhelm*

HEDWIG. Heut kommt der Vater. Kinder, liebe Kinder!
Er lebt, ist frei, und wir sind frei und alles!
Und euer Vater ists, ders Land gerettet.
WALTER. Und ich bin auch dabei gewesen, Mutter!
Mich muss man auch mit nennen. Vaters Pfeil
Ging mir am Leben hart vorbei, und ich
Hab nicht gezittert.
HEDWIG *(umarmt ihn)*. Ja, du bist mir wieder
Gegeben! Zweimal hab ich dich geboren!
Zweimal litt ich den Mutterschmerz um dich!
Es ist vorbei – Ich hab euch beide, beide!
Und heute kommt der liebe Vater wieder!
*(Ein Mönch erscheint an der Haustüre)*
WILHELM. Sieh, Mutter, sieh – dort steht ein frommer Bruder,
Gewiss wird er um eine Gabe flehn.
HEDWIG. Führ ihn herein, damit wir ihn erquicken,
Er fühlts, dass er ins Freudenhaus gekommen.
*(Geht hinein und kommt bald mit einem Becher wieder)*
WILHELM *(zum Mönch)*.
Kommt, guter Mann. Die Mutter will Euch laben.
WALTER. Kommt, ruht Euch aus und geht gestärkt von dannen.
MÖNCH *(scheu umherblickend, mit zerstörten Zügen)*.
Wo bin ich? Saget an, in welchem Lande?
WALTER. Seid Ihr verirret, dass Ihr das nicht wisst?
Ihr seid zu Bürglen, Herr, im Lande Uri,
Wo man hineingeht in das Schächental.
MÖNCH *(zur Hedwig, welche zurückkommt)*.
Seid Ihr allein? Ist Euer Herr zu Hause?
HEDWIG. Ich erwart ihn eben – doch was ist Euch, Mann?
Ihr seht nicht aus, als ob Ihr Gutes brächtet.

– Wer Ihr auch seid, Ihr seid bedürftig, nehmt!
*(Reicht ihm den Becher)*

MÖNCH. Wie auch mein lechzend Herz nach Labung schmachtet,
Nichts rühr ich an, bis Ihr mir zugesagt –

HEDWIG. Berührt mein Kleid nicht, tretet mir nicht nah,
Bleibt ferne stehn, wenn ich Euch hören soll.

MÖNCH. Bei diesem Feuer, das hier gastlich lodert,
Bei Eurer Kinder teurem Haupt, das ich
Umfasse – *(Ergreift die Knaben)*

HEDWIG. Mann, was sinnet Ihr? Zurück
Von meinen Kindern! – Ihr seid kein Mönch! Ihr seid
Es nicht! Der Friede wohnt in diesem Kleide,
In Euren Zügen wohnt der Friede nicht.

MÖNCH. Ich bin der unglückseligste der Menschen.

HEDWIG. Das Unglück spricht gewaltig zu dem Herzen,
Doch Euer Blick schnürt mir das Innre zu.

WALTER *(aufspringend)*.
Mutter, der Vater! *(Eilt hinaus)*

HEDWIG. O mein Gott!
*(Will nach, zittert und hält sich an)*

WILHELM *(eilt nach)*. Der Vater!

WALTER *(draußen)*. Da bist du wieder!

WILHELM *(draußen)*. Vater, lieber Vater!

TELL *(draußen)*.
Da bin ich wieder – Wo ist eure Mutter?
*(Treten herein)*

WALTER. Da steht sie an der Tür und kann nicht weiter,
So zittert sie *für* Schrecken und *für* Freude.

TELL. O Hedwig, Hedwig! Mutter meiner Kinder!
Gott hat geholfen – Uns trennt kein Tyrann mehr.

HEDWIG *(an seinem Halse)*.
O Tell! Tell! Welche Angst litt ich um dich!
*(Mönch wird aufmerksam)*

TELL. Vergiss sie jetzt und lebe nur der Freude!

Da bin ich wieder! Das ist meine Hütte!
Ich stehe wieder auf dem Meinigen!

WILHELM. Wo aber hast du deine Armbrust, Vater?
Ich seh sie nicht.

TELL. Du wirst sie nie mehr sehn.
An heilger Stätte ist sie aufbewahrt,
Sie wird hinfort zu keiner Jagd mehr dienen.

HEDWIG. O Tell! Tell! *(Tritt zurück, lässt seine Hand los)*

TELL. Was erschreckt dich, liebes Weib?

HEDWIG. Wie – *wie* kommst du mir wieder? – Diese Hand
– Darf ich sie fassen? – Diese Hand – O Gott!

TELL *(herzlich und mutig)*.
Hat euch verteidigt und das Land gerettet,
Ich darf sie frei hinauf zum Himmel heben.
*(Mönch macht eine rasche Bewegung, er erblickt ihn)*
Wer ist der Bruder hier?

HEDWIG. Ach, ich vergaß ihn!
Sprich *du* mit ihm, mir graut in seiner Nähe.

MÖNCH *(tritt näher)*. Seid Ihr der Tell, durch den der Landvogt fiel?

TELL. Der bin ich, ich verberg es keinem Menschen.

MÖNCH. Ihr seid der Tell! Ach, es ist Gottes Hand,
Die unter Euer Dach mich hat geführt.

TELL *(misst ihn mit den Augen)*.
Ihr seid kein Mönch! Wer seid Ihr?

MÖNCH. Ihr erschlugt
Den Landvogt, der Euch Böses tat – Auch ich
Hab einen Feind erschlagen, der mir Recht
Versagte – Er war Euer Feind wie meiner –
Ich hab das Land von ihm befreit.

TELL *(zurückfahrend)*. Ihr seid –
Entsetzen! – Kinder! Kinder geht hinein.
Geh, liebes Weib! Geh! Geh! – Unglücklicher,
Ihr wäret –

HEDWIG. Gott, wer ist es?

TELL. Frage nicht!
Fort! Fort! Die Kinder dürfen es nicht hören.
Geh aus dem Hause – Weit hinweg – Du darfst
Nicht unter *einem* Dach mit diesem wohnen.
HEDWIG. Weh mir, was ist das? Kommt!
*(Geht mit den Kindern)*
TELL *(zu dem Mönch).* Ihr seid der Herzog
Von Österreich – Ihr seids! Ihr habt den Kaiser
Erschlagen, Euern Ohm und Herrn.
JOHANNES PARRICIDA. Er war
Der Räuber meines Erbes.
TELL. Euern Ohm
Erschlagen, Euern Kaiser! Und Euch trägt
Die Erde noch! Euch leuchtet noch die Sonne!
PARRICIDA. Tell, hört mich, eh Ihr –
TELL. Von dem Blute triefend
Des Vatermordes und des Kaisermords,
Wagst du zu treten in mein reines Haus,
Du wagsts, dein Antlitz einem guten Menschen
Zu zeigen und das Gastrecht zu begehren?
PARRICIDA. Bei Euch hofft ich Barmherzigkeit zu finden,
Auch Ihr nahmt Rach an Euerm Feind.
TELL. Unglücklicher!
Darfst du der Ehrsucht blutge Schuld vermengen
Mit der gerechten Notwehr eines Vaters?
Hast du der Kinder liebes Haupt verteidigt?
Des Herdes Heiligtum beschützt? das Schrecklichste,
Das Letzte von den Deinen abgewehrt?
– Zum Himmel heb ich meine reinen Hände,
Verfluche dich und deine Tat – Gerächt
Hab ich die heilige Natur, die *du*
Geschändet – Nichts teil ich mit dir – Gemordet
Hast *du*, *ich* hab mein Teuerstes verteidigt.
PARRICIDA.
Ihr stoßt mich von Euch, trostlos, in Verzweiflung?

TELL. Mich fasst ein Grausen, da ich mit dir rede.
Fort! Wandle deine fürchterliche Straße,
Lass rein die Hütte, wo die Unschuld wohnt.
PARRICIDA *(wendet sich zu gehen).*
So *kann* ich, und so *will* ich nicht mehr leben!
TELL. Und doch erbarmt mich deiner – Gott des Himmels!
So jung, von solchem adeligen Stamm,
Der Enkel Rudolfs, meines Herrn und Kaisers,
Als Mörder flüchtig, hier an meiner Schwelle,
Des armen Mannes, flehend und verzweifelnd –
*(Verhüllt sich das Gesicht)*
PARRICIDA. O, wenn Ihr weinen könnt, lasst mein Geschick
Euch jammern, es ist fürchterlich – Ich bin
Ein Fürst – ich *wars* – ich konnte glücklich werden,
Wenn ich der Wünsche Ungeduld bezwang.
Der Neid zernagte mir das Herz – Ich sah
Die Jugend meines Vetters Leopold
Gekrönt mit Ehre und mit Land belohnt,
Und mich, der gleiches Alters mit ihm war,
In sklavischer Unmündigkeit gehalten –
TELL. Unglücklicher, wohl kannte dich dein Ohm,
Da er dir Land und Leute weigerte!
Du selbst mit rascher, wilder Wahnsinnstat
Rechtfertigst furchtbar seinen weisen Schluss.
– Wo sind die blutgen Helfer deines Mords?
PARRICIDA. Wohin die Rachegeister sie geführt,
Ich sah sie seit der Unglückstat nicht wieder.
TELL. Weißt du, dass dich die Acht verfolgt, dass du
Dem Freund verboten und dem Feind erlaubt?
PARRICIDA. Darum vermeid ich alle offne Straßen,
An keine Hütte wag ich anzupochen –
Der Wüste kehr ich meine Schritte zu,
Mein eignes Schrecknis, irr ich durch die Berge,
Und fahre schaudernd vor mir selbst zurück,
Zeigt mir ein Bach mein unglückselig Bild.

O wenn Ihr Mitleid fühlt und Menschlichkeit –
*(Fällt vor ihm nieder)*

TELL *(abgewendet)*.
Steht auf! Steht auf!

PARRICIDA. Nicht, bis Ihr mir die Hand gereicht zur Hülfe.

TELL. Kann ich Euch helfen? Kanns ein Mensch der Sünde?
Doch stehet auf – Was Ihr auch Grässliches
Verübt – Ihr seid ein Mensch – Ich bin es auch –
Vom Tell soll keiner ungetröstet scheiden –
Was ich vermag, das will ich tun.

PARRICIDA *(aufspringend und seine Hand mit Heftigkeit ergreifend)*.
O Tell!
Ihr rettet meine Seele von Verzweiflung.

TELL. Lasst meine Hand los – Ihr müsst fort. Hier könnt
Ihr unentdeckt nicht bleiben, könnt entdeckt
Auf Schutz nicht rechnen – Wo gedenkt Ihr hin?
Wo hofft Ihr Ruh zu finden?

PARRICIDA. Weiß ichs? Ach!

TELL. Hört, was mir Gott ins Herz gibt – Ihr müsst fort
Ins Land Italien, nach Sankt Peters Stadt,
Dort werft Ihr Euch dem Papst zu Füßen, beichtet
Ihm Eure Schuld und löset Eure Seele.

PARRICIDA. Wird er mich nicht dem Rächer überliefern?

TELL. Was er Euch tut, das nehmet an von Gott.

PARRICIDA. Wie komm ich in das unbekannte Land?
Ich bin des Wegs nicht kundig, wage nicht
Zu Wanderern die Schritte zu gesellen.

TELL. Den Weg will ich Euch nennen, merket wohl!
Ihr steigt hinauf, dem Strom der *Reuß* entgegen,
Die wildes Laufes von dem Berge stürzt –

PARRICIDA *(erschrickt)*.
Seh ich die Reuß? Sie floss bei meiner Tat.

TELL. Am Abgrund geht der Weg, und viele *Kreuze*

Bezeichnen ihn, errichtet zum Gedächtnis
Der Wanderer, die die Lawine begraben.

PARRICIDA. Ich fürchte nicht die Schrecken der Natur,
Wenn ich des Herzens wilde Qualen zähme.

TELL. Vor jedem Kreuze fallet hin und büßet
Mit heißen Reuetränen Eure Schuld –
Und seid Ihr glücklich durch die Schreckensstraße,
Sendet der Berg nicht seine Windeswehen,
Auf Euch herab von dem beeisten Joch,
So kommt Ihr auf die *Brücke*, welche *stäubet.*
Wenn sie nicht einbricht unter Eurer Schuld,
Wenn Ihr sie glücklich hinter Euch gelassen,
So reißt ein schwarzes *Felsentor* sich auf,
Kein Tag hats noch erhellt – da geht Ihr durch,
Es führt Euch in ein heitres *Tal* der Freude –
Doch schnellen Schritts müsst Ihr vorübereilen,
Ihr dürft nicht weilen, wo die Ruhe wohnt.

PARRICIDA. O Rudolf! Rudolf! Königlicher Ahn!
So zieht dein Enkel ein auf deines Reiches Boden!

TELL. So immer steigend, kommt Ihr auf die Höhen
Des *Gotthards*, wo die ewgen *Seen* sind,
Die von des Himmels Strömen selbst sich füllen.
Dort nehmt Ihr Abschied von der deutschen Erde,
Und muntern Laufs führt Euch ein andrer Strom
Ins Land Italien hinab, Euch das gelobte –
*(Man hört den Kuhreihen von vielen Alphörnern geblasen)*
Ich höre Stimmen. Fort!

HEDWIG *(eilt herein).* Wo bist du, Tell?
Der Vater kommt! Es nahn in frohem Zug
Die Eidgenossen alle –

PARRICIDA *(verhüllt sich).* Wehe mir!
Ich darf nicht weilen bei den Glücklichen.

TELL. Geh, liebes Weib. Erfrische diesen Mann,
Belad ihn reich mit Gaben, denn sein Weg

Ist weit, und keine Herberg findet er.
Eile! Sie nahn.

HEDWIG. Wer ist es?

TELL. Forsche nicht!
Und wenn er geht, so wende deine Augen,
Dass sie nicht sehen, welchen Weg er wandelt!

*(Parricida geht auf den Tell zu mit einer raschen Bewegung, dieser aber bedeutet ihn mit der Hand und geht. Wenn beide zu verschiedenen Seiten abgegangen, verändert sich der Schauplatz, und man sieht in der*

## Letzten Szene

*den ganzen Talgrund vor Tells Wohnung, nebst den Anhöhen, welche ihn einschließen, mit Landleuten besetzt, welche sich zu einem Ganzen gruppieren. Andre kommen über einen hohen Steg, der über den Schächen führt, gezogen. Walter Fürst mit den beiden Knaben, Melchthal und Stauffacher kommen vorwärts, andre drängen nach; wie Tell heraustritt, empfangen ihn alle mit lautem Frohlocken)*

ALLE. Es lebe Tell! der Schütz und der Erretter!
*(Indem sich die vordersten um den Tell drängen und ihn umarmen, erscheinen noch Rudenz und Berta, jener die Landleute, diese die Hedwig umarmend. Die Musik vom Berge begleitet diese stumme Szene. Wenn sie geendigt, tritt Berta in die Mitte des Volks)*

BERTA. Landleute! Eidgenossen! Nehmt mich auf
In euern Bund, die erste Glückliche,
Die Schutz gefunden in der Freiheit Land.
In eure tapfre Hand leg ich mein Recht,
Wollt ihr als eure Bürgerin mich schützen?

LANDLEUTE. Das wollen wir mit Gut und Blut.

BERTA. Wohlan!
So reich ich diesem Jüngling meine Rechte,
Die freie Schweizerin dem freien Mann!

RUDENZ. Und frei erklär ich alle meine Knechte.
*(Indem die Musik von neuem rasch einfällt, fällt der Vorhang)*

# Editorische Notiz

Dem vorliegenden Band liegt folgende Ausgabe zugrunde:

Friedrich Schiller: Sämtliche Werke. 2. Band: Dramen 2. Auf Grund der Originaldrucke herausgegeben von Gerhard Fricke und Herbert G. Göpfert. München 1981.

Die Orthographie wurde auf der Grundlage der neuen amtlichen Rechtschreibung behutsam modernisiert; der originale Lautstand und grammatische Eigenheiten blieben gewahrt. Die Interpunktion blieb unangetastet. Eindeutige Druck- und Satzfehler wurden korrigiert.

# Daten zu Leben und Werk

1759
10. November: Johann Friedrich Schiller wird in Marbach am Neckar geboren.

1762–1766
Zahlreiche Ortswechsel der Familie wegen der Zugehörigkeit des Vaters zum Militär (u.a. Ludwigsburg, Schwäbisch Gmünd, Lorch).

1767–1773
Schiller besucht zunächst die Lateinschule in Ludwigsburg. 16. Januar 1773: Eintritt Schillers in die Karlsschule.

1774–1779
Zunächst Jurastudium. Ein schriftlicher Revers der Eltern bestätigt die lebenslange »Übereignung« Schillers in die Verfügungsgewalt Herzog Karl Eugens. 1776: Beginn des Medizinstudiums auf der Karlsschule. Philosophieunterricht bei Jakob Friedrich Abel. Das Gedicht *Der Abend* erscheint im *Schwäbischen Magazin*. Ebenfalls im *Schwäbischen Magazin* erscheint 1777 das Gedicht *Der Eroberer*.

1779
Schiller schreibt die lateinische Dissertation *Philosophie der Physiologie*, die nicht angenommen und gedruckt wird.

1780
Schiller verfasst zwei Dissertationsschriften: *Ueber den Zusammenhang der thierischen Natur des Menschen mit seiner geistigen* und *De discrimine febrium inflammatoriarum et putridarum*. Erstere wird gedruckt, Schiller aus der Karlsschule entlassen.

1781–1782
Tätigkeit als Regimentsarzt in Stuttgart. 1781 erscheinen *Die Räuber* anonym im Selbstverlag. Auf Drängen des Intendanten des Mannheimer Nationaltheaters von Dalberg schreibt Schiller das Stück für die Bühne um.

1782
13. Januar: Uraufführung der *Räuber* in Mannheim, die Schiller heimlich besucht, da er keine Reiseerlaubnis erhalten hat. Im Mai reist er ein weiteres Mal heimlich nach Mannheim, er erhält 14 Tage Arrest, der Herzog verbietet ihm jede dichterische Betätigung. 22. September: Zusammen mit dem Freund Andreas Streicher flieht Schiller aus Württemberg. Die *Anthologie auf das Jahr 1782* erscheint.

1782–1783
Ab Dezember 1782: »Asyl« bei Henriette von Wolzogen in Bauerbach in Thüringen.

1783–1784
*Die Verschwörung des Fiesko zu Genua* erscheint und wird in Bonn uraufgeführt. 24. Juli: Aufbruch nach Mannheim. September 1783 bis August 1784: Anstellung als Theaterdichter in Mannheim. Schwere Erkrankung. 1784 Mannheimer Aufführung von *Fiesko* und Uraufführung von *Kabale und Liebe*. Bekanntschaft mit Charlotte von Kalb. 27. Dezember: Verleihung des Weimarischen Ratstitels durch Herzog Carl August. *Kabale und Liebe* erscheint im Druck, außerdem: *Merkwürdiges Beispiel einer weiblichen Rache* (nach Diderot).

1785–1986
Die *Rheinische Thalia*, *Was kann eine gute stehende Schaubühne eigentlich wirken?* und *Brief eines reisenden Dänen* erscheinen. April 1785 bis Juli 1787: Schiller ist Gast von Christian Gottfried Körner in Leipzig und Dresden. 1786 erscheint die *Thalia* (bis 1795, ab 1792 *Neue Thalia*), darin u. a.: *An die Freude*, *Verbrecher aus Infamie* (später: *Verbrecher aus verlorener Ehre*), *Philosophische Briefe*.

1787
*Dom Karlos* erscheint, außerdem *Der Geisterseher* in Fortsetzungen in der *Thalia* (bis 1789). Dezember: Schiller reist nach Meiningen und nach Rudolstadt, er lernt Caroline und Charlotte von Lengefeld kennen.

1787–1788

Juli bis Mai: Aufenthalt in Weimar, Bekanntschaft mit Wieland, Herder u.a. (Goethe ist gerade in Italien). 1788 erscheinen die *Geschichte des Abfalls der vereinigten Niederlande von der Spanischen Regierung*, *Die Götter Griechenlands* und *Briefe über Don Karlos*. 15. Dezember: Berufung Schillers zum außerordentlichen Professor für Geschichte (nominell für Philosophie) nach Jena.

1789

Übersiedlung nach Jena, im Mai Antrittsvorlesung: *Was heißt und zu welchem Ende studiert man Universalgeschichte? Die Künstler*, *Spiel des Schicksals*, Beginn der *Allgemeinen Sammlung historischer Memoires*, Euripides-Übersetzungen *Iphigenie in Aulis* und *Die Phönizierinnen*. August: Verlobung mit Charlotte von Lengefeld.

1790

Januar: Schiller erhält den Hofratstitel und ein Jahresgehalt von 200 Talern. 22. Februar: Schiller und Charlotte von Lengefeld heiraten. Charlottes Mutter unterstützt das Paar mit 150 Talern jährlich. Beginn der Publikation der *Geschichte des dreißigjährigen Krieges*, *Der versöhnte Menschenfeind* erscheint.

1791

Lebensgefährliche Erkrankung an Lungen- und Rippenfellentzündung. *Über Bürgers Gedichte* erscheint. Auf Vorschlag des Dichters Jens Baggesen erhält Schiller vom Herzog Friedrich Christian von Schleswig-Holstein-Augustenburg und dem dänischen Finanzminister Graf Ernst von Schimmelmann für drei Jahre eine Pension von jährlich 1000 Talern. Beginn der Kant-Studien.

1792

Erneute Erkrankung. August: Schiller erhält das französische Bürgerrecht durch die französische Nationalversammlung. *Ueber den Grund des Vergnügens an tragischen Gegenständen*, *Ueber die tragische Kunst*, Beginn der Publikation der *Kleineren prosaischen Schriften*, Edition des *Pitaval* mit der Vorrede *Merkwürdige Rechtsfälle als ein Beitrag zur Geschichte der Menschheit*, Vergil-Übersetzungen *Die Zerstörung von Troja* und *Didos Tod*.

1793–1784

*Kallias oder über die Schönheit, Ueber Anmuth und Würde, Vom Erhabenen.* August: Abreise nach Württemberg. 14. September: Geburt des Sohnes Karl Friedrich Ludwig. Bis Mai 1784 Aufenthalte in Stuttgart und Tübingen. *Über Matthisons Gedichte* erscheint, Ankündigung der *Horen.* September: Reise nach Weimar, Besuch bei Goethe.

1795

Die erste Nummer der *Horen* erscheint. *Ueber die ästhetische Erziehung des Menschen in einer Reihe von Briefen, Ueber naive und sentimentalische Dichtung* (in drei Fortsetzungen in den *Horen* bis 1796), *Merkwürdige Belagerung von Antwerpen in den Jahren 1584 und 1585, Der Musenalmanach.* Schiller schreibt zahlreiche Gedichte für die *Horen* und den *Musenalmanach.*

1796

11. Juli: Geburt des Sohnes Ernst Friedrich Wilhelm. Goethe und Schiller verfassen für den *Musenalmanach für das Jahr 1797* die *Xenien* und *Tabulae votivae.*

1797

Marbacher Dramenverzeichnis (Dramenpläne: *Die Maltheser, Die Kinder des Hauses, Agrippina, Die Polizey* u.a.). 1797 entstehen die Balladen *Der Taucher, Der Handschuh, Die Kraniche des Ibykus, Ring des Polykrates, Ritter Toggenburg* und *Der Gang nach dem Eisenhammer.*

1798

Schiller wird zum (unbesoldeten) Honorarprofessor der Universität Jena ernannt. 12. Oktober: Uraufführung von *Wallensteins Lager* in Weimar.

1799

30. Januar: Uraufführung der *Piccolomini* in Weimar. 20. April: Uraufführung von *Wallensteins Tod* ebenfalls in Weimar. 11. Oktober: Geburt der Tochter Caroline Luise Friederike. 3. Dezember: Umzug nach Weimar. Im *Musenalmanach für das Jahr 1800* erscheint *Das Lied von der Glocke.* Der Herzog verdoppelt Schillers Jahresgehalt auf 400 Taler.

1800

Erkrankung an Nervenfieber. Die *Wallenstein*-Trilogie erscheint. Bühnenbearbeitung des *Macbeth*, Uraufführung von *Maria Stuart. Gedichte von Friedrich Schiller: Erster Theil* erscheinen.

1801

*Maria Stuart* erscheint. *Die Jungfrau von Orleans.* August: Reise zu Körner nach Dresden.

1802

Schiller kauft ein Haus an der Esplanade in Weimar. *Gedanken über den Gebrauch des Gemeinen und Niedrigen in der Kunst* und *Turandot Prinzessin von China* (nach Gozzi) erscheinen. 16. November: Schiller erhält den Adelstitel.

1803

Seit Januar regelmäßig Gast am Weimarer Hof. *Die Braut von Messina* und *Gedichte von Friedrich Schiller. Zweyter Theil* erscheinen. Schiller übersetzt Lustspiele von Picard (*Der Neffe als Onkel*, *Der Parasit*) für das Weimarer Theater.

1804

*Wilhelm Tell* und *Die Huldigung der Künste* werden uraufgeführt. Schiller plant, den »Demetrius«-Stoff zu bearbeiten. April/Mai: Reise nach Berlin. 25. Juli: Geburt der Tochter Emilie Henriette Luise. Verdoppelung des Jahresgehalts auf 800 Taler.

1805

Schiller übersetzt und bearbeitet Racines *Phedre*. *Die Huldigung der Künste* erscheint. Im Februar schwere Erkrankung, bis Ende April arbeitet Schiller dennoch am *Demetrius*. 9. Mai: Schiller stirbt. Er wird auf dem Jakobsfriedhof beigesetzt, seine sterblichen Überreste werden 1827 in die Weimarer Fürstengruft überführt.

# Aus Kindlers Literatur Lexikon: Friedrich Schiller, ›Don Carlos‹

Das Drama erschien 1787; die Uraufführung fand am 29. August 1787 in Hamburg statt. Seit 1783 befasste sich Schiller intensiv mit dem historischen Schicksal des spanischen Königs Philipp II. und seines Sohns Don Carlos [in Kindlers Literatur Lexikon: Don Karlos]. Er trieb Quellenstudien, die ihn in die Ära des mächtigen Regenten, vor allem in die zweite Hälfte des 16. Jh.s, zurückführten und entwickelte kritische Impulse gegen die despotische Herrschaft des Königs und der spanischen Inquisition. Nachdem Schiller von März 1785 bis Januar 1787 die ersten drei Aufzüge seines Dramas in der *(Rheinischen) Thalia*, der von ihm selbst herausgegebenen Zeitschrift, veröffentlicht hatte, erschien im Sommer 1787 die Erstausgabe der Buchfassung, der er noch zu Lebzeiten weitere revidierte, vor allem gekürzte Fassungen folgen ließ. Die Ausgabe letzter Hand vom Jahre 1805 hat Schiller nicht mehr erlebt; sie gilt heute als die einzig verbindliche, weil vom Dichter selbst autorisierte Fassung unter den zahlreichen Versionen, die von diesem Drama kursierten. Von den verschiedenen Bühnenfassungen des Stücks autorisierte Schiller u.a. das *Rigaer Theatermanuskript*, das der Uraufführung in Hamburg zugrunde lag. Es beruht auf einer Prosafassung Schillers, der im Übrigen für die Buchfassung längst den Wechsel von der Prosa zur Verssprache vollzogen hatte, das heißt zum klassischen (in fünffüßigen Jamben gehaltenen) Blankvers.

*Don Carlos* verdichtet wie in einem Brennspiegel Leitmotive der vorhergehenden Dramen Schillers. Das Werk erneuert die in den *Räubern* (1781) und in *Kabale und Liebe* (1784) aufgezeichnete Problematik der Vaterbindung, also ein familienspezifisches Thema; es greift aber auch die politische Thematik der Tyrannei und des Despotismus auf, die in den frühen Dramen eine Rolle spielt, und verknüpft sie kontrapunktisch mit der Idee der Freiheit und der Republik, wie dies namentlich schon im *Fiesco* (1783) der Fall ist. Zeichnet das familienspezifische Thema besonders das neuere bürgerliche Trauerspiel aus, so das politische Thema besonders die traditionelle hohe Tragödie. Beide Gattungen verbindet der *Don Carlos*, worauf der spätere Untertitel Schillers »Ein Familiengemälde im fürstlichen Hause« hinweist: Das Attribut »fürstlich«, ein Synonym für königlich, zeigt eine höhere, nicht-bürgerliche Sphäre an, die politische Herrschaft umfasst.

Neu im Dramenschaffen Schillers ist das Motiv der Freundschaft, das den *Don Carlos* wesentlich mitprägt und das sowohl eine menschlich private wie eine politische Dimension enthält. Auch damit erneuert Schiller ein ihm vertrautes Motivfeld. Denn das Spannungsverhältnis zwischen dem privat Menschlichen und dem Politischen kennzeichnet schon die frühen Dramen, insbesondere *Kabale und Liebe* und *Fiesco*. Schiller vertieft es im *Don Carlos* und entwickelt daraus extreme Konfliktlagen für seine Figuren. Damit bringt er auch seine Figuren-Psychologie nachdrücklich zur Geltung; im Kräftefeld der politischen Geschichte prägt sie wesentlich das Profil der ›dramatis personae‹.

Mit dem Motiv der Freundschaft und ihrer menschlich-politischen Doppelgesichtigkeit setzt das Drama ein. Marquis Posa, ein junger Spanier, ist nach längerer Abwesenheit in seine Heimat zurückgekehrt und hält sich am Hof Philipps II. auf. Er hat in aller Heimlichkeit die Freiheitsbewegung der protestantischen Niederlande gegen die Herrschaft des katholischen Spanien unterstützt und ihr durch die Einbeziehung einiger europäischer, spanienfeindlicher Mächte eine beträchtliche Schwungkraft verliehen (was Leser und Zuschauer erst relativ spät erfahren). Sein Ziel ist, Prinz Carlos, seinen Jugendfreund, für sein politisches Unternehmen zu gewinnen. Der frühere Weggefährte, zum Thronfolger Philipps II. bestimmt, soll an der Spitze des spanischen Heers die Herrschaftsinteressen Spaniens unterminieren und der Freiheitsbewegung der Niederlande anschmiegen. Dieser politische Auftrag droht jedoch am aktuellen menschlichen Problem des Prinzen zu scheitern. Carlos liebt noch immer leidenschaftlich Elisabeth von Valois, seine frühere Braut und jetzige Stiefmutter, nachdem sein Vater, Philipp II., die Braut des Sohns zu seiner königlichen Gemahlin gemacht hat. Der Marquis ist konsterniert über die schwermütige Apathie, in die den einst so feurigen Freund seine aussichtslose Liebe gestürzt hat; mit diplomatischem Geschick fädelt er jedoch eine Begegnung zwischen Carlos und der Königin ein, die der republikanischen Ideenwelt des Marquis nahesteht und sich jetzt seine politischen Intentionen zu eigen macht: Sie schwört ihren Stiefsohn darauf ein, die leidenschaftliche Liebe zu ihr in eine politische Liebe umzubilden, in das Engagement für die Freiheitsbewegung der unterdrückten Niederlande. Mit dieser Sublimierung seiner privatmenschlichen Affekte zu einer allgemeinverbindlichen politischen Idee scheint der Prinz Anschluss an den Ideenschwung seiner Jugendjahre und damit an die Zielsetzung seines Freundes zu gewinnen: »Arm in Arm mit dir, / So fordr ich mein Jahrhundert in die Schranken.« (I,9)

Dieser emphatische Entschluss stößt jedoch sogleich auf die von Philipp, dem königlichen Vater, gesetzten Schranken. Die an ihn gerichtete Bitte des Sohns, er möge ihn zum Oberbefehlshaber des spanischen Heers ernennen, mag seinem jugendlichen Elan gemäß sein und entspringt auch der Sehnsucht nach einer Anerkennung durch den Vater – der jedoch lehnt sie aus legitimen realpolitischen Gründen ab und hält an dem bewährten Herzog Alba als Heerführer fest. Dass er darüber hinaus den künftigen Thronfolger durch abfällige Äußerungen kränkt und die politische Abfuhr mit einer menschlichen verbindet, lässt auf einen tiefen Riss in der Vater-Sohn-Beziehung schließen.

In seinen politischen Ambitionen erschüttert, flüchtet Don Carlos abermals in die privatmenschliche Sphäre, richtet sein erotisches Begehren von Neuem auf die Stiefmutter und Königin, wobei das Rachebedürfnis am Vater mitwirkt; er wird allerdings in seiner Liebesleidenschaft durchschaut von der Prinzessin Eboli, die ihm vergeblich ihre erotische Zuneigung offenbart hat und nun in der Königin ihre glücklichere Konkurrentin vermutet, die nur zum Schein – so wähnt sie – eheliche Treue und sittliche Überlegenheit demonstriere, weshalb die Prinzessin, von Neid und Eifersucht angestachelt, die Königin und damit auch Carlos bei den engsten Vertrauten des Königs anschwärzt und mit diesen eine Intrige einfädelt, die den König vom Ehebruch seiner Gemahlin mit dem eigenen Sohn überzeugen, ja, seine kleine Tochter als die Frucht dieses Ehebruchs darstellen soll. Der König rast; Verzweiflung ob dieser angeblichen Schandtaten erfasst ihn. Er verhört seine Getreuen, vergreift sich, ein unerhörter Fall, an der Gemahlin. Der auf die eheliche Treue seiner Gemahlin heftig pochende König ist seinerseits auf einen Ehebruch bedacht und findet schließlich bei der Prinzessin Eboli Gehör: ein Zeugnis für patriarchalische Doppelmoral und für die Problematik seines Ehelebens.

Gerade in diesem Punkt wird die verwinkelte Breite der Darstellung von Schillers psychologischen Tiefenblicken erhellt. Auch wenn der intrigante Vorwurf des Ehebruchs der Gattin und des Sohnes erdichtet ist, so ist er doch keinesfalls unsinnig, ist des Königs Eifersucht auf seinen Sohn nicht unbegründet. Denn das erotische Begehren des Don

Carlos richtet sich ja lange Zeit auf die ehemalige Braut und jetzige Stiefmutter, und zur Logik dieses Begehrens gehören sexuelle Vereinigung und Zeugung eines Kindes. Die Lüge der Intrige spiegelt eine Wunschwelt des Infanten wider, die auf die Verdrängung des Vaters und die Inbesitznahme der (Stief-)Mutter ausgerichtet ist. Der Vater und König muss diese Absicht umso mehr als eine vollzogene Tatsache in Rechnung stellen, als er sich durch einen »Raub« der Braut des Sohns bemächtigt (II,15) und diese dadurch zu seiner (Stief-)Mutter umfunktioniert hat. Hier gelangt eine ödipale Situation in äußerster Zuspitzung zum Ausdruck. Zwar ist die königliche Gemahlin nicht die leibliche Mutter des Sohns, was den Inzest im buchstäblichen Sinn ausschließt, aber als seine frühere Braut motiviert sie klar genug sein erotisch-sexuelles Verlangen und die Vergeltung für den Brautraub. Nicht einen Inzest im engeren, wohl aber im übertragenen Sinn begehrt Don Carlos, um dadurch den Vater bei der Stiefmutter zu ersetzen. Nachdem seine leibliche Mutter bei seiner Geburt gestorben ist und er sich deshalb des »Muttermords« bezichtigt (I,1), liegt ihm alles daran, die zweite Mutter für sein eigenes Leben zu erhalten.

Zu den atmosphärisch intensivsten Stationen der dramatischen Handlung zählen die Anfangsszenen des dritten Akts, als der König im Morgengrauen, im Wachtraum befangen, sich in seines Sohns »blutschändrische Umarmung« hineinphantasiert und sich den halbbewussten Ängsten des eifersüchtigen Gatten und rivalisierenden Vaters überlässt. Weil er an seiner Familie irre zu werden droht und seinen Vertrauten nicht mehr zu trauen vermag, sehnt er, der vereinsamte Mensch, »einen Menschen« und »einen Freund« herbei, »den seltenen Mann mit reinem, offenem Herzen« (III,5). Im absolutistisch regierenden Monarchen erwacht der ungewöhnliche Wunsch nach einer Freundschaft, wie sie für die bürgerlichen Sphären charakteristisch ist und namentlich im aufgeklärten und klassisch-romantischen Zeitalter als humaner Gegenentwurf zur höfischen Sphäre des Maskenspiels und der Intrige gilt. Schiller erblickt im höfischen Absolutismus eine qualitative menschliche Schwäche, die er zum Dreh- und Angelpunkt der folgenden Unterredung zwischen dem König und dem Marquis Posa macht, einem Dialog von weltliterarischem Rang (III,10).

Angezogen von der Bescheidenheit des Marquis, der sich dem König bislang nie aufgedrängt hat, menschlich tief berührt von seiner Offenheit, die eine anti-absolutistische Gegenwelt entwirft, des festen Glaubens, dass er der erste Mensch sei, dem sich der Marquis eröffnet, erhofft sich Philipp in ihm den Freund, den er so dringend benötigt, keinesfalls aber den politischen Ratgeber. Er quittiert den politisch-republikanischen Idealismus des Marquis mit dem abwertenden Bescheid »Sonderbarer Schwärmer!« und vertraut stattdessen dem Menschen Posa, der sich ihm mit rückhaltlosem Freimut anvertraut hat. Darin tritt die tragische Selbst-Täuschung Philipps zutage, die der Marquis strategisch klug nährt. Bei aller Offenheit und aller Zivilcourage, womit er für »Menschenwürde« und »Menschenglück«, für der »Menschheit verlornen Adel«, für »Freiheit«, »Bürgerglück« und bürgerliche Gleichberechtigung plädiert und darin »der Krone Zweck«, also die vorrangigen Regierungsziele des Monarchen erblickt, agiert der Marquis verdeckt und hinter Masken. Er führt sich auf, als rede er für ein künftiges »Jahrhundert« und als kenne ihn niemand außer Philipp von dieser politisch-revolutionären Seite – und doch hat er längst mit anderen Gleichgesinnten die revolutionäre antispanische Freiheitsbewegung der Niederländer mitgestiftet und Carlos, den Freund, ins Vertrauen gezogen. Er bemerkt, dass er den König durch seine Offenheit und seine politisch kühne Andersartigkeit »bewegt«, und fesselt ihn gezielt durch weitere Zeugnisse seiner ungeschützt anmutenden »Beredsamkeit«. Sensibel erfasst er die Vereinsamung des Monarchen, der offenbar auf »Mitgefühl« angewiesen ist, und bekundet ihm dieses Mitgefühl selber. Der politische Idealist Marquis Posa ist ebenso in seinem Element wie der gewandte Stratege, der den sonst unzugänglichen König menschlich für sich einzunehmen weiß und dadurch zu hintergehen vermag. Kaum hat Philipp ihn zu seinem engsten Vertrauten erklärt und ihn das Innere seines Sohns und das »Herz der Königin« zu erforschen gebeten, eilt der Marquis zur Königin, auf dass sie den »Königssohn« zur »Rebellion« an der Seite der »Niederlande« und wider König Philipp anstifte (IV,3).

Der Dialog zwischen dem spanischen Weltbeherrscher und dem Marquis demonstriert Schillers psychologisch subtilen Sinn für Ambivalenzen und Doppelbödigkeiten. Er verweist aber auch seismographisch auf das bevorstehende weltbewegende Ereignis der Französischen Revolution. Entstanden zwischen 1783 und 1786, nehmen die Reden des Marquis das revolutionäre Beben von 1789 vorweg (»den allgemeinen Frühling […], / Der die Gestalt der Welt verjüngt«). Sie sind zugleich ein europäisches Echo auf die »Erklärung der Menschenrechte«, die ein Jahrzehnt zuvor den amerikanischen Unabhängigkeitskrieg gegen das englische Mutterland programmatisch begleitet hatten (1776–1785). Schillers berühmter Dialog spiegelt darüber hinaus die spezifisch deutsche Situation in dieser Zeit wider. Wenn der Marquis als Einzelner vor dem absolutistisch regierenden Monarchen ein revolutionäres Programm entwickelt und diesen zu seiner sofortigen Umsetzung überreden will, so äußert sich darin der drastische Mangel an einer allgemeinen politischen Öffentlichkeit in Deutschland, aber auch die damals verbreitete Hoffnung auf eine politische Fürstenaufklärung und Fürstenbelehrung. Im Hinblick auf den erzkonservativen Philipp II. und den ihn flankierenden Machtapparat der Inquisition ist dies eine höchst naive Illusion; aber auch in deutscher Kleinstaaterei blieb Fürstenaufklärung eine Ausnahme. Anstelle der politischen Öffentlichkeit besaßen die Deutschen nur eine öffentliche Kulturszene: die Theatersäle, auf die der Marquis hinweist, indem er die »Tausende« anspricht, »die dieser großen Stunde teilhaftig sind«, der Stunde seiner Reden bei den Aufführungen des Dramas.

Der Marquis selbst kann die politischen Ideale dieser Reden nicht verwirklichen. Obgleich zum »allmächtigen Minister« und »unumschränkten Günstling« des Königs avanciert (IV,13), scheitert er frühzeitig. Daran ist nicht zuletzt sein Selbstverständnis schuld, ein politisches Genie zu sein, eine Selbstüberschätzung, die er mit Fiesco teilt. Posa, der ein »Schöpfer« und ein »Künstler« des politischen Lebens sein will und der von sich behauptet: »In meines Carlos Seele schuf ich ein Paradies für Millionen« (IV,21), fällt seinem Genieverständnis zum Opfer. »Von stolzem Wahn geblendet«, weiht er den Freund nicht in die neue Machtfülle ein, die er besitzt (V,3); im Bewusstsein der eigenen Überlegenheit verschweigt er ihm seine riskanten Manöver am Hof, weckt dadurch sein Misstrauen und treibt ihn zu Schritten, die er, Posa, nur durch halsbrecherische Gegenmaßnahmen überdecken kann. Er gibt sich vor dem König als Liebhaber der Königin aus und als Rebell, der zur Flucht in die Niederlande entschlossen sei. So lenkt er die dem Freund geltenden Anschuldigungen auf sich selbst, nachdem er ihn zuvor von seinen Planspielen hochmütig ferngehalten und zu unsinnigen Aktionen verleitet hat.

Dass er dabei auch die Treue gegenüber Carlos für kurze Zeit aufgekündigt, ja ihn aus dem Gesichtskreis Philipps verdrängt hatte (»Der König schenkte mir sein Herz. Er nannte mich seinen Sohn«), macht despotische Züge im Republikaner Posa offenbar, wie Schiller in seinen *Briefen über Don Carlos* bemerkt. Darin zeigt sich eine gewisse ›Familienähnlichkeit‹ der jugendlichen Helden Schillers. In *Don Carlos* verfolgt Schiller die Folgen despotischer Selbstüberhebung im Feld der Freundschaft. Er stellt eines der großen Ideale der Aufklärung und Klassik auf den Prüfstand und zeigt seine Tragweite und seine Grenzen auf. Zwar sühnt der Marquis seine Vernachlässigung und zeitweilige Preisgabe des Freundes, indem er an seiner Statt die höfischen Verfolger auf sich lenkt und so den Tod auf sich zieht; er hinterlässt auch dem Freund seine politischen Ideale als Vermächtnis und verleiht ihnen durch seinen Tod eine nachdrückliche Würde. Aber er kann dadurch Carlos nicht vor dem Verhängnis bewahren, das ihn zuletzt doch ereilt. Carlos fordert es heraus, indem er gegenüber dem Vater und dem König sich selbst als den wahren Freund Posas, Philipp nur als dessen »Werkzeug« und »Spielwerk« darstellt und zuletzt der väterlichen Autorität den Krieg erklärt (V,4). Damit ist ein anderes Ideal der Klassik und Aufklärung, die Integrität der Vater-Sohn-Beziehung, infrage gestellt: »Der Menschheit Bande sind entzwei.« (V,4) Der Vater zieht daraus die Konsequenzen, vereitelt die Flucht seines Sohns in die Niederlande und übergibt ihn zur Todesstrafe der Inquisition. Diese hat, wie sich herausstellt, den Marquis Posa und seinen revolutionären Umtrieb von Anfang an überwacht. Vom Ende her gesehen, vollzog sich sein gesamtes Handeln im Zeichen der dramatischen Ironie.

Gert Sautermeister

Aus: Kindlers Literatur Lexikon. 3., völlig neu bearbeitete Auflage. Herausgegeben von Heinz Ludwig Arnold (ISBN 978-3-476-04000-8). 

# Aus Kindlers Literatur Lexikon: Friedrich Schiller, ›Wilhelm Tell‹

Schillers letztes vollendetes Drama entstand, wie der Dichter in seinem Tagebuch vermerkte, zwischen dem 25. August 1803 und dem 18. Februar 1804; das Schauspiel in fünf Akten wurde am Weimarer Hoftheater am 17. März 1804 uraufgeführt und erschien im selben Jahr im Druck. Wie weit Goethe, der auch die erfolgreiche Uraufführung des Werkes leitete, den Dramatiker zu diesem Werk anregte oder sich Schiller durch das in Weimar umlaufende, »grundlose Gerücht«, er arbeite an diesem Stoff, dafür interessierte, ist nicht zu entscheiden. Allerdings dürfte die Tell-Sage im 18. Jh. zum allgemeinen Bildungsgut gehört haben; historischer Hintergrund ist der 1291 mit dem Zusammenschluss der drei Urkantone Uri, Schwyz und Unterwalden zu datierende Beginn des Schweizer Unabhängigkeitskampfes gegen Habsburg, wobei die legendenartigen Attribute – Tells Apfelschuss, Geßlerhut und Rütlischwur – nicht belegt sind, jedoch bereits früh in Schweizer Chroniken und Volksliedern erscheinen. Als Quelle dienten Schiller vor allem das *Chronicon Helveticum* (Erstdruck 1734) des Aegidius Tschudi, dessen handschriftliche Fassung im 16. Jh. entstand, sowie Johannes von Müllers *Geschichten Schweizerischer Eidgenossenschaft* (1780–1808); auch dürfte ihm das *Urner Tellenspiel* aus dem frühen 16. Jh. bekannt gewesen sein. Dennoch sind die historischen Fakten als solche für Schiller letztlich nur von marginaler Bedeutung; sein Drama handelt erneut – wie schon sein Erstling *Die Räuber* (1781) – von der Problematik des Selbsthelfers, der hier allerdings nicht außerhalb der Ordnung gerät, sondern vielmehr durch sein Eingreifen Geschichte als Heilsgeschichte offenbart.

In die Idylle der am Vierwaldstätter See spielenden Eröffnungsszene (»Es lächelt der See, er ladet zum Bade, / Der Knabe schlief ein am grünen Gestade«) bricht unvermittelt die politische Gewalt ein. Baumgarten, ein Schwyzer, ist auf der Flucht vor den kaiserlichen Reitern, da er den von den Habsburgern eingesetzten Burgvogt erschlagen hat, der sich an seiner Frau vergehen wollte. Wegen eines aufziehenden Gewitters sträubt Ruodi, der Fischer, sich gegen eine Überfahrt, als der Jäger Tell erscheint (»Wer ist der Mann, der hier um Hilfe fleht?«) und den Verfolgten über den See rudert; den Zurückbleibenden zerstören die zu spät kommenden berittenen Verfolger die Hütten und zerstreuen die Herden: »Wann wird der Retter kommen diesem Lande?« Die Fremdherrschaft der Österreicher provoziert die Notwehr der Schweizer, deren Existenz naiv-idyllisch war, nicht der verändernden Kraft der Geschichte ausgesetzt, sondern vom Kreislauf der Natur umfangen: »Denn so wie ihre Alpen fort und fort / Dieselben Kräuter nähren, ihre Brunnen / Gleichförmig fließen, Wolken selbst und Winde / Den gleichen Strich unwandelbar befolgen, / So hat die alte Sitte vom Ahn / Zum Enkel unverändert fortbestanden.« Dieses natürliche Gleichmaß des Lebens ist nunmehr zerstört, und dem Tell ist es aufgegeben, das Volk aus der verlorenen Idylle zu einer neuen zu führen, wobei er nicht von Anfang an dieser »Retter« ist, sondern erst dazu wird:

Tell, so Schiller, steht selbst »ziemlich für sich in dem Stück, seine Sache ist eine Privatsache, und bleibt es, bis sie am Schluß mit der öffentlichen Sache zusammengreift« (an Iffland, 5. Dezember 1803). Zunächst mahnt Tell zu »Geduld und Schweigen«, Gewaltherrschaft vergleicht er mit Naturvorgängen, die von selbst wieder zur Ruhe kommen. Als Stauffacher, ein Freund aus Schwyz, ihn zum gemeinsamen Handeln gegen die Österreicher auffordert, winkt Tell, ganz der Selbsthelfer, dem Planung und Kalkül fremd sind, ab.

Der Rütli-Schwur der Eidgenossen vollzieht sich ohne Tell: »Wir wollen sein ein einzig Volk von Brüdern, / In keiner Not uns trennen und Gefahr.« Die Tyrannenmacht soll kollektiv gebrochen werden, und diesem Entschluss hat sich jeder zu fügen: »Bezähme jeder die gerechte Wut / Und spare für das Ganze seine Rache, / Denn Raub begeht am allgemeinen Gut, / Wer selbst sich hilft in seiner eigenen Sache.« Ist damit auf politischer Seite die Differenz zu Tells Verhalten ausgedrückt, so demonstriert eine eingefügte Liebesszene diesen Unterschied auch im privaten Bereich. Berta von Bruneck befreit Ulrich von Rudenz, einen Parteigänger Österreichs, von seiner Verblendung und gewinnt den Adligen für die Sache seines Volks; dem privaten Glück ist das allgemeine Wohl vorgeordnet: »Kämpfe / Fürs Vaterland, du kämpfst für deine Liebe!« Aber auch Tell (»Der Starke ist am mächtigsten allein«) kann seine Autonomie nicht bewahren. Als er in Altdorf dem dort ausgestellten Hut des Reichsvogts Hermann Geßler die vorgeschriebene Ehrbezeugung nicht erweist, wird er festgenommen und in der berühmten Apfelschuss-Szene gezwungen, das Leben seines Kindes zu gefährden, um den Sohn und sich selbst zu retten. Da Tell nicht verhehlt, dass im Falle eines Fehlschusses sein zweiter Pfeil dem Reichsvogt gegolten hätte, lässt dieser ihn, obgleich ihm die Freiheit zugesichert wurde, verhaften. Bei der Fahrt über den stürmischen See kann Tell sich befreien; sein ganzes Streben aber gilt nun der Tötung des Reichsvogtes.

Vor die später erfolgende Tat aber tritt erst die Reflexion; in einem Monolog bedenkt Tell sein Vorhaben, legitimiert es als Verteidigungshandlung, dessen Motive nicht in einer persönlichen Kränkung liegen, sondern in der Rettung der Allgemeinheit, die, wie Tell selbst, durch Geßlers Untaten jede Möglichkeit eines selbstbestimmten, mit sich und der Natur im Einklang sich befindlichen Lebens verloren hat: »Ich lebte still und harmlos – Das Geschoß / War auf des Waldes Tiere gerichtet, / Meine Gedanken waren rein von Mord – / Du hast aus meinem Frieden mich heraus / Geschreckt, in gärend Drachengift hast du / Die Milch der frommen Denkart mir verwandelt [...].« Die Haltung Tells wird am Ende des Stücks nochmals legitimiert in der Begegnung mit Johannes Parricida, dem Herzog von Schwaben, der aus »Ehrsucht«, aus subjektiven Gründen allein, zum Vater- und Kaisermörder in einem geworden ist und dem Tell mit der Einsicht in die Schuld zugleich die Möglichkeit der Erlösung aufzeigt.

Gewinnt Tell im dramatischen Prozess die Möglichkeit der Reflexion und der dialogischen Rede, so erschließt sich den Eidgenossen die Dimension der individuellen Freiheit und der spontanen Tat. Die Apfelschuss-Szene macht ihren gemeinsamen Entschluss hinfällig, fordert sie zum situationsgerechten Handeln auf: »Die Stunde dringt, und rascher Tat bedarf's – / Der Tell ward schon ein Opfer eures Säumens –«. Weil die Eidgenossen dem Drängen des adligen Rudenz nachgeben, verzichtet dieser auf seine Privilegien: »Und frei erklär' ich alle meine Knechte.« Aus der Solidarität, die sich bewährt hat in der Vertreibung der Unterdrücker und der Rettung Bertas, entspringt die Freiheit aller. Die neue Gemeinsamkeit ist zugleich so individuell geartet, dass die Eidgenossen akzeptieren, was sie zuvor unterbinden wollen: die Selbsthilfe, die verschwiegene Tat des Einzelnen. Umgekehrt, und darin greift Tells »Privatsache« mit der »öffentlichen Sache« zusammen, gewinnt sein individuelles Handeln allgemeinen Charakter, wird Teil eines solidarischen Handelns.

Kein Kreislauf – Vertreibung aus und Rückkehr in die Idylle – wird beschrieben, sondern ein Modell auf die Bühne projiziert, in dem der

Einzelne und die Gesellschaft aus ihrem jeweiligen Absolutheitsanspruch heraustreten, sich gegenseitig relativieren und ergänzen und in eine neue, noch nie dagewesene harmonische Ordnung eintreten. Schiller hat diese Ordnung in seinen Briefen *Über die ästhetische Erziehung des Menschen* (1795) auch als »ästhetischen Staat« bezeichnet, worin die einzelnen Menschen »bei der höchsten Universalisierung« ihres »Betragens« zugleich ihre »Eigentümlichkeit retten«, Allgemeinheit und Individualität sich durchdringen, wie auch bereits Tell am Ende zu jener Idealgestalt emporwächst, die in der Ausbildung ihrer Fähigkeiten und Fertigkeiten nicht im Gegensatz zur Umwelt, sondern in Harmonie mit ihr lebt.

KLL

Aus: Kindlers Literatur Lexikon. 3., völlig neu bearbeitete Auflage. Herausgegeben von Heinz Ludwig Arnold (ISBN 978-3-476-04000-8). 